NORBERT HORST
Sweet Home

NORBERT HORST

SWEET HOME

DU BIST NIRGENDS SICHER

Kriminalroman

GOLDMANN

Der Verlag behält sich die Verwertung der urheberrechtlich geschützten Inhalte dieses Werkes für Zwecke des Text- und Data-Minings nach § 44b UrhG ausdrücklich vor. Jegliche unbefugte Nutzung ist hiermit ausgeschlossen.

Inhaltshinweis:
In diesem Roman werden Vergewaltigungen thematisiert.

Penguin Random House Verlagsgruppe FSC® N001967

1. Auflage
Originalausgabe Januar 2025
Copyright © 2025 by Wilhelm Goldmann Verlag, München,
in der Penguin Random House Verlagsgruppe GmbH,
Neumarkter Str. 28, 81673 München
produktsicherheit@penguinrandomhouse.de
(Vorstehende Angaben sind zugleich
Pflichtinformationen nach GPSR)

Dieses Werk wurde vermittelt durch die Literarische Agentur
Thomas Schlück GmbH, 30161 Hannover
Umschlaggestaltung: semper smile, München
Umschlagmotiv: © Shutterstock/travelview, Ivan Popovych,
Wachiwit, Christina Krivonos
Redaktion: Gerhard Seidl
BH · Herstellung: ik
Satz: Uhl + Massopust, Aalen
Druck und Bindung: GGP Media GmbH, Pößneck
Printed in Germany
ISBN: 978-3-442-49547-4

www.goldmann-verlag.de

Für die New Family

Deniz

Das war der schlimmste Moment.

Deniz drückte das Gespräch weg. Gegen Morgen, auch wenn es sehr früh war, hatte er keine Probleme damit. Auch nachts nicht, selbst wenn er erst zwei oder drei Stunden geschlafen hatte. War auch dann nicht prickelnd, klar, aber erträglich. Wenn er jedoch unmittelbar nach dem Einschlafen alarmiert wurde, fühlte es sich in den ersten Minuten an, als habe er sich mit irgendeiner Droge abgeschossen.

Er setzte sich auf die Bettkante und hoffte, die Trägheit unterliege der Schwerkraft und würde allmählich aus seinem Hirn sickern. Nach einer Minute stand er auf. Das Handy fiepte kurz, die Kollegin von der Leitstelle hatte ihm wie angekündigt den Leichenfundort als Standort geschickt, Laupendahler Landstraße. Irgendwo tief im Essener Süden an der Ruhr und eine ziemlich einsame Gegend, wenn er sich richtig erinnerte.

Er überlegte, ob er Camilla Bescheid geben sollte, weil sich das Ganze schon jetzt danach angehört hatte, dass der Tote nicht freiwillig gegangen und die Staatsanwältin damit im Boot war. Ihr Kontakt verriet ihm, dass sie vor zwei Minuten noch online gewesen war, und er drückte den Button mit dem Hörer.

»Guten Morgen, Frau Lopez. Noch nicht in Morpheus' oder jemand anderes Armen?«

»Wenn du jetzt anrufst und mit so einer Stimme Unsinn erzählst, heißt das nichts Gutes.«

»Hast du was getrunken, was geraucht, oder kannst du noch fahren?«

»Deniz … Komm, erzähl!«

»Bin eben angerufen worden. Laupendahler Landstraße, unten an der Ruhr, ziemlich einsame Gegend, hat ein Radfahrer an einer Böschung eine Leiche gefunden, männlich. Sie haben sie noch nicht geborgen, aber auf den ersten Blick sind Stiche erkennbar.«

»Und ich wollte grad ins Bett.«

»Kein Problem, dann gute Nacht. Ich kann dich morgen früh bei 'nem Kaffee auf den Stand bringen.«

»Geht's noch? Ich komme. Wo dort?«

»Ich schicke dir den Standort. Ist etwas abgelegen.«

»Okay, bis gleich.«

Er stand auf, legte die Hand auf die Wasserkanne vom Çay, die nur noch lauwarm war. Er bereitete sich eine Mischung zu, stellte das Glas in die Mikrowelle und ging ins Bad.

Ein Streifenwagen hatte die Laupendahler Straße an einer Abzweigung gesperrt, an der man den Verkehr günstig ableiten konnte, was hier um diese Zeit aber kaum nötig war. Der Kollege stand draußen und rauchte, die Kollegin saß im Wagen. Man kannte sich von flüchtigen Begegnungen im Präsidium.

»Von hier kannst du es nicht sehen, ist hinter der Kurve, sind noch ein paar hundert Meter«, sagte der Kollege, und sein Atem machte kleine weiße Wölkchen. Deniz befürchtete, sich für die falsche Jacke entschieden zu haben.

»Ist die Staatsanwältin schon durch?«

»Ne, nur der Sprinter von der KTU.«

»Dann wird sie gleich kommen. Vom Rest der Mordkommission schon jemand?«

»Solange wir hier stehen, nicht.«

Kurzer Gruß, er fuhr weiter.

Weil schon jemand einen Lichtmast aufgestellt hatte, leuchtete nach der nächsten Biegung weit hinten die Szenerie, und schon aus dieser Entfernung waren in der Kugel aus Licht vor allem die drei Gestalten in weißen Anzügen erkennbar, die nebeneinanderstanden und etwas im Graben neben der Straße betrachteten. Es erinnerte Deniz an die Darstellung in Weihnachtsfilmen, bei der in schwärzester Nacht nur die Szene im Stall beleuchtet war, in der die drei orientalischen Typen meist entrückt auf den Erlöser im Futtertrog fixiert waren. Das Objekt der Aufmerksamkeit war hier nicht ganz dasselbe, fiel ihm auf.

Eine Minute später parkte er am Straßenrand, steckte die kleine Taschenlampe ein und nahm sein Diktiergerät. Das Klemmbrett konnte er immer noch holen.

Erst als er ausgestiegen war, fiel ihm auf, dass die Feuerwehr fünfzig Meter weiter dabei war, im Halbdunkel auf der Straße ein Zelt mit Heizung aufzubauen.

»Morgen«, sagte Mustafa von der KTU, und aus dem weißen Kragen seines Schutzanzugs lugte ein knallroter Schal. Sina und Matthias neben ihm grüßten ebenfalls kurz, Sina hatte sich die Kapuze des Anzugs übergezogen, das gab ihr etwas von einem weißen Plüschtier, nur die Ohren fehlten.

»Wir waren noch nicht an der Leiche, weil wir keine Spuren zerstören wollen, bevor wir wissen, wie wir sie bergen sollen. Der Notarzt ist von oben rechts rangegangen, der hat auch die Kleidung so hinterlassen.«

Der Mann lag mit dem Kopf nach unten zwischen Sträuchern, die es schwierig machten, in seine Nähe zu gelangen. Deniz drückte auf den Knopf seiner Taschenlampe und machte einen Schritt nach vorn, Mustafa hielt ihn am Arm zurück.

»Da vorne ist wahrscheinlich Blut«, er zeigte auf den Beginn der Grasnarbe neben dem Asphalt. »Kann sein, dass er an Ort und Stelle getötet und nicht nur abgelegt worden ist. Und wir haben im Seitenstreifen eine Reifenspur, die frisch aussieht. Dort hinten kann man nach unten gehen und zumindest etwas näher rankommen, da wird kein Täter gewesen sein.« Mit ausgestrecktem Arm wies er auf eine Stelle zehn Meter neben dem Toten.

Aus den Augenwinkeln bemerkte Deniz, dass zwei weitere Autos ankamen und die Scheinwerfer ausmachten, er hörte Camillas Stimme und die von Timo aus der MK-Bereitschaft.

An der Stelle, die Mustafa gezeigt hatte, war eine kleine Lücke im Gestrüpp, durch die Deniz nach unten stieg und versuchte, etwas näher Richtung Leiche zu kommen. Etwa einen Meter davor verwehrte ihm ein dorniger Strauch jede weitere Annäherung. Im Lichtkegel der Taschenlampe erkannte er unter dem vom Arzt hochgeschobenen Hoodie deutlich drei Stiche; das Gesicht des Mannes, der vielleicht Ende dreißig sein mochte, war in seine Richtung gewandt und hatte mit den halb geöffneten Augen und den etwas verkrampften Lippen den unverkennbaren Ausdruck des Todes. Deniz fror und wusste nicht, ob es bei diesen Temperaturen an der falschen Jacke lag oder am Anblick der freien Bauchdecke unter der hochgeschobenen Kleidung des Toten.

Er ging zurück und begrüßte Camilla und Timo, die sich beide von Mustafa erklären ließen, was bisher bekannt war. Gefunden hatte den Toten ein angetrunkener Radfahrer, der auf dem späten Heimweg von einer Feier ausgerechnet an der Stelle pinkeln wollte und den Toten im ersten Moment im Licht seiner Fahrradlampe für Müll gehalten hatte.

Camilla hatte einen wadenlangen lila Steppmantel an, trug eine weiße Pudelmütze, die sie mit dem optischen Erbe ihres kubanischen Großvaters aussehen ließ, als würde sie jeden Augenblick anfangen, eine Popballade zu singen.

Beide grüßten Deniz kurz und widmeten sich dann wieder Mustafas Worten.

Einer der Feuerwehrmänner trat aus dem Halbdunkel und sagte, dass das Zelt aufgebaut und in spätestens fünf Minuten erträglich warm sei, und bekam dafür viel gemurmelte Zustimmung und Dank.

Nach einer guten halben Stunde hatten sie die Leiche so spurenschonend wie möglich nach oben gezogen, und der Mann lag rücklings auf einer Folie auf dem kalten Asphalt. Außer ein paar Zetteln, die auf den ersten Blick kaum etwas hergaben, hatte Sina nichts in seinen äußeren und zugänglichen Taschen gefunden, schon gar keinen Ausweis.

Wäre ja auch zu schön gewesen, dachte Deniz und hörte, wie eine Autotür zuschlug und aus dem Dunkel Frau Dr. Köslin-Richter, die Gerichtsmedizinerin, erschien.

»Guten Morgen«, sagte sie mit einem Rundumlächeln, dem man ansah, dass sie schon geschlafen hatte. Ohne weiteres Wort ging sie zur Leiche, blieb aber in deutlichem Abstand stehen, weil Mustafa, der vor dem Toten kniete, die Hand hob.

»Ich würde ihn wegen der DNA gern erst abkleben«, sagte er, »das machen wir aber besser im Obduktionsraum. So lange sollten wir sehr vorsichtig sein, damit die Leiche nicht kontaminiert wird.«

»Natürlich, aber ich würde hier gern schon die Körpertemperatur messen, jetzt, bei der Auffindesituation.«

»Das kriegen wir hin. Wollen Sie sich dafür einen Anzug anziehen, oder sollen wir das machen.«

»Dafür lohnt sich das Gewurschtel mit den Klamotten nicht.«

Sie gab Mustafa das Thermometer, von dem ein Draht mit einem Fühler herabhing. Gemeinsam mit Sina und Matthias drehten sie den Toten auf den Bauch, zogen ihm Hose und Unterhose ein Stück herunter und platzierten den Metallfühler rektal.

»Reicht das so?« Er blickte die Ärztin an, die kurz nickte und sich wieder zu den anderen stellte.

Einen Augenblick herrschte Schweigen, fiel Deniz auf, und er blickte in die Runde. Alle, die dort standen, hatten in ihrem Leben so viele Leichen geborgen oder abtransportiert, untersucht oder aufgeschnitten, dass es trotz allem eine Alltäglichkeit für sie geworden war. Aber vielleicht, dachte er, ließen sie sich von der grausamen Unwürdigkeit eines solchen Augenblicks doch noch berühren, wenn einem Menschen, der in eiskalter Nacht auf offener Straße mit entblößtem Arsch auf einer Plane lag, ein Metallfühler in den Enddarm geschoben wurde.

»Wenn Sie sich wärmen wollen, Frau Doktor, die Feuerwehr hat ein Zelt aufgebaut, da ist es zumindest wärmer als hier.«

»Mal sehen, gleich vielleicht«, die Gerichtsmedizinerin lächelte dankbar.

»Ich sehe ihn mir nachher auf dem Tisch noch etwas genauer an«, an Deniz gewandt, »aber obduzieren kann ich ihn erst morgen, später Vormittag, weil ich vorher noch etwas anderes habe, was sich nicht verschieben lässt. Die Todesursache scheint ja auf den ersten Blick klar zu sein.«

»Schon okay«, sagte Deniz. »Wir versuchen noch, was über ihn rauszukriegen, vor allem, wer er ist. Ansonsten ist hier heut Nacht nicht mehr viel zu machen, jedenfalls nicht für uns. Bei der KTU sieht das anders aus.«

Das Team in Weiß hatte die Hände des Toten vorsichtig mit Tüten umklebt und den Leichnam in einen schwarzen Plastikbeutel verpackt. Sina zog den Reißverschluss zu. Mustafa winkte den beiden Bestattern, die seit ihrer Ankunft etwas abseits mit zwei der Feuerwehrleute gesprochen hatten, man schien sich zu kennen. Einer der beiden ging los und kam mit einer fahrbaren Bahre zurück.

Einige Minuten später wendete Deniz den Wagen und machte sich auf den Weg zur Leichenhalle. Camilla, ein Team der KTU und die Gerichtsmedizinerin waren mit den Bestattern vorgefahren, er hatte mit Mustafa und den beiden anderen aus der MK-Bereitschaft abgesprochen, was jetzt in der Nacht noch getan werden konnte.

Bevor er die erste Kurve erreicht hatte, hielt er mitten auf der leeren Straße an und sah im Rückspiegel noch einmal auf diese Glocke aus Licht in der tiefen Dunkelheit einer mondlosen Nacht. Wieder erinnerte es ihn an den Stall mit dem Kind in irgendeinem Weihnachtsfilm, was ihn wunderte, weil es die ersten sechs Lebensjahre im türkischen Haushalt seiner Mutter zwar Geschenke gegeben hatte, damit er im Kindergarten mitreden konnte, aber wenig weihnachtliches Zeug, schon gar keine Krippe wie später in den Häusern mancher seiner Schulfreunde. Und wieder kam ihm der Gedanke, wie absurd diese Fantasie war, weil bei dem Bild hinter ihm der Tod im Mittelpunkt stand und an Weihnachten doch die Geburt von jemandem, der mit ewigem Leben zu tun haben sollte. Wobei, eine Parallele gab es doch, fiel ihm ein, denn auch den Heiland hatten sie später umgebracht, und wenn er sich richtig erinnerte, als er etwa so alt gewesen war wie ihr Toter.

Er schüttelte den Kopf, lenkte den Wagen durch die Kurve und sah, wie das Licht im Rückspiegel verschwand.

September 2010

Cola, bitte.

Sie nimmt die Bestellung auf. Wortlos, kein Blickkontakt, nicht mal genickt, jedenfalls nichts gesehen, da war auch nichts, man ist doch nicht blind.

Tippt es auf ihrem Handy ein. Rote Fingernägel, braune Hände, ohnehin ziemlich dunkel, keine weißen Gene dazwischen, wahrscheinlich. Südostasien? Ne, andere Augen. Eher Irak oder so, Syrien, Afghanistan, die Gegend. Ehering ist nicht zu sehen oder abgelegt. Allein, vielleicht.

Am Nachbartisch dasselbe, kein Nicken, kein Danke, kein Wort. Aber nicht so ablehnend, längst nicht.

Mit der Kollegin hinterm Tresen ist es was anderes, da wird gesprochen, gescherzt, sogar mit schmalem Lächeln. Hat also nichts mit der Laune zu tun. Hat mit der Person zu tun. Nur damit.

Sie kommt zurück.

Die Cola.

Das war's. Nichts weiter. Wieder kein Bitte, kein Blickkontakt. Einfach nur »Die Cola«.

Am Nachbartisch »Bitte«. Ach, schau an. Da geht es? Aber hier nicht. Sie kommt zurück, geht am Tisch vorbei, völlige Ignoranz. Nein, keine Ignoranz, Missachtung. Nein, auch nicht Missachtung, das ist Verachtung. Und dann dieses Gesicht.

Durst.
Und Hunger.
Aber mehr Durst bei der Hitze.

Treppe runter, in die Küche, zum Kühlschrank, kalte Cola. Oder kalte Milch.
Abgeschlossen. Die Küchentür ist abgeschlossen. Und kein Schlüssel.
Noch mal probieren. Nein. Tatsächlich abgeschlossen.
Wieso schließt sie die Küche ab? Wo ist sie überhaupt.
Sie liegt im Bett, schläft.
Auf dem weißen Kissen ist die Haut noch dunkler.
Sieht eigentlich schön aus.
Ist aber nicht schön.
Was soll das, wieso weckst du mich?
Ich hab Durst. Und Hunger.
Ja, und?
Die Küche ist abgeschlossen.
Ja, richtig.
Hast du abgeschlossen?
Wer denn sonst?
Ich hab aber Hunger.
Es gibt jetzt nichts zu essen.
Warum nicht?
Überleg mal.
Weiß nicht.
Hast du heute Morgen »Danke« gesagt?
Hab ich vergessen.
Dann merkst du es dir jetzt. Und wieso weckst du mich überhaupt, bist du verrückt geworden, du nervige Kröte?
Ich hab Hunger.
Dann hast du Hunger, und heute Mittag gibt es jetzt auch nichts. Weil du mich geweckt hast.
Und wenn ich Papa ...
Dein Vater? Willst du, dass der sich Sorgen macht? Soll ich ihm

erzählen, wenn er anruft, was du hier anstellst? Meinst du, dem geht es gut, wenn er weiß, was er für eine undankbare kleine Kröte von Sohn hat? Und jetzt lass mich schlafen, sonst gibt es heute Abend auch nichts.
Und sag Entschuldigung.
Entschuldigung.
Tür zu.
Das Wasser im Bad ist kalt, schmeckt sogar.
Aber der Hunger ...
Dasselbe Gesicht, derselbe Ausdruck.

Nervige kleine Kröte. Es gibt nichts zu trinken.
Und jetzt halt's Maul und verschwinde.
Sonst gibt es nachher auch nichts.

Sie kommt zum Tisch. Schichtwechsel, muss abrechnen.
Zahlen, mit Trinkgeld, mal sehen.
Aber nichts, kein »Bitte«, wieder kein »Danke«, Gruß schon gar nicht.

Du kleine dreckige Kröte.
Wenn dein Vater das wüsste, der würde krank vor Ärger.
Sag Entschuldigung!
Sag bitte!
Sag danke!

Sie geht, verschwindet in einer Tür hinter der Kasse, kommt in einer Jacke und mit Tasche wieder. Abschied von der Kollegin, mit Lächeln. Und Umarmung.
  Hinterher. Aber mit Abstand. Kennt ja das Gesicht. Morgen hätte sie es vergessen, heute besser vorsichtig sein.

Zur Straßenbahn. Schwierig, wenig Leute an der Haltestelle. Die Bahn kommt, hat zwei Wagen, gut, sie steigt in den vorderen. Setzt sich nicht, bleibt stehen. Telefoniert, oder? Sieht so aus, als ob sie telefoniert. Macht keine Anstalten auszusteigen. Bei der nächsten auch nicht. Aber sie telefoniert nicht mehr.

Sag danke.
　Wenn du tust, was ich sage, gibt es auch Essen.
　Hast du mich verstanden?
　Ich höre.
　So einfach ist das.
　Sag Entschuldigung.
　Sag danke.

Jetzt geht sie zur Tür. Nächste ist Borbeck-Süd. Steigt aus. Vorsichtig hinterher, aber sie sieht sich nicht um, damit rechnet sie nicht, natürlich nicht.

Über den Parkplatz, wie heißt das hier? Nöggerathstraße. Durch die Unterführung, weiter. Die Häuser werden kleiner, sehr gut. Einfamilienhäuser, mit Gärten, wird immer besser. Ist zu Hause, rot gepflasterte Einfahrt, kein Zugang zum Garten, vielleicht von hinten. Vor der Tür, kramt nach dem Schlüssel. Die Tür öffnet sich, Begrüßung mit Küsschen.

Home sweet Home.

Fuck.

Camilla

Sie hatte nach dem Termin in der Nacht tatsächlich noch ein paar Stunden tief und fest geschlafen. Zum Glück war heute kein Sitzungstag, und auch sonst warteten keine Termine, sodass sie sich erst zur Obduktion auf den Weg gemacht hatte. Es war sogar noch Zeit für zwei Kaffees gewesen.

Nachdem der Tote in der Nacht zur Leichenhalle gebracht worden war, hatten die Leute von der kriminaltechnischen Untersuchung die Kleidung und die Leiche selbst noch abgeklebt und alle weiteren Spuren genommen. Auch seine Fingerabdrücke waren schon durchs System geschickt worden, was leider nichts daran geändert hatte, dass der Mann weiterhin ein Unbekannter für sie war, der wahrscheinlich schon seit der Nacht zuvor dort lag. Sie dachte daran, wie viele Autofahrer auf dieser Straße gefahren waren, ohne zu wissen, welch grausiger Anblick sich ihnen in wenigen Schritten Entfernung geboten hätte.

Jetzt begann der Assistent der Obduzentin damit, den Torso mit groben Stichen zuzunähen, und Frau Dr. Köslin-Richter konnte auch nach der Leichenöffnung nur bestätigen, was schon beim flüchtigen ersten Blick zwölf Stunden zuvor ihr Eindruck gewesen war. Der Tote hatte fünf tiefe Einstiche, von denen drei für sich allein tödlich gewesen wären. Neben jenem, der eine große innere Arterie verletzt hatte, waren das vor allem zwei, die dicht nebeneinander das Herz getroffen hatten und offensichtlich mit genau dieser Absicht gesetzt wurden. Alle Stiche waren von vorn ausgeführt worden, die todbringenden ziemlich waagerecht, die beiden anderen mit leichter Anstellung von oben.

»So wie die Blutspuren am Tatort ausgesehen haben, ist es wohl auch dort passiert«, sagte die Gerichtsmedizinerin. »Hätte er diese Stiche lange vorher bekommen, wäre dort nicht mehr so viel Blut ausgetreten.«

Deniz nickte, und ihm war anzusehen, dass sein Kopf arbeitete.

»Lange vorher nicht, aber vielleicht kurz vorher. Die Frage ist, ob er das Fahrzeug schon verlassen hatte, als er die Stiche bekam. Denn dass er dorthin transportiert und die Stelle offensichtlich bewusst ausgewählt worden ist, steht wohl außer Frage, oder? Und womit sonst als mit 'nem Auto?«

Niemand widersprach.

»Du meinst, es müsste dann auch noch Blut im oder am Fahrzeug sein, wenn wir Glück haben und es irgendwann finden?«, fragte Camilla.

Er nickte.

»Ist nur eine erste Vermutung, klar, aber sonst müsstest du den an dieser Stelle, wo wirklich der Hund begraben ist, aus dem Auto locken und dann erst zustechen. Warum sollte er das machen, also da spätabends oder nachts aussteigen? Da ist nichts, kein Parkplatz, kein Haus, keine Bushaltestelle, gar nichts. Außerdem hat es vorletzte Nacht leicht geregnet.«

»Durch Bedrohung oder mit irgendeinem Vorwand möglicherweise«, sagte Camilla, »oder vielleicht haben sie auch angehalten zum Urinieren, wie der Radfahrer, der ihn gefunden hat. Könnte ja sein, dass die Stelle dazu einlädt, als Frau kann ich da nicht mitreden.«

Die Obduzentin erwiderte solidarisch ihr schmales Lächeln.

»Vielleicht ist er aber auch aus dem Auto gezerrt und festgehalten worden«, sagte der Fotograf, der dabei war, seine Ausrüstung einzupacken.

»Auch das ist möglich, natürlich, an der Leiche haben wir dafür aber keine körperlichen Anzeichen gefunden, oder habe ich die letzten zwei Stunden was überhört?« Camilla blickte zur Obduzentin.

»Nein, aber das muss auch nicht sein. Wenn wir von dieser Möglichkeit ausgehen, könnten sie ihn auch nur an der Kleidung festgehalten haben oder eben so, dass keine Hämatome oder Schürfungen entstanden sind. Das ist durchaus möglich bei alldem, was er anhatte. Jedenfalls hat er keine Abwehrverletzungen oder andere dafür typischen Merkmale.«

»Ja, schon klar«, Deniz winkte ab, »war auch nur so ein erster Gedanke, wenn ich mir vorstelle, wie das passiert sein könnte.« Sein Blick wanderte zur Leiche. »Hätte man ihn nur dort abgelegt, dann wäre alles okay. Aber da wird jemand an einem völlig einsamen Ort getötet, zu dem er sehr wahrscheinlich mit einem Auto gebracht worden ist. Warum ist er da ausgestiegen? Bestimmt nicht, um die Sterne zu bewundern.«

Er sah einen nach dem anderen an.

»Oder er hat den ersten Stich eben schon im Auto bekommen, das meinst du doch? Und sie haben ihn dann rausgezerrt.«

»Ja, das meine ich. Ich halte das für wahrscheinlicher.«

»Die Stiche kamen jedenfalls alle von vorn, wobei der etwas variierende Winkel zweifellos auffallend ist. Die beiden etwas schräg von oben«, die Obduzentin nahm noch einmal eines ihrer Instrumente, umkreiste damit an der Leiche die leicht klaffenden Schlitze unterhalb des Schlüsselbeins, »könnte er durchaus von der Seite oder von hinten bekommen haben.«

Camilla trat näher an den Tisch.

»Vielleicht über die Schulter, von jemandem, der hinter ihm saß«, sie sagte es, ohne den Zeigefinger von den Lippen zu nehmen.

»Schon möglich. Aber ich weise noch mal darauf hin: Das muss unmittelbar vorher passiert sein. Ich bin bei der Menge Blut, die wir gefunden haben, ziemlich sicher, dass er an Ort und Stelle oder aber direkt vor dem Ablegen getötet worden ist.«

»Und wäre das in einem Auto passiert, wäre dann dort Blut zu finden? Allein darum geht es mir«, sagte Deniz.

»Sicher kann man das nie sagen, aber ja, wenn er bei den Verletzungen noch in einem Fahrzeug gesessen hat, auch nur bei den ersten Stichen, werden dort mit an Sicherheit grenzender Wahrscheinlich Blutspuren sein.«

Für einen Moment war nur das Klappern des Assistenten zu hören, der die Instrumente einpackte.

»Denn das kommt ja noch hinzu«, sagte Camilla. »Der oder die Täter müssen hinterher wieder eingestiegen und weggefahren sein, und das ziemlich bald. Und an den Händen, an deren Kleidung, zumindest aber am Messer müsste doch auch Blut gewesen sein.«

»Wenn er es nicht sofort weggeworfen hat, machen ja auch manche. Aber dann findet es die Hundertschaft.« Deniz sah auf die Uhr. »Die müssten jetzt schon dabei sein, den Bereich abzusuchen.«

»Es sei denn, er hat es in die Ruhr geworfen, aber die ist an der Stelle ein ganzes Stück entfernt«, sagte der Fotograf und schulterte seine Tasche.

»Dann hoffen wir mal, dass sich die Realität an die Theorie hält.« Frau Doktor lächelte mit hochgezogenen Brauen und zog sich die Latexhandschuhe aus. »Wäre doch für die Ermittlungen ein günstiger Umstand.«

Der Fotograf grüßte und verließ den Raum, was auch für alle anderen das Signal für das Ende der Hypothesenbildung zu sein schien.

Sie war auf Deniz' Bitte hin noch mit zum KK 11 gekommen.

Am Morgen hatte er offensichtlich schon einige Aufträge vergeben, weil aber die restlichen Mitglieder der Mordkommission zunächst wie üblich aus den anderen Kommissariaten organisiert werden mussten, fand die konstituierende Besprechung, wie Deniz es nannte, erst am Nachmittag statt.

»Sie mögen es, wenn die Staatsanwaltschaft anwesend ist. Macht immer einen guten Eindruck, und du sowieso«, waren seine Worte gewesen, lächelnd und mit George-Clooney-Miene.

Sie war dem gern nachgekommen, weil sie diese Atmosphäre mochte, die sowohl völlig wuselig als auch absolut konzentriert und zielgerichtet war. Bei der Staatsanwaltschaft kämpften sie für sich allein, führten vielleicht mal ein Gespräch mit einer Kollegin, einem Kollegen, um sich einen Rat zu holen. Hier war es laut, durcheinander und hektisch, dennoch schien sich alles in eine Richtung zu bewegen, weil jeder ausstrahlte, dass er wusste, was zu tun war.

»Menschlich sind sich bei uns auch nicht alle grün, und ein paar Deppen sind schon dabei«, so drückte Deniz es aus, wenn die Rede darauf kam. Aber diese Leute schienen irgendwo einen Persönlichkeitsanteil in sich zu haben, der das ausblenden konnte und funktionierte. Vielleicht deshalb, weil es in ihrem Job Situationen gab, in denen gegenseitiger Verlass lebenswichtig war, vielleicht war das der Grund, dachte sie.

Das Zentrum der Kommission war der große Besprechungsraum am Ende des Flurs, den sie aus früheren Verfahren kannte.

An der Tür klebte schon ein Zettel, auf den jemand mit dickem Filzstift »MK Ruhr« geschrieben hatte, und der riesige Tisch in der Mitte des Raums sah bereits jetzt aus wie der Schreibtisch in einem Teenagerzimmer. Drei der sechs Schreibplätze waren besetzt, daneben lagen Hefter, Klappmappen und Loseblattsammlungen. Zwischen Ordnern in der Mitte des Tischs standen ein paar Kaffeetassen, und es hatte sogar schon jemand eine Plastikbox mit einer Keksauswahl spendiert.

Bei dieser ersten Besprechung fehlte lediglich jenes Team, das mit Hundertschaft und Leichenspürhund am Tatort nach dem Messer suchte, was kein so großes Problem war, weil der Umfang der Infos, die unter die Leute gebracht werden mussten, zu diesem Zeitpunkt noch überschaubar war und die Abläufe eh allen bekannt waren. Nach zehn Minuten war alles gesagt, ihr kurzer Part inklusive.

Außer Anja, der Aktenführerin, und Deniz als Leiter hatte lediglich noch Sascha seinen Arbeitsplatz im eigenen Büro ein Stück den Flur hinunter. Er gehörte zu den Leuten aus der Kommission, die sie noch nicht kannte, sah aus wie ein Student im ersten Semester und kümmerte sich in der Kommission um die Massendaten.

»Ich mach euch mal bekannt«, sagte Deniz, »hab eh 'ne Nachfrage.«

Als sie gemeinsam das Büro betraten, wurde klar, warum der Mann einen separaten Arbeitsplatz brauchte. Er saß vor zwei großen Monitoren, und auf einem seitlichen Tisch stand zusätzlich ein aufgeklapptes Notebook. Auf allen Bildschirmen fand irgendetwas statt.

»Frau Staatsanwältin Lopez, unsere Kap-Dezernentin, hast du ja schon gesehen. Das ist Sascha Hilbing, unser Mann für die Daten.«

»Schon viel von Ihnen gehört.«

Er gab ihr die Hand im Sitzen, gemäßigter Händedruck, Surferlächeln.

Obwohl ihr das grundsätzliche Duzen bei der Polizei gefiel, bot sie es meistens nicht bei der ersten Gelegenheit an und beließ es auch jetzt beim »Sie«. Man würde sich schon noch mal über den Weg laufen.

»Sascha macht sonst Drogen, darum ist er in allen Programmen ziemlich beschlagen. Bei ihm ist das also in den besten Händen.«

Sascha zog eine Grimasse.

Ihr obligatorisches »Okay« für die Anträge der Beschlüsse zur Sicherstellung der Verbindungsdaten hatte sie noch in der Nacht gegeben, was eine Formsache war.

»Sind die Daten von den Funkmasten schon da?«, fragte Deniz.

»Gutes Timing, die 25er haben sie tatsächlich vor drei Minuten geschickt, ich wollte in diesem Moment anfangen.« Er öffnete etwas und zeigte auf einen der Bildschirme. »Wir haben Glück, es kommen nur zwei Masten infrage, das hätte auch schlimmer sein können.« Er umkreiste mit dem Cursor zwei Dreiecke auf einer Karte. »Etwas mehr Richtung Kettwig sähe es schon ganz anders aus. Und beim Tatzeitraum gehe ich erst mal von dem aus, was du eben bei der Besprechung gesagt hast, ja?«

Deniz nickte.

»Ja. Vorgestern 23 Uhr bis gestern vier Uhr.«

»Okay, erweitern können wir das immer noch. Wir haben den Zeitraum davor und danach auch noch.«

Kurzer Gruß, sie verließen das Büro.

»Noch einen Kaffee? Der aus unserer Maschine ist der beste in der Behörde. Sagen alle.«

»Gut, aber dann muss ich wieder rüber. Hier ist fürs Erste nichts mehr zu tun … Für mich, meine ich«, hängte sie nach Deniz' erstauntem Blick noch an.

Sie hoffte, dass in der Box noch einer von den Schokoladenkeksen war.

Alexander

Wieder im Auto, hörte er sich den Anfang des Interviews noch einmal an und war der Meinung, dass es brauchbar war.

Einen ihrer beiden Sportredakteure im Team hatte am Vortag Corona aus dem Spiel genommen, den anderen vor Tagen die falsche Einschätzung seiner Fähigkeiten beim Mountainbiking. Dieser exklusive Termin mit dem neuen Trainer eines Zweitligisten war jedoch zu kostbar gewesen, um ihn verstreichen zu lassen, und weil der Mann Belgier und des Deutschen noch nicht mächtig war, musste Alex ran.

Fußball. Für Leute, die ihn kannten, hätte das ein veritabler Witz sein können, aber zwei Studiensemester im Vereinigten Königreich machten auch fünfzehn Jahre später sein Englisch noch zum Besten, was die Redaktion da zu bieten hatte, und einem Nachrichtenportal, welches sich *Watching the West* nannte, stand das gut zu Gesicht, fand die Chefin.

»Darum möchte ich, dass Sie fahren. Wir wollen doch einen professionellen Eindruck machen.«

Obwohl er über Fußball in etwa so viel wusste wie über Molekularbiologie, was auch allen in der Redaktion bekannt war, denn im Pott kam niemand umhin, sich zum Fußball zu positionieren, so oder so, erst recht, wenn man aus Essen kam und den Namen Rahn trug.

Der Kollege hatte ihn telefonisch eingehend gebrieft, und Alex hoffte, der Rest des Gesprächs würde ebenso okay sein wie der Einstieg.

Er checkte noch kurz die News und Anzeigen auf drei Portalen, aber wie es aussah, hatte in der letzten halben Stunde niemand die Welt aus der Umlaufbahn gekickt.

»Keine Noten, kein Quälen, nur Spaß – lerne intuitiv Saxofon.« Er zögerte einen Moment, dann tippte er die Werbeanzeige an, schüttelte aber nach kurzer Zeit den Kopf über die eigene Dummheit.

Saxofon begeisterte ihn schon immer, erst recht, seit er mit zwanzig den Film *Bird* gesehen hatte, aber irgendwie war es neben dem Klavier nie dazu gekommen. Vor Tagen war er Teil einer faszinierten Menge gewesen, die in der Fußgängerzone vor der Lichtburg einem rastalockigen Virtuosen nach der Darbietung jubelnd Euroscheine in den Hut legte. Dadurch wieder angestachelt, hatte er in den Tagen danach ein paarmal nachgesehen, ob es in der Nähe jemanden für die ersten Schritte auf diesem Instrument gab. Seitdem erschien auf all seinen Displays alles Mögliche, was damit zusammenhing. Die Anzeigen von Musikalienhändlern oder Posts von Portalen für Vintage-Instrumente nervten nur, wirklich schlimm waren die Werbefilmchen nach dem Motto »Virtuose in einem Monat – ohne lästiges Üben«. Die virtuelle Version von Aale-Dieter oder Käse-Achim auf dem Hamburger Fischmarkt.

Er drückte das Video weg, steckte sich noch eine Selbstgedrehte an und fuhr Richtung Amtsgericht.

Der Vergewaltigungsprozess, der heute eröffnet werden sollte, hatte Verspätung, weil der Fall davor länger dauerte, was nicht die Regel war, aber schon mal vorkam. Er hätte die Zeit für einen Kaffee bei Camilla nutzen können, aber man wusste erstens in solchen Fällen nie genau, wann es weiterging, und zweitens konnte er keineswegs sicher sein, sie anzutreffen.

Er nahm auf einer der Bänke in der Nähe des Saals Platz und packte das unterwegs besorgte Käsecroissant aus.

Im Posteingang seines E-Mail-Accounts war eine Reaktion auf eine Rechercheanfrage, die er seit Tagen erwartete und sofort beantwortete.

Beim Check des Presseportals der Polizei Essen las er von einer Leiche, die in der Nacht im Essener Süden nahe der Ruhr gefunden worden war, und dass eine Mordkommission die Arbeit aufgenommen hatte. Eine Pressekonferenz schien vorerst nicht geplant zu sein.

Er wählte Deniz' private Handynummer.

»Lass mich raten. Du hast von der Leiche gelesen?«

»Erst mal guten Tag. Und wenn du in der Schule schon so klug gewesen wärst, hättest du bestimmt ein besseres Abi gemacht.«

»Intuition eben, Königsdisziplin für Kriminalisten.«

»Eigenartig, Intuition ist doch eigentlich das Ergebnis von Intelligenz, Erfahrung und Mut, von daher ...«

»Dass man sich das von einem Streber sagen lassen muss ...«

Alex lachte. »Was ist nun mit eurem Toten?«

»Ich kann dir dazu noch nicht viel sagen, wir sind erst ganz am Anfang. Außerdem hab ich im Augenblick echt kaum Zeit, wie du dir vielleicht vorstellen kannst.«

»Bist du MK-Leiter? Bei euren Pressemitteilungen steht das leider nicht dabei, andere Behörden machen das.«

»Ja, ich bin schon seit heute Nacht am Fliegenfänger.«

»Wann passt es dir besser?«

»Keine Ahnung. Probier es abends noch mal, dann sehen wir vielleicht schon klarer.«

»Welcher Staatsanwalt ist im Rennen?«

Er hoffte, dass es Camilla war.

»Camilla. Sie war eben noch hier, aber sie wird dir auch nicht mehr sagen können.«

»Okay, bis später.«

Als er das Gespräch beendet hatte, sah er noch auf den Presseportalen der anderen Ruhrgebietsbehörden nach, aber dort war nichts, was sein Interesse kitzelte.

Wenn Sie zehn dieser Fragen beantworten können, sind Sie hochbegabt.

Einen Moment zögerte er, dann scrollte er zur ersten Frage, bei der durch Umlegen zweier Streichhölzer aus einer dreistelligen eine fünfstellige Zahl werden sollte. Er sah die Lösung sofort, lächelte mit gutem Gefühl, als über die hauseigene Anlage der Aufruf zu seiner Verhandlung durch den Flur schallte.

Fünf Minuten nachdem zwei Justizbeamte den Angeklagten in den Saal geführt hatten, ließ man auch die Besucher eintreten, und Alex suchte sich einen Platz, der es ermöglichte, das Gesicht des Mannes zu sehen. Wenn er bei diesem Vorwurf in U-Haft saß, ließ das eine gewisse Qualität seiner Tat erahnen, dachte Alex.

Hinter der Staatsanwaltschaft saß auf den Plätzen für die Nebenklage eine Frau. Sie war in Begleitung eines Anwaltspärchens in schwarzen Roben, und ihr Gesicht sah aus, als versuche sie vergeblich, die Erinnerungen an einen Besuch in der Hölle zu vergessen.

Nach ein paar Minuten mit formaljuristischem Kauderwelsch der Vorsitzenden wurde als Zeuge ein forensischer Psychoanalytiker aus dem Maßregelvollzug aufgerufen, dessen Name Alex aus anderen Verhandlungen ein Begriff war. Der Mann trug ein aussagepsychologisches Gutachten vor und neben einem gehörigen Teil Fachchinesisch war davon noch genug verständlich um zu erfahren, dass die Frau in den fünf Jahren ihrer Ehe die Wohnung nicht verlassen und wie eine Sklavin gelebt hatte. Der gewaltsame Sex, wann immer ihrem Mann danach war, war dabei nur ein Teil der grimmigen Grausamkeiten, denen sie täglich ausgesetzt gewesen war. Das Gesicht des Angeklagten zeigte außer einer eindringlichen Gleichgültigkeit zu keinem Zeitpunkt des Vortrags eine Regung.

Als der Gutachter nach einer Weile auf die Kindheit des Mannes zu sprechen kam, wurde das Entsetzen der Besucher ein zweites Mal angefacht, weil er als Dreijähriger von einem Sadistenpärchen adoptiert worden war, dessen männlicher Teil die jahrelange physische und psychische Quälerei mit dem Leben bezahlt hatte, als die Pubertät dem Angeklagten körperlich dafür die Mittel gegeben hatte. Das alles war viele Jahre her.

Wie so oft in solchen Situationen hatte Alex die Fantasie, dass Grausamkeit eine Parallele zur Physik hatte. Einmal in der Welt, verschwand sie nicht einfach, sondern in dem, was sie bewirkte, wurde sie weitergegeben und löste wo auch immer im Universum wieder etwas aus. Wie eine Energie, die niemals verschwand, selbst dann nicht, wenn sie als Kohle für Millionen Jahre tief in der Erde ruhte. Oder als versteinerte Seele in einem Menschen.

Nach einer Stunde war der Vortrag zu Ende, und weil nichts Interessantes mehr zu kommen schien, verließ Alex den Saal.

Bis zur Redaktionssitzung war noch etwas Zeit, die man jetzt eventuell mit einem Kaffee bei Camilla nutzen konnte. Auf dem Weg zu ihrem Büro bog er in die Toilette ab, und im Vorraum mit den Waschbecken stand ein Mann, der etwas übereilt eine Flasche in seiner Tasche verschwinden ließ, und es war deutlich zu riechen, dass darin kein Apfelsaft war. Das Gesicht kam Alex bekannt vor, und er kramte in seiner Erinnerung nach einem Namen und einer Gelegenheit. Vergeblich. Er hatte in diesem Job einfach mit zu vielen Leuten zu tun.

Als er zurückkam, stützte sich der Trinker mit beiden Händen auf eines der vier Waschbecken und blickte wie in einen bodenlosen Brunnen, ohne davon Notiz zu nehmen, was um ihn herum geschah. Alex wusch sich die Hände, unsicher, was zu tun war. In dem Augenblick, als er die Toilette verließ, fiel ihm ein, woher er diesen Menschen kannte. Er stoppte seinen Schritt und ging zurück.

Deniz

Wieder war die Nacht sehr kurz gewesen, aber in den ersten Tagen einer Mordkommission konnte man meist froh sein, überhaupt ein wenig Schlaf zu bekommen. Er hatte sich am Abend auf der Bettkante eine Flasche Fiege geöffnet, die heute Morgen noch zur Hälfte gefüllt war, und er fragte sich, ob seine Nacht wegen dieses Restes unruhig gewesen war oder wegen des Teils, der in der Flasche fehlte.

Weil er vor allen anderen im Büro war, hatte es für die Zubereitung eines Çay noch gereicht, und er nahm sich ein Glas mit in die Besprechung.

»Schließ mal bitte die Tür, wenn alle da sind.«

Kalla von den Einbrechern saß am nächsten und erfüllte den Wunsch.

Die Mordkommission war relativ klein, aber mehr war im Moment nicht drin, jedenfalls nach den Worten der Chefin. Sollte sich die Spurenlage ändern, müsse man mit der Führungsstelle neu verhandeln. Da war es ein ziemliches Glückslos, Anja Winter für die Akten dabeizuhaben. Anja war schnell im Kopf, schnell mit den Händen, dabei penibel und dachte meist genau an die Dinge, die ihm durchgingen. Dass sie eine Labertasche war, die wenig Gespür dafür hatte, wann das Gegenüber mal zwei Minuten Ruhe brauchte, nahm er dafür in Kauf. Auch wenn sie sich, wie in einer MK üblich, jetzt ein Büro teilten und sie ihm als Aktenführerin den ganzen Tag gegenübersaß.

Bei den vier Ermittlungsteams gab es nur eine junge Kollegin, die er nicht kannte, die ihm nur schon einmal auf dem Hof oder im Fahrstuhl aufgefallen war. Sie hatte afghanische Wurzeln, hieß Nila, und von Anja hatte er erfahren, dass sie fließend Dari und ein wenig Paschtu sprach. Man wusste nie, wann solche Dinge zu gebrauchen waren.

Sechs der sieben anderen kannte er aus vergangenen Kommissionen, einige seit Jahren, alle waren im grünen Bereich. Eine gute Mischung aus erfahrenen Leuten und jungen Energiebündeln. Lediglich auf Benni Böker, der eigentlich Benjamin hieß, hätte er verzichten können. Sie kannten sich aus der Fachhochschule, was Ewigkeiten her war, aber schon damals wäre der Widerspruch verhalten gewesen, hätte jemand den guten Benni ein respektloses, stiefelleckendes Arschloch genannt. Er hatte sich wegen der Karriere nach Essen versetzen lassen und trieb sich jetzt normalerweise bei der Wirtschaftskriminalität rum. Bis auf eine kurze Begrüßung im Vorbeifahren auf dem Hof hatten sie sich vor der MK noch nicht gesehen.

Aber wie hatte Onkel Kemal immer gesagt? Jeder hat eine zweite Chance verdient, also auch Benni, mit Mühe.

Nachdem Anja der Truppe erklärt hatte, wie sie sich den Aufbau der Spurenvermerke vorstellte, die man ihr nach den Ermittlungen auf den Tisch legte, bat Deniz Timo, von der Suchaktion zu berichten.

»Das vorweg: Gefunden haben wir die Tatwaffe nicht, obwohl wir bis zum Dunkelwerden vor Ort waren. Um mal den Bereich abzustecken, haben wir zuerst ein Messer genommen und es von der Straße aus geworfen. Weiter als zwanzig Meter fliegt so ein Ding nicht, wenn man nicht Olympiateilnehmer ist. So weit sind wir aber nur um den Leichenfundort ins Gelände gegangen. Dann haben wir vom Leichenfundort aus nach Osten und nach Westen den Bereich neben der Straße abgesucht, den man erreicht, wenn man es aus dem fahrenden Auto wirft, und zwar …«, er stand auf und ging zu einem Kartenausschnitt, der am Whiteboard hing, »… bis etwa zu diesen Stellen, wo die Straße sich in beiden Richtungen der Ruhr nähert. Das ist jeweils knapp ein Kilometer und war echt mühsam, weil das Gelände sehr unterschiedlich ist. Meistens dicht bewachsen, oft mit steiler Böschung. War teilweise auch für den Hund schwierig.«

»Und wenn sie es in die Ruhr geworfen haben?« Der dicke Mohning frühstückte nebenbei eine Leberkäsesemmel mit so viel süßem Senf, dass der an der Seite hervorquoll.

»Wenn sie das Ding in die Ruhr geworfen haben, dann eher an dieser Stelle beim Golfplatz«, wieder tippte Timo auf einen Punkt auf der Karte, »weil, hier oben kommst du gar nicht so nah ans Wasser heran, und du kannst den Fluss hier von der Straße aus auch nicht sehen. Und nachts kannst du die Ruhr auch hier unten nicht sehen, obwohl sie da fast neben der Straße fließt und nur von ein paar Bäumen und Gebüsch verdeckt wird. Und hier oben, an dieser Stelle, bist du fast in Werden, da sind schon die ersten Häuser.« Er machte eine Pause. »Aber ich glaube nicht, dass das Ding in der Ruhr liegt.«

»Warum nicht?« Mohning, mit vollem Mund und Senf an der Unterlippe.

»Genau deshalb, wegen der fehlenden Sicht. Du kannst die Ruhr da nachts nicht sehen, obwohl sie ganz nah neben der Straße fließt, das musst du schon wissen. Ich glaube aber, die Täter kannten sich nicht aus. Darum wussten die wahrscheinlich auch nicht, dass es hier eine Stelle gibt, wo ein Fluss ganz in der Nähe ist.«

»Wie kommst du darauf, dass sie sich nicht auskannten?«, fragte Deniz.

»Wegen des Ablageorts.« Wieder tippte Timo auf die Karte. »Die sind einfach rechts ran, haben ihn getötet und dann den kleinen Abhang runtergeworfen. Wenn die sich ausgekannt hätten, gäbe es dafür ganz in der Nähe mehrere Stellen, die wesentlich besser geeignet gewesen wären. Hier und hier sind Buchten, es gibt verschiedene Einfahrten, wo man nicht wie auf dem Präsentierteller steht, und hier und hier«, wieder zeigte er auf die Karte, »gehen sogar kleine Wege oder Straßen ab, wo man in zwanzig Sekunden an einem Platz ist, wo man wesentlich ungestörter wäre. Denn wenn da um die Zeit ein Auto langkommt, bist du vollkommen sichtbar.«

»Das muss man aber im Vorbeifahren auch erst mal checken, dass da einer umgebracht wird, wenn da nur ein beleuchtetes Fahrzeug rumsteht. Kann doch werweißwas sein.«

»Ja, schon klar«, sagte Timo, »aber wenn ich Ortskenntnis habe, würde ich es niemals darauf ankommen lassen, sondern kurz irgendwo reinfahren, und wenn es nur so eine Anhaltebucht ist.«

Kurzes Schweigen, nur Mohning knisterte beim Zusammenpacken des Brötchenpapiers.

»Okay, lassen wir erst mal so stehen«, sagte Deniz, »guter Einwand, behalten wir im Hinterkopf. Sollte das Ding doch im Fluss liegen, ist eh nichts mehr zu machen. Könnte schließlich sein, dass sie über die Brücke Ringstraße gefahren sind. Ist 'ne Ecke weg, klar, aber auch wenn es von der Auffindesituation der Leiche wahrscheinlich ist, dass sie Richtung Werden weggefahren sind, ist das nicht sicher.«

Er blickte in die Runde.

»Gibt's noch was zu euren Ermittlungen zu sagen? Einige waren ja noch unterwegs.«

Kalla hob den Arm.

»Ganz kurz zur Reifenspur im Erdreich am Tatort: Es handelt sich um einen SUV-Winterreifen, Firestone, Typ blablablubb. So wie die Spur aussah, an der Stelle, könnte das tatsächlich unser Tatfahrzeug gewesen sein. Ob man daraus was zum Fahrzeugtyp ableiten kann, da bleibe ich dran.«

»Danke, Kalla, wichtige Spur, finde ich auch. Noch jemand was?«

Zwei Teams, die Anwohner befragt hatten, schilderten kurz, dass nichts Wesentliches dabei rausgekommen war. Ein Lokal an der Laupendahler Landstraße wollte noch eine Gästeliste des Abends schicken, soweit diese bekannt waren, und auch im Golfclub hatten sie einen schriftlichen Aufruf hinterlassen. Ansonsten war das, was am Beginn einer MK immer sofort getan und auf den Weg gebracht wurde, noch ohne Ergebnis geblieben. Auch die Identität des Toten war noch nicht bekannt.

Deniz beendete die Besprechung, und sofort herrschte Stühlerücken und Aufbruchstimmung.

Gemeinsam mit Anja auf dem Weg zu ihrem Büro, hielt ihn Benjamin Böker kurz davor an der Schulter zurück.

»Ach, Döner, nur eine Sekunde. Ich wollte dich zumindest kurz ganz offiziell begrüßen. Habe ich schon vor, seit ich hier in der Behörde gelandet bin.« Das schmierige, falsche Lächeln war noch dasselbe. »Mein Gott, wie lange ist das her, das wir uns gesehen haben?«

Aus den Augenwinkeln erkannte Deniz ein Fragezeichen in Anjas Gesicht.

»Fünfzehn Jahre ungefähr, wenn ich richtig rechne.«

»Ich dachte, vielleicht hast du ja nicht mitbekommen, dass ich mich auf den Stellvertreter bei der Wikri beworben hatte.«

»Doch, habe ich mitbekommen. Hoffe, es gefällt dir da. Wikri ist ja manchmal etwas dröge Kost, finde ich.«

»Der erste Eindruck war durchaus positiv.« Er schob die Unterlippe vor.

»Dann frohes Schaffen, werden uns ja jetzt öfter sehen. Die nächste Zeit sowieso.«

Deniz versuchte ein Lächeln und folgte Anja in ihr Büro. Als er sich gesetzt hatte, stand sie auf und schloss die Tür.

»Wie hat der dich eben genannt?«, mit zusammengekniffenen Augen.

»Wir waren gemeinsam auf der Fachhochschule, und damals ging es noch nicht so rücksichtsvoll zu. War doch bei euch sicher nicht anders. Jeder wurde an der Stelle attackiert, wo bei ihm das Lindenblatt saß. War doch ein Lindenblatt, oder?«

»Ja, kann sein, Fachhochschule, meinetwegen. Aber hier geht das gar nicht. Döner? Ich dachte, ich hör nicht richtig.«

Erst jetzt spürte Deniz, dass es sich anfühlte wie damals in manchen Situationen. Als atme er heiße Luft, die sich rasch in jedem Winkel seines Körpers verteilte. Auch nach der Fachhochschule hatten ihn einige manchmal noch Döner genannt, was noch verletzender gewesen war als die paar offenen Angriffe einiger älterer Kollegen, die mit einem Türken in der Polizei wenig anfangen konnten, auch wenn der Müller hieß und einen deutschen Vater hatte. Mit der Zeit hatte das nachgelassen. Mitgelacht hatte er auch damals nicht, aber etwas dazu gesagt auch nur in wenigen Situationen. Was schon zu der Zeit ein Fehler gewesen war.

Er stand auf und fand Benjamin Böker an einem der Bildschirme im Besprechungsraum.

»Benni, hast du eine Minute?«

Böker machte ein überraschtes Gesicht, folgte ihm in die kleine Küche. Deniz schloss die Tür.

»Mein Gott, wird das ein Heiratsantrag?«

»Nicht ganz. Muss nur nicht jeder hören, geht uns beide an. Und ich wollte es sofort klären.« Er sah Böker an, bis das Lächeln verschwand. »Ich möchte von dir nicht mehr ›Döner‹ genannt werden, okay?«

Wirkungstreffer. Er zog die Brauen nach oben, brauchte einen Moment.

»Mein Gott, bist du über die Jahre empfindlich geworden?«

»Ich war immer empfindlich, jetzt sage ich es nur.«

»Hat dich doch damals auch nicht gestört, diese Flachserei.«

»Doch, hat es. Ich habe nur nichts gesagt. Und damals waren andere Zeiten.«

Die Wirkung ließ schon wieder nach, und allmählich machte sich die alte Herablassung wieder in seinem Gesicht breit.

»Dass ausgerechnet du jetzt auf *political correct* machst, ist schon verwunderlich. Du warst damals auch kein Kind von Traurigkeit.«

»Ja, kann sein.«

»Es hat damit zu tun, dass du jetzt Leiter bist, oder?«

»Es hat damit zu tun, dass es mich stört und ich es jetzt sage.«

Er atmete tief durch.

»Könnte man auch locker nehmen mit etwas Selbstbewusstsein.«

»Könnte man, tue ich aber nicht. Lass es einfach, okay?«

Er breitete die Unterarme mit den Handflächen nach oben aus, was wohl so etwas wie Zustimmung bedeuten sollte.

Als Deniz sich wieder an seinem Platz setzte, sah Anja ihn mit gesenktem Kopf über die beiden Schreibtische hinweg an.

»Alles geklärt. Danke für den Anschub.«

»Gut«, sagte sie.

Zweite Chance? Ts…, Arschlecken …

Alexander

Petersen. Der Mann hieß Hannes Petersen.
Perfekte Übergabe – Dynastien im Ruhrgebiet.

Vor knapp drei Jahren hatte Alex als eines seiner ersten Projekte bei *WtW* eine Serie gestartet, die den Generationswechsel in alten Familienunternehmen im Pott beleuchtete. Seinen Fokus hatte er dabei bewusst auf die gelingenden Beispiele gerichtet, die seltener waren als angenommen. Die Fälle, in denen der alte Patriarch die Macht nicht aus der arthritischen Hand geben wollte und die Firma lieber mit Starrsinn vor die Wand fuhr, als seine Nachfolger etwas ändern zu lassen, waren gefühlt in der Überzahl gewesen.

Langsam kam Alex' Erinnerung wieder.

Bei den Petersens war es anders gelaufen. Dreimal hatte in ihrem Bauunternehmen der Vater die Leitung der Geschicke auf einen der Söhne übertragen, und es war in diesen knapp einhundert Jahren stetig bergauf gegangen, wenn Alex sich richtig erinnerte.

Er stellte sich neben den Mann, der weiterhin nach unten starrte und irgendwo anders war, nur nicht im Vorraum einer Toilette der Essener Justizbehörden.

»Herr Petersen?«

Wie eine Schildkröte wandte er den Kopf, sah Alex an, und nach kurzer Zeit verschwand die Falte zwischen seinen Brauen.

»Herr Rahn!?«

»Richtig. Die Serie in *Watching the West*.«

»Ich erinnere mich. Aus dem Hintergrund müsste Rahn schießen ...« Er versuchte ein Lachen, das alsbald notlanden musste.

»Das hatten Sie schon damals bei unserem ersten Treffen gesagt. Geht es Ihnen gut, Herr Petersen? Sieht im Moment nicht danach aus, wenn Sie mir diese Einschätzung erlauben, ohne anmaßend sein zu wollen.«

Endlich löste er die Hände vom Beckenrand, richtete sich ein wenig auf und suchte den Blickkontakt über den Spiegel.

»Ich denke, dafür braucht man keinen Doktor in Menschenkenntnis, oder?«

Sie waren in etwa gleich alt, und Alex hatte die Gespräche zwischen ihnen in guter Erinnerung. In einer Stimmung gegenseitiger Sympathie war damals vor allem der Stolz aus ihm geflossen, die Reihe seiner männlichen Vorgänger fortzusetzen. Der Mann, der jetzt vor ihm stand, wirkte wie die kraftlose, verzweifelte Version seines damaligen Gegenübers.

»Kann ich Ihnen irgendwie helfen?«

Wieder versuchte er ein Lächeln, das nur kurz seinen Kopf durch einen Vorhang trauriger Bitterkeit steckte.

»Mir ist nicht mehr zu helfen.«

Nach einigen Treffen in der Firma hatte es zum Schluss einen gemeinsamen Kneipenabend gegeben, bei dem zu späterer Stunde Themen besprochen wurden, die nicht in seiner Reportage landen sollten. Etwas von dem, was einem über die Jahre an die Seele getackert wird und worauf man nur hin und wieder einen Blick wirft. Ob das an dem Tag Folge seiner schon damals mörderischen Schlagzahl beim Bier gewesen war? Schon möglich. Vielleicht hatte es auch mit diesem beiderseitigen Gefühl zu tun, dass sie miteinander konnten. Jedenfalls lag es nicht nur am beruflichen Ehrenkodex, dass Alex sich natürlich daran gehalten und diese Themen vertraulich behandelt hatte.

»Wollen wir einen Kaffee trinken? Hier um die Ecke kenne ich ein paar Läden, die ganz okay sind.«

Er löste sich aus dem Blickkontakt im Spiegel und sah Alex jetzt direkt an.

»Ein Bier wäre mir lieber.«

Mit diesen Worten zog er den Flachmann wieder aus der Manteltasche, schraubte ihn mit einem schabenden Geräusch auf und nahm einen Schluck.

»Meinetwegen auch das.«

Camilla würde er später anrufen.

Sie entschieden sich für eine Bar, die nah an dem Parkhaus lag, in dem Petersen seinen Wagen geparkt hatte, und Alex hoffte, dass der Mann nicht noch Auto fahren wollte.

Auf dem kurzen Fußweg sprachen sie kaum ein Wort und fanden etwas abseits einen Tisch, der ein wenig Diskretion möglich machte.

»Ich weiß gar nicht, warum ich mitgekommen bin«, sagte er, nachdem sie sich gesetzt hatten, und schüttelte sacht den Kopf. »Wir kennen uns kaum.«

»Vielleicht wollen Sie ein bisschen reden.«

»Reden ...«

»Ich möchte nicht anmaßend sein, aber es sah auf der Toilette so aus, als könnten Sie das gebrauchen. Sieht auch jetzt noch so aus.«

»Als ob das noch helfen würde.«

»Und ich habe unsere Gespräche von damals noch in guter, in sehr guter Erinnerung, Herr Petersen, von daher ...«

Er zog die Brauen nach oben, nickte kaum wahrnehmbar.

»Damals waren andere Zeiten. Wobei ...«, er machte eine Pause, »... genau genommen fing es da schon an.«

Die Bedienung kam, und Hannes Petersen bestellte sich ein großes Fiege Zwickel. Eigentlich auf Kaffee und Wasser eingestellt, orderte Alex aus Solidarität und Taktik ein kleines Bier.

Gemeinsam sprechen und gemeinsam trinken waren zwei Geschwister, die sich meist umarmten.

»Geht es um die Firma?«

Wieder machte Petersen eine lange Pause, und Alex fragte sich, ob es die Überwindung war oder der Alkohol, obwohl Petersen zu den Menschen gehörte, denen man kaum ansah, wie viel sie getrunken hatten.

»Die Firma ... Die Firma gibt es nicht mehr.«

Obwohl Alex etwas in der Richtung erwartet hatte, wurde sein Mund jetzt trocken.

»Seit wann?«

»Seit ein paar Monaten.«

»Und da ist das letzte Wort schon gesprochen?«

»Das Insolvenzverfahren wird demnächst eröffnet, deshalb war ich heute hier. Wenn nicht noch ein Wunder geschieht. Aber wie das mit Wundern so ist ...«

Die Getränke kamen, und sein Gegenüber nahm einen Schluck Bier, kaum dass die Bedienung gegangen war.

»Corona?«, fragte Alex und stellte sein Glas wieder ab.

»Ja, hat auch eine Rolle gespielt, war aber nur das i-Tüpfelchen, das das Fass zum Überlaufen brachte.«

Wieder stellte er sich die Frage, ob dieser metaphorische Lapsus gewollt war oder ein cooler Scherz sein sollte.

»In erster Linie sind falsche Entscheidungen getroffen worden.« Er verzog das Gesicht. »Falsch. Ich«, mit Betonung, »habe ein paar falsche Entscheidungen getroffen. Kleiner Unterschied.«

Er nahm einen großen Schluck.

»Was ist passiert?«

Sein kaufmännisches Wissen war lediglich rudimentär, trotzdem verstand Alex genug von dem, was Hannes Petersen ihm in den nächsten Minuten erzählte, um eine Ahnung davon zu bekommen, was das alles bedeutete.

Quasi über Nacht hatte er das Unternehmen allein führen müssen, nachdem sein Vater einen schweren Schlaganfall knapp überlebt hatte und jetzt die Existenz eines gelähmten, sabbernden Stotterers führte, wie er es mit leiser Verzweiflung beschrieb. Ein paar Wochen zuvor hatte der Mann, den er mit einem warmen Lächeln »den Großwesir« nannte und seit zwanzig Jahren als rechte Hand seines Vaters kannte, sich seinen Lebenstraum erfüllt und war zurückgegangen in das Dorf seiner Geburt an der türkischen Ägäis.

»Kenan wäre gekommen, wenn ich ihn gebeten hätte, ganz sicher. Er war mit unserer Firma verheiratet. Aber auch er hatte sich wie mein Vater für den Betrieb aufgerieben. Er sollte nicht genauso enden und hat sich diese Jahre dort am Meer weiß Gott verdient.«

Er leerte sein Glas.

»Dann kam eines zum anderen. Corona, ein paar Großkunden, die nicht zahlten, sondern klagten, die Rohstoffpreise stiegen, und zum Schluss machten auf einmal die Banken dicht. Wir waren Kunden seit der Steinzeit, aber nach ein, zwei Jahren, in denen es enger wurde, war Schicht.«

»Wann war das?«

»Ich kann es gar nicht mehr genau sagen. Jedenfalls brauchten wir Geld, um unser Material zu bezahlen.«

Er bestellte noch ein Bier und sammelte seine Gedanken.

»Da habe ich eine Zeit lang im Internet recherchiert, und irgendwann kam dieses Angebot. Wie aus heiterem Himmel stieß ich auf diese Anzeige. Die Renditen klangen fast zu schön, um wahr zu sein«, er unterbrach sich, schüttelte mit Blick ins Leere den Kopf, »waren sie letztlich auch. Aber es kamen zwei Dinge zusammen: Die Leute waren extrem überzeugend, es gab auf einmal im Netz einfach viel mehr Dinge, die dafür sprachen als dagegen, und das schien alles vollkommen wasserdicht zu sein. Und wenn einem das Wasser bis zum Hals steht, ist die Wahrnehmung eben ein wenig im Arsch, 'tschuldigung.«

Sein Handy klingelte. Schon als er auf das Display sah, geschah etwas in seinem Gesicht. Er drückte den Button, und nach dem kurzen Gespräch, bei dem er außer der Adresse des Parkhauses und der Etage kaum etwas sagte, schien er fast nüchtern zu sein.

»Sorry, ich muss gehen.«

Er steckte das Telefon ein, zwängte sich aus der Bank und war schon auf dem Weg zur Tür. Dann machte er einen Schritt zurück.

»Können Sie das Bier trinken?« Mit den Worten legte er einen Zehner auf den Tisch. »Ich schaffe das jetzt nicht mehr.«

»Lassen Sie stecken, ich mach das schon. Was ist denn passiert, Herr Petersen? Kann ich irgendwas tun?«

Er war schon wieder auf halbem Weg zur Tür.

»Wie wollen Sie denn jetzt nach Hause kommen? Ich fahre Sie, Sie können unmöglich so selbst fahren.«

Er stoppte seinen Schritt, kam zurück und klang fast zornig.

»Nein, Sie kommen nicht mit. Es ist okay. Danke für Ihre Zeit.«

Dann verschwand er durch die Tür.

Woher diese Panik? Mit Verständnislosigkeit starrte Alex auf die Tür und hoffte, er käme noch einmal zurück. Und woher dieser plötzliche Zorn? Und da war noch etwas anderes gewesen.

Er ließ das große Bier stehen, zahlte und fragte sich auf dem Weg zum Auto, was da noch in seinem Gesicht gewesen war.

Angst. Ja, es war Angst gewesen. Deshalb der Alkohol?

Alex' Schritte wurden langsamer, und er blieb stehen, weil ihn ein Gedanke packte, bei dem er sich fassungslos fragte, warum ihm der erst jetzt kam. Der Mann konnte unmöglich noch selbst fahren, ganz egal, wie er gewirkt hatte. Er hätte sich ohrfeigen können, nicht hartnäckiger geblieben zu sein. Drei, vier Minuten, länger würde er nicht brauchen. Er machte kehrt und begann zu laufen.

Wie immer in solchen Situationen schwor er sich, wieder mehr Sport zu machen, weniger zu rauchen, gesünder zu leben. Meist überlebte der Schwur die anschließende Kurzatmigkeit nur um eine Stunde.

Drei Minuten war die Schätzung für Olympiasieger gewesen. Er erreichte das Parkhaus und hoffte, es war noch rechtzeitig. Nach einer kurzen Überlegung entschied er sich gegen das Treppenhaus und für die Abfahrtschleife, um Petersen nicht zu verpassen, wenn er schon losgefahren war. Auf der vierten Etage angekommen, ohne dass ihm jemand begegnet war, fiel ihm erst auf, dass er nicht wusste, nach welchem Wagen er suchte.

Nach rechts war die Plattform leer, nach links verstaute weiter hinten eine langhaarige Blonde ihren Kinderwagen im Kofferraum.

Erst rechts.

Langsam ging er an den parkenden Autos vorbei in der Hoffnung, dass er noch nicht gefahren war und vielleicht im Auto saß, um zu telefonieren oder weshalb auch immer, aber auf dieser Seite der Plattform waren alle Autos unbesetzt. Er machte kehrt.

Die junge Mutter hatte ausgeparkt und kam ihm im Kleinwagen entgegen. Er beschleunigte seinen Schritt und nahm sich den anderen Teil der Etage vor.

Noch bevor er den Sticker mit den stilisierten Steinen unter dem Namen »Petersen« entdeckte, war ihm der SUV aufgefallen, weil darin Personen saßen, die zudem laut redeten. Beim Näherkommen nahm er wahr, dass es mit lautem Reden nicht getan war. Der Wagen bewegte sich leicht in der Federung, und er hörte im aufgeregten Stimmengewirr einen Schmerzenslaut.

Mit vier schnellen Schritten war er am Wagen und riss die Fahrertür auf.

»Was geht hier vor?«, rief er und sah, dass Petersen sich mit verzerrtem Gesicht die Hand hielt und auf dem Beifahrersitz und hinten rechts jeweils ein Mann saß. Der vom Rücksitz stieg eilig aus, lief um das Heck und packte ihn unvermittelt an der Kehle. Mit einem Reflex griff Alex die Hand des Mannes, dessen aggressives Gesicht ganz nah war und der ihn gegen das nächste Fahrzeug drückte.

»Was willst du? Geht dich gar nichts an hier. Hau einfach ab, ja.«

»Ich haue keineswegs ab. Lassen Sie den Mann in Ruhe.« Einen Moment wog er die Vor- und Nachteile einer Drohung ab. »Sonst rufe ich die Polizei.«

Anstatt einer Antwort schlug ihn der Mann, ohne auszuholen, mit dem linken Handrücken kurz und schmerzhaft auf die vordere Wange, und Alex schmeckte sofort Blut.

Auch der Zweite war inzwischen ausgestiegen, sagte etwas in einer Sprache, die Alex im ersten Moment nicht zuordnen konnte, und machte mit dem Kopf eine Geste zum Gehen.

Der Schläger ließ ihn los und folgte dem anderen.

Obwohl der Zorn in Alex die Angst eindeutig zur Seite gedrängt hatte, unterließ er es nach einem kurzen Check des Für und Wider, den beiden zu folgen, die, ohne den Schritt erkennbar zu beschleunigen, in der Tür zum Treppenhaus verschwanden. Einen Moment war nur das Verhallen des Türenschlagens zu hören.

»Hatte ich nicht gesagt, Sie sollen nicht nachkommen?«, sagte Petersen, aber der Schmerz in der Stimme dämpfte den Vorwurf deutlich. Als hielte er etwas Zerbrechliches, hatte er den linken Handteller unter die rechte Hand geschoben, deren Ringfinger in einem Winkel abstand, dass Alex schon der Anblick wehtat.

»Wer war das?«

Hannes Petersen atmete hörbar durch die Nase aus und wandte den Blick ab.

»Ist 'ne längere Geschichte. Den Anfang kennen Sie ja schon.«

Alex kramte in seinen Taschen nach etwas, womit er das Blut abtupfen konnte, fand eine Serviette vom Fischbrötchen, das er gestern gegessen hatte.

»Kann ich den Rest auch hören? Würde mich nämlich interessieren. Ich nehme an, die Polizei ist noch nicht im Boot.«

»Das soll auch so bleiben.«

»Warum? Ich habe da gute Verbindungen.«

»Es ist besser so, glauben Sie mir. Außerdem würde es nichts nützen. Sie haben es ja selbst mitbekommen. Ich weiß nicht, wer die sind.«

Die Lippe blutete nur noch schwach, pochte aber umso mehr.

»Aber wer die geschickt hat, das wissen Sie schon, oder?«

Er verzog das Gesicht, was wohl Zustimmung sein sollte, dachte Alex.

»Ich kann Ihnen natürlich nicht verbieten, zur Polizei zu gehen«, sagte er mit Blick auf seine Hand. »Wenn Sie wollen, bezeuge ich das auch, was hier soeben abgelaufen ist, aber ich glaube, auch das endet wie das Hornberger Schießen.«

»Ich überleg's mir noch. Aber die werden doch wiederkommen, oder?«

»Vielleicht kann ich es abwenden. Ich habe schon eine Idee, könnte klappen.«

Er versuchte offensichtlich, den Finger zu bewegen, und stöhnte leise.

»Um wie viel Geld geht es?«

»Vielleicht eine machbare Summe«, sagte er.

»Jetzt fahr ich Sie erst mal nach Hause, denn deshalb bin ich Ihnen eigentlich gefolgt. Vorher machen wir einen kleinen Abstecher zum Krankenhaus. Ich denke, der Finger ist gebrochen.«

»Das denke ich auch. Fühlt sich jedenfalls so an.«

Er stieg vorsichtig aus und ging auf die Beifahrerseite.

Alex nahm hinter dem Lenkrad Platz und startete den Wagen. Was für ein Riesenschiff.

Camilla

Eine eigenartige Situation, die ihr noch nie passiert war. Ein Anwalt, den sie aus Studienzeiten kannte, vertrat den Angeklagten, für den sie eine Gefängnisstrafe gefordert hatte.

Offensichtlich war sein Mandant ein Mensch, der glaubte, sich durchs Leben zu schlagen, sei eine wörtlich zu nehmende Aufforderung, die besonders in Konfliktsituationen als Mittel der Wahl zu favorisieren war. Dass die Opfer dabei in der Vergangenheit meistens »linkes Pack« oder »zugereiste Schmarotzer« waren, hatte der junge Mann in den wenigen Wortbeiträgen selbst formuliert.

Der zur Schau gestellte Unmut seines rechtlichen Beistands darüber dürfte taktischer Natur gewesen sein, dachte Camilla, denn wenn sie sich richtig erinnerte, war der Mann schon damals Mitglied einer dieser Verbindungen gewesen, die ihr immer vorgekommen waren, als hätten sie sich im Jahrhundert vertan, und deren Weltbild durchaus Parallelen aufwies zu jenem der Leute, die so sprachen wie sein Mandant. Halt nur weniger intellektuell verbrämt.

Wäre er vom Vorsitzenden nicht genannt worden, sie hätte seinen Namen nicht mehr gewusst. Einiges andere aber war ihr in Erinnerung geblieben, und das war keineswegs angenehm.

Als die Sitzung beendet war, beeilte sie sich, den Saal zu verlassen, um ein Zusammentreffen zu vermeiden. Vor der Tür traf sie auf Dieter Bartels, Büropartner von Deniz und einer der Todesermittler der Essener Polizei.

»Du hast es ja eilig, meine Güte. Trotzdem Zeit für eine kurze Frage, Camilla?«

Sie blieb stehen.

»Ja, ein bisschen in Eile bin ich tatsächlich. Aber alles gut. Hallo erst mal.«

»Es geht um die MK Sprinter. Nächste Woche beginnt der Prozess, wie du weißt, und ich habe mir noch mal …«

»Lopez. So sieht man sich wieder.«

Er trat von der Seite an sie heran und reichte ihr die Hand.

»Richtig, das ist mein Name. Und ja, so sieht man sich wieder, Herr Groß.«

In diesem Augenblick fiel ihr auch wieder ein, dass sein Vorname Elmar war.

Er hielt ihre Hand unangenehm lange fest und zog die Stirn kraus.

»Waren wir nicht mal beim ›Du‹? Ist zwar lange her, aber wir haben ja mal dieselbe Bank gedrückt und uns in denselben Vorlesungen gelangweilt.«

»Wenn ich ehrlich bin, erinnere ich mich nicht mehr daran.«

Du duzt ihn jetzt nicht, dachte sie.

»Ich erinnere mich schon. So ein Gesicht vergisst man nicht. Aber ich habe einen anderen Namen in Erinnerung. Verheiratet?«

Sie sah, dass Dieter Bartels aus den Augenwinkeln ihre Reaktion beobachtete.

»Ja, ich hieß mal Winkler, stimmt. Lopez ist der Name meines Großvaters.«

Und ich werde dir für nichts in der Welt erklären, wie das zusammenhängt.

»Ah, ja, jetzt verstehe ich. Daher der außergewöhnliche Teint.«

»Ja, daher.« Sie machte eine Pause, weil sie im ganzen Körper ihren Puls fühlte.

»Und ich muss jetzt auch mit Kriminalhauptkommissar Bartels noch etwas Wichtiges besprechen, wenn Sie uns entschuldigen?«

Er hob eine Hand. »Natürlich. Ich wollte auch nicht stören.«

»Hat fast geklappt«, sagte Dieter Bartels, der die Situation offensichtlich gecheckt hatte, sie am Arm nahm und zur Seite führte.

»Man sieht sich sicherlich.«

»Schon möglich«, sagte sie und gab dem sanften Druck des Polizisten nach, bis ein paar Meter Diskretionsabstand entstanden waren.

»Angenehmer Typ«, sagte er mit einer hochgezogenen Braue.

»Wir haben im Studium ein paar derselben Veranstaltungen besucht, mehr nicht. Ist lange her, aber er war damals schon so ...«

»Alles gut, du musst nichts erklären.«

»Das mit dem Namen und meinem Großvater hat Deniz sicherlich mal erzählt.«

»Nein, hat er nicht, war mir neu. Auch das musst du nicht erklären. Also, MK Sprinter ...«

Nachdem sie die dienstliche Angelegenheit besprochen hatten und Camilla ihr Büro aufschloss, dachte sie daran, dass sie mit Bartels immer gut zusammengearbeitet hatte und auch Deniz, der ihn oft sein Stubenkamel nannte, nur Gutes von ihm berichtete. Ein väterlicher Kollege, der ihn in allem unterstützte. Trotzdem hatte er Bartels die Geschichte ihres Namens nicht erzählt. So viel Diskretion hätte sie von Deniz gar nicht erwartet. Aber sie gefiel ihr.

Es klopfte. Nach dem »Herein« zeigte sich ein Kopf, den sie kannte, aber nicht mit einem Namen verbinden konnte.

»Guten Morgen. Kollegin Lopez?«

»Ja.«

»Christian Herrmann. Haben Sie kurz eine Minute Zeit?«

Er trat in den Raum, behielt den Türdrücker in der Hand.

»Ja, hab ich. Worum geht es?«

Er schloss die Tür hinter sich, blieb stehen.

»Ich bin erst seit etwa einem halben Jahr hier in der Behörde, und wir haben bei unseren Verfahren in der organisierten Kriminalität häufiger mit Telefonüberwachungen zu tun. Man sagte mir, bei Ihren Kapitalsachen sei das auch häufiger der Fall.«

»Das ist richtig.«

»Dann hätte ich ein paar mehr praktische Fragen, unter anderem zur Zusammenarbeit mit der Polizei.«

Er folgte ihrem Wink und setzte sich auf den Stuhl seitlich ihres Schreibtischs.

Sie dachte an ihre Begegnung mit Groß und wunderte sich, wie unterschiedlich man doch auf Menschen reagierte, schon beim ersten Kontakt. Sie hatte einen längeren Artikel gelesen, wonach das Gehirn nur Bruchteile von Sekunden braucht, um sich für Sympathie oder Antipathie zu entscheiden, und dass es dabei zu grausamen Fehlern kommen kann. Die Gründe für diese Irrtümer waren vielfältig, in Erinnerung geblieben war ihr jener, dass wir unbewusste Ähnlichkeiten zu Menschen sehen, die uns sympathisch sind oder eben nicht.

Sie hätte nicht sagen können, wem Christian Herrmann ähnlich sah, aber er war ihr auf den ersten Blick angenehm gewesen, so wie Elmar Groß ihr damals von Anfang an unsympathisch gewesen war. Zumindest bei Letzterem hatte sie sich offensichtlich nicht geirrt.

Nachdem der Kollege ihr Büro verlassen hatte, versuchte sie zu ergründen, ob er mit ihr geflirtet hatte. Wenn, dann auf eine sehr subtile Art.

Wir können uns täuschen, hatte es in dem Artikel geheißen, manchmal auch, weil wir das wollen. Sie fragte sich, ob sie deshalb dieser unscheinbaren kleinen Dissonanz, die sie in all dem lächelnden Charme, der unaufdringlichen Freundlichkeit und wertschätzenden Kollegialität auch gespürt hatte, keine Bedeutung geben wollte.

Ihr Telefon klingelte.

Juli 2016

Rückspiegel, Shit, ziemlich dunkel hier. Aber Licht ist nicht, nicht hier, nicht um diese Zeit. Bettflüchtige Rentnerspione gibt's überall.

Sieht aber gut aus, auch an der Seite, am Hals, immer ein Problem da.

Handschuhe, Rucksack. Besser wär ohne, aber so viel Zeug für die Taschen im Jogginganzug.

Der Wagen? Guter Platz. Unauffällig. Weiter weg, aber nah genug, um nicht endlos durch die Nacht zu rennen, vor allem hinterher. Kein Licht in den Häusern. Doch, da, eins. *Schlaflos in Seattle* ... Hier dranbleiben war das Problem, Einzelhäuser, nichts los, alle glotzen.

Nicht verheiratet, war nachzulesen, alles andere auch. Aber dass sie auch allein lebt, der Hauptgewinn. Ist keiner bei ihr eingetragen und hab keinen gesehen. Zehn Tage Beobachtung reichen, oder? Zehn Tage. Mit Unterbrechungen, der Dienst halt. Müsste aber sicher sein, die Sache. Morgens allein raus, abends allein rein, immer. Kein anderer, nur die Freundin mal, auch die nie nachts, verschwindet immer irgendwann. Ungewöhnlich für 'ne Marokkanerin, so allein. Aber ist so. Zum Glück.

Feuchte Hände. Von irgendwoher Hundegebell, aber weit genug weg, oder? Die Hände sind echt feucht, scheiße, rutschen in den Handschuhen. Wieder der Hund. Mindestens fünf Grundstücke weg. Wahrscheinlich mehr. Und der meint auch wen anders. Kaum Wind, man hört alles. Gut.

Das Nachbargrundstück. Der Zaun, nichts Spitzes oder Scharfes. Durch die Büsche, Zaun Nummer zwei. Ziemlich dunkel.

01:12 auf der Uhr. Tiefschlafphase, eigentlich. Ausatmen, dreimal. Der Puls drückt, als wäre ein Gewinde im Schädel, mit dem Schlauch von 'ner Pressluftpumpe.

Kein Licht, auch in den Nachbarhäusern nicht.

Das Werkzeug. Zum Glück Fenster einfach, wenn sie sich vorgestern keine neuen hat einbauen lassen. Geht gar nicht. Würde man sehen, hätte man auch mitgekriegt. Ne, alles beim Alten.

Über den Rasen Richtung Terrasse. Fensterflügel auf Kipp? Tatsächlich, Wahnsinn. Offenes Fenster. Glückstag. Nachts meist das Schlafzimmer.

Ohne Gardinen, kein Schlafzimmer, die Küche. Arbeitsplatte direkt hinterm Fenster.

Ausatmen, ausatmen, der Rücken ist nass, zittriger Atem.

Das wird ein Fest, Amina.

Sag bitte!

Was war das denn?

Das ist doch wohl nicht wahr.

Du elende Kröte.

Dein Vater ist nicht da, wir sind allein und dann so was?

Du beobachtest mich?

Beim Duschen?

Schleichst dich einfach an.

Das glaube ich jetzt nicht.

Durch die Badezimmertür.

Angeschlichen und mich beobachtet.

Ich lasse die Tür ahnungslos 'nen Spalt offen,

denke nichts Böses und dann das?

Schmaler Spalt, entriegeln, metallenes Geräusch. Horchen. Da ist nichts. Auf der Arbeitsplatte zwei Gläser. Wieso zwei? Vielleicht noch eins von gestern, Besuch war keiner da seit dem Mittag.

Langsam auf die Brüstung und durch. Fenster zu.

Ausatmen. Alles still geblieben, warten. Da ist nichts. Die Waffe, wollen doch Eindruck machen von Anfang an.

Auf dem Flur ein Koffer. Will sie verreisen? Die Haustür, Schlüssel steckt von innen, gut.

So, Amina, sag ja.

Wo ist das Schlafzimmer? Unten?

Drei Türen. Hinter der nächsten das Arbeitszimmer, Licht an. Mittendrin ein Bügelbrett, Wäsche und Wasserkanister. Licht aus, weiter.

Nächste Tür, durch den Spalt warmer Menschengeruch, wie eine Hand im Gesicht.

Wenn ich dusche?
Was hast du dir vorgestellt?
Du kleine verdorbene Kröte.
Hast du es dir vorgestellt?
Mit mir?
Willst du, dass ich deinem Vater erzähle, dass du mich beobachtest?
Wem wird er glauben?
Dir?
Einer kleinen verlogenen Kröte?
Mit schmutzigen Gedanken.
Ich habe es genau gesehen.
Sag »Jawohl«, wenn du mich verstanden hast.
Und?

Das Schlafzimmer. Licht an.

Sie hebt sofort den Kopf, sieht die Waffe. Macht den Mund auf, bleibt aber still. Im Bett daneben bewegt sich die Decke. Da liegt einer. Scheiße, da liegt einer!

KopfMagenHerzEingeweideExplosion.

Wo kommt der her?

Allmählich ein Gesicht, verpennt, wirre Haare, unrasiert.

Wo kommt der her?

Weg! Bloß weg. Sofort. Licht aus! Vorn raus!

Wohnungstür, Schlüssel drehen, hakt, das dauert, im Schlafzimmer Stimmen, Geräusche, zwei Treppenstufen. Rennen, rennen, zum Wagen links, umsehen, da ist keiner, auch kein Licht. Los, rennen!

Scheiße, wo kam der her? Da war nie ein Kerl vorher, nie.

Der Wagen, rein, Tür zu, ducken.

Runterkommen, nachdenken, eine Sekunde nachdenken. Ist wichtig.

Keiner zu sehen, vorne nicht, auch in den Spiegeln nicht. Fenster auf, Stille, kein Martinshorn. Immer noch keiner zu sehen. Die sind im Haus geblieben? Wahrscheinlich Schiss.

Wagen starten, andere Richtung. Nicht zu schnell jetzt. Querstraße. Rechts? Links? Rechts. Im Rückspiegel nichts.

Da liegt einer, unfassbar. Vom Himmel gefallen. Wo kam der denn her?

Auf der Gegenspur ein Auto, weiß, Sprinter, keine Polizei.

Nächste Kreuzung, schon mehr Verkehr. Rechts, einfädeln, hinten und vorne Autos, gut.

Das war's.

Hämmerndes Herz. Was für ein Wahnsinn.

Rückspiegel. Alles sauber.

Liegt da ein Kerl bei Amina. Scheiße.

Darf nicht mehr passieren, so was.

Das muss anders nächstes Mal, irgendwie.

Deniz

Kaum hatte Anja das Büro betreten und rieb sich die Oberarme, wehte ein mild duftender Nikotinwind über zwei Schreibtische hinweg in seine Richtung.

Das waren die Momente, in denen er immer wieder weich geworden war in den Jahren. Nicht beim Saufen mit Kumpels, nicht auf irgendeiner Party, nicht beim Rotwein danach mit Hautkontakt. Meistens war bei ihm der Widerstand gegen diese Sehnsucht nach dem sanften, kleinen Aufruhr im Hirn bei der Arbeit verschwunden, in Momenten wie diesem, wenn alles an einem zerrte und die kleine Betäubung eine mühelose Entspannung versprach. Zwar nur für einen Moment, aber immerhin.

Er überlegte, wann er die letzte Zigarette geraucht hatte, wie lange er jetzt schon hart geblieben war. Ein Jahr vielleicht?

»Hab letztens gelesen, es sterben mehr Raucher an Grippe als an den Folgen des Rauchens.«

»Seit man dafür bei jedem Wetter vor die Tür muss mit Sicherheit.« Anja sog hörbar die Luft zwischen den Zähnen ein. »Das waren noch Zeiten, als man das eigene Büro so vollquarzen konnte, dass man den Bildschirm kaum sah.«

»Wie lange ist das denn her? Gab es da schon Bildschirme?«

»Tu nicht so jung. So lange nun auch noch nicht, aber gefühlt Jahrzehnte.«

»Tja, es wird nicht alles besser, Anja. Aber du hättest dir auch was anziehen können. Auch da soll man in deinem Alter vorsichtig sein.«

»Ganz dünnes Eis, junger Kollege.«

Sie sagte es immer noch mit verfrorenem Lächeln, ohne den konzentrierten Blick vom Bildschirm zu nehmen.

Timo erschien kauend im Türrahmen, rechts den Rest eines angebissenen Käsecroissants, links irgendwelche Papiere.

»Damit eines klar ist: Keine Fettflecken auf meinen Akten, ja?«, sagte Anja mit nur halb spaßigem Unterton.

»Ich pass schon auf. Euch nur kurz zur Info. Habe morgen früh einen Gerichtstermin in Bochum, gleich den ersten morgens. Ich komme dann sofort danach. Ist 'ne Einbruchsgeschichte der Bochumer, bei der hier bei uns nur zwei Tatorte waren. Ich nehme mal an, es dauert nicht lang.«

»Alles klar.«

Er legte die Blätter in das Eingangskörbchen der Spuren, verschwand wieder.

Deniz nahm sich die Papiere.

Spur 41
Überprüfung der Gäste aus dem Golfclub Werdener Straße.
Am heutigen Tag meldete sich Herr
Bernhard Dietz, 12.12.61 in Bottrop,
wh. ...

Gab's da nicht mal einen Fußballer? Vor seiner Zeit, aber der kam damals auch aus Duisburg, wenn er sich richtig erinnerte.

... telefonisch bei der MK Ruhr und gab an, dass er am
Abend des 26.01.2024 Gast im Restaurant des Golfclubs an
der Werdener Straße gewesen sei.

Dieses habe er kurz vor 23:00 Uhr verlassen. Er wisse das
so genau, weil er direkt nach dem Losfahren die Nachrichten
gehört habe.

Sein Heimweg führe über die Laupendahler Landstraße Richtung Essen-Werden. Ihm sei dabei nichts Außergewöhnliches aufgefallen. Insbesondere an ein stehendes oder in anderer Form auffallendes Fahrzeug könne er sich nicht erinnern.

Bei dem gemeinsamen Essen seien noch seine Sportkameraden …

Dann die drei Namen, Timo hatte die vollständigen Personalien schon ergänzt und sie überprüft. Keiner der Männer hatte polizeiliche Erkenntnisse.

Er setzte seine Paraphe in die untere rechte Ecke, die Spur war erst mal erledigt. Er nahm sich die zweite.

An der Spur klebte zentral ein gelber Notizzettel.

Euch schon mal zur Kenntnis: Der Zeuge ist die nächsten fünf Tage geschäftlich in Frankreich, ist am Tag seiner Rückkehr zur eingehenden Vernehmung von mir vorgeladen.
Böker, KHK

Unterschreibt einen Notizzettel mit Namen und Dienstgrad, als ob der Innenminister selbst das lesen würde. Deniz schüttelte den Kopf. In dessen Schädel waren wirklich ein paar Dinge anders verdrahtet, und das nicht zum Besten.

Was meint er denn?

Spur 43
Überprüfung der Gäste …
Am heutigen Tag konnte Herr
Gilbert Gress, 29.09.69 in Bordeaux,
wh. …

telefonisch erreicht werden. Herr Gress war am Abend der wahrscheinlichen Tatnacht Gast im Restaurant des Golfclubs.

Laupendahler Landstraße Richtung Werden ... gegen 01:15 Uhr ... kaum Verkehr ... ein Fahrzeug, bei dem er den Eindruck hatte, dass es vom Straßenrand losgefahren und ihm dann mit sehr hoher Geschwindigkeit entgegengekommen sei. Möglicherweise habe der Wagen sogar gedreht, sei da aber noch einige hundert Meter entfernt gewesen.

Zum Fahrzeug selbst könne er nichts Genaues sagen, nur so viel, dass es sich um einen großvolumigen SUV gehandelt haben könnte, das sei am Motorengeräusch erkennbar gewesen.

Bei der angegebenen Zeit sei eine Unsicherheit von einer Viertelstunde plus-minus möglich.

Der Hinweisgeber hat Erkenntnisse wg. Insolvenzverschleppung aus dem Jahr 2016. Er ist seinerzeit zu einer Geldstrafe verurteilt worden.

Paraphe unten rechts, er legte beide Papiere zurück ins Eingangskörbchen.

»Die beiden Spuren hab ich schon gesehen, eine ist erst mal erledigt, die andere könnte interessant werden. Vielleicht hat ein Zeuge das Tatfahrzeug gesehen. Kann aber nicht viel dazu sagen und muss auch noch vernommen werden.«

»Die Spuren mache ich nachher. Ich seh es mir mal an«, sagte Deniz.

Das Telefon.

»Müller, Mordkommission.«

»Ich bin's, Alex.«

»Ah, die gewissenlosen Hyänen der Presse.«

Anja sah herüber, Fragezeichen im Gesicht.

»Du sagtest, ich solle mich etwas später melden, ich denke, einen Tag später ist spät genug, oder? Gibt es schon was zu eurer Leiche? Ich kenne nur eure Pressemeldung.«

»Mehr kann ich dir auch noch nicht sagen, echt nicht. Wieso rufst du überhaupt über die dienstliche Leitung an?«

»Ich dachte, da ist die Chance geringer, dass du mich ignorierst.«

»Das stimmt natürlich. Aber wir sind noch nicht weiter, wir wissen noch nicht mal, wer er ist. Vielleicht kommen wir morgen oder übermorgen mit einem Bild, aber das ist noch nicht klar. Das solltest du auch noch nicht schreiben.«

»Schon klar.«

»Du klingst eigenartig.«

»Hatte eine kleine unangenehme Begegnung. Ist vielleicht sogar was für euch, muss ich noch drüber nachdenken.«

»Aha. Du«, mit Betonung, »hast dich geprügelt? Wirst du auf deine alten Tage doch noch prollig?«

»›Wo es Klugheit gilt, da schafft die Gewalt nichts‹, hat Herodot gesagt. Gilt auch andersrum, wusste er vielleicht nicht.«

»Hast du die Kollegen gerufen?«

»Nein, sagte ich doch. Ich erklär's dir mal beim Bier.«

»Könnte aber noch was dauern, das mit dem Bier, meine ich. Wir sind erst ganz am Anfang, und es sieht nicht so aus, als ob das schnell ginge.«

»Dann ist das so. Wegen der Leiche melde ich mich die Tage. Sollte vorher was Sensationelles passieren ...«

»Melde ich mich, ja.« Er legte auf.

»War das die Presse?«

»Ja. Ein Redakteur von *WtW*. Wir kennen uns seit der Schule.«

»Ein Freund von dir? Klang so.«

Waren sie Freunde? Deniz hatte sich das schon öfter gefragt, und vielleicht war der Umstand, dass man bei der Antwort überlegen musste, ein Indiz dafür, dass es nicht so war. Aber jenseits aller Konkurrenz und spielerischen Frotzelei waren die Gespräche mit Alex etwas, worauf er nicht verzichten wollte. Er hatte sich schon mal gefragt, ob es zwischen ihnen anders wäre, gäbe es Camilla nicht. Aber eine Antwort darauf hatte er noch nicht gefunden.

»Wir sind freundschaftlich verbunden«, sagte er und war erstaunt, dass er bei dieser Formulierung ein gutes Gefühl hatte. »Und man kann ihm vollkommen vertrauen, wenn du das meinst.«

Ihr schien das zu reichen, denn eine Weile war von ihrer Seite des Schreibtischs nur Tastengeklapper zu hören, bis sie »Na, das sind doch mal gute Nachrichten« sagte, aufhörte zu schreiben und ihn dann mit einem völlig anderen Gesichtsausdruck ansah.

»Dein Mann hat dich zu einem erotischen Wochenende im Hotel eingeladen?«

»So ähnlich. Beim LKA arbeiten sie um diese Zeit tatsächlich auch noch, sieh an. Hier kommt eine E-Mail von Frau Dr. Kürfel. Möchtest du es in dramaturgischer Reihenfolge?«

»Anjaaa ...«

Timos Teampartnerin Nila trat mit Zetteln und ohne Käsecroissant in den Raum, checkte die Stimmung und blieb wortlos gespannt stehen. Er erinnerte sich an Kindergeburtstage, bei denen sie früher »Stopp-Essen« gemacht hatte. So ähnlich sah es aus.

»Okay. Erstens: Wir haben jetzt Matajs DNA, was ja klar war. Die liegt nicht ein, was nicht klar war.« Sie machte eine Pause. »Zweitens: Unter den Nägeln ist Fremd-DNA, die ebenfalls nicht einliegt.« Pause mit Rundumblick. »Drittens: Wir haben an der Jacke des Opfers Haare mit einer weiteren Fremd-DNA.« Wieder unterbrach sie. »Viertens: Diese DNA liegt ein.«

»Yes«, sagte Nila und bewegte sich wieder.

»Machen wir es dieses Mal eben andersrum«, sagte Deniz. »Wir kennen den Täter vor dem Opfer. Hatte ich auch noch nicht.«

»Freut euch nicht zu früh. Die Fremd-DNA gehört zu einem echten Herzchen, hat schon reichlich bei uns arbeiten lassen, ist auch schon mit Gewaltdelikten in Erscheinung getreten. Aber«, wieder unterbrach sie, »wenn er keinen Hafturlaub hatte, der nicht eingetragen ist, saß er am Tatabend warm und sicher da, wo er seit neun Monaten wegen Raubes seine Zeit verbringt. Nämlich in der JVA Bielefeld-Brackwede.«

Einen Moment lang sagte niemand etwas, und auch Deniz musste die wahre Bedeutung all dessen im Kopf ordnen.

»Scheiße. Wie passt das denn zusammen?«

»Keine Ahnung«, sagte Anja, wieder in normalem Tonfall. »Aber besser als nichts. Wir haben zumindest ein Packende.«

Packende, dachte er, komisches Wort. Stimmte aber.

Alexander

Mehr als eine Stunde.

Die Redaktionssitzungen bei *WtW* waren bei der neuen Chefin, die gar nicht mehr so neu war, länger als früher, und ihm fiel auf, dass er nicht hätte erklären können, warum. Ebenso wenig, ob es an den Themen lag, dass er ab einem gewissen Zeitpunkt nicht mehr bei der Sache war, oder ob er langsam in das Alter kam, in dem die Ressourcen für Konzentration knapper wurden.

Eine endlose Zeit sprachen sie jetzt über Leerstände in der Limbecker Straße in Essen und in anderen Fußgängerzonen im Pott, allmählich war alles gesagt, fand Alex, bei aller traurigen Relevanz des Themas.

Claas, einer der beiden Sportkollegen, hatte sein Interview abgesegnet, obwohl an der ein oder anderen Stelle noch eine Nachfrage angebracht gewesen wäre. Aber für einen erbärmlichen Fußball-Dilettanten sei es brauchbar, er habe Schlimmeres erwartet. Claas war der Meinung, dass es eine Sünde sei, mit dem Namen Rahn so wenig über Fußball zu wissen. Wahrscheinlich sei er ein Kuckuckskind und heiße eigentlich anders.

Die Angelegenheit mit Petersen hatte er bisher verschwiegen, obwohl die dicke Lippe allen auffiel. Es sei beim Sex passiert, hatte er gesagt, nichts weiter erklärt und sich an der Vorstellung gefreut, welche Bilder mit dieser Info in den Köpfen der Kolleginnen und Kollegen generiert worden waren.

Tina war die Letzte, sie berichtete über einen Lieferdienst in Bochum, der ein Konzept eingeführt hatte, das sich Meal-Prep nannte und völlig neu war. Dazu passte die Story einer Frau, die in Duisburg in zwei Jahren fünfundachtzig Kilogramm abgenommen hatte, ohne sich den Magen verkleinern zu lassen. Was die Leute halt so interessiert, dachte er.

Endlich standen alle auf.

Alex besetzte einen der freien Bildschirme, und bevor er den Gerichtsartikel zu schreiben begann, checkte er seine Social-Media-Accounts. Auf zwei Portalen bekam er Werbung für Fußballtrikots aller Vereine weltweit zu Sonderpreisen, auf dem dritten bot ein Ticketportal Karten für alle möglichen Spiele im In- und Ausland an.

Er erinnerte sich an das Gespräch mit Claas und ging zu Lisa. Sie betreute ihren Online-Auftritt, seit sie mit sechzehn in der Redaktion von *WtW* hospitiert hatte. Zwar kam dabei heraus, dass sie überhaupt kein Gespür für Sprache hatte, dafür ein Computergenie war, bei dem es ihn nicht gewundert hätte, wenn sie ihm aktuelle Online-Bilder aus dem Schlafzimmer von King Charles zeigen würde. Mittlerweile studierte Lisa Informatik, aber weil man ihre unersetzbaren Dienste nicht verlieren wollte, gewährte auch die neue Chefin ihr den Luxus, dass sie sich ihre Zeiten frei einteilen und so arbeiten konnte, dass beides ging.

»Hi, Lisa, 'ne Minute Zeit?«

»Für dich immer.« Sie brachte etwas am Bildschirm zu Ende und wandte sich ihm mit einem Lächeln zu. »Hast du meinen Artikelversuch schon gelesen? Hab ich dir heute Morgen geschickt.«

Alex wusste, dass sie noch nicht aufgegeben hatte und ihn unerklärlicherweise als eine Art Mentor betrachtete. Es war ihm ein Rätsel, warum.

»Nein, ich war den ganzen Morgen unterwegs, aber ich lese ihn heute noch, bestimmt.«

Sie zeigte ein Lächeln der Vergebung und Enttäuschung.

»Weshalb ich hier bin: Die Sache mit den Handys, dass die heimlich mithören, auch wenn ich nicht telefoniere, und mir dann Sachen schicken, die es gehört hat, was genau ist da dran?«

Er erzählte ihr die Story von dem Gespräch und den Fußballanzeigen.

»Ich bin nie, wirklich nie auf irgendwelchen Seiten, die mit Fußball zu tun haben. Wieso kriege ich das jetzt, nach diesem Gespräch?«

»Wir hatten letztens ein Seminar über Microtargeting …«

Er hatte das Wort schon einmal gehört und kramte in seinem beschränkten IT-Wissen.

»Das ist diese besondere Art Werbung.«

»Genau, personalisierte Werbung aufgrund einer Kategorisierung der User nach einer Analyse ihres Clickverhaltens, wo auch immer.«

»Ich habe nicht geklickt, ich habe gesprochen.«

»Ja, sagtest du. Bei dem Thema gehen die Meinungen auseinander, es gibt bisher keinen konkreten Fall, dass das nachgewiesen wurde. Muss aber nichts heißen. Du weißt doch: Big Data is everywhere.« Sie lachte ohne Vergebung und Enttäuschung. »Auf jeden Fall gibt es Apps, die über das Mikro aufzeichnen, auch wenn du es nicht merkst. Was mit den Daten geschieht, ist nur unvollständig bekannt. Aber das ist bei Facebook, Google und all den tausend anderen nicht anders.«

»Meine Apps hören mit?«

»Nicht alle natürlich, aber einige sicherlich, und du selbst wirst es ihnen erlaubt haben, also den Zugriff auf deine Kontakte, auf die Kamera und das Mikro. Passiert meistens bei der Einrichtung.«

Er dachte nach und erinnerte sich schwach.

»Aber es gibt noch viele andere Möglichkeiten. Vielleicht war es auch eine Folge von Cross-Tracking, nur als Beispiel.«

»Erklär's mir, bitte. Wenn es geht, in zwei Sätzen, die ich verstehe.«

»Es gibt Unternehmen, die Browser-Daten über mehrere Webseiten erfassen. Wenn du von Seite zu Seite gehst, verfolgen dich Tracker. Die sammeln Daten darüber, wo du warst und was du dort gemacht hast, oft anhand der Cookies. Damit kann man Sinnvolles machen, zum Beispiel dir das Surfen erleichtern. Aber man kann dir dann auch völlig auf dich abgestimmte Werbung schicken. War das einfach genug?«

Sie sah ihn mit Überlegenheit an, kicherte aber sofort eine Entschuldigung hinterher.

»Ja, war es, danke.«

»Denn wenn du dieses Fußball-Interview gemacht hast, warst du vielleicht vorher mal auf einer Infoseite, die mit Fußball oder so zu tun hatte, auch nur ganz kurz.«

»Ich kann mich zumindest nicht erinnern.«

»Oder du bist in dem Fall Opfer einer Frequenzillusion.«

»Warum zweifle ich so oft an meinem Intellekt, wenn ich mit dir rede?«

Wieder lachte sie entschuldigend.

»Ich weiß es auch nur wegen des Seminars. Ein Kommilitone hat es in einem Vortrag erklärt. Du hast diese Anzeigen schon öfter bekommen, es aber nicht wahrgenommen, weil Fußball dich nicht interessiert. Jetzt solltest du ein Interview über Fußball führen, hattest damit zu tun, und schon siehst du es.«

»Du meinst, ich will mir einen weißen Mini kaufen, schon ist die Welt voller weißer Minis.«

»Genau.«

»Ist zumindest die Möglichkeit, die mir am wenigsten Angst macht.«

Er stand auf.

»Danke, hast mir sehr geholfen, wieder mal. Und ich lese es noch heute, versprochen.«

»Gut, denn ich wollte mich damit beim Journalisten-Nachwuchspreis bewerben.«

Er drehte sich ruckartig um und bemühte sich sofort, seine ungläubige Reaktion zu kaschieren.

»Keine Sorge, Alex, war ein Scherz.«

Wie viel Schmerz doch an einem kleinen beschwichtigenden Satz kleben konnte, dachte er und ärgerte sich sehr, nicht mit mehr Bedacht reagiert zu haben.

Er ging zurück, stellte sich vor ihren Schreibtisch und sah sie über ihre drei Monitore hinweg an.

»Haben wir schon mal drüber gesprochen, Lisa. Und hast du doch gemerkt: Wenn ich Informatik studieren würde, wäre ich schon nach zwei Tagen nur noch dazu da, für die anderen den Kaffee zu holen und hinterher den Hörsaal zu fegen. Du steckst da schon jetzt, im dritten Semester, alle in den Sack.«

»Ja, kann sein. Der Unterschied ist nur: Der ganze Computerkram bedeutet dir auch nichts.«

Ihre Haltung, mit der sie dasaß, ihr Blick, ihre Mimik, all das ließ ihn für einen Moment hinter ihre Stirn oder in ihr Herz oder dorthin sehen, wo immer das stattfinden mochte, was wir uns erträumen.

»Weißt du«, sagte sie, »mein Vater ist Bilanzbuchhalter, und der liest manchmal abends zur Entspannung Bilanzen, ehrlich. Findet er ganz großartig, die Zahlenreihen, Soll und Haben und wie alles aufgeht und zusammenpasst ... Seit ich denken kann, liebe ich Gedichte.«

Einen Moment lang suchte er vergeblich nach passenden Worten.

»Okay,« sagte er schließlich. »Aber wenn dein erster Artikel erscheint, wo auch immer, gibst du einen aus.«

»Mach ich«, sagte sie.

Er ging an seinen Schreibtisch, öffnete das Postfach und rief ihren Artikel auf. Das Handy meldete den Eingang einer Nachricht. Es war Petersen.

Hallo, Herr Rahn. Noch mal danke für das Gespräch und die Hilfe gestern. Sie hatten im Krankenhaus gesagt, dass Sie die ganze Geschichte hören wollten. Hab's mir überlegt. Heute Abend Lust auf ein Bier?

Wann und wo?, schrieb er.

Vielleicht wurde eine Story daraus.

Camilla

Sie schloss den Aktendeckel, sah auf die Uhr. In ein paar Minuten würde Deniz da sein. Ihre Sachen verstaute sie in ihrer Tasche, verschloss das Büro und war schon ein paar Meter gegangen, als sie ihr Telefon hörte. Nach einem langen Moment der Unschlüssigkeit ging sie zurück und nahm ab.

»Lopez.«

»Walter, Rechenzentrum, Sie haben ein IT-Problem.«

»Ah, Herr Walter, danke für den Rückruf. Ja, das ist richtig, ich bin nur auf dem Weg zu einem dringenden Termin. Können wir das verschieben.«

»Ja.«

»Es hat mit meinem Drucker zu tun, aber können wir das vielleicht später besprechen?«

»Können wir.«

»Danke.«

Sie legte auf, sah wieder auf die Uhr und verfiel in einen leichten Trab.

Der Mann arbeitete nicht nur mit Computern, er klang auch wie einer, dachte sie.

»Wie sagt Alex immer: Pünktlichkeit und Ordnung werden von Leuten hochgehalten, die sonst nicht viel zu bieten haben. Ich weiß doch, dass du super bist.«

»Ja, schon gut«, sagte sie beim Anschnallen. »Hatte noch einen Anruf, den ich abwimmeln musste. Und du zitierst Alex?«

Deniz fädelte sich in den Verkehr ein.

»Jeder hat mal einen schwachen Moment.«

»Also, jetzt erklär mal etwas mehr als die drei Sätze gestern Abend. Die DNA der Leiche liegt nicht ein, aber wir haben Fremd-DNA, die einliegt, von einem Mann, der seit neun Monaten einsitzt?«

Deniz griff nach hinten und nahm sich vom Rücksitz eine Tüte, aus der er einhändig ein Käsecroissant fingerte, das wunderbar roch.

»Hab noch nichts gegessen heute Morgen.« Er biss ab. »Genau. Unter dem Jackenkragen waren mehrere Haare eines Mannes, der Lorik Sula heißt, siebenundvierzig Jahre alt und Albaner mit deutschem Pass ist, sitzt seit neun Monaten eine vierjährige Haftstrafe wegen Drogenhandels und Anstiftung zu einer Straftat ab. Ist Oberhaupt einer Familie – Clan wäre etwas übertrieben –, die seit mehr als einem Jahrzehnt bei uns arbeiten lässt, meist in der Kölner Gegend, da wohnt er auch.«

»Und wir zeigen ihm dieses Bild und wollen wissen, wer das ist?«

Er wartete mit der Antwort, bis er den Bissen geschluckt hatte.

»So ist der Plan.«

Einen Moment fügte sie die Infos in Gedanken zusammen.

»Und er hatte keinen Hafturlaub?«

»Hayır.«

Sie sah ihn an.

»Das ist türkisch und heißt nein.«

»Du hast noch nie türkisch mit mir gesprochen.«

Er zuckte mit den Schultern und steckte sich den letzten Rest des Croissants in den Mund.

»Dann gibt es eigentlich nur zwei Möglichkeiten«, sagte sie. »Entweder hat das Opfer die Jacke mal an – wie hieß der? – Sula, verliehen und lange nicht getragen, oder es ist die Jacke Sulas, und der Tote trägt die jetzt aus irgendeinem Grund.«

»Darum lob mich bitte mal. Zwei Teams sind nämlich nach Köln unterwegs. Sie warten dort mit einem weiteren Team aus Köln auf das Ergebnis unserer Vernehmung und auch auf uns, um dann sofort zu Hause bei der Ehefrau von Sula in deren Wohnung aufzuschlagen. Wir haben von den Kölner Kollegen sogar eine Handynummer von ihr, die aktuell ist, und der TÜ-Antrag, dem du gestern blind zugestimmt hast, war für dieses Handy. Wir kriegen also mit, sollte sie in der Zwischenzeit informiert werden oder was immer da läuft.«

»Okay. Und die dritte Möglichkeit schließen wir völlig aus, oder wie?«

»Welche meinst du?«

»Dass seine DNA am Opfer ist, weil er irgendwas mit dem Mord zu tun hat.«

Er warf ihr einen flüchtigen Blick zu.

»Wie soll das gehen? Der sitzt seit neun Monaten.«

Nachdem sie an der Eingangsschleuse Dienstausweise und Handys abgeben mussten, verschloss Deniz seine Waffe in einem Stahlfach.

»Warum hast du dieses Ding eigentlich dabei, wenn du weißt, dass du es hier gar nicht mit hineinnehmen darfst? Außerdem wollen wir doch auch nur jemanden vernehmen. Ist das dann nicht etwas …«, sie suchte nach dem richtigen Wort, »… overdressed?«

»Klar. Und manche Kripokollegen nehmen auch keine Plempe mit, wenn sie nur jemand vernehmen oder was nachsehen wollen. Aber in der Fortbildung halten sie dir immer das Szenario vor Augen, dass du unterwegs über Funk von einem bewaffneten Raub hörst und plötzlich der Fluchtwagen der Täter vor dir ist. Was dann ohne Waffe?«

»Okay. Aber wie oft kommt das vor?«

»Täglich, mehrfach.«
Er lächelte sein Jungenlächeln.
»Sei ehrlich. Du findest es geil, mit 'ner Knarre rumzulaufen.«
»Aber erzähl's keinem weiter.«
Sie hatten sich wie üblich angemeldet, allerdings mit der Bitte, Sula nicht zu informieren. Deshalb war die Wartezeit in dem kleinen Raum mit dem Tisch und den vier Stühlen, die selbst beim Sperrmüll nicht mehr erste Wahl gewesen wären, noch etwas länger als sonst in solchen Situationen.

Als er kam, war sie überrascht, denn bei einem Mann mit diesem Ruf und einem solchen Strafregister hatte sie etwas anderes erwartet. In anderer Kleidung hätte er einen Geschäftsmann abgeben können. Er war groß, sportlich und gut aussehend, nur mit seinem Blick schickte er eine unverhohlene Kälte zum Gegenüber.

»Herr Sula. Deniz Müller von der Polizei Essen, das ist Staatsanwältin Lopez von der Essener Staatsanwaltschaft.«

Er zog den Stuhl zurück und setzte sich.

»Was soll das alles? Ich habe nicht vor, mich ohne Anwalt mit Ihnen zu unterhalten.«

»Ich hab mir so was gedacht. Aber wenn Sie unser Anliegen hören, können Sie es sich ja überlegen, okay?«

Wenn seine Reaktion ein Nicken sein sollte, war es nicht erkennbar. Aber er blieb zumindest sitzen.

»Wir befragen Sie im Augenblick als Zeugen oder Hinweisgeber, müssen Sie aber natürlich belehren, dass Sie nicht mit uns sprechen müssen, wenn Sie sich selbst belasten oder einen Angehörigen. Sie können sich auch einen Anwalt nehmen, auch als Zeuge. Das wissen Sie alles, aber ich wollte es noch einmal sagen.«

Wieder schickte er ein wenig graublauen Frost zu seinem Gegenüber.

»Und? Was wollen Sie von mir?«

Deniz griff in seinen Rucksack und zog in einer Plastikhülle das Bild des Toten hervor, der vor dem Fotografieren zurechtgemacht worden war, was nichts daran änderte, dass auf seinen Zügen nicht nur der Tod unverkennbar war, sondern auch die Art und Weise, wie man ihn aus dem Leben gestoßen hatte. Aber vielleicht bildete er sich Letzteres auch nur ein.

Er legte das Foto auf den Tisch vor Sula, ohne noch etwas zum Fall zu sagen. Als sei auf einem Monitor eine Computersimulation über ein Bild gelaufen, veränderte sich alles im Gesicht das Mannes, ohne dass sich ein Muskel erkennbar bewegte. Er schluckte, hatte aber seine Fassung nach wenigen Sekunden wieder.

»Kennen Sie den Mann?«

Hinter seiner Stirn schien er abzuwägen, ob er von seinem Grundsatz abweichen sollte oder nicht.

»Ja. Wie ist er zu Tode gekommen?«

»Er ist getötet worden, und wir ermitteln in dieser Sache. Deshalb sind wir hier.«

»Wie ist er getötet worden?«

Deniz sog tief Luft durch die Nase ein.

»Das kann ich Ihnen nicht sagen, Herr Sula.«

Ein verächtliches kleines Schnaufen war seine einzige Reaktion.

»Sie wollen doch etwas von mir, wenn ich das richtig sehe, oder?«

Wieder entstand ein Schweigen, das knisterte.

»Vielleicht kommen wir noch darauf zurück, okay? Kennen Sie den Mann?«

»Ja. Wie ist er umgekommen?«

Der Kampf, den Deniz innerlich austrug, war ihm anzusehen. Er wusste wie Camilla, dass es ein großer Fehler sein konnte, dem

Mann Täterwissen mitzuteilen, solange nicht klar war, was er mit der Sache zu tun hatte. Und vielleicht bekam man auch auf anderem Wege heraus, wer der Tote war, wenn sie jetzt zumindest wussten, dass er aus seinem Umfeld kam.

Plötzlich änderte sich Sulas Gesichtsausdruck.

»Wenn Sie nicht wissen, wer er ist, warum sind Sie dann hier bei mir?«

Pfiffiges Kerlchen, dachte Camilla.

»Das ist die zweite Frage, Herr Sula, wegen der wir hauptsächlich hier sind. Wir haben an der Leiche des Mannes Haare gefunden, aus denen wir Ihre DNA sichern konnten. Können Sie uns das erklären?«

Wieder blickte er von einem zum anderen.

»Meine DNA?« Mit ungläubigem Tonfall. »Ich nehme an, da ist ein Irrtum ausgeschlossen.«

»In der Tat.«

Zum ersten Mal, seit er den Raum betreten hatte, veränderte er seine Sitzposition und blickte lange auf das Bild des Toten.

»In welcher Form war meine DNA im Spiel?«

Deniz wandte Camilla den Kopf zu. Sag es. Um diesen Teil kommen wir nicht herum. Sie machte eine zustimmende Geste.

»Der Mann trug eine Jacke, an der wir Haare sichern konnten, die Ihr Erbgut trugen. Also sind es Ihre Haare.«

»Der Mann trug eine Jacke? Mit meinen Haaren?«

»Exakt.«

»Und die trug er, als er getötet wurde?«

»Wieder richtig.«

Er legte den Kopf in den Nacken und blickte einen Moment zur Decke.

»Was für eine Jacke?«

Wieder nahm Deniz seinen Rucksack, zog eine weitere der

Plastikfolien hervor, in denen Fotos waren, und legte sie neben das Bild des Toten.

Sula begann zu nicken, blickte dann nach schräg unten, und Camilla hatte das Gefühl, man konnte es rattern hören.

»Kennen Sie die Jacke?«

»Ja, ich kenne die Jacke.«

»Wie kommen Ihre Haare unter deren Kragen?«

»Ganz einfach. Es ist meine Jacke.«

Seine Augen wurden zu kleinen Schlitzen, und er wandte den Blick ab.

»Zwei Fragen, Herr Sula: Wann haben Sie die Jacke zuletzt getragen, und zweitens: Können Sie uns sagen, wie der Mann an Ihre Jacke gekommen ist?«

Wieder ließ er einen langen Moment verstreichen, hob dann den Kopf.

»Ich glaube, unser Gespräch ist hier beendet.«

Mit diesen Worten stand er auf.

»Herr Sula, Sie können uns wirklich helfen«, Deniz mit fast weinerlichem Tonfall. »Wir kriegen es jetzt eh heraus, weil wir wissen, dass Sie die Person kennen, Sie können es nur etwas abkürzen. Wer ist der Tote?«

Er hatte bereits den Klingelknopf gedrückt.

»Der Mann heißt Skender Mataj.«

Zwei Justizbeamte erschienen, und Sula verließ den Raum in einer Eile, die nicht zu seinem bisherigen Verhalten passte.

»Er hat uns nichts unterschrieben«, sagte sie, als Deniz die Folien einpackte. »Müssen wir einen Vermerk schreiben?«

»Das ist unser kleinstes Problem. Ich glaube, er hat nichts damit zu tun, jetzt ist nur wichtig, dass wir so schnell wie möglich das Team in Köln verständigen. Die müssten mit der Ehefrau sprechen, bevor er mit ihr Kontakt hat.«

»Ich bin sicher, die wird ebenfalls stumm bleiben.«

»Schon möglich. Aber die Reaktion würde ich gern sehen.«

»Du glaubst, sie hat was damit zu tun?«

Er zuckte mit den Schultern.

»Ich habe keine Ahnung, wie sich das hinterher zusammensetzt, und ich kann seine Reaktion echt nicht einschätzen. Trauer war da kein bisschen, oder?«

»Fand ich auch. Zum Schluss wirkte der fast irgendwie«, sie suchte nach dem passenden Wort, »wütend.«

Sie verließen den Raum, aber auch für einen Gast war es unmöglich, ein Gefängnis schnell zu verlassen. Nach etlichen Pforten, die geöffnet werden mussten, und aufwendigen Sicherheitsschleusen dauerte es eine halbe Ewigkeit, bis sie ihre Mobiltelefone wieder in Händen hielten.

Deniz' Gespräch mit den Kollegen in Köln war nach wenigen Sekunden beendet.

»Und was machen wir jetzt?«

»Wir schauen mal, wer Skender Mataj ist.«

»Wer er war, meinst du?«

»Ja, Frau Staatsanwältin.«

Alexander

Ein Raucherbüro, eindeutig, dachte Alex, als Petersen ihn an seinen Arbeitsplatz führte, der bald sein ehemaliger Arbeitsplatz sein würde. Allerdings das Raucherbüro eines ziemlich ordnungsliebenden Menschen, denn im Vergleich zu den Orten, an denen Alex sein Tagewerk verrichtete, hätte dieser Raum als Motiv für eine Wohnzeitschrift herhalten können. Lediglich der volle Aschenbecher und die gebrauchte Tasse passten nicht ins Bild. Dass der Mann aus Letzterer heute Morgen nicht nur Kaffee getrunken hatte, war Alex auf dem Weg vom Firmentor bis hierher ein paarmal aufgefallen, wenn der Wind günstig stand. Er fragte sich, ob es sinnvoll war, Petersen bei Gelegenheit in geeigneter Form darauf hinzuweisen, dass es aus verschiedenen Gründen keine gute Idee war, in dem Zustand ständig Auto zu fahren, was er offensichtlich machte.

»Wenn Sie gestatten, unterhalten wir uns hier, weil ich noch ein paar Dinge abwickeln muss, oder wäre es Ihnen lieber, wir gingen rüber in die Wohnung? Gemütlicher ist es dort schon.«

»Nein, nein«, sagte Alex, »alles bestens. Sehr schöner Raum, wirklich.«

Petersen-Bau gehörte zu den Firmen alten Schlages, die nach und nach um das Wohnhaus des Unternehmers entstanden waren, wenn genügend Platz dafür vorhanden war.

»Möchten Sie einen Kaffee oder was anderes?«

Wahrscheinlich wäre »was anderes« ihm lieber, dachte Alex, weil er dann unverdächtig hätte mittrinken können. Er bat um einen Kaffee, den Petersen einhändig mit etwas Mühe zubereitete.

»Was macht die Hand?«

»Sieht schlimmer aus, als es ist. Ist nur etwas hinderlich.«

Sie nahmen am Besprechungstisch in der Ecke Platz. Petersen bot ihm eine Zigarette an, aber Alex drehte sich lieber eine von seinen.

»Haben Sie sich in der Zwischenzeit überlegt, ob Sie nicht doch eine Anzeige bei der Polizei machen wollen?«

Er winkte mit dem Gips wie mit einer Keule ab.

»Fragen Sie mich das in einer Stunde noch einmal, aber ich glaube, dann hat es sich erledigt.«

»Warum?«

»Wenn Sie es nicht abwarten wollen: Bei den beiden, die Sie unliebsam kennengelernt haben, geht es um wenige zehntausend Euro. Die werde ich aufbringen, mit letzter Kraft und auch nicht ganz legal, aber ich werde es schaffen, und dann bin ich die los.«

Einen Moment überlegte Alex, ob er beim Stichwort »nicht ganz legal« weiterbohren sollte, entschied sich jedoch dagegen.

»Nicht dass Sie denken, ich will eine Bank überfallen, es ist gar nichts Wildes, und Sie verraten mich ja nicht: Ich habe ein paar Maschinen, die ich an der Konkursmasse vorbeischmuggeln kann. Damit werde ich die beiden Knochenbrecher befriedigen können.«

»Wie sind Sie denn an die gekommen?«

»Wie man heutzutage an alles Gefährliche, Fragwürdige, Dumme und Betrügerische kommt. Über das Internet.«

»Dann waren die beiden nicht der Anfang?«

»Nein, sie sind das Gegenteil, der letzte Akt. Der letzte Akt in einem wahren Trauerspiel. Aber deren Brutalität ist nichts gegen die perfide Rücksichtslosigkeit, die andere an den Tag legen.«

Er hatte sich bisher offenbar zusammengenommen, jetzt ging er zum Schreibtisch, kam mit einem metallenen Flachmann aus einer der Schubladen zurück und veredelte mit einem guten Schuss bernsteinfarbener Flüssigkeit seinen Kaffee.

Auf keinen Fall hätte Alex von der Mischung trinken wollen, aber es roch wunderbar.

»Sie sind da ja schon eingeweiht«, sagte er und erwiderte Alex' Blick für eine Sekunde mit trotziger Scham.

»Ich widerstehe mal dem Reflex, Sie mit moralischer Attitüde darauf hinzuweisen, dass das keine Lösung ist, das wissen Sie selbst. Aber wenn ich sagen würde, dass es mich völlig kaltlässt, was ich da sehe, wäre das gelogen.«

»Ich bin mir aller Gefahren bewusst, seien Sie sicher, Herr Rahn, aber es hilft halt durch den Tag, auch wenn das eine Illusion ist.«

In den nächsten Minuten beschrieb Hannes Petersen, wie die Coronazeit und ein paar falsche unternehmerische Entscheidungen die Firma in eine erste Schieflage gebracht hatten. Aber alles sei noch kein Drama gewesen, nur hier und da sei die Finanzierung der Rohstoffe bei einigen Projekten komplizierter geworden. Dann hätten zwei Kunden für beträchtliche Aufträge nicht gezahlt. Einer, weil er in Konkurs ging, der zweite, weil er nicht wollte und mit ständig neuen Klagen wegen angeblicher Mängel die Zahlungen im Wesentlichen nicht leistete.

»Dann verließ uns ein junger Mitarbeiter, der bis dahin den Internetauftritt der Firma betreut hatte. Facebook, Instagram, Firmenportale und so weiter, auch da muss man heute präsent sein. Weil niemand anders sich dazu in der Lage fühlte, habe ich das nebenher mit erledigt. Der Tag hat vierundzwanzig Stunden, und wenn das nicht reicht, nehmen wir noch die Nacht dazu.« Er sah zur Seite. »Ich weiß nicht, ob alles so gekommen wäre, wenn wir Daniel behalten hätten.«

»Sind Sie denn, wie man heute sagt, IT-affin?«

»Nicht so wie die jungen Leute, aber ein wenig kenne ich mich schon aus. Jedenfalls habe ich irgendwann begonnen, im Internet nach Möglichkeiten zu schauen, wie man gewinnbringend Geld anlegen könnte. Selbstredend war mir klar, dass da ganze Heerscharen von Betrügern und Scharlatanen unterwegs sind. Aber man ist ja seit Ewigkeiten Chef einer Firma, man ist clever und lässt sich schon nicht über den Tisch ziehen, das ist das Selbstbild. Und natürlich durchschaut man auch all diese Millionen dubioser Anzeigen. Sensationskonzept – aber Höhle-der-Löwen-Sendung darf nicht ausgestrahlt werden. Zweihundertfünfzig Euro angelegt, und am Ende des Tages waren es schon dreihundertzwanzig. Die Biografien von Leuten, die mit Leerverkäufen über Nacht Vermögen gemacht haben, und so weiter.«

»Wenn ich ehrlich bin, kenne ich diese Anzeigen nicht«, sagte Alex, »aber vermutlich deshalb, weil ich nicht danach suche.«

»Ja, möglich. Ich bekam jedenfalls immer mehr dieser Anzeigen mit verschiedenen Inhalten, bis mir auffiel …«, er unterbrach sich und machte eine Pause, dachte nach. »Nein, es fiel mir da eben noch nicht auf, hinterher fiel es mir auf. Damals habe ich einfach einige dieser Seiten besucht, die mir ständig angeboten wurden, immer wieder und in völlig unterschiedlicher Form, aber so, dass ich angetriggert worden bin, immer öfter. Habe dann recherchiert, habe Bewertungen gelesen, hier und da Musterbeispiele errechnen lassen mit gefakten Daten von mir, weil man ja clever ist, aber eine Sache klang mit der Zeit immer verheißungsvoller.«

»Wie lange ging das so?«, fragte Alex.

»Das war ein längerer Prozess, über Wochen, vielleicht Monate. Monate, in denen sich zudem die Lage der Firma nicht verbesserte, sondern schleichend schlechter wurde. Bis ich dann tatsächlich Kontakt zu diesem Unternehmen aufgenommen habe. Sie machten ein Renditeversprechen von mindestens vierzig Prozent per anno.«

»Bei den meisten Menschen schrillt bei so einer Zahl der Alarm in einer Lautstärke, dagegen ist der Dicke Pitter im Kölner Dom ein Weihnachtsglöckchen.«

»Ich weiß, Herr Rahn, und ich weiß nicht, ob ich es Ihnen erklären kann, was da in mir vorging. Ich bin die vierte Generation meiner Familie, die diese Firma führt, und es bestand die ernste Gefahr, dass es nicht gut ging. Ich wäre also verantwortlich gewesen, ich allein, dass das Lebenswerk von drei Generationen den Bach runtergeht. Mein Vater war nach einem schweren Schlaganfall ein Pflegefall geworden, und …«

Wie aus heiterem Himmel stoppte sein Redefluss, er schloss die Augen, und Tränen liefen ihm über beide Wangen.

O Gott, dachte Alex, denn Trösten gehörte ohnehin nicht zu seinen Stärken, das Trösten von weinenden Geschlechtsgenossen, die das Grundschulalter hinter sich hatten, schon gar nicht. Er konnte sich nicht daran erinnern, wann er selbst zuletzt geweint hatte. Zum Glück fing sich Petersen wieder, wozu vermutlich der gehörige Schluck des kaffeeähnlichen Getränks beitrug, den er sich gönnte.

»Schon das, was im Internet von denen zu finden war, passte, verstehen Sie? Bis auf diese Zahl klang es …«, er suchte nach den richtigen Worten, »… eben nicht überkandidelt. Die Zweifel, die ich hatte, wurden auf eine Weise aufgefangen und zerstreut, die einem das Gefühl vermittelte, dass man sehr klug nachgedacht hatte, aber es eben doch eine Möglichkeit gab, die einem durchgegangen war, weil sie, tja, so gewitzt und genial erdacht wurde und weil sie mit Neuem zu tun hatte. Zum Beispiel Algorithmen, überall Algorithmen. Das ist die Zauberformel der neuen Zeit.

Mit einem Algorithmus können sie alles erklären, weil man im Zweifelsfall nicht weiß, wie genau er funktioniert.«

»Sinus, Cosinus, Tangens«, sagte Alex.

»Das sind Funktionen, keine Algorithmen, genau genommen.« Mit einer Grimasse versuchte er, die kleine Besserwisserei zu mildern. »Im Ingenieursstudium hat man einiges mit Mathe zu tun.« Er leerte seine Tasse. »Jedenfalls klang das alles gut. Dann kam noch ein bisschen Kryptowährung dazu, internationale Märkte, Leerverkäufe, Börsenkauderwelsch und so weiter. Es funktioniert einfach. Und wissen Sie, wie das ist, wenn Sie etwas nicht vollkommen verstehen, aber es klingt einfach wunderbar? Es klingt logisch, es klingt unfassbar intelligent, es klingt wie vom Himmel gefallen, es klingt …«, er war wieder auf Wortsuche, »… einfach zu gut, als dass es eine verdammte Lüge sein könnte.« Wieder wurden seine Augen feucht, aber Alex hatte den Eindruck, dass es jetzt mehr mit Wut zu tun hatte.

»Was war das für eine Firma?«

»N. J. Örd GmbH, einer der Firmensitze ist in der Nähe von Düsseldorf. Ich war da mal. Alles schick, alles Hochglanz. Und die beiden Leute, die mich nach einer ernsthaften Anfrage irgendwann besuchten, passten ebenfalls. Nicht aalglatt, sondern kumpelhaft, fast freundschaftlich, aber irrsinnig kompetent.«

»Dann haben Sie investiert.«

»Ja, aber erst einen kleinen Betrag, als Probe. Fünftausend Euro, man ist ja ein Fuchs. Daraus waren nach zwei Monaten knapp fünftausendsiebenhundert geworden, nach zwei Monaten.« Die letzten Worte sagte er mit sich fast überschlagender Stimme. »Hab ich mir auszahlen lassen, um es zu testen. Kein Problem. Und natürlich kommen einem dann Gedanken, was wäre, wenn man fünfhunderttausend angelegt hätte oder noch mehr. Das wäre schon ein Segen gewesen.«

»Haben Sie keinen Buchhalter oder Anwalt, der sich das mal hätte anschauen können?«

»Doch, habe ich. Mein Anwalt sagte, in den AGBs seien Formulierungen, die einen Totalverlust nicht ausschlössen. Aber nachdem ich Blut geleckt hatte – denn ich habe dann etwas mehr investiert, was auch funktionierte –, waren all dies Einwände eines Menschen, der keinen Mut hatte.«

»Hannes.« Die Tür war so leise geöffnet worden, dass keiner von ihnen beiden es mitbekommen hatte. Eine alte Frau steckte ihren Kopf durch den Spalt mit einem Gesicht, das aussah, als sei darin das Lachen nicht mehr vorgesehen.

»Was gibt's, Mutter?«

»Kannst du mal kommen, bitte, schnell?«

Erst jetzt bemerkte Alex, dass sie Panik hatte.

»Natürlich. Was ist denn?«

»Vater. Ich weiß nicht, ob er noch atmet.«

Petersen sprang ohne ein weiteres Wort auf, rannte an seiner Mutter vorbei aus dem Zimmer, zwei Sekunden später verschwand auch die Frau so leise, wie sie gekommen war.

Alex spürte seinen Puls im gesamten Körper. In der plötzlich entstandenen Stille schien jedes Geräusch eine Störung zu sein, darum saß er für einen Moment regungslos auf seinem Stuhl. Er überlegte, ob es ihm zustand, Petersen in dieser Situation zu folgen. Er entschied sich dagegen.

Nach ein paar Minuten verließ er das Büro, zog alle Türen hinter sich zu, ging über den Hof und durch das einen Spalt geöffnete Rolltor.

Er würde Petersen am Abend anrufen.

Deniz

»Hast du einen Moment Zeit, Deniz?«

Die Chefin stand in der Tür, zwei Aktenordner unter dem Arm.

»Klar, was gibt's?«

»Ich würde es gern bei mir besprechen.«

Für den Bruchteil einer Sekunde löste Anja sich von ihrem Bildschirm und erwiderte bedeutungsvoll seinen Blick.

Er folgte der Chefin in ihr Büro am Anfang des Flurs. Sie schloss die Tür hinter ihm, womit endgültig klar war, dass sie mit ihm nicht über Pipifax aus dem Tagesgeschäft sprechen wollte.

»Es geht um die kommende Beurteilungsrunde«, sagte sie, als sich beide gesetzt hatten, »und ich möchte, dass du da nichts in den falschen Hals bekommst.«

»Du willst mir nur zwei Punkte geben?«

»Laber keinen Scheiß, Deniz, mir ist es ernst. Du weißt, es geht dabei immer um Quotierung, und ich hatte vor, dir vier Punkte zu geben. Damit ist klar, dass du bei der nächsten Beförderungsrunde nicht dabei bist.«

»Ganz ehrlich: Ich habe nichts anderes erwartet. Ich kenne doch meine Vergleichsgruppe.«

»Okay, das beruhigt mich schon mal. Da gibt es nur eine kleine Besonderheit. Du hast einen potenten Fürsprecher. Unser Inspektionsleiter hält – aus welchen Gründen auch immer – riesengroße Stück auf dich und favorisiert bei dir eine Fünf-Punkte-Beurteilung, auch an anderen vorbei.«

»Wow, so viel großartige Menschenkenntnis habe ich ihm gar nicht zugetraut.«

»Deniz, kannst du mal ernst bleiben, verdammt? Der ist da sehr aktiv unterwegs, auch über den Direktions- und vielleicht sogar den Behördenleiter. Ich weiß nicht, womit du den so beeindruckt hast, denn gute Arbeit machen hier die meisten. Aber noch mal, Stichwort Quotierung: Wenn ich dir fünf Punkte gebe, kann ich Anja oder Dieter keine fünf Punkte geben, und die sind beide für mich vor dir, eindeutig. Und das nicht, das ist mir wichtig, weil sie bessere Arbeit machen als du, da seid ihr alle gleich, wirklich. Aber die beiden sind eine Ecke älter als du, sind viel länger dabei, und sie sind für mich einfach eher dran.«

»Alles klar, wo ist das Problem, Chefin? Wie gesagt, ich habe nichts anderes erwartet, echt nicht.«

»Gut. Danke, dass du es mir so leicht machst. Was allerdings aus dem Engagement von Damjanoff wird, kann ich dir nicht sagen. Der rührt unheimlich für dich.« Sie machte eine hilflose Geste. »Aber du verstehst das richtig, ja? Ich bin mit deiner Arbeit topzufrieden, nur ist das nicht alles in meinen Augen. Offiziell soll es keine Sozialpunkte mehr geben. Ich habe das aber noch nie richtig gefunden. Und ich habe keine Ahnung, warum Damjanoff da so einen Aufstand macht.«

»Alles klar, Brigitte, ich verstehe das schon richtig.«

Er stand auf.

»Ach, und das noch«, sagte sie, als er die Türklinke schon in der Hand hielt, »mit deinem türkischen Hintergrund hat das null zu tun, falls dir ganz entfernt so ein Gedanke kommen sollte. Auch diese Befürchtung hört man ja manchmal.«

Er ließ die Klinke wieder los und machte noch einmal einen Schritt auf sie zu.

»Auf der Wache früher hat mich einer meiner Dienstgruppenleiter immer seinen Lieblingstürken genannt. Ich gehe bis heute davon aus, er hat das nicht böse gemeint, aber natürlich hat das was über sein Denken ausgesagt. Bei dir bin ich mir absolut sicher, dass du anders denkst. Mich wundert, dass du es überhaupt angesprochen hast. Wäre nicht nötig gewesen.«

Für einen kurzen Moment floss über ihr Gesicht eine Veränderung, die man für ein Lächeln hätte halten können, dachte er, aber es war vielmehr eine Weichheit, die er sonst nicht von ihr kannte.

»Gut. Freut mich.« Sie nickte, schon wieder ganz die Alte. »Kannst die Tür offen lassen?«

Anja erwartete ihn mit demselben Blick wie beim Verlassen des Büros.

Er setzte sich und sah sie länger an.

»Sie liebt mich, schon lange, und will mich heiraten.«

Mit geschlossenen Augen ließ sie ein genervtes Stöhnen hören.

»Du musst es mir ja nicht erzählen.«

»Worum soll's schon gehen, Anja, wenn so ein Gewese gemacht wird? Um die Beurteilungen. Ich bekomme vier Punkte und du fünf. Ist zwar echt ungerecht, hab ich ihr auch gesagt, aber was soll's?« Mit belanglosem Ernst.

»Du bist so ein Arsch.«

Er musste laut lachen.

»Das war 'n Scherz, Anja, Mahaann. Das mit den Punkten stimmt, ist aber kein bisschen ungerecht, sondern gerecht, du bist tausend Jahre länger dabei als ich. Ich habe auch nichts anderes erwartet, wirklich nicht.«

Einen Augenblick überlegte er, ihr die Sache mit dem Inspektionsleiter zu erzählen, ließ es dann aber.

Mit einer Mausbewegung startete er den Bildschirm. Als er weiter an dem Vermerk über die Befragung Lorik Sulas schrieb, leuchtete am unteren Bildschirm der Eingang einer E-Mail auf, als deren Absender er den Kölner Kollegen erkannte, bei dem er auf der Rückfahrt vom Knast angerufen hatte.

Hallo, Kollege Müller,

hier ein paar Infos auf deine telefonische Anfrage vom heutigen Morgen.

Euer Opfer, Skender Mataj, 17.08.1981 in Shkodra/Alb., hatte hier in Deutschland immer wechselnde Wohnsitze, obwohl er schon seit 32 Jahren hier lebt. Er hat mittlerweile einen deutschen Pass und gehört zum Umfeld von Lorik Sula, von dem du ja sagtest, dass ihr ihn in der JVA befragt hattet.

Sula ist schon eine größere Nummer, wirst du in den Systemen gesehen haben, und hat in vielen Drecksgeschäften seine Finger, hauptsächlich Drogen, aber auch Menschenhandel. Die IGVP-Einträge kannst du ja einsehen.

Dass es sich bei denen um Clankriminalität handelt, wäre vielleicht etwas zu hoch gehängt, aber es ist ein größerer Familienbetrieb mit ein paar weiteren Figuren drumherum. Eine davon ist Skender Mataj gewesen.

Gegen Mataj ist schon öfter ermittelt worden, er konnte sich aber immer rauswinden. Darum ist er auch weder gerollt worden, noch haben wir DNA von ihm, was euch sicher geholfen hätte. Mataj war in der Sula-Bagage der Mann fürs Feine. Gut aussehend, smart, mehrsprachig und sehr gewandt im Umgang. Er hat eine IT-Ausbildung und hat sich wohl auch öfter um die finanziellen Dinge der Gruppe gekümmert. Was weniger dazu passt: Er soll früher auch in der Heimat junge Frauen mit falschen Versprechungen nach Deutschland gelockt haben, die hier dann auf den Strich geschickt wurden. In der Zeit gab es auch Anschuldigungen wegen sexueller Nötigung gegen ihn, aber wie gesagt, das verlief immer im Sande.

Wie der jetzt an die DNA-Spuren von Sula kommt, der seit 13 Monaten sitzt, kann ich dir auch nicht sagen, klingt schon tricky.

Ich habe dir unten mal die Hauptfiguren aus der Sula-Blase aufgeführt. Vielleicht hilft es euch weiter.

Wenn ihr noch Fragen habt, jederzeit.
Mit kollegialem Gruß
Neumüller, KHK

»Hier ist eine Mail von dem Kollegen Neumüller aus Köln«, sagte er, »den hatte ich heute auf der Rückfahrt angerufen, und der wollte mir ein paar Infos zu unserem Toten schicken. Hab ich dir weitergeleitet. Ist interessant, hilft uns vielleicht.«

Anja machte ein Geräusch, was wohl Zustimmung bedeuten sollte.

Er schrieb weiter an seinem Vermerk.

Mit viel Energie und einem Schwall Kälte kamen Nila und Timo herein, noch in dicken Jacken, die Taschen unter dem Arm.

»Meine Güte, wart ihr bis jetzt unterwegs?«, fragte Anja.

»Ja, hat länger gedauert. Wir mussten die Dame erst mal ausfindig machen.« Nila stellte ihre Tasche ab. »Und dann hatten wir noch einen kleinen Stau auf der A3, hat uns 'ne halbe Stunde gekostet.«

»Und? Wie war's bei Frau Sula?« Als Deniz den Namen aussprach, fiel es ihm wieder ein. »Ich weiß, die heißt ja anders.«

»Richtig«, Timo öffnete seine Jacke, »in Albanien behalten die Frauen nach der Ehe ihren Familiennamen, klingt nach Emanzipation.«

»Klingt aber auch nur so«, sagte Nila. »Sulas Frau heißt Emina Bajrami. Und, tja, wie war es?« Sie sah Timo an. »Bemerkenswert, oder?«

Er nickte.

»Ja, aber kann ich mir erst einen Kaffee holen? Und ich musste schon im Stau zur Toilette.«

Beide gingen, zogen sich im Gehen die Jacken aus.

Stefanie

Sie erwachte und war sich in derselben Sekunde sicher. Das Geräusch war nichts Zufälliges gewesen, nichts, das sich schon bald als bedeutungslos herausstellen würde.

Sie kannte solche Situationen aus ihrem Leben, in denen aus kaum erklärbaren Gründen das Gehirn aus einer Vielzahl von Möglichkeiten sofort jene auswählte, die sich als die richtige erweisen sollte, auch wenn damit Unangenehmes verbunden war. Und dieses Geräusch bedeutete Gefahr, das war ihr sofort klar.

Trotzdem blieb sie noch einen Augenblick völlig unbeweglich liegen, als sei diese Gewissheit doch nur eine Ahnung, als brauche sie eine Bestätigung. Die gab es aber nicht.

01:12 zeigte die Digitalanzeige der Uhr, sie war auf dem Sofa eingeschlafen, was ihr immer wieder passierte, seit ihr Mann seine Haftstrafe angetreten hatte und sie abends oft allein war. Ihr Blick suchte das Wohnzimmer ab und fand das Handy am anderen Ende des Raums auf dem Vertiko neben der Eingangstür. Es blieb weiter still.

Langsam schlug sie die Decke zurück, der langhaarige Teppich nahm ihren Schritten jedes Geräusch, sie umkurvte den Glastisch, hielt immer wieder kurz inne, lauschte und war nur noch einen Meter von dem schwarz glänzenden Gerät entfernt, als die angelehnte Wohnzimmertür sich öffnete und der Mann vor ihr stand.

»Sei still!«, sagte er leise, ruhig und drohend, die Stimme ein wenig rau.

Er war beträchtlich größer als sie, trug Basecap, Lederjacke und Jeans und wirkte sportlich. All das, auch die Pistole in seiner Hand, nahm sie beiläufig wahr, vor allem wegen der sie einnehmenden Angst, aber auch, weil etwas mit seinem Gesicht nicht stimmte, was sie nicht sofort verstand und was ihre Aufmerksamkeit trotz des Adrenalins fesselte. Das, was von seinen kurzen Haaren sichtbar war, hatte eine unauffällige braune Farbe, die Brille war getönt. Auf dem kleinen Streifen Haut, der zwischen Ärmel und Handschuh der rechten Hand sichtbar war, konnte sie dunkle Haare erkennen und den Rand eines größeren Hautmals, das im Schaft der Handschuhe verschwand.

»Hinsetzen, auf die Couch!«

Nach zwei Schritten rückwärts drehte sie den Kopf, damit sie nicht stürzte.

»Sag jawohl!«

»Bitte?« Sie hatte die Worte genau vernommen, verstand aber ihren Sinn in dieser Situation nicht.

»Sag jawohl, wenn ich dir etwas sage!«

»Jawohl«, sagte sie mechanisch und fiel mehr auf die Couch, weil sie mit den Kniekehlen angestoßen war.

»Pass auf!« Er machte eine Pause, hob den Zeigefinger der freien Hand und beugte sich herab zu ihrem Gesicht, bis sie ihm völlig bewegungslos zuhörte. »Wenn du tust, was ich sage, wird dir nichts Schlimmes passieren. Hast du das verstanden? Du musst nur tun, was ich sage. Immer.«

Sie nickte zögernd.

»Sag jawohl, wenn du es verstanden hast.«

Diese Ankündigung hätte ihr einen Teil der Angst nehmen, eine kleine Erleichterung verschaffen können, aber in dem Wirrwarr, das in ihr herrschte, spürte sie nichts von Erleichterung.

»Jawohl.« Wieder kam es tonlos, ohne Leben in ihrer Stimme, weil ein Teil ihres Gehirns trotz des Horrors der Situation und der offensichtlichen Gefahr immer noch damit beschäftigt war, zu ergründen, was mit diesem Gesicht nicht stimmte. Es erinnerte sie an Bilder von Prominenten, bei denen plastische Operationen schiefgelaufen waren.

»Es sei denn, du erzählst irgendjemandem von alldem hier. Dann komme ich wieder, und dann wird dir etwas passieren, etwas Schlimmes, es wird sehr wehtun. Hast du auch das verstanden?«

»Jawohl.«

Er nickte und richtete sich wieder auf.

»Wo ist dein Handy?«

»Da drüben.« Sie wies mit einer Geste zum Vertiko.

»Hol es!«

Wortlos stand sie auf und hatte sich fast schon ein wenig daran gewöhnt, dass eine Waffe auf sie gerichtet war.

»Hast du das verstanden?«

»Jawohl.«

Er war ihr dicht gefolgt, und sie hielt ihm das Mobiltelefon hin.

»Entsperren!«

Mit einem Wischer ließ sie das Display erwachen.

»Wie bitte?«

»Jawohl«, sagte sie, legte ihren Daumen auf das Symbol mit den Papillarlinien und reichte ihm das Gerät.

Er zog den rechten Handschuh aus, und obwohl er für einen Mann auffallend lange Fingernägel hatte, tippte er einhändig mit der Geschicklichkeit von jemandem, der das öfter auf diese Weise machte, eine Nummer ein. Wenige Sekunden später war in der nächtlichen Stille des Zimmers das dumpfe Brummen eines Vibrationsalarms zu hören. Erst jetzt nahm sie wahr, dass er einen kleinen Rucksack trug, aus dem offenkundig das Geräusch kam. Er wischte das Handy ab und legte es an seinen alten Platz.

»Ins Schlafzimmer. Vorgehen!«

Auch wenn ihr wenige Sekunden vorher kaum noch eine Steigerung möglich erschienen war, bedeutete dieses Wort einen gehörigen Schub für ihre Panik, die sie zuvor zumindest so weit kontrolliert hatte, um darüber nachzudenken, wie sie sich aus dieser Situation befreien könnte. Jetzt aber stürmten Bilder auf sie ein, die jede Kontrolle unmöglich machten.

Sie ging über den kleinen Flur ins Schlafzimmer vor, blieb vor dem Bett stehen und wandte sich ihm zu.

»Setzen!«, sagte er und überprüfte flüchtig, ob die Jalousien herabgelassen waren.

Ohne den Blick von ihm zu lassen, setzte sie sich auf die Kante ihres Ehebetts, und ihr fiel auf, dass er dieses Mal auf ihre Bestätigung verzichtet hatte.

Mit einer langsamen Bewegung streifte er sich seinen Rucksack von der Schulter, entnahm ihm eine kleine braune Flasche und schraubte sie auf.

»Noch mal: Dir wird nichts Schlimmes passieren, wenn du tust, was ich sage. Es sei denn, du erzählst irgendjemandem davon, dann komme ich wieder, und dann gilt das nicht mehr. Hast du das verstanden?«

»Jawohl«, sagte sie mit Verzögerung.

»Und, ganz wichtig: Wenn du erwachst, schau zuerst auf dein Handy. Das wird dir bei der Entscheidung eine Hilfe sein.«

Mit einer anbietenden Geste hielt er ihr die kleine braune Flasche hin.

Einen langen Augenblick kämpften die Stimmen in ihr, welche danach schrien, sich zu wehren, den Mann anzugreifen, ans Fenster zu stürmen, irgendetwas zu tun, aber gegen das schwarze Ding in seiner Hand kamen diese Stimmen nicht an.

»Austrinken!«

Sie starrte auf die Brillengläser, in denen sich ein verzerrtes Bild von ihr selbst spiegelte, und es gab nichts in diesem Gesicht, was ihr Hoffnung hätte geben können, dass sie aus dieser Situation rauskam, ohne zu tun, was er sagte.

Dir wird nichts Schlimmes geschehen, an diese Worte dachte sie.

Zitternd nahm sie die Flasche, führte sie langsam zum Mund und nippte an der Flüssigkeit, die ebenso süß schmeckte, wie sie roch.

»Austrinken!«

Mit wenigen Schlucken lehrte sie die Flasche und gab sie ihm zurück.

Er verschraubte das braune Gefäß und verstaute es mit einer ihr auffallenden Sorgfalt im Rucksack, nicht ohne sie weiter stumm zu beobachten.

In der Stille, die entstand, vergingen die Sekunden, als liefe nicht Sand, sondern tröffe Honig durch ein Stundenglas, und wieder kamen Stimmen in ihr hoch, etwas zu tun, solange sie noch dazu in der Lage war.

Es begann wie eine morgendliche Benommenheit nach dem Erwachen, eine Trägheit der Gedanken, die schon bald abgelöst wurde von einem Zustand, als habe sie zu schnell zwei Gläser Wein getrunken. Und das war nicht das Ende. Nach kurzer Zeit war ihr so schwindelig, dass sie sich nach hinten mit den Händen abstützen musste und bald danach rückwärts aufs Bett fiel.

Der Mann machte jetzt zwei Schritte auf sie zu, blieb dann stehen und beobachtete sie weiter wortlos aus nächster Nähe.

Die Hitze, die ihr jetzt in den Kopf stieg, spürte sie noch, auch die klebrige Süße der Tinktur drängte sich in ihr Bewusstsein, aber vor ihren Augen begannen die Dinge zu verschwimmen. Sie bewegte wiederholt schnell ihre Lider, was nichts half. Mit dem letzten klaren Gedanken, den sie bewusst fassen konnte, nahm sie eine eigenartige Unregelmäßigkeit am Hals der Gestalt wahr, die sich jetzt über sie beugte. Etwas, das aussah wie ein Hautdefekt, nachdem man sich verbrüht hat.

Eine Maske, dachte sie, das ist es. Der Mann trägt eine Maske.

Alexander

Auf der Fahrt zur Redaktion hatte er sich telefonisch versichert, dass Lisa nach zwei letzten Tagen an der Uni heute im Haus war, und vorsorglich zwei »Nuts« besorgt. Er wusste, dass es diese ultimativen Bestechungsmittel nicht brauchte, weil er bei Lisa mehr als einen Stein im Brett hatte.

Trotzdem legte er ihr die Schokoriegel neben die Tastatur, kaum dass er die Räume von *WtW* betreten hatte.

»Wann hat du Zeit?«, fragte er, schon auf dem Weg zur Kaffeemaschine.

»Worum geht es denn? Du hast das am Telefon ein bisschen mager beschrieben.«

Er legte ihr die Visitenkarte eines der Mitarbeiter der N. J. Örd GmbH neben die Tastatur, die ihm Petersen überlassen hatte.

»Das ist eine Anlagefirma, bei der ein Mann, über den ich vor längerer Zeit geschrieben habe, reichlich Geld verloren hat. Was gibt es zu der Firma zu sagen? Sind das Betrüger? Kann man rausfinden, was für eine Masche die anwenden? Nur so eine erste Einschätzung.«

Sie nahm die Karte.

»Lass mir wenigstens eine Viertelstunde Zeit.«

Er verbrachte die Viertelstunde mit einem Kaffee vor dem Rechner, um die Seiten der Konkurrenz zu checken und seine Social-Media-Accounts zu bedienen. Wenn er etwas Zeit hatte so wie jetzt, besuchte er mitunter auch die Pseudoinfoseiten, die nur Clickbaiting betreiben. Hin und wieder bekam man auch dort eine Idee, ob ein Thema es wert war, darüber zu schreiben.

Bis vor ein paar Monaten hatten sie sich in der Redaktion einen Spaß daraus gemacht, wöchentlich die Seite zu küren, die auf die dämlichste, lustigste oder unverschämteste Weise Clickbaiting betrieb.

Diese hier wäre in die engere Wahl gekommen.

Das Quiz lockte mit der Überschrift »Dein IQ ist 140, wenn du 10 dieser Bücher kennst«.

Frage eins lautete: Wer schrieb die Odyssee? Die möglichen Antworten, aus denen man auswählen musste, lauteten Bart, Homer oder Maggie?

Er musste schmunzeln. Hin und wieder waren doch ein paar Komiker am Werk. Aber vielleicht brauchten diese Leute das als Strategie, wenn man den ganzen Tag sonst nur Unsinn zusammenschreiben musste.

Lisa rief seinen Namen, und er ging zu ihr.

»Also, nach so kurzer Zeit kann ich dir dazu kaum was sagen, vor allem, weil ich von Geldanlagen und wie man damit betrügt keine Ahnung habe. Ihr Auftritt ist gut gemacht und nicht weiter auffällig. Schön ist schon mal der Name.«

»Warum?«

»Wenn du die Punkte wegnimmst, heißt es Njörd. Das ist eine nordische Gottheit unter anderem für Reichtum.«

»Entweder zeugt das von Selbstvertrauen oder von grandioser Geschmacklosigkeit«, sagte er.

Sie lächelte.

»Kann man irgendetwas darüber herausfinden, womit sie das Geld ihrer Anleger vermehren wollen, also so was wie das Konzept?«

Sie klickte auf ein paar Buttons und rief verschiedene Seiten auf.

»Ich habe wie gesagt von Anlagebetrug keine Ahnung, aber die geben hier ein paar Reverenzseiten an mit Bewertungen, die kann man sich mal anschauen.«

Wieder fand auf dem Bildschirm etwas statt, dem Alex nur schwer folgen konnte.

»Die haben mehrere Firmensitze. Einen hier im Rheinland, aber auch einen in Luxemburg.«

»Aha.« Alex hatte sich einen Stuhl geholt, setzte sich und schaute Lisa über die Schulter.

»Hier haben wir zum Beispiel einen Artikel über die Firma in einer luxemburgischen Zeitung, unter dem mehrere Kommentare sind, die meisten, wenn ich das auf die Schnelle sehe, sehr positiv.«

Sie lasen gemeinsam ein paar der Kommentare.

»Hier ist einer negativ, bezieht sich aber auf das Verhalten eines der Mitarbeiter, nicht auf die Art der Geschäfte«, sagte sie.

»Ist aber auf den ersten Blick der einzige. Könnte also auch so eine Alibikritik sein«, sagte Alex, »damit es nicht zu positiv wird.«

»Darauf wollte ich aber gar nicht hinaus.«

Er hatte allmählich aufgegeben, verstehen zu wollen, was sie machte.

»Ich wollte mir mal die Webseite ansehen, und bei der hier von der Zeitung ist nicht ganz klar, ob die gefälscht ist.«

»Woran sieht man das?«

»Da gibt es verschiedene Möglichkeiten. Du kannst erst mal hier auf das Schloss in der Adresszeile klicken, aber das umgehen schon viele. Hier bin ich mir nicht sicher. Auf meinem anderen Rechner habe ich einen Website-Checker, damit kann man noch einiges über die Verifizierung erfahren. Jedenfalls könnte das eine gefälschte Seite sein, und da kann man dann eben einen sehr positiven Artikel mit guten Bewertungen einstellen. Sieht völlig seriös aus, ist aber gefälscht. Das hat man immer wieder im Netz. Aber du wolltest ja was über die Art der Anlage wissen.«

»Die Frau von der Wirtschaftskriminalität sagte, dass sie da oft irgendwelches Fachchinesisch angeben, verschwurbelte Beschreibungen von elaboriert beschriebenen Vorgängen.«

»Eben hatte ich da was.« Sie suchte die Seite. »Meinst du so was hier?« Sie unterlegte den Textabschnitt mit blauer Farbe.

»… erfahrene Analysten mit internationaler Reputation, die aufgrund von neuesten Erkenntnissen aus der KI-Forschung modernste Verfahren entwickelt haben, die weltweit die Märkte für Wertpapiere und Kryptowährungen beobachten, bewerten und daraus mit einer exorbitanten Erfolgsquote Strategien entwickeln. Durch den Einsatz völlig innovativer IT-Technik, gepaart mit einer weltweiten Vernetzung, wird es möglich, auch extrem kurzlebige, aber äußerst lukrative Konstellationen auf allen Märkten der Welt ad hoc zu nutzen. Diese einzigartige Strategie ist ein Element des beispiellosen Erfolges der N. J. Örd GmbH.«

»Klingt gut, oder?« Sie sah ihn über die Schulter mit einem Lächeln an.

»Mein Informant sprach davon, dass er irgendwann mit entsprechender Werbung zugekleistert wurde, ständig.«

Sie wiegte den Kopf.

»Das kriegen wir natürlich so schnell nicht hin, da müssten wir einfach mal öfter ihre Seite besuchen und die Bewertungsseiten anklicken, mal in Social Media nach ihnen sehen und vor allem klicken, klicken. Dann käme da bestimmt was.«

»So viel Zeit haben wir nicht.«

Sie schwieg einen Moment, und ihrem Gesicht war anzusehen, dass sie an etwas anderes dachte.

»Dann gibt es noch eine weitere Möglichkeit.« Sie zeigte ein breites, amüsiertes Grinsen. »Du kannst dich direkt in der Firma erkundigen.«

»Aha.« Er verstand kein Wort. »Guten Tag, ich bin von *Wat-*

ching the West und würde gern darüber schreiben, wie Sie ahnungslose, oft notleidende Menschen so übers Ohr hauen, dass deren Existenz zerstört wird. So in der Art?«

»Nein. Hier. Unter ›Über uns‹ steht, dass sie für zwei Stellen Leute mit fundierten IT-Kenntnissen suchen. Wär das nicht was für dich?«

»Ist das der Dank dafür, dass ich dich ständig mit deiner Lieblingssüßigkeit versorge? Ich werde mit meiner Unkenntnis verarscht?«

Ihr ausgelassenes Kinderlachen wurde abrupt abgelöst von einem Gesicht, dem man ansah, dass etwas Außergewöhnliches hinter ihrer Stirn vorging.

»Ich könnte mich bewerben.«

»Wie ist noch mal die weibliche Form von Witzbold?«

Sie ging nicht auf den Scherz ein.

»Ganz im Ernst. Die suchen zwei IT-Leute. Ich bin sicher, dass ich das kann, was die wollen. Und Uni ist die nächste Zeit nicht.«

Für einen Moment hatte er den Verdacht, sie würde das tatsächlich für ihn tun, weil er befürchtete, mehr für sie zu sein als ein zwanzig Jahre älterer Kollege, mit dem sie gut zurechtkam. Er hatte den Gedanken seit geraumer Zeit nicht zugelassen, und wenn er sich doch in den Vordergrund schob, negiert. Aber diese Möglichkeit völlig ins Reich des Unmöglichen schieben, das konnte er nicht.

»Kommt gar nicht infrage.«

»Warum? Bessere Infos bekommen wir nicht.«

»Du hast noch keinen wirklichen Abschluss.«

»Den hatte ich hier auch nicht. Ich lege denen die Urkunden und Medaillen der Mathe-Olympiade vor, das macht immer tierischen Eindruck.«

»Das sind möglicherweise Kriminelle, Lisa. Auf gar keinen Fall. Ende der Diskussion.«

»Ich werde ja sehen, ob es riskant ist. Dann bleibe ich einfach weg.«

»Verstehst du den Sinn dieser Worte? Ende der Diskussion.«

Im Weggehen legte er ihr ein Nuts aufs Tastenfeld, lächelte und hoffte, damit die Schärfe seines Tones zu mildern.

Camilla

Seit dem Frühstück war Camilla nicht mehr vom Schreibtisch aufgestanden, sondern hatte konzentriert an der Anklageschrift in einem Verfahren wegen Totschlags gearbeitet. Eine einundachtzigjährige Mutter hatte ihren Sohn seit seiner Geburt allein erziehen müssen, wobei sie mit großer Mutterliebe zu Werke gegangen war. Für sie hatte das zuallererst erbarmungslose Strenge bedeutete, denn der Vater musste in ihren Augen ersetzt werden. Bis der Sohn sie beim ersten Streit ihres gemeinsamen Lebens getötet hatte. In einem Anfall von Raserei, bei dem sich eine Feder löste, die viereinhalb Jahrzehnte gespannt worden war.

Alles, was dieses fünfundvierzigjährige Kind in seiner Vernehmung schilderte, ließ einen entweder den Kopf schütteln, in Tränen ausbrechen oder vor Zorn irgendetwas gegen die Wand werfen, was zerbrach, dachte Camilla. Und wie hatte Dieter Bartels gesagt, der die Vernehmung geführt hatte: ein Wunder, dass es so lange gedauert hat.

Sie rollte mit dem Stuhl vom Schreibtisch weg und reckte sich mit einem tiefen Seufzer.

Das Telefon, sie erkannte Deniz' Nummer im Display.

»Guten Morgen.«

»Morgen? Frau Staatsanwältin! Bist du grad aufgestanden? Wir gehen auf Mittag zu.«

Sie sah auf die Uhr.

»Ich habe den ganzen Morgen geschrieben, ich bin entschuldigt.«

»Ich habe ein paar Dinge in der MK Ruhr zu berichten und zu besprechen. Wir könnten das a) telefonisch machen, b) ich könnte es dir schreiben, was ziemlich aufwendig wäre, oder c) wir essen auf der Rüttenscheider eine Kleinigkeit, ich hab Hunger. Nur 'n halbes Stündchen.«

Sie sah aus dem Fenster.

»Auch wenn das Wetter nicht so toll ist, gute Idee.«

»Ich hol dich vorm Eingang ab.«

In einem türkischen Restaurant fanden sie einen Tisch in der Ecke, bei dem ausreichend Diskretionsabstand zum Rest der Gäste eingehalten werden konnte.

»Die Frage ist, wie gehen wir weiter vor?«, sagte Deniz. »Irgendetwas hat diese Frau damit zu tun, und damit meine ich etwas, was sie verschweigt.«

»Meinst du, sie hat mit dem Mord was zu tun?«

»Echt schwierig. Vom Gefühl her, nein. Gesagt hat sie gestern so gut wie nichts, einmal wahrscheinlich deshalb, weil Nila und Timo sie intensiv belehrt haben. Und zweitens, das schrieb der Kollege aus Köln schon, weil bei der ganzen Sippe gegenüber der Polizei ›Maul halten‹ angesagt ist. Die beiden waren etwa zwanzig Minuten bei ihr, dann hat sie völlig dichtgemacht und wollte ihren Anwalt anrufen.«

»Wir haben doch eine TÜ laufen, ist da was drauf?«

»Sie hat tatsächlich nachher den Anwalt angerufen, dann noch drei Leute aus dem Umfeld der Familie und eine Freundin. Der letzte Anruf war auffallend.«

»Warum?«

»Die drei Gespräche zuvor hat sie wohl relativ cool hinter sich gebracht. Aber bei der Freundin ist sie völlig zusammengebrochen, hat geheult wie ein Kind.«

»Was hat sie gesagt?«

»Das Gespräch war gar nicht so lang. Sie hat nur gesagt, dass Mataj tot ist, und hat dann entsetzlich geweint.«

»Ist doch spannend, die Reaktion, oder?«

Er wiegte den Kopf hin und her.

»Ja, habe ich auch schon dran gedacht. Vielleicht ist sie das Gegenteil einer Beschuldigten. Und das deckt sich ein wenig mit dem, was Nila und Timo erlebt haben. Beide hatten den Eindruck, dass sie, nachdem sie die Nachricht bekommen hatte, fast die Fassung verloren hätte. Nila, und der traue ich nach dem, wie ich sie kennengelernt habe, einiges zu, sagt, die hätte sich unglaublich zusammennehmen müssen, wäre irgendwann völlig trotzig geworden und hätte die beiden dann fast rausgeschmissen.«

»Na, wonach klingt das in deinen Ohren? Denn sie wird es ja wohl nicht gespielt haben.«

Er hob den Finger als Wartezeichen und kaute zu Ende.

»Nein, wohl nicht. Und wovon wir auch ausgehen können, ist – es sei denn, das sind alles Oscar-Aspiranten –, dass auch die Angerufenen nichts vom Tod Matajs wussten. Die waren am Telefon alle wie vom Donner gerührt.«

»Sollen wir uns einen Durchsucher für ihre Wohnung holen?«

Er zog die Brauen hoch, nickte, kaute und grinste gleichzeitig.

»Manchmal denke ich, ich habe telepathische Kräfte.«

»Spinner. Das liegt doch auch nah, hätten wir vielleicht schon gestern machen sollen. Wir haben an einem Mordopfer Haare von ihrem Mann gefunden, weil das Opfer dessen Jacke trug.«

»Aber das wussten wir gestern noch nicht.«

»Ich weiß. Aber daraus kriegst du sogar mit etwas Mühe einen 102er gestrickt«, sagte sie und wischte den Rest ihrer Salatsoße mit einem Stück Weißbrot auf.

»Sie zur Beschuldigten machen?« Er sah an die Decke. »Ist das klug?«

»Nein, müssen wir auch gar nicht, sollte nur heißen, dass das alles vielleicht ganz anders sein kann. Ihr Mann sitzt noch mindestens zwei Jahre. Vielleicht hat es da ein Machtvakuum gegeben, das sie ausfüllen wollte, und Mataj war ein Konkurrent.«

Er lehnte sich zurück, löste den Blick von ihr und fuhr sich durchs schwarze Haar.

»In dem Fall wäre die Reaktion doch gespielt gewesen.«

»Oder wir interpretieren ihr Verhalten nur falsch.« Ihr fiel die Idee wieder ein, die sie am Abend vor dem Einschlafen hatte. »Und noch ein ganz anderes Denkmodell, nur als Beispiel. Wenn sie wirklich was mit Mataj hatte und ihr misstrauischer Mann vorsorglich für seine Zeit in Haft einen heimlichen Aufpasser engagiert hat, bevor er eingefahren ist, könnte der das auch erledigt haben. Denn dass diese Leute aus dem Knast weiter nach draußen regieren, ist nichts Neues.«

»Ist 'ne Idee. Vielleicht bringt uns die TÜ heute noch etwas weiter.« Er sah auf die Uhr. »Wenn wir morgen bei ihr durchsuchen wollen, muss ich noch einiges einstielen. Zum Beispiel muss ich die Kölner mit ins Boot holen und hoffen, dass die Kapazitäten frei haben.«

Er winkte nach der Bedienung.

»Lass mal, ich zahle heute, du hast mich so oft eingeladen…«, sagte sie.

»Ich soll mich als Mann mit türkischen Wurzeln von 'ner Frau einladen lassen?«

»Und dazu noch von einer Frau, die deine Vorgesetzte ist.«

»Danke«, sagte er, schickte ihr einen Luftkuss und ging.

Für den Rest ihres Mineralwassers blieb sie noch sitzen und dachte darüber nach, warum bei einer solchen Geste von Deniz neben aller aufrichtigen Freundschaftlichkeit immer noch etwas anderes in ihr angefasst wurde. Undeutlich und blass, wie etwas Schönes, Buntes hinter Milchglas, aber doch spürbar.

Sie ging in Gedanken noch einmal all die Möglichkeiten

durch, die auf der Grundlage dieser Infos möglich waren. Aber sie tat es in der Gewissheit, dass die Realität immer wieder eine Möglichkeit aus dem Hut zauberte, um einen zu überraschen.

»Frau Kollegin, welch angenehme Überraschung.«

Sie konnte ein leises Zusammenzucken nicht vermeiden. Neben ihr stand, wie aus dem Boden gewachsen, Christian Herrmann, der Kollege von der Organisierten Kriminalität.

»Darf ich so aufdringlich sein und mich einen Moment dazu setzen?«

»Selbstverständlich, aber ich habe schon gegessen und bin wirklich im Aufbruch.«

Er setzte sich auf die Kante der Bank, was nach Fluchtbereitschaft aussah.

»Ach, schade, ich hätte mich nämlich gern revanchiert für die kollegiale Unterstützung letztens.«

»Das ist nicht nötig, wirklich nicht. War eben kollegial.«

»Was ist schon nötig? Ganz im Ernst, würde ich gern, und ich habe auch schon eine Idee. Mir ist das signierte Bild von John Williams aufgefallen, das in Ihrem Büro hängt. Mögen Sie Filmmusik?«

»Ist ein Geschenk meiner Eltern. Sie sind große Filmmusik-Fans, haben sich sogar im Kino kennengelernt. Als DDR-Bürger war es nur nicht so leicht, an Platten zu kommen, wenn man Hollywood-Komponisten mochte, besonders John Williams. Nach der Wende haben sie ein paar Konzerte mit ihm besucht. Bei einem ließen sie mir dieses Bild widmen.«

Er war ein gut aussehender Mann, vor allem, wenn er lachte, dachte sie. Auch seine schon etwas hohe Stirn änderte daran nichts.

»Schöne Geschichte. Ich habe Karten für ein John-Williams-Konzert. Interesse?«

Zu spät fiel ihr auf, dass sie wohl einen Moment zu lange darüber nachdachte, und sie versuchte, die Verlegenheit mit einem Lächeln zu kaschieren.

»Ohne meinen Kalender kann ich solche Zusagen nicht treffen. Ich kann Sie ja anrufen.«

»Wunderbar«, sagte er, stand auf, verabschiedete sich und ging.

Wieder in ihrem Büro, dachte sie daran, dass sie sich nach der am Ende quälenden Geschichte mit ihrem Kollegen Sebastian Haller geschworen hatte, nie wieder etwas mit jemandem aus der Behörde anzufangen. »Hausfick bäringt Unglick«, hatte Deniz damals mit gespieltem Dialekt gesagt. Als es lange schon beendet war, hatte sie es ihm an einem Abend nach ein paar Bier erzählt.

Ihr gegenüber sprach er meistens anders und verfiel selten in diesen Bullenjargon, wie er es nannte. Sie wusste, dass Polizisten untereinander anders redeten. Ob das nur eine Reaktion auf die Sprache des täglichen Gegenübers war? Schon möglich. Jedenfalls war es auffallend.

Sie startete ihren Bildschirm und schrieb weiter an dem Text, mit dem sie jemandem die Freiheit für etwas nehmen würde, wovon er sich hatte befreien wollen.

Alexander

An der Pforte des Polizeipräsidiums kannte man ihn, darum ersparte sich der Mann hinter dem Glas den Rückruf bei KHK Müller.

Alex fand Deniz allerdings nicht in seinem Büro, Dieter Bartels beschrieb ihm den kurzen Weg zu Anja Winter, bei der einen Flur weiter dieses Mal die Leitung der Mordkommission eingerichtet war.

Dass auch da noch nicht Endstation war, lag daran, dass Deniz in diesem Fall nur der Vermittler war. Alex hatte ihn um ein paar Infos zu Anlagebetrug im Netz gebeten, weil er darüber in *WtW* schreiben wollte.

»Davon habe ich keinen Schimmer«, hatte er gesagt. »Aber ich kann mal bei Tanja anrufen, die leitet bei uns die Wirtschaftskriminalität. Vielleicht hat sie Zeit für dich, wenn ich ein gutes Wort einlege.«

»Das ist der Pressefritze, der auch dazu gehört«, sagte Deniz mit einem Grinsen über den Schreibtisch, als Alex das Büro betrat. Die Frau auf der anderen Seite veranlasste das, ihn erst mit einem amüsierten Blick zu mustern und dann zu begrüßen. Er ersparte sich eine Nachfrage, obwohl er nicht wusste, was genau Deniz gemeint hatte.

»Möchtest du erst einen Kaffee, oder wollen wir gleich gehen«, fragte Deniz.

Er wollte keinen Kaffee.

Erste Kriminalhauptkommissarin Tanja Hüttler als Leiterin des Kommissariats zur Bekämpfung der Wirtschaftskriminalität hatte er sich anders vorgestellt. Ein wenig mondäner, denn in seiner Vorstellung verkehrten diese Leute in der Regel in Bankerkreisen oder hatten Kontakt zu – wenn auch dubiosen – Firmenchefs. Selbst die Betrüger waren meist top gekleidet. Aber sie trug Klamotten, die Alex ein wenig an Fotos vom Woodstock-Festival erinnerten.

Deniz machte sie bekannt, nicht ohne noch einen süffisanten Spruch über die Presse nachzuschicken, und verschwand dann wieder. Schien es in der Tat eilig zu haben, dachte Alex, aber bei aktuellen Mordkommissionen kannte er das von ihm.

»Was kann ich für Sie tun, Herr Rahn? Übrigens, Sie heißen nicht zufällig Helmut mit Vornamen, oder?«

»Früher hieß ich so, aber ich habe den Namen ändern lassen.«

Sie stutzte einen Augenblick.

»Echt jetzt, ist ja irre.«

»Nein, war ein Scherz. Ich heiße Alexander. Mein Vater war wie ich kein großer Anhänger dieses speziell im Ruhrgebiet populären Ballsports. Darum hat er diese Chance verstreichen lassen. Zum Glück.«

Sie konnte über den Gag ausgiebig lachen, was sie ihm sympathisch machte.

Danach schilderte Alex ihr seine Gespräche und seine Erlebnisse mit Hannes Petersen, ließ dabei aber die Knochenbrechergeschichte aus dem Parkhaus weg. Man wusste nie, was Polizisten daraus machten.

»Ich habe den Eindruck, dass da etwas ziemlich betrügerisch gelaufen ist, und ich würde gern darüber in *WtW* schreiben.«

»Hatte der Mann keinen Wirtschaftsprüfer oder einen in Finanzgeschäften beschlagenen Justitiar oder so was?«

»Sein Anwalt hat ihm gesagt, dass im Kleingedruckten so ein Totalverlust nicht ausgeschlossen wird, allerdings sehr geschickt formuliert. Was ist das? Ein Schneeballsystem?«

»Könnte sein, aber dafür weiß ich zu wenig von der Firma und wie es tatsächlich abgelaufen ist. Wenn es so was in der Art ist, könnte es hier mehr ein Ponzi-System sein, das wird oft verwechselt.«

»Worin besteht der Unterschied?«

»Ganz kurz und nicht umfassend erklärt: Schneeballsystem ist der alte Kettenbrief. Der Einzelne sorgt selbst durch Anwerben neuer Mitglieder dafür, dass Geld reinkommt, von dem er seinen Teil bekommt. Irgendwann müssten zu viele angeworben werden, damit alle was bekommen, und es bricht zusammen. Beim Ponzi-System werden immer neue Kunden durch die Firma angeworben, früher ausschließlich in Callcentern, heute auch oft im Internet. Zweiter Unterschied. Die Firma gibt vor, dass sie mit einer bestimmten Methode hohe Renditen erwirtschaftet, tut sie aber nicht, sondern gibt die Kohle aus, was so lange gut geht, wie neue Kunden angeworben werden. Meist fliegt das auf, wenn viele Anleger ihr Geld auf einmal zurückhaben wollen. Bisher war das meist so. Aber das ist oft nicht ganz einfach zu erkennen, manche Strukturvertriebe sind irgendwas dazwischen. Es gab in der Vergangenheit Systeme, die liefen über Jahrzehnte.«

»Jahrzehnte? Unglaublich. Wie geht so was?«

»Das liegt daran, dass der Schritt, wann es von legal zu illegal übergeht, oft nur ein kleiner ist. Wie hieß denn die Firma?«

»N. J. Örd GmbH.« Er erzählte, dass Petersen irgendwann zwei Leute besucht haben und er auch in einer Niederlassung in der Düsseldorfer Gegend gewesen sei.

»Dann scheint es ja kein reiner Cybertrader zu sein.«

Sie tippte es in den Rechner ein und betrachtete eine Weile wortlos den Bildschirm.

»Also bei uns in den Systemen finde ich die nicht, die sind also bisher zumindest nicht angezeigt worden.«

Wieder tippte sie.

»Aber im Internet sind sie. Schicke Seite, wie üblich.« Erneut wanderte sie wohl durch verschiedene Ebenen. Dann schob sie Tastatur und Maus beiseite und wandte sich wieder Alex zu.

»Wissen Sie, Herr Rahn, was im Internet möglich ist, davon haben wir vor ein paar Jahren nicht mal in den ärgsten Albträumen eine Ahnung gehabt. Gerade beim Betrug. Täter, die irgendwo auf der Welt sitzen, werben ihre Opfer mit den perfidesten Mitteln an und nehmen sie gnadenlos aus. Früher gab es zwei Grundkonstellationen, mit denen man leicht Opfer von Anlagebetrug wurde. Not oder Gier. Heute kommt als drittes Element noch Unwissenheit hinzu. Einige von den Online-Betrügern arbeiten etwa mit Modellen, denen angeblich ein völlig neuer Algorithmus im internationalen Handel mit Aktien oder Bons oder immer wieder Kryptowährung oder oder oder zugrunde liegt, und niemand versteht das. Oder können Sie mir – nur als Beispiel – erklären, wie die Rolle von Hashes in der Token-Mining-Struktur im Blockchain-System bei Bitcoins funktioniert? Das meine ich. Allein die Vorstellung, dass das Währungen sind, mit der sie im Zweifelsfall ein Haus bezahlen können, die aber nur als ein paar Zahlenreihen auf einer Anzahl von Computern existieren, übersteigt die Vorstellung der meisten.«

»Meine auch«, sagte Alex. »Aber deswegen gebe ich diesen Leuten auch nicht mein Geld.«

»Es gibt bei uns ein altes Sprichwort, Herr Rahn. Da, wo einer betrügt, gibt es immer auch Leute, die sich betrügen lassen.«

»Das heißt, die Leute sind zu leichtgläubig.«

»Natürlich, waren sie immer. Aber auch da bietet das Internet und neuerdings KI ganz andere Möglichkeiten. Nehmen Sie die Beispiele mit den Promividos, in denen prominente Nachrichtensprecher oder Moderatoren in Deepfakes Anlagemodelle anpreisen. Das müssen Sie vor allem als älterer Mensch erst mal verstehen, dass da gar kein Mensch spricht. Das führt dann dazu, dass einige immer und immer wieder überweisen, weil ihnen auf dem Bildschirm gezeigt wird, dass sie mit einhundert Euro innerhalb von vier Wochen tausend Euro verdient haben. Da kann man schon mal weich werden.«

»Und wie man sieht, passiert das auch Geschäftsleuten, wenn die Ansprache den richtigen Ton trifft.«

»Natürlich. Wir haben Fälle, da gestatten die Menschen dem Finanzberater am anderen Ende der Leitung, dass er auf ihren Computer zugreifen darf, um sie beim Ausfüllen der Überweisungsträger zu unterstützen.« Sie zog eine Grimasse.

Alex schmunzelte.

»Und was ist jetzt mit der N. J. Örd GmbH?«

Sie zuckte mit den Schultern.

»Um sich das näher anzuschauen oder da zu ermitteln, müsste es einen Verdacht geben, oder Ihr Bekannter müsste eine Anzeige erstatten. Aber vielleicht ist das auch ein Unternehmen, das extrem geschickt für ihre Anlagen wirbt, die aber sehr, sehr riskant sind, da kann man schon beträchtliche Gewinne machen, wenn es gut geht. Aber es geht oft nicht gut.«

»Was ist bei diesen Modellen der Mehrwert für das Unternehmen?«

»Die Gewinne werden mit versteckten, aber satten Gebühren belegt, die Verluste tragen allein die Anleger.«

»Also gefahrloses Spekulieren mit fremdem Geld.«

»Exakt.«

Nach einer weiteren halben Stunde hatte die Frau ihm alle Fragen beantwortet. Er würde darüber schreiben, das war ihm im Laufe des Gesprächs klar geworden. Aber er musste mit Lisa sprechen, auch darüber bestand kein Zweifel.

Deniz

Überraschung am Morgen. Unter diesem Motto fand ein beträchtlicher Teil der polizeilichen Durchsuchungen am Ende der Nachtzeit statt, wodurch man zwangsläufig die Menschen aus dem Bett warf und damit die erste Stunde der Maßnahme mit ungewaschenen Figuren in schlecht gelüfteten Räumen verbrachte. Waren solche Wohnungen auch schon zu normalen Tageszeiten ein Fall fürs Gesundheitsamt, was nicht selten vorkam, konnten diese Gelegenheiten zu einem echten Test der eigenen Grenzen des Ertragbaren werden. In diesem Job gab es einfach häufig Momente, in denen man sich wunderte, welche Gerüche Menschen produzieren konnten, die noch nicht gestorben waren, dachte Deniz.

All das mussten sie bei Emina Bajrami nicht erwarten. Von Timo und Nila wussten sie, dass die Wohnung nicht nur geschmackvoll eingerichtet war, sondern auch einen sauberen Eindruck gemacht hatte. Auf den Schock am Morgen konnten sie ebenfalls verzichten, wichtig war allein, dass die Frau nichts ahnte.

Deniz hatte zwei Teams der Mordkommission mitgenommen, das dritte bildeten er und Camilla, von der er wusste, dass sie sich solche aktiven Ermittlungsaktionen nach Möglichkeit nicht entgehen lassen wollte. Die Kölner hatten nicht mehr als ein Team beisteuern können.

Wahrscheinlich kaufte Emina Bajrami ein, jedenfalls befand sich ihr Telefon in der Kölner Innenstadt. Der Rest der Mannschaft hatte sich im größeren Umkreis irgendeinen Parkplatz gesucht. Mit Blick auf ihr Haus warteten er und Camilla so unauffällig, wie das in einem Wohngebiet mit Einzelhäusern möglich war. Deniz war klar, dass schon ein paar Blockwarte hinter den Gardinen auf Posten waren. Hatte man solche Einsätze nicht bei der örtlichen Leitstelle angemeldet, kam schon mal ein Streifenwagen vorbei, der das verdächtige Fahrzeug nach dem Tipp eines Bürgers kontrollieren wollte.

Nach über einer Stunde steuerte sie endlich ihren SUV auf die Einfahrt des Hauses. Deniz gab den anderen Bescheid und beeilte sich, bei ihr zu sein, bevor sie die Haustür wieder hinter sich schloss.

»Frau Bajrami!« Sie drehte sich mit fragender Miene um. »Müller von der Polizei Essen.« Er hielt ihr seinen Ausweis hin. »Das ist Staatsanwältin Lopez.«

Camilla folgte ihm mit schnellen Schritten, die anderen Teams kamen mit Tempo vorgefahren, stiegen aus.

»Was soll denn dieser Überfall? Das ist doch wohl eine Unverschämtheit.«

Da ist von der gestrigen Trauer ja nicht mehr viel übrig geblieben, dachte Deniz, denn Ton und Gesichtsausdruck der Frau ließen befürchten, dass sie gleich jemandem an die Gurgel ging.

»Können wir das drinnen besprechen, Frau Bajrami? Ich glaube, das ist besser.«

»Nein, ich will gar nichts drinnen besprechen.«

Deniz ging so unauffällig wie möglich zwei Schritte Richtung Haustür, um Schlimmeres verhindern zu können, sollte es bei der Frau zu einem Stimmungsumschwung kommen.

»Gut, dann sage ich es Ihnen hier, bevor wir reingehen, das wollte ich Ihnen eigentlich ersparen. Wir haben einen richterlichen Durchsuchungsbeschluss für Ihr Haus.«

Er zog die Mappe aus seinem Rucksack und übergab ihr die zusammengeklammerten Blätter.

Sie warf einen längeren Blick darauf, sah dann einen nach dem anderen an.

»Erstens lege ich dagegen Widerspruch ein, dann möchte ich meinen Anwalt anrufen und danach ein Mitglied meiner Familie.«

Die Frau kennt ihre Rechte, dachte Deniz, aber so ist das, wenn man Übung in solchen Dingen hat. Alles andere hätte ihn bei der Vorgeschichte ihres Umfelds auch gewundert.

»Jederzeit, Frau Bajrami«, sagte Camilla, »wir hätten sowieso noch gefragt, ob Sie einen Zeugen bei der Durchsuchung wünschen. Sie müssen jetzt nur entscheiden, ob das alles hier vor der Tür stattfinden soll oder drinnen. Denn natürlich können wir Sie unter diesen Umständen nicht allein ins Haus lassen. Wir können also, bevor wir mit der Durchsuchung anfangen, hier auf offener Bühne alle gemeinsam auf den Zeugen warten, oder wir machen das drinnen.«

Wieder ließ sie ihren Blick zwischen ihnen wandern.

»Auf den Anwalt warten wir nicht«, sagte Camilla, und in ihrer Stimme schwang jetzt eine Unmissverständlichkeit mit, die er nur sehr selten bei ihr erlebte, was aber Emina Bajrami dazu bewegte, wortlos ins Haus voranzugehen. »Und wenn das mit Ihrem Zeugen zu lange dauert, dann suchen wir uns entweder jemanden hier in der Nachbarschaft, oder wir durchsuchen ohne Zeugen. Das wird hier keine endlose Veranstaltung, damit das klar ist.«

Deniz fragte sich, ob es der letzte Satz der Staatsanwältin war, der Wirkung gezeigt hatte, oder der Zeuge zufällig nur wenige Minuten entfernt wohnte. Nach einer knappen Viertelstunde erschienen jedenfalls zwei Männer, die sie mit Vertrautheit begrüßte und die den Kollegen ihre Ausweise mit derselben feindseligen Geringschätzung übergaben.

Schwerpunkt der Durchsuchung waren alle elektronischen

Geräte, weil sie sich von denen die wichtigsten Informationen darüber erhofften, wie die Leute untereinander kommuniziert hatten. Darüber hinaus nahmen sie noch einige DNA-Spuren, um vielleicht zu erfahren, ob sich Skender Mataj in diesem Hause intensiver aufgehalten hatte.

»Können Sie bitte einmal ins Bad kommen, Frau Bajrami?«, sagte einer der Kölner Kollegen, der sich mit Jochen vorgestellt hatte. Versteckt gab er auch Deniz und Camilla einen Wink.

Alle folgten ihm, die Frau nicht ohne ihren ausdrücklichen Widerwillen zu demonstrieren.

»Welches ist Ihre?«, fragte er und zeigte auf ein Glas mit zwei Zahnbürsten, das so auf dem Rand des Waschbeckens stand, als wären die Bürsten vor Kurzem gebraucht worden.

Sie sah ihn an, warf einen Blick über die Schulter ins Wohnzimmer und überlegte für Deniz einen Moment zu lange.

»Wir nehmen beide mit«, sagte er und war überrascht, dass kein Gezeter kam, was vielleicht daran lag, dass mittlerweile ihr Rechtsanwalt angekommen war, der ihr erklärt hatte, dass gegen so einen Beschluss zunächst wenig zu machen war.

Nach zwanzig Minuten hatten sie neben einigen Proben zwei offensichtlich ältere Mobiltelefone, ein Notebook und ein Tablet auf dem Tisch des Esszimmers ausgebreitet.

»Was wir jetzt nur noch brauchen, Frau Bajrami, ist Ihr Handy.«

»Was? Mein Handy?« Sie sah ihren Anwalt an. »Das geht nicht. Sie können mir nicht mein Handy nehmen.«

»Doch das geht«, sagte Deniz, »lesen Sie sich den Beschluss durch, das steht da ausdrücklich drin.«

Sie hatte tatsächlich Panik im Gesicht.

»Mein Handy, also ... Das geht nicht.« Wieder sah sie flehend ihren Anwalt an. »Ohne mein Handy, was soll ich denn da machen? Da sind alle meine Kontakte drauf, mein Bankzugang, meine Termine, da ist alles drauf.«

»Das glaube ich Ihnen, Frau Bajrami. Sie bekommen es zurück, sobald wir den Inhalt gesichert haben«, sagte Deniz.

»Wie, den Inhalt gesichert? Dürfen Sie das überhaupt?«

Der Anwalt machte eine hilflose Geste.

»Und darum brauchen wir nach Möglichkeit auch Ihre PIN.«

»Meine PIN? Nein. Das können Sie vergessen. Niemals geb ich die raus.« Blick zum Anwalt. »Muss ich die rausgeben, die PIN?«

»Nein, müssen Sie nicht.« Der Mann schien froh zu sein, endlich mal irgendetwas Hilfreiches sagen zu können.

Camilla nahm Emina Bajrami am Arm, was die überraschend geschehen ließ.

»Ich müsste Sie darüber hinaus noch kurz durchsuchen, Frau Bajrami. Können wir das bitte nebenan erledigen?«

Sie sah ihren Anwalt und die beiden sportlichen Freunde des Hauses an.

»Eine Minute. Wir können die Tür angelehnt lassen.«

Zögernd ging sie voran. Nila machte Anstalten, die beiden zu begleiten, Camilla verhinderte das mit einer dezenten Geste und schloss die Tür doch hinter sich.

Als die Frauen nach drei Minuten wieder ins Wohnzimmer kamen, nickte Camilla ihm kurz zu.

»Alles in Ordnung«, sagte sie zu den anderen.

Emina Bejrami nahm ihr Handy aus der Handtasche, reichte es Timo.

»Ich werde jetzt nichts mehr dazu sagen.«

Der Rest war in fünf Minuten erledigt.

Vor der Tür bedankte Deniz sich bei den Kölner Kollegen, dann folgten er und Camilla den anderen Essener Teams, die sich schon auf den Weg gemacht hatten.

»Was war denn das mit der Durchsuchung?«, fragte er, kaum dass sie eingestiegen waren. »Seit wann machst du unseren Job?«

Sie sah ihn mit gespielt unschuldiger Miene an. Dann hob sie eine Hand und ließ wie eine Zauberin einen Zettel zwischen ihren Fingern erscheinen.

»Wird das 'ne Zweitkarriere als Camilla Copperfield? Ich nehme an, das ist ihre PIN, oder?«

Sie lachte eine gurrende Zustimmung.

»Was hast du ihr gesagt?«

»Ich habe ihr gesagt, wir wüssten, dass sie ein Verhältnis mit Mataj hatte und auf dem Handy für sie heikle Dinge seien, die weder ihr Mann noch der Rest der Familie wissen sollten. Da ließe sich was machen, wenn sie kooperieren würde, was auch niemand erfahren müsste, auch ihr Anwalt und die beiden Bodyguards nicht. Denn an die Daten kämen wir früher oder später ohnehin.«

»Oh, Frau, da rieselt ja Schnee, wenn du ausatmest, so eiskalt bist du.«

»Ich habe nichts gesagt, was für uns schwierig werden könnte.«

Er wiegte den Kopf.

»Und du bist sicher, sie hatte ein Verhältnis mit Mataj?«

»Ich bin mir nach heute mehr als sicher, und das schon, bevor sie sich auf den Deal eingelassen hat. Hast du die beiden Zahnbürsten gesehen? Ich verwette eine Flasche Schampus, dass wir Matajs DNA an einer finden. Und hast du gesehen, wie sie sich zu den beiden auf dem Sofa umgesehen hat? Ich bin sicher, sie hatte was mit dem, und ich glaube, sie hat irrsinnige Angst vor ihrem Mann.«

Einen Moment ließ er das Gesagte auf sich wirken.

»Und was ließe sich da machen?«

»Das überlasse ich ganz dir. Erst mal haben wir die PIN. Und damit ein paar Wochen gewonnen, oder? Morgen früh kommt sie zur Vernehmung.«

Er schüttelte den Kopf.

»Unglaublich.«

Aber damit war Emina Bajrami raus, und das bedeutete, dass sie fast wieder von vorn anfingen.

Lisa

Bereits in dem Augenblick, als sie es auf der Website der Firma gelesen und Alex es, so süß besorgt, abgelehnt hatte, war sie sich sicher gewesen, es zu versuchen. An der Uni lag momentan nichts an, außerdem war es keine Autostunde entfernt und selbst mit ihrem Gefährt kein Problem.

Natürlich war ihr klar, dass sie das nicht für *Watching the West* tat oder für den freien und investigativen Journalismus, zu dessen zentralen Aufgaben es auch gehörte, mögliches Unrecht aufzudecken und ans Licht zu bringen, wie einige in der Redaktion sagten. All das war ein positiver Nebeneffekt.

Der wahre Grund war Alex. Sie stellte sich sein Gesicht vor, wenn sie ihm welche Informationen auch immer würde anbieten können, um ihm zu zeigen, dass in ihr nicht nur eine Fachfrau für Computerfragen steckte, sondern auch eine mutige und kluge Rechercheurin, die irgendwann auch noch lernen würde, dies in solche Worte zu fassen, die andere Menschen lesen wollten.

Dass dabei auch andere Gedanken eine Rolle spielten, wusste sie, aber diese Bilder und Fantasien ließ sie schon seit längerer Zeit nicht mehr zu.

Ihr Bewerbungsgespräch war zu einem Teil so gelaufen, wie sie es erwartet hatte. Dort, wo es um ihre fachlichen Fähigkeiten ging, war es der gewohnte Spaziergang durch die Sonne, wenn sie ihre Zeugnisse, Zertifikate und die Medaillen der Mathe-Olympiaden vorlegte. Danach waren meist weitere Fragen überflüssig, und wenn nicht, waren auch sie nie ein Problem.

Wenn sie manches Mal dennoch mit gemischten Gefühlen aus solchen Situationen kam, lag das meist an den Menschen.

Von den beiden Männern, die bei der N. J. Örd GmbH für die Einstellung des Personals zuständig waren, lernte sie einen nur kurz kennen, bevor er sich nach wenigen Minuten zu einem anderen Termin verabschiedete. Leider war es der Angenehmere von beiden, zumindest nach dem ersten Eindruck.

Der Zweite hieß Marcel Fischer und hatte einen um zwei Buchstaben zu langen Nachnamen, denn sie empfand den Mann nicht nur als aalglatt, sondern sogar als glitschig. Noch unangenehmer war die Aura, die ihn umgab und die nur unvollkommen verbergen konnte, dass von jedem Lächeln, jeder Freundlichkeit und allen Komplimenten etwas versteckt wurde, von dem nichts Gutes ausging.

Zum Glück war es mit Jonas anders.

Er war ihr Ansprechpartner, jünger als der Fisch, nicht besonders hübsch, aber vor allem freundlicher. Natürlich duzten sich alle, wie es sich für ein Start-up in dieser Branche gehörte.

Die anderen Mitarbeiter des Teams hatte sie flüchtig gesehen, als Jonas sie auf der Sightseeing-Tour durch die vielen Räume geführt hatte, wobei ihr auffiel, dass die einzelnen Abteilungen voneinander getrennt waren. Nach außen wirkte alles locker, ein wenig Silicon-Valley-Atmo mit Hoodie, Jeans und Sneakern, aber hier gab es definitiv verschiedene Circle, das wurde bereits am ersten Tag deutlich.

Eine Sache war für sie allerdings mehr als problematisch, denn es erschwerte ihren Plan in einer Weise, dass sie dafür noch keine Lösung hatte. Sie saß zwar allein in einem angenehmen Raum mit Ausblick auf viel Grün, bekam aber kaum etwas von dem mit, was sich in den anderen Räumen tat und womit die anderen beschäftigt waren. Lediglich in der kleinen Küche, die nur zwei

Räume neben dem ihren lag, hatte sie Kontakt zu Leuten, wenn sie sich einen Tee zubereitete.

Nachdem sie festgestellt hatte, dass die akustischen Verhältnisse des verwinkelten Flurs dazu führten, dass man an ihrem Schreibtisch die Gespräche dort mithören konnte, wenn nicht geflüstert wurde, ließ sie die Tür immer einen Spalt offen. Leider schloss Jonas sie jedes Mal, wenn er vorbeischaute, was am ersten Tag natürlich oft vorkam.

Die mitgehörten Gespräche hatten thematisch den typischen Büroküchen-Mix aus Stöhnen, Lästern und Belanglosigkeiten. Lediglich zweimal unterhielten sich Leute über einen Mitarbeiter, der offensichtlich im Unfrieden gegangen war. Eines dieser beiden Gespräche führten die beiden Chefs und beendeten es abrupt, als jemand Drittes dazukam. Sie vermutete, dass es sich dabei um jenen Menschen handelte, dessen Stelle frei geworden, der aber offensichtlich noch im Haus war.

Die Aufgaben, die sie erledigen musste, hatten offensichtlich allein den Zweck, festzustellen, was sie wirklich konnte. Es waren allesamt Probleme, die keine wirkliche Herausforderung darstellten.

»Und? Wie war der erste Schnuppertag in unseren Mauern?«, fragte Jonas, als sie wegen der Dämmerung schon ihre Schreibtischlampe eingeschaltet hatte.

»Sehr interessant, obwohl ich heute ja so ein wenig von allem gemacht habe und noch ziemlich an der Oberfläche geblieben bin.«

»Na ja, so sehr an der Oberfläche war das gar nicht mehr. Wir sind, das darf ich dir auch im Auftrag der anderen sagen, sehr zufrieden mit dem, was du machst, mehr als das. Marcel könnte sich vorstellen, schon bald einen Vertrag mit dir zu machen, wenn sich das mit deinem Studium vereinbaren lässt.«

»Kein Thema«, sagte sie, »wenn die Konditionen stimmen.«

Der Nachsatz war ihr zum Schluss eingefallen, denn es sollte ja so aussehen, dass sie Geld verdienen wollte.

Auf der Heimfahrt dachte sie darüber nach, wie lange sie das durchziehen könnte und ob es ratsam war, einen solchen Vertrag zu unterschreiben.

Es fühlte sich nicht danach an.

Deniz

Weil bei seiner Rückkehr die anderen Teams der MK unterwegs waren und der Tagesdienst der Kommissariate sich schon in den Feierabend verabschiedet hatte, erwartete Deniz, als er den Fahrstuhl verließ, diese besondere Stille, die ihm schon in seinen allerersten Nachtdiensten aufgefallen war. An einem Fenster blieb er stehen und sah auf die Lichter der Stadt. Es war in einer menschenleeren Behörde anders still als an anderen Orten, und er hatte sich oft die Frage gestellt, woher dieser Eindruck kam. Nicht nur die übliche Geschäftigkeit fehlte, dieser Grundsound von Menschen, die sich bewegten, die sprachen, etwas taten, auch das Gebäude selbst fühlte sich für ihn anders an. Als sei es ein Wesen, das in diesen Zeiten in einen Zustand verfiel, den es sonst vor der Welt verbergen wollte.

Mit jedem Schritt den langen Flur entlang hörte er deutlicher das Geklapper von Anjas Tastatur, und je näher er kam, desto mehr verflog diese Stimmung.

»Da bist du ja. Die anderen beiden Teams aus Köln sind schon wieder draußen.«

»Ich habe die Staatsanwältin noch weggebracht.«

Sie richtete sich im Stuhl auf und rieb sich den Nacken.

»Hast du irgendwie mal erzählt: Ihr kennt euch länger, oder?«

»Seit der Schule. Haben uns aber zwischendurch Jahre aus den Augen verloren.«

Sie nickte, als habe sie verstanden.

»Und dieser Pressefritze gehört auch dazu?«

»Genau, auch der Pressefritze. Kann ja nicht jeder was Sinnvolles werden im Leben.«

Sie lachte müde und schrieb weiter.

»Ich hab dir ein paar Sachen hingelegt, sind interessant. Müssten wir nachher drüber reden.«

»Eins nach dem anderen. Wie sagt Dieter, mein Stubenkamel, immer: Erst muss ich jetzt einem guten alten Bekannten die Hand geben, dann trinke ich einen Kaffee, dann lese ich.«

Eine Falte entstand zwischen ihren Brauen.

»... alten Bekannten, Hand geben ...?«

»Ich muss pinkeln.«

Sie schüttelte verständnislos den Kopf, als habe sie es mit einem Kind zu tun, bei dem alle Erziehung vergeblich war.

»Männer haben echt einen anderen Humor als Frauen.«

Er stellte die Kaffeetasse mit etwas Milch unter den Auslauf, drückte den Knopf und ging. Als er zurückkam, nahm er den Stapel aus seinem Körbchen.

Durchsuchungsbericht

Am heutigen Tag suchten KHK Ahrensmeier, KHK Böker, KOKin Schorlemer und Unterzeichner die Wohnung des Mordopfers auf, um den Durchsuchungsbeschluss
     AG Essen, Aktenzeichen
zu vollstrecken.

Ebenfalls anwesend waren KHKin Müller sowie KHK Schmitt von der Kriminaltechnischen Untersuchung des PP Essen.

Als Durchsuchungszeuge wohnte Herr Quandt vom Ordnungsamt der Stadt Düsseldorf der Durchsuchung bei.

Die Wohnung liegt in einem durchaus hochpreisigen Wohnkomplex mit insgesamt 12 Einheiten. Die Räume des Opfers befinden sich im zweiten Obergeschoss am Ende des Flurs rechts.

Die Eingangstür konnte mittels eines beim Opfer vorgefundenen Schlüssels geöffnet werden.
Nach Betreten des Wohnungsflurs gehen vier Räume ...

Geschenkt. Wo wird es denn interessant?

Sichergestellte Gegenstände.
1. *Auf dem gläsernen Wohnzimmertisch fand sich eine verzierte Metalldose in der Größe einer Zigarettenschachtel mit etwa zwei Gramm Marihuana (Schätzung).*
2. *Daneben stand ein schwarzer metallener Crusher mit Anhaftungen von Marihuana.*
3. *Im Schlafzimmer befand sich im Klappfach einer kleinen Kommode links neben dem Bett eine geladene Pistole der Marke Beretta in einer passenden Kunststoffbox.*
4. *Weiterhin enthielt das Fach eine 50er Patronenschachtel in deren Kunststoffhalter sich noch 36 Patronen befanden.*
5. *Auf dem Sideboard, ebenfalls im Schlafzimmer, lag der Reisepass des Opfers auf dem Ausdruck eines Flugtickets für den 27.01.24 nach Istanbul.*
6. *Es wurden durch die KTU verschiedene Spuren gesichert (siehe gesonderten Spurensicherungsbericht).*

Alle unter 1. – 5. aufgeführten Gegenstände wurden spurenschonend asserviert.
Kleine, KHK

»Der wollte in die Türkei! Am Tag nach dem Mord.«

Anja war aufgestanden und stellte einen Ordner in den Schrank.

»Ich hab doch gesagt, dass es interessant ist.«

Deniz versuchte, einen möglichen Zusammenhang zu fantasieren.

»Hatte das was mit der Reise zu tun? Ich meine, dass er getötet wurde. Am Tag davor.«

»Dazu müssten wir vielleicht wissen, was er da wollte.«

»Emina Bajrami kommt morgen zur Vernehmung. Vielleicht hat sie 'ne Ahnung.«

»Wenn sie es uns denn erzählt.«

Er rief sich die kratzige Ablehnung der Frau in Erinnerung, bevor Camilla sie mit Verschwiegenheit bestochen hatte. Trotzdem könnte Anja recht haben, dachte er, die Frau fand die Polizei zum Kotzen, alles würde sie niemals erzählen.

»Darum hat den auch keiner vermisst. Ich fand das nämlich echt strange, dass auch nach vier Tagen in seiner Blase noch keiner wusste, dass der tot ist, selbst die Geliebte nicht. Die dachten alle, der ist gar nicht da.«

»Trotzdem eigenartig. Man ist doch erreichbar in Zeiten des Handys. Auch in Istanbul.«

Wieder lag sie richtig. Trotzdem konnte man es sich eher erklären, dass jemand sich nicht meldete, wenn man ihn auf Reisen wusste.

»Und man besaß eine Waffe, auch nicht schlecht«, sagte er.

»Ja, das hat sich auch geändert in den letzten Jahren«, sagte sie und setzte sich wieder. »Immer mehr von den Arschgeigen haben Waffen, und das trägt nicht zu meiner Beruhigung bei.«

Zwei Stunden später versammelte sich die komplette Truppe zur täglichen Abschlussbesprechung um den großen Tisch. Einige schrieben noch an den Bildschirmen, fast alle hatten Getränke vor sich, meist Kaffee, der eine oder die andere Cola oder Wasser.

»Ich grüße euch, Leute«, sagte Deniz, »Wenn's recht ist, mache ich mal den Anfang, weil wir heute bei Emina Bajrami durchsucht haben.«

Es gab keinen Widerspruch.

Etwas ausführlicher beschrieb er ihren Besuch am Morgen und legte dabei besonderen Wert auf die Schilderung, wie sich die Reaktionen der Frau am Ende der Durchsuchung verändert hatten.

»Wir gehen nach alldem tatsächlich davon aus, dass sie ein Verhältnis mit unserem Opfer hatte und wahrscheinlich ziemlichen Schiss hat, das könnte rauskommen.«

»Dass es das noch gibt in Zeiten von Tinder und diesen ganzen Internetseiten. Das gute alte Fickverhältnis.« Der dicke Mohning mit selbstgefälligem Grinsen. Ein paar Lacher fing er sich damit ein.

»Was ist das denn jetzt?« Anja aus dem Hintergrund. »Opa erzählt vom Krieg, oder was?« Sie fing sich ein paar Lacher mehr ein. Von Mohning war keiner dabei.

»Und schon mal was von Liebe gehört?«

Sieh an, Nila, dachte Deniz. Bei dem Thema wird sie mutig.

»Liebe …«, Mohning sagte es mit einem Gesicht, als spräche er von einer Hodenentzündung.

»Ist mir egal, wie ihr das nennt«, ging Deniz dazwischen, »morgen früh kommt sie zur Vernehmung, da wissen wir vielleicht etwas mehr. Als Tatverdächtige ist sie jedenfalls raus. Übrigens: Dass wir diesen Umstand, also dieses mögliche Verhältnis, diskret behandeln, war ihr gegenüber zwar kein Versprechen, aber wir haben so was angedeutet, aus taktischen Gründen. Behaltet das also im Hinterkopf, wenn ihr mit den Leuten Kontakt habt. Das war's eigentlich dazu. Was habt ihr?«

Böker hob den Arm.

»Wir haben nach der Durchsuchung in der Opferwohnung noch die Nachbarschaft befragt. Es gab nur eine Nachbarin, die was sagen konnte. Wohnt unten in dem Haus und meint, dass er in einen dunklen SUV eingestiegen ist, als sie nach Hause kam. Sie weiß weder Typ noch Kennzeichen, meint aber, es habe nur eine weitere Person in dem Wagen gesessen, wahrscheinlich. Beim Tag ist sie sich sicher, der 26., also am Tag vor der Tatnacht. Bei der Uhrzeit sagt sie, irgendwann zwischen fünf und sechs Uhr am späten Nachmittag. Sie sei da von der Arbeit gekommen.«

»Und es war sicher Skender Mataj?«

»Ja, da ist sie sicher.«

»SUV würde ja zu der Reifenspur passen«, sagte Deniz. »Danke.«

Anja sah sich um.

»Dann habe ich noch was. Könnte interessant werden, wenn wir die Hypothese weiterverfolgen, dass vor dem eben geschilderten Hintergrund Sula was mit dem Mord zu tun hat, trotz Haft. Wir haben eine Mail vom Knast bekommen über die Besuche von Sula. Und es gibt zwei Menschen, die ihn regelmäßig auch für länger besucht haben. Das ist einmal seine Frau Emina und dann ein Ivo Horvat. Der ist auch fast jede Woche da, aber was eigenartig ist: Obwohl er und Emina keine fünfzehn Kilometer voneinander entfernt wohnen, besuchen die Sula nie gemeinsam. Wenn die Daten beim Einwohnermeldeamt stimmen, könnte Horvat mit einer Frau aus der Sula-Sippe verheiratet sein, jedenfalls ist die auch in Albanien geboren. Was noch dazu kommt: Der Mann fährt einen X5.«

Einen Moment konnte man allen beim Nachdenken zusehen, dachte Deniz.

»Und die fahren jede Woche getrennt von Köln die zweihundert Kilometer nach Bielefeld?«, fragte Timo Kleine. »Obwohl die sich kennen müssten? Das ist verdammt eigenartig.«

Kollektiv gemurmelte Zustimmung war zu hören.

»Vielleicht kennen die sich nicht so intensiv«, sagte Anja mit Blick auf ihre Zettel, »aber wenn doch – was sehr wahrscheinlich ist –, muss man sich fragen, welchen anderen Sinn das haben kann, als dass die Frau nichts von diesen Besuchen wissen soll. Und Horvat ist kein Unbekannter. Hat zwei Einträge wegen gefährlicher KV und zwei wegen Bedrohung, passt also ins Bild.«

»Haben wir dessen DNA?«, fragte Mohning, der sich von seiner Niederlage offenbar erholt hatte.

»Ne, leider nicht. Aber er ist zweimal gerollt worden, zuletzt vor zwei Jahren, wir haben also seine Finger und einigermaßen aktuelle Bilder.«

Niemand meldete sich mehr zu Wort.

»Das ist im Augenblick unsere aussichtsreichste Spur«, sagte Deniz, »da gehen wir morgen mal verstärkt ran. Anja und ich überlegen gleich noch, wie genau.« Er sah auf die Uhr. »Ansonsten war's das für heute, denk ich. Mal nicht ganz so spät.«

Stühlerücken, die meisten packten ihre Sachen.

Deniz folgte Anja ins gemeinsame Büro und überlegte, für sich noch einen Kaffee durchlaufen zu lassen, ließ es aber.

Ihm fiel der gar nicht so spielerische Disput zwischen Mohning und Anja wieder ein. Mohning hatte von Tinder gesprochen. Sein letzter Termin lag schon etwas länger zurück, und er fragte sich, ob es eine kluge Überlegung wäre, Mara anzurufen. Wenn ihr Mann auf Geschäftsreisen war, was oft vorkam, konnte man mit Mara einen wunderbaren Abend verbringen. Vielleicht nach der MK.

Noch den Plan für morgen, dann war Schluss für heute.

Stefanie

Vielleicht war es ihr Handy, wovon sie erwachte.

Aber es war kein Erwachen wie an einem üblichen Morgen, wie nach dem Mittagsschlaf, wenn das Bewusstsein nach wenigen orientierungslosen Sekunden in der Realität angekommen war.

Diese Gewissheit jetzt, dass sie alles wahrhaftig so erlebt hatte, dass es in der Wirklichkeit stattgefunden hatte, war unzuverlässig, sie kam und ging in Wellen. Ein paar Sekunden war sie da, im nächsten Augenblick zerfloss diese Sicherheit, und sie fragte sich, ob das alles nur Einbildungen waren, die Bilder so real wie Filme, das schon, aber eben eingebildet.

Einen Moment lang hatte sie das Gefühl, sich nicht bewegen zu können, aber es war nur eine kleine Verzögerung, mit der ihre Absicht dort unten ankam. Sie konnte die Finger auf das Laken drücken, einen kleinen Wulst greifen, sie konnte die Hand ein wenig anheben. Die Erleichterung darüber vertrieb die diffuse Taubheit, die wie ein kaum wahrnehmbarer, sehr tiefer Synthesizerton den gesamten Raum füllte.

Aber nur für einen Moment, dann kamen die Bilder wieder, bruchstückhaft, undeutlich, jetzt jedoch mehr und mehr in Begleitung einer Klarheit, die es zunehmend unmöglich machte, all das in der Truhe des Irrealen zu verstauen. Deckel zu, alles gut.

Ding, dingding.
Ding, ding, dingding.
Ding, ding, ding.
Dingding.

Wieder das Smoke-on-the-Water-Riff im Triangel-Sound, das eine ankommende Nachricht anzeigte.

Hatte sie das alles tatsächlich erlebt? Ganz real?

Als ihr das immer klarer wurde, begann sie zu zittern, erst ganz sacht und kaum merklich, dann immer heftiger und schließlich so unkontrollierbar, dass ihre Zähne aufeinanderschlugen.

Außerstande zu sagen, wie lange dieser Anfall ihren Geist und ihren Körper durchgeschüttelt hatte, war sie schließlich so erschöpft, dass ihr Bewusstsein wieder zu schwinden drohte und der Raum um sie herum allmählich in der Dunkelheit versank wie die blassblaue, kalte Leiche Leonardo DiCaprios als Jack Dawson im eisigen Wasser des Atlantiks.

Die Triangel zog sie wieder nach oben, und jetzt war sie sich sicher, dass all das, was da in ihrem Kopf existierte, nicht nur ein Hirngespinst war.

Wahrscheinlich war ihr elender Zustand auch mit dem zu erklären, was sie hatte trinken müssen. Aber warum hatte sie das getan? Sie war gezwungen worden, bedroht und gezwungen. Von dieser Gestalt. Da war diese Gestalt gewesen, mit einer spitzen Waffe.

Ihr kam diese Vorstellung so abstrus vor, dass sie jetzt nicht einmal mehr Angst empfand. Eine Gestalt in ihrem Wohnzimmer, richtig, eine männliche Gestalt. Mit einer Waffe. Und … und mit einer Maske. Er hatte eine Maske getragen, das war ihr noch aufgefallen. Sie sah wieder die Stelle am Hals vor sich, die wie tote Haut wirkte, wenn die sich nach einer Verbrennung in kleinen Fetzen papierhaft vom Körper löst. Ein Mann mit einer Waffe und einer Maske, mitten in der Nacht in ihrer Wohnung. Jetzt war es ihr Verstand, der kritisch hinterfragte, ob sie diese vollkommen groteske Situation wirklich erlebt haben konnte. Fast hätte sie gelacht.

Ding, ding, ding.
Ding, ding, dingding ...

Mit Anstrengung versuchte sie, nicht nur ihre Hände und Arme anzuheben, sondern sich so weit aufzurichten, dass sie auf der Bettkante saß. Das Telefon lag in Reichweite. Sie griff danach, entsperrte es und sah, dass ihr jemand eine Nachricht mit Anhang geschickt hatte. Eine? Am Symbol für die Messages klebte eine kleine rote Drei. In der letzten halben Stunde hatte ihr jemand mit einer anonymen Nummer drei Nachrichten mit Anhang geschickt, und sie sah, dass diese Anhänge Videos waren.
Vorsichtig öffnete sie die erste und las.

Guten Morgen, du Schöne. Ich hoffe, der Kopf ist nicht zu schwer nach dieser außergewöhnlichen Nacht. *Zwinkersmiley*. Ich schicke dir das als wunderbare Erinnerung. Welch eine Nacht mit dir.

Vielleicht hatte sie sich zu schnell aufgerichtet, denn wieder befürchtete sie, dass ihr Bewusstsein schwand. Sie ließ die Hand mit dem Telefon auf den Oberschenkel sinken, atmete tief ein und aus, und es gelang ihr, aufrecht zu bleiben.
Er hatte gedroht. Der Mann hatte gedroht, schon als er wie ein Geist in der Nacht erschienen war. Gedroht mit einer Waffe. Auch die Worte fielen ihr wieder ein.

Wenn du es jemanden erzählst, komme ich wieder.
Wenn du zur Polizei gehst, erfahre ich das. Dann wird es sehr wehtun. Und alle werden es sehen, alle, alle ...

Einen langen Moment starrte sie das kleine glänzende Rechteck in ihrer Hand an. Es war ganz leicht. Sie musste einfach nur den

Bildschirm antippen. Aber sie wusste nicht, ob sie das wirklich sehen wollte, was dann kam.

Ich bin sicher, es ist sehr, sehr wichtig für Dich.

Mit zaghaften Bewegungen öffnete sie den Anhang und tippte ganz sacht auf den »Play«-Button.

Drei Sekunden, mehr Zeit war es nicht, dann war sie bei dem, was sie dort sah, so voller Adrenalin und im Hier und Jetzt, als habe ihr jemand einen Eimer Eiswasser in den Nacken gegossen.

Camilla

Beide einen Kaffeepott in der Hand, standen sie und Deniz am Fenster des Treppenhauses und sahen Emina Bajrami hinterher, die unter ihnen den Haumannplatz überquerte und allmählich aus ihrem Blickfeld in den Morgen verschwand.

Sollte sie mit dieser Frau Mitleid empfinden? Diese Frage hatte Camilla sich während der Vernehmung ein paarmal gestellt. Nicht weil sie wohl eine Liebe verloren hatte und die Trauer darüber höchstens verborgen und im Stillen leben konnte. Vielmehr deshalb, weil sie offenbar ein Leben in Enge führte mit der großen, vergeblichen Sehnsucht, diese Enge zu verlassen, und der Angst vor den Folgen dieser Flucht.

Während des gesamten Gesprächs hatte Emina Bajrami nicht gewusst, welche Rolle sie einnehmen sollte. Sie war ohne Anwalt erschienen, was ungewöhnlich war und ein Zeichen dafür, dass sie das versteckte Angebot Camillas annahm und gegen Verschwiegenheit etwas über den Toten aussagen würde, ja dass sie überhaupt mit ihnen sprechen würde.

Aber Polizei und Staatsanwaltschaft blieben der Feind, das war deutlich, und so hatte sie zwar erzählt, dass Skender Mataj die Jacke ihres Mannes am Tag vor der Tat von ihr bekommen hatte, weil es während seines Besuchs plötzlich kalt geworden war und zu regnen begonnen hatte. Aber den wahren Grund dieses Besuchs hatte sie weiterhin auch im inoffiziellen Teil des Gesprächs verschwiegen. Letztlich war es nicht wichtig, ob sie mit ihm geschlafen oder Kaffee getrunken hatte, wenn der Rest stimmte. Dem Täter brachte sie diese Frau nicht näher.

Auch nach Ivo Horvat hatten sie gefragt, aber der Mann schien für sie lediglich zu den Leuten zu gehören, die für ihren Mann arbeiteten, ohne eine besondere Bedeutung, wenn ihre Reaktion nicht gespielt war. Dass er Lorik Sula regelmäßig im Gefängnis besuchte, schien sie somit nicht zu wissen, und sie hatten es ihr nicht erzählt.

»Glaubst du ihr?«, fragte Deniz auf dem Weg in sein Büro.

»Sie hat uns längst nicht alles gesagt, aber das, was sie gesagt hat, glaube ich ihr.«

Anja Winters Fluchen war zu hören, lange bevor sie das Büro betraten. Sie saß auf ihrem Stuhl und umfasste ihr Gesicht mit beiden Händen.

»Was ist los?«

»Ach, wir haben heute zwei Ausfälle. Kalla muss mit seinem Kind zum Arzt, und Friedel Mohning hat selbst Magen-Darm. Und die Führungsstelle kann uns keinen Ersatz bieten.«

»Friedel hat Magen-Darm?«, fragte Deniz.

»Ja, ich weiß«, sagte Anja, »die typische Ich-brauch-einen-Tag-frei-Diagnose. Aber so kenne ich Mohning nicht. Der kann zwar hin und wieder ein Kotzbrocken sein, der die Stimmung versaut, aber er ist keiner, der sich drückt. Vielleicht war doch eine von seinen Leberkässemmeln nicht ganz in Ordnung.«

»Was liegt denn an?«, fragte Camilla.

Anja kramte auf ihrem Schreibtisch rum.

»Arbeit liegt genug an, und wir wollten uns ja heute Morgen ein wenig um Ivo Horvat kümmern, denn der Mann gerät immer mehr in den Fokus.«

»Gibt's was, das ich noch nicht weiß?«, fragte Deniz.

»Ja, gibt es. Er ist offenbar ein Vertrauter von Sula, selbst im Knast, und fährt einen SUV, das wussten wir alles schon. Vorhin hat Mustafa von der KTU angerufen, und seit 'ner Viertelstunde wissen wir, dass seine Fingerabdrücke in der Wohnung unseres Toten sind.«

Deniz sah Camilla mit großen Augen an.

»Dessen Finger sind in Skender Matajs Wohnung gewesen?«, fragte er.

»Das muss ja noch nichts heißen«, sagte Anja mit beschwichtigender Geste, »dass die sich kannten, davon kann man ausgehen, aber es kommt schon eines zum anderen. Er ist regelmäßig in der JVA, ohne dass Emina was davon weiß. Warum? Seine Finger sind in der Opferwohnung, unser Opfer ist am Tag vor dem Mord abends in einem SUV gesehen worden, und er fährt einen SUV. Darum müssten wir uns vielleicht mal zeitnah die Reifen ansehen. Aber es sind zurzeit alle unterwegs.«

Deniz warf Camilla einen Blick zu.

»Zeit und Lust, mal wieder ein bisschen auf der Straße zu ermitteln?«

Hatte sie, allerdings unter einer Bedingung.

»Wenn ich mich nicht prügeln oder schießen muss. Für Ersteres fehlt mir der Mut und für Letzteres zudem die Ausrüstung.«

»Frau Staatsanwältin, unser Einsatzmittel Nummer eins ist das Wort.«

Er imitierte jemanden, aber sie wusste nicht, wen. Vermutlich einen seiner Dozenten an der Fachhochschule.

Horvat wohnte mit seiner Frau und einer kleinen Tochter in einem Altbau, der aufwendig renoviert worden war. Geld war bei diesen Leuten offensichtlich kein Problem, dachte Camilla. Die Wohnung lag in der dritten Etage, und es gab eine Tiefgarage, zu der eine Einfahrt von der Straße existierte.

»Hoffen wir mal, dass man von innen ohne Check-Karte in die Garage kommt.«

Er drückte auf einen der beiden unteren Klingelknöpfe bei van den Berg. Wenige Sekunden später fragte eine männliche Stimme aus dem Lautsprecher, wer da sei.

»Hier ist die Post, Herr van den Berg, können Sie bitte einmal öffnen?«

Mit einem Schnarren sprang die Tür auf.

Nach drei Stufen aufwärts gingen vom ersten Plateau zwei Türen ab, deren linke sich öffnete und ein Mann mittleren Alters erschien. Deniz stieg zwei Stufen nach oben und zeigte ihm seinen Ausweis.

»Wir sind nicht von der Post, Herr van den Berg, ich bin von der Polizei, das ist Staatsanwältin Lopez. Wir wollten nicht zu Ihnen, sondern nur ins Haus. Danke.«

Der Mann hatte die Tür schon mit unfreundlicher Miene geöffnet, jetzt hatte Camilla den Eindruck, dass auf sein Gesicht ein weiterer Schatten fiel.

»Was sind denn das für Methoden? Unter Angabe einer falschen Identität sich den Zutritt verschaffen? Dürfen Sie das überhaupt?«

»Dürfen wir, Herr van den Berg. Wie gesagt, wir wollen nicht zu Ihnen. Es geht um eine allgemeine Ermittlung.«

Er trat einen Schritt auf den Flur und griff nach dem Ausweis. Deniz zog ihn zurück.

»Ich möchte den mal sehen, das ist mein gutes Recht.«

»Richtig, sehen ist Ihr Recht, anfassen nicht.«

»Dann kann ich ihn gar nicht richtig beurteilen.«

»Dann ist das so«, sagte Deniz. »Sehen muss reichen. Wenn wir das Teil zur Überprüfung aushändigen würden, müssten wir uns häufiger einen neuen besorgen, verstehen Sie?«

Er dachte offensichtlich einen Moment nach.

»Jedenfalls finde ich es unglaublich, dass Sie sich als Postangestellter ausgeben.«

»Hat taktische Gründe, Herr van den Berg«, sagte Camilla, so verständnisvoll sie konnte, und hoffte, Weiblichkeit hatte eine deeskalierende Wirkung auf die Kommunikation. Es schien zu klappen. Er ging zur Wohnungstür zurück.

»Unglaublich. Polizeistaat.« Beim letzten Wort war er schon wieder in der Wohnung. Das Schlagen der Tür hallte durchs Treppenhaus.

Sie stiegen die Treppen hinab, und der Zugang zur Tiefgarage war glücklicherweise nicht verriegelt. Es existierten dreizehn nummerierte Parkplätze, von denen fünf belegt waren. Ein BMW X5 war nicht dabei.

»Pech gehabt«, sagte Deniz. »Ausgeflogen.«

An der Wand vor den Parkplätzen war das jeweilige Kennzeichen aufgemalt. Sie gingen einmal quer durch den Raum zu Horvats Parkplatz, als mit einem metallischen Rattern das Rolltor hochzufahren begann.

Camilla wusste nicht, ob es das unerwartete Geräusch war oder die Nachwirkungen des kleinen Streitgesprächs auf der Treppe, jedenfalls zuckte der Schrecken durch ihren gesamten Körper. Deniz zog sie im nächsten Moment am Arm, aber bis zur Treppenhaustür schafften sie es nicht mehr unbemerkt, denn es war bereits der Kühlergrill eines BMW zu sehen. Er lehnte sich an das nächste Fahrzeug und zog sie zu sich, als hätten sie etwas sehr Intimes zu besprechen.

Aus den Augenwinkeln konnte sie sehen, dass es tatsächlich Ivo Horvats Wagen war, der in die Tiefgarage rollte und auf seinen Parkplatz gelenkt wurde. Es dauerte eine empfundene Ewigkeit, bis die Tür sich öffnete und ein Mann ausstieg, der einem Kind aus dem Fond half. Immer noch aus den Augenwinkeln konnte sie lediglich erkennen, dass der Mann, der Horvat sein musste, das Kind an der Hand führte und den Blick auf sie gerichtet hatte. Camilla nahm wahr, dass er etwa in der Mitte der

Garage seinen Schritt verlangsamte, stehen blieb und sie beide im Blick hatte.

In dem Augenblick gab Deniz ihr einen Kuss auf den Mund, legte dann sein Kinn auf ihre Schulter und nahm sie fest in den Arm.

Es schien zu funktionieren. Nach ein paar Sekunden hörte Camilla, wie sich die Schritte entfernten und die Tür ins Schloss fiel.

Sie lösten sich voneinander.

»Sorry«, sagte Deniz mit einem Lächeln, dem die Befangenheit aus den Mundwinkeln floss. »Ich hoffe, er kommt nicht zurück. Wäre nicht so günstig, wenn er jetzt schon mitkriegt, dass die Polizei ihn im Visier hat. Und der riecht, wer wir sind, darauf wette ich.«

Deniz zückte sein Handy, fotografierte die Reifen des geparkten Wagens, und sie gingen zügig zum Rolltor, dass von innen mit einer Zugschnur geöffnet werden konnte.

»Weißt du noch die Reifenmarke vom Fundort?«, fragte er, als sie schon wieder im Auto saßen.

»Machst du Witze?«

Er wählte und hielt sich das Telefon ans Ohr.

»Hi, Anja, ich bin's. Sag mir mal kurz die Reifenmarke, die wir am Auffindeort gesichert haben.«

Er nickte, drückte das Gespräch weg und rief eines der soeben gemachten Fotos auf. Dann sah er sie an und biss sich auf die Unterlippe.

»Es ist derselbe Reifentyp wie bei der Leiche.«

»Was machen wir jetzt?«

»Wir fahren zurück und denken nach.«

Auf der Rückfahrt sprachen sie weniger als sonst. Viel weniger.

»Sorry, wegen vorhin im Keller«, sagte er irgendwann.

Bis sie wieder auf den Hof des Polizeipräsidiums rollten, hatte sie noch nicht entdeckt, was sie an dieser Entschuldigung störte.

Alexander

Er stellte sich vor, wie es bei ihm sein würde.
Oft schon hatte er bei solchen Gelegenheiten darüber nachgedacht, ob das Ausmaß des Andrangs auf jemandes Beerdigung ein Gradmesser für die Sympathie und die persönliche Anerkennung war, die dem Verblichenen entgegengebracht wurden, oder eher ein Indikator dafür, dass sich in seinem Kreis einfach mehr Leute bewegten, denen an gesellschaftlichen Normen gelegen war und die beim Fehlen um ihre Reputation besorgt waren.

Auf der Beerdigung von Heinfried Petersen tendierte er zu Ersterem. Zwar waren von Alex' Platz in einer der letzten Reihen primär lediglich die Hinterköpfe der üppigen Trauergemeinde zu sehen, aber da, wo er es wahrnehmen konnte, war in den Gesichtern wahrhaftiger Schmerz, und die Tränen, die er sah, wirkten ehrlich.

Es war ein eigenartiger Gedanke, den Todeszeitpunkt dieses Mannes so unmittelbar mitbekommen zu haben, wie all das ohnehin eine eigenartige Fügung war. Hätte ihn an dem Tag im Gericht nicht der Harndrang gequält, wären die gesamte Geschichte und dieser Termin an ihm vorbeigehuscht, unbeachtet, bedeutungslos.

Dass das alles im Sande verlief, wäre auch jetzt immer noch möglich, denn es war nicht zwingend, dass er hier weiter am Ball blieb. Wenn sich durch Lisas Recherche nichts Außergewöhnliches mehr ergab, was auf eine Straftat oder zumindest übelste Machenschaften hindeutete, konnte man das alles auch fallenlassen. Hannes Petersen war einfach cleveren Ausbeutern aufgesessen, die möglicherweise zu klug waren, als dass man sie wegen Betrugs strafrechtlich belangen könnte. Leute, die es verstanden, mit den allermodernsten Werkzeugen die Notsituation von Menschen auszunutzen und ihnen clever und niederträchtig das Geld so aus der Tasche zu ziehen, dass die Verantwortung dafür in deren Leichtgläubigkeit oder Dummheit oder Verzweiflung zu suchen war.

Die Rede des Pfarrers war auffallend warm und anerkennend. Aber waren sie das nicht immer? Hatte es das schon einmal gegeben, dass jemand, der es verdient hatte, mit den entsprechenden Worten in die Grube gelassen wurde?

Wir beerdigen hier einen elenden Hurensohn, der zeit seines Lebens eine Qual für all diejenigen war, denen das Schicksal es nicht ersparte, seinen Lebensweg zu kreuzen, seinen Weg, der jetzt, Halleluja, ein Ende gefunden hat. Möge der Herr ihm gnädig sein, was allerdings begründet in Zweifel gezogen werden kann.

Das wäre ihm tatsächlich einen Artikel in *Watching the West* wert, dachte er.

Die Worte für Heinfried Petersen waren andere. Sie waren auch anders als das, was sonst Positives bei solchen Gelegenheiten zu hören war. Vielleicht lag das am Pfarrer, vielleicht aber auch an diesem Menschen, dem es nicht erspart geblieben war, den Niedergang seines Lebenswerks noch zu erleben.

Alle erhoben sich, die Musik setzte ein, und sechs Männer rollten den Sarg durch den Mittelgang. Mit seiner Mutter am Arm folgte ihm als Erstes Hannes Petersen, dem nicht nur die Trauer ins Gesicht gemeißelt war, sondern noch eine ganze Menge anderes aus dem Topf fürs besonders Bittere.

Als er auf Alex' Höhe war, hob er unvermittelt den Kopf, sah ihn an und nickte kurz. Alex hatte sich auf der Fahrt hierher gefragt, warum er dabei sein wollte, hatte aber keine Antwort gefunden.

Vielleicht war es für diesen Augenblick gewesen.

Anschließend Kontrastprogramm.

Nach der Beerdigung hatte er sich mit Camilla verabredet. Ihr letztes Treffen lag so lange zurück, dass er sich an den genauen Zeitpunkt gar nicht mehr erinnern konnte, und auch jetzt war nur ein Kaffee in der Justizkantine möglich, aber immerhin.

Sie erwartete ihn und hatte schon ein Getränk vor sich stehen. Grußlos setzte er sich und sah sie länger ohne Worte an. Sie lächelte mit einer amüsiert fragenden Miene.

»Hast du manchmal ein schlechtes Gewissen?«, fragte er unvermittelt.

»Bitte?«

»Es ist eine von Anthropologen mittlerweile bewiesene Theorie, dass körperliche Attraktivität eine global begrenzt verfügbare Ressource ist, und für jeden Erdenbürger nur ein bestimmter Anteil vorgesehen ist. Was sagst du den zehntausend Menschen, die wegen dir langweilig aussehen oder gar hässlich?«

Sie verschluckte sich fast an ihrem Cappuccino.

»Du hast manchmal so dermaßen einen an der Waffel.«

»Hallo, Camilla, ich freue mich auch, dich zu sehen.«

»Wie geht's dir? Hab letztens dein Interview in *WtW* gelesen. Seit wann schreibst du über Fußball?«

»Die intellektuellen Anforderungen bei dem Thema sind dermaßen niedrig, dass auch völlig Ahnungslose darüber schreiben können.«

»Alter Lästerkopp.«

»Nein, hatte sprachliche Gründe, der Mann spricht nur Belgisch und Englisch, und unsere beiden fürs Sportliche waren krank.«

Das Handy.

Er machte eine entschuldigende Geste, dass es wichtig war, und nahm den Anruf an.

Am Telefon war Tanja Hüttler, die Leiterin des Kommissariats für Wirtschaftskriminalität. Sie sagte, man habe ein wenig in

Sachen N. J. Örd GmbH recherchiert, und hatte zu ihrem Gespräch noch ein paar Nachfragen, von denen er einige beantworten konnte.

Er steckte das Gerät wieder ein.

»Eine neue Story? Klingt ja fast, als wäre es mehr.«

Er erklärte ihr die Sache, erzählte von Petersen und wo er noch vor einer Stunde gewesen war. Den Zwischenfall im Parkhaus ließ er aus.

»Hallo, Camilla, schön, dich zu sehen.«

Der Mann stand urplötzlich neben ihnen, auf dem Tablett eine Tasse, die schon leer war. Zum Glück, fand Alex.

Sie erwiderte das Lächeln, das Treffen schien ihr nicht unangenehm zu sein.

»Hallo, Christian.«

»Ich will nicht stören ...«

Tust du aber, dachte Alex.

»... ich hab dir einen Vorschlag zu machen, rufe dich nachher mal an. Es geht um Musik.«

Er zog andeutungsvoll die Brauen hoch und ging, ohne Alex noch einmal anzusehen.

»Ein Kollege«, sagte Camilla und zuckte entschuldigend mit den Schultern. »Aber noch mal zu deinem Computergenie. Ist das nicht eher was für die Polizei?«

Er erklärte ihr, dass er schon bei Deniz' Kollegin gewesen war und was sie bisher in der Sache angestellt hatten.

Irgendwann sah Camilla auf die Uhr und musste los.

Nachdem sie sich verabschiedet hatten, musste er auf dem Weg ins Parkhaus an die Art und Weise denken, wie dieser Kollege mit ihr gesprochen hatte. An dem Mann war etwas, das ihm nicht gefiel. Und ihm gefiel auch nicht die Art, wie Camilla mit ihm sprach. Zu vertraut, fand er. Viel zu vertraut.

Camilla

»**Die wechseln ihre Handys öfter als ihre Unterhosen**, und das sagt nichts Negatives über ihre Hygiene aus.«

Dass an dieser ironischen Einschätzung von Dieter Bartels einiges dran war, hatte Camilla in den Jahren bei nahezu jedem Ermittlungsverfahren feststellen können.

So war es mehr als ein Glücksfall, die PIN des Handys von Emina Bajrami zu kennen, weil man mit dem Blick auf ihre Kontakte viele der derzeit aktuellen Telefonnummern von Leuten hatte, die in dem Verfahren interessant waren, auch die von Ivo Horvat.

Gebracht hatte es bisher wenig. Seit zwei Tagen lief die Telefonüberwachung, aber möglicherweise hatte der Mann weitere Handys für die schmutzigen Gespräche, was in der Szene üblich war und Deniz für wahrscheinlich hielt. Ebenso gut konnte Emina Bajrami einen familiären Rundruf gestartet haben, dass ihr Telefon von der Polizei sichergestellt worden war. Oder der Mann war am Telefon einfach extrem vorsichtig. Die Inhalte seiner Gespräche waren schlicht belanglos. Wenn Skender Mataj erwähnt wurde, dann in einer Form, die man mit der Situation erklären konnte.

Weil eine Sitzung am Nachmittag wegen Krankheit eines Sachverständigen ausfiel, war Camilla ins Kommissariat gekommen. Einen angebotenen Kaffee nahm sie gern.

»Noch haben wir nichts auf der Leitung«, sagte Deniz. »Nicht nur in unserem Fall nichts, auch sonst kein Gespräch, woraus man ihm was drehen könnte. Wie schon gesagt, er wird noch andere Telefone haben, da bin ich sicher, oder Emina hat eine Warnung geschickt.«

»Zum Beschuldigten gemacht haben wir ihn schon, dann nehmen wir jetzt seine DNA, einen Beschluss kriegen wir ganz sicher. Warum sollen wir damit warten?«

Anja und Deniz sahen sie an.

»Okay, eine unbekannte Fremd-DNA an der Leiche ist noch zu vergeben«, sagte Anja Winter. »Das Problem dabei: Wenn es seine DNA ist, dann ist alles klar, null Problemo. Ist sie es aber nicht, und wir gehen ja von mindestens zwei Tätern aus, vielleicht drei, dann ist er keineswegs raus.«

Damit hat sie recht, dachte Camilla, aber war das problematisch?

»Das ist ein kleines Risiko, sicherlich, aber eins, das wir in Kauf nehmen müssen. Wir haben außer der TÜ nichts, was uns im Moment von allein weiterbringen würde. Seine DNA würden wir eh irgendwann nehmen müssen.«

»Vielleicht sagt er ja was in der Vernehmung, obwohl ich das nicht glaube. Und wenn sich rausstellen sollte, dass er tatsächlich nicht daran beteiligt war, ist es besser, wir wissen es so früh wie möglich.«

»Also wann?«, fragte Anja.

»Jetzt gleich?«, fragte Camilla, und Deniz nickte das Fragezeichen weg.

Anja Winter begann zu tippen.

»Soll ich einen Durchsuchungsbeschluss gleich mit beantragen?«

»Wenn wir schon mal da sind.«

Sie hatte bei Gericht angerufen und mit warmen Worten darum gebeten, die Anträge dem Richter noch heute vorzulegen, was dazu führte, dass sie drei Stunden später in der Hofeinfahrt eines Nachbarhauses zu sechst eine kurze Einsatzbesprechung machten.

Eines der beteiligten Teams postierte sich hinter dem Haus,

falls Horvat doch etwas in der Wohnung zu haben glaubte, was seine Integrität in Zweifel ziehen könnte und über den Balkon entsorgt werden musste.

Camilla, Deniz und ein weiteres Team standen mit zwei Beschlüssen vor dem Haus, und Deniz drückte die Schelle van den Berg.

»Hier ist die Post, ich müsste ins Haus«, sagte Deniz, als die übliche Frage kam.

Er schob die Tür nach dem Schnarren auf, und van den Berg stand bereits mit einem Bein im Flur. Als er realisiert hatte, wer hereinkam, brachte er vermutlich vor Fassungslosigkeit kein Wort heraus.

»Wieder nicht die Post, Herr van den Berg«, sagte Deniz und hielt ihm erneut den Ausweis hin, »aber wir müssen noch einmal ins Haus. Danke für die Unterstützung.«

Die vier Leute waren schon an ihm vorbei, als er seine Sprache wiederfand.

»Das ist ... Das ist doch eine unfassbare Unverschämtheit. Wollen Sie mich für dumm verkaufen?«

Deniz war schon auf der halben Treppe nach oben, ging die Schritte zurück.

»Keiner will Sie für dumm verkaufen, Herr van den Berg, aber Hand aufs Herz. Hätten Sie aufgemacht, wenn ich meinen Namen gesagt hätte?«

»Mit absoluter Sicherheit nicht. Ich werde mich über Sie beschweren. Eine Dienstaufsichtsbeschwerde, genau, ich werde eine Dienstaufsichtsbeschwerde gegen Sie anleiern.«

Sie ging dazwischen, drängte Deniz sacht zur Seite.

»Niemand will Sie für dumm verkaufen, Herr van den Berg. Sehen Sie ...«

Aber auch weibliche Kommunikation erreichte den Mann

heute nicht mehr. Er verschwand in seiner Wohnung und schlug die Tür zu.

»Wollen wir hoffen, dass Horvat das nicht mitbekommt«, sagte eine der anderen Kolleginnen und folgte der Gruppe nach oben.

Die Polizisten hatten überlegt, ob es nötig war, wie üblich eine Spezialeinheit vorzuschicken, wenn man mit Waffen in der besagten Wohnung rechnen konnte. Aber das Kind hatte sie davon absehen lassen.

Vor der Wohnungstür in der dritten Etage stellte sie sich in die Reihe der Polizisten die Treppe abwärts, dass sie durch den Spion nicht zu sehen waren.

Deniz klingelte, und es war zu hören, dass eine tiefe männliche Stimme in der Wohnung in die Sprechanlage fragte, wer da sei. Nach einem kurzen Klopfen wurde die Tür geöffnet.

»Herr Horvat. Müller, Polizei Essen.« Er hielt ihm den Ausweis hin, der Rest der Truppe stellte sich sofort neben und hinter ihm auf. »Ich schlage vor, wir besprechen den Rest drinnen.«

»Was soll denn der Scheiß?«, hörte sie Horvats Stimme, konnte ihn aber von ihrem Standpunkt aus nicht sehen.

»Ich habe hier zwei Beschlüsse«, sagte Deniz und wedelte mit einem Pappumschlag. »Einer davon berechtigt uns, Ihre Wohnung zu betreten. Wollen wir das Weitere drinnen besprechen?«

Sie sah, wie eine Hand aus der Tür nach dem Umschlag griff. Nach ein paar Lauten deutlichen Unmuts folgte sie den anderen in die Wohnung.

Von dem schmalen Flur gingen mehrere Türen ab, durch eine der offenen sah sie eine blonde Frau, die ein Kind anzog.

Horvat ging ins Wohnzimmer vor, er trug eine schwarze Jogginghose und ein T-Shirt, was nicht verbergen konnte, dass im Vergleich zu den Fotos der letzten erkennungsdienstlichen Behandlung seine Fitness ein wenig gelitten hatte.

Er hatte den Pappumschlag aufgeschlagen und las seine beiden Exemplare der Beschlüsse.

»Verdacht des Mordes?« Er zog ein verächtliches Gesicht. »Geht's noch? Ich soll was mit Skenders Tod zu tun haben? Ich?«

»Davon gehen wir aus«, sagte sie. »Mein Name ist Lopez, ich bin die ermittelnde Staatsanwältin.«

»Ihr seid völlig bescheuert, weil …«

»Vorsichtig mit den Äußerungen, Herr Horvat«, ging Deniz dazwischen, »diesen Beschlüssen liegen Ermittlungen zugrunde, die das wahrscheinlich machen. So ohne Weiteres bekommt man die nicht. Wollen Sie einen Durchsuchungszeugen? Wenn ja, möchten Sie sich selbst darum kümmern, oder sollen wir jemanden fragen?«

Sein Blick wanderte mit Abscheu von einem zum anderen.

»Ich brauche hier nicht noch jemanden Überflüssiges. Ich werde gleich meinen Anwalt anrufen, aber vorher zeige ich euch was.« Er ging in den Flur und öffnete eine der Türen. Einer der Polizisten folgte ihm auf dem Fuß. Horvat blieb abrupt stehen, und die beiden standen sich Nase an Nase gegenüber.

»Was soll das?«

»Wir wollen nur sicherstellen, dass das hier alles so friedlich bleibt, wie es im Augenblick ist«, sagte der Kollege, »manche Leute haben halt eine Bazooka im Schrank.«

Sie hörte, wie Horvat in dem Zimmer offenbar Schubladen auf- und zuzog und mit einem Ordner zurückkam, dem er zwei DIN-A4-Bögen entnahm. Er reichte sie Deniz.

»Skender ist am 26.01. ermordet worden, oder?«

»Oder in den ersten Stunden des 27., jedenfalls in dieser Nacht.«

Er machte mit der Hand eine winkende Geste Richtung der Papiere.

»Da war ich mit meiner Familie in der Schweiz. Das ist die Hotelrechnung.«

Deniz warf noch einen Blick auf das Papier in seiner Hand, dann reichte er es Camilla.

Es war die Rechnung eines Hotels in Saas-Fe für ein Familienzimmer vom 25.01. bis zum 27.01. Wenn diese Information durch das Hotel bestätigt wurde, war Horvat draußen.

»Wir werden das natürlich überprüfen, Herr Horvat«, sagte sie. »Das ändert jedoch nichts daran, dass wir die beiden Beschlüsse vollstrecken.«

»Wieso?« Er schnaubte. »Es ist doch wohl eindeutig, dass ich gar nicht hier war.«

»Erstens haben wir das noch nicht überprüft, und zweitens sind das zwei Blatt Papier, die unsere bisherigen Ermittlungsergebnisse keineswegs wertlos machen.«

»Was passiert mit meiner DNA?«

»Sobald klar sein sollte, dass sie im Verfahren keine Rolle spielt, wird sie vernichtet.«

Leider, dachte Camilla.

Knapp eine Stunde später stiegen sie mit zwei Hotelrechnungen aus der Schweiz und zwei Bakterietten mit Horvats Speichel in ihren Wagen und machten sich Richtung Präsidium auf den Weg. Ansonsten war in der riesigen Wohnung von Ivo Horvat nichts zu finden gewesen, womit man ihn in die Enge hätte treiben können.

»Saas-Fe?«, fragte Deniz. »Ist das nicht so ein Nobelort?«

»Ja, ist es. Wenn du da für unseren Geldbeutel eine Unterkunft finden willst, musst du schon etwas länger suchen. Wird auch gern von Promis besucht, und ich glaube, mal gelesen zu haben, dass das Video von ›Last Christmas‹ da gedreht worden ist.«

»Furchtbares Lied.« Deniz zog ein Gesicht, als habe er was Schlechtes gegessen.

Es hatte zu regnen begonnen.

»Er scheint uns nicht erkannt zu haben«, sagte sie.

»Wie erkannt?«

»Na, aus der Tiefgarage.«

»Ach so.« Er musste lächeln, verlor aber kein weiteres Wort darüber. Sie hätte immer noch gern gewusst, warum er sich danach entschuldigt hatte, fragte aber nicht.

Eine Weile rollten sie wortlos durch den Feierabendverkehr, der in den letzten Zügen lag. Deniz hatte den Funk eingeschaltet, wo die Leitstelle schon den zweiten Unfall vergab, seit sie eingestiegen waren.

»Die Rechnungen werden stimmen«, sagte er.

»Ja, da bin ich auch sicher.«

»Dann fangen wir wieder von vorne an.«

Damit lag er richtig.

Stefanie

Vor der Schleuse stoppte sie noch einmal ihren Schritt. Sie hatte wieder mit dem Rauchen angefangen, aber für eine Zigarette war keine Zeit mehr, so versuchte sie, mit tiefen Atemzügen ihre innere Unruhe zu bekämpfen. Und verlor.

Es geht nicht. Ich kann es nicht sagen. Nein! Oder?

Glücklicherweise verzichtete der Mann hinter dem Panzerglas auf jegliche Vertrautheitsgeste, obwohl sie bei ihren wöchentlichen Besuchen schon häufiger von ihm kontrolliert worden war. Bei der Beamtin für die körperliche Durchsuchung hatte sie weniger Glück.

Wie immer verstaute sie ihre Tasche in einem der Fächer und betrat danach grußlos den Besucherraum. Ein paar der Tische waren besetzt, sie wählte den in der Ecke, IHREN Tisch, dachte sie, und im selben Moment fiel ihr auf, wie entsetzlich es war, hier einen Ort zu haben, den man als seinen Ort empfand.

Doch. Ich sage es. Ich werde es sagen. Ich MUSS. Sonst verliere ich noch den Verstand.

Das Geld für seinen Tabak nahm sie vorsorglich aus ihrer Jackentasche und legte es auf den Tisch, um es nicht wieder zu vergessen wie vor ein paar Wochen, als sie am Ende des Besuchs gestritten hatten und er eine Woche schnorren musste.

Am Fenstertisch hielt sich ein Paar an den Händen, die Frau weinte, versuchte, es zu verbergen.

Eigenartig. Geweint hatte sie danach nicht, fiel ihr auf, nicht ein einziges Mal, obwohl diese Bilder, die sie den gesamten Tag verfolgten, wie in ihr Hirn eingebrannt waren. Und noch schlimmer war es in der Nacht, wenn die Angst sich wie ein feuchter, kalter Nebel auf sie legte, die Angst, dass er wiederkommen könnte, plötzlich wieder dastand. Wenn sie einschlief, dann für Minuten, mal eine Stunde. Aber sobald sie aufwachte, waren die Bilder wieder da, fortwährend.

Ich sage es nicht. Ich kann es nicht sagen. Aber was dann?

Ich komme wieder, und es wird wehtun!

Heute dauerte es länger als gewöhnlich, obwohl er wissen musste, dass sie jetzt kam. Sie sah auf die Uhr. Zehn Minuten schon. Sie hoffte, dass er nichts spürte. Manchmal hatte er einen Sinn dafür, wie es ihr ging, nicht immer, aber manchmal schon, wenn er nicht zu sehr mit sich beschäftigt war wie zuletzt mit seinen Geschäften.

Die Tür öffnete sich, und Uwe Simon kam in Begleitung eines Justizbeamten.

»Hallo. Schön, dich zu sehen.«

Er setzte sich, griff zaghaft nach ihren Händen. Seine waren warm.

»Du solltest Handschuhe tragen bei dem Wetter.«

Er rieb ihren Handrücken.

»Tue ich ja. Hab sie im Wagen gelassen.«

Zwischen seinen Brauen entstand eine Falte.

»Du siehst schlecht aus, geht es dir nicht gut?«

»Doch, alles in Ordnung. Du bist nicht da, das ist nicht in Ordnung.« Dass er es sofort sah, überraschte sie und fachte ihre Unsicherheit weiter an. »Hab nicht besonders geschlafen die letzten Nächte.« Sie versuchte ein Lächeln und hoffte, es sah nicht so aus, wie es sich anfühlte.

Mit zögerlicher Vorsicht, damit er es nicht falsch verstand, löste sie eine Hand aus ihrer Berührung und schob ihm den Zwanziger hinüber. Themawechsel.

»Damit wir es nicht wieder vergessen. Obwohl es ja für deine Gesundheit gar nicht schlecht wäre, wenn du nicht so viel rauchst.«

»Ich weiß. Versuche auch, es zu reduzieren, aber hin und wieder etwas Nikotin gehört schon zu den absoluten Highlights hier drin.«

Einen Augenblick überlegte sie, ihm zu sagen, dass sie auch wieder angefangen hatte zu rauchen. Aber sie ließ es.

»Niemand draußen hat eine Ahnung, wie lang die Tage sein können hier drin. Wenn ich das alles hinter mir habe, höre ich auf. Versprochen. Hat der Anwalt sich mal bei dir gemeldet?«

»Nein, sollte er?«

»Ja, ich habe ihn angeschrieben. Nächste Woche sind es neun Monate. Er sollte sich drum kümmern.«

»Ich rufe ihn morgen mal an.«

Nein. Neinnein. Es ist unmöglich. Ich kann es nicht sagen. Ich kann nicht.

Für einen Moment stellte sie sich sein Gesicht vor, wenn sie es doch sagen würde und er diese Bilder sähe, die er sicher würde sehen wollen, wenn sie ihm das erklären müsste, und in ihrer Vorstellung war da nur Entsetzen.

»Hey, was ist los? Du hörst mir gar nicht zu.«

»Tut mir leid. Musste eben daran denken, dass ich noch was erledigen muss.«

»Was denn erledigen?«

»Ach, nichts Wichtiges.«

Für eine Weile sagte er nichts, sah sie nur an.

»Was ist mit dir, Stef? Du bist so anders heute.«

»Ich sagte doch, ich schlafe schlecht. Kriege auch meine Periode, vielleicht liegt es daran.«

»Dann pfleg dich mal ein bisschen. Ich hoffe, du gehst gut mit dir um. Ich kann das ja jetzt nicht kontrollieren.«

Jetzt zeigte er ein Sorgen-Zweifel-Angst-Lächeln.
Ich sage es. Ich muss es sagen. Ja. Ja. Ich sage es.
Für einen langen Augenblick waren nur die gedämpften Gespräche an den anderen Tischen zu hören.

»Uwe, ich muss dir etwas ...«

»Oder stimmt etwas zwischen uns nicht mehr, Stef? Muss ich mir Sorgen machen? Gibt es jemand anderen? So etwas kann immer passieren, neun Monate Einsamkeit, das ist eine lange Zeit.«

Sie schluckte heftig und entzog ihm jetzt etwas abrupt ihre Hände, damit er das Zittern nicht mitbekam.

»Tu mir das nicht an, Liebling.« In seinem Blick war flackernde Panik. »Tu mir das nicht an, hörst du? Ich habe einen großen Fehler gemacht, dass ich hier bin, ich weiß das.«

»Nein, ich ... Wie kommst du nur darauf? Ich ...«

»Dass du da bist, wenn ich wieder rauskomme, dass du mein bist und auf mich wartest, ist das Einzige, was mich hier durch die Tage trägt.«

Von einer Sekunde auf die andere sah sie seine Augen wässrig werden.

»Nein, da kannst du ... Was denkst du denn? Es ist alles gut. Mach dir keine Sorgen.«

»Wirklich?«

»Es hat nichts mit uns zu tun. Vielleicht habe ich mir auch einen Infekt eingefangen.« Jetzt rieb sie seinen Handrücken, obwohl der immer noch warm war. »Hoffen wir mal, dass es nicht Corona ist.«

Er nickte, sein Kinn zitterte, und er wischte sich die Augen, bevor eine Träne den Weg über seine Wange finden konnte.

Als sie eine Stunde später wieder im Auto saß, war sie für eine lange Zeit außerstande, zu starten und wegzufahren. Hin zu diesem Haus, das jetzt ein grausamer Ort für sie geworden war.

Wenn du es jemandem erzählst, komme ich wieder. Und dann wird es sehr wehtun.

Sie wusste nicht, ob es nur diese Angst war, diese Angst oder auch der elende Selbstekel, der in ihr ein Gefühl entstehen ließ, als säße ein filmisch-unansehnliches Alienmonster in ihren Eingeweiden und habe begonnen, all das mit spitzen Zähnen zu zerfleischen, was man mitbekommen hatte, um aus dem eigenen Leben eine Kette von guten Momenten zu machen. Aber am Ende war auch das gleichgültig.

Dass sie mit alldem allein bleiben würde, das allerdings wusste sie seit einer Stunde so sicher, dass es schmerzte.

Deniz

Bei welchem seiner Besuche diese sarkastische Konditionierung stattgefunden hatte, konnte Deniz gar mehr nicht sagen, aber jedes Mal, wenn er dieses Gebäude betrat, fiel ihm sofort dieser böse alte Witz ein, den er vor langer Zeit bei einem Umtrunk gehört hatte.

Was ist fünfzehn Meter lang und stinkt nach Pisse? Eine Polonaise im Altenheim.

Dabei war dies kein Altenheim, sondern eine Pflegeeinrichtung, was aber keinen Unterschied in der Stimmung machte, fand er, bei allen Bemühungen der engagierten Mitarbeiter.

Nachdem Ivo Horvat den Kreis der konkret tatverdächtigen verlassen hatte, war die Stimmung in der Mordkommission ein wenig eingesackt. Solche Phasen gab es immer wieder, vor allem in längeren Kommissionen, er hatte es oft erlebt. Man war sich oft absolut sicher, sicherer noch, als sie sich heute gewesen waren, und dann stürzte diese Gewissheit nach einer neuen Situation, nach einer neuen Info, einer Aussage ein wie ein Turm aus Bauklötzen, wenn man ein Hölzchen herauszog.

Darum hatte er sich die Zeit für einen Besuch genommen.

Im Fahrstuhl klebte neben den Knöpfen für die Etagen seit Monaten die kleine ukrainische Flagge, die ihm schon beim ersten Mal aufgefallen war. Er wunderte sich, dass sie noch niemand beseitigt hatte, denn er hatte mitbekommen, dass es auch in dieser Einrichtung einige Menschen gab, die ihre Kindheit und Jugend in einer der früheren Sowjetrepubliken erlebt hatten und heute auf Seiten Russlands waren.

Als sich in der dritten Etage die metallene Tür zur Seite schob, wusste er sofort wieder, warum ihm bei jedem Besuch dieser Witz einfiel, dabei roch es nicht nach Urin, es roch danach, dass man peinlich darum bemüht war, diesen Geruch zu vermeiden.

»Ach, Herr Müller, auch mal wieder da?«

Vielleicht hätte er bei allen anderen Menschen diese Frage als Vorwurf verstanden, aber nicht bei Frau Çelik. Das lag neben den Besuchen vor allem an einem langen Gespräch mit ihr vor vielen Monaten, als er darauf wartete, dass sein Vater zum dritten Mal während seines Besuchs die Windel gewechselt bekam. Spätestens seit diesem Tag war sein Respekt vor diesen Leuten nicht mehr steigerbar. Als Leichensachbearbeiter in einer Stadt wie Essen bekam man einiges zu sehen, keine Frage. Aber das hier war noch etwas anderes, denn diese Leute gingen mit Menschen um, die lebten, auch wenn das bei manchen kaum noch bemerkbar war. Vielleicht war es lediglich ein Muster, dass sie sich antrainiert hatten, vielleicht war es die Erfüllung eines Selbstbildes, vielleicht religiöse oder humanistische Überzeugung, er wusste es nicht. Das Ergebnis jedenfalls war beeindruckend. Ausnahmslos alle in diesem Team erledigten ihren Job mit einer Menschenliebe, zu der er sich kaum in der Lage fühlte. Aber jeder hatte halt seine Geschichte, und vielleicht war ihm diese Fähigkeit auch in zwanzig Jahren Bullendasein abtrainiert worden.

»Ja, Frau Çelik. War mal wieder Zeit, denke ich.«

»Sie haben viel zu tun, hab ich gelesen, in der *WAZ*. Sie leiten die Mordkommission mit dem Toten an der Ruhr in Kettwig, nicht wahr?«

»Richtig. Ist tatsächlich noch viel zu tun, wir sind erst ganz am Anfang.«

»Viel Glück.« Sie sah kurz von ihrer Arbeit auf. »Ich habe es Ihrem Vater erzählt. Er sitzt hinten am Fenster.« Sie richtete sich vollends auf und sah ihn an. »Er wäre sehr stolz auf Sie, wenn er es noch wüsste, und wer weiß ...«

Da bin ich mir nicht so sicher, dachte Deniz, aber das konnte die Frau nicht wissen.

Er umkurvte drei der fünf rechteckigen Tische im Aufenthaltsraum, von denen jeder acht Personen Platz bot. Einige der Stühle waren besetzt. Eine alte Frau blätterte in einem Bildband, ein Mann am nächsten Tisch war mit einem Spiel beschäftigt, das Deniz nicht kannte. Die restlichen vier saßen still und regungslos, einige davon in Rollstühlen. Irgendwo klang aus einem Radio, bei dem jemand offensichtlich die Tiefen herausgedreht hatte, ein Schlager, der ihm bekannt vorkam.

»Tag, Vater«, sagte er und berührte den Mann, der in einem Rollstuhl vor dem Fenster saß, an der Schulter. Er zeigte keine Reaktion, sondern starrte nach draußen, aber Deniz hatte schon lange nicht mehr den Eindruck, dass dieser Blick etwas wahrnahm.

Bei einem seiner Besuche hatte er begonnen, die Krankheit seines Vaters in Phasen einzuteilen, und sie befanden sich jetzt nach seiner Rechnung in der vierten. Am Anfang hatte er ihn noch erkannt und mit ihm gesprochen. Erkannt als den, der er war. Dann begann er, seinen Sohn zu siezen und zu fragen, wer er sei, oft stritt er mit ihm, auch Beleidigungen waren nicht selten. Irgendwann hörte auch das Sprechen auf, aber er nahm noch wahr, dass ihn jemand besuchte. Deniz bezweifelte, dass er zu dem Zeitpunkt noch wusste, wer dieses Wesen war, das da manchmal neben ihm saß, wenn er das überhaupt jemals hatte wissen wollen. Jetzt war auch das vorbei. Vielleicht ging noch etwas in ihm vor, vielleicht geschah noch etwas hinter der Fassade dieses Gesichts, aber niemand wusste, was das hätte sein können.

Er bedauerte diesen Mann, aber Trauer empfand er nicht. In

seinen ersten sechs Lebensjahren bei seiner Mutter hatte er seinen Vater kaum gesehen, weil er sie schlicht allein gelassen hatte. Nach dem Tod seiner Mutter war er zwar zu ihm gezogen, aber nie war es ein Verhältnis geworden wie zwischen Vater und Sohn. Wenn es in seinem Leben jemanden gab, der väterlich zu ihm war, dann Onkel Kemal, der Bruder seiner Mutter. Deniz hatte sich oft gefragt, ob er sich seinen Vater wie Onkel Kemal gewünscht hätte. Wahrscheinlich nicht, denn er empfand kein Defizit.

Zum Abschied nahm er die Hände des Mannes, die seinen so sehr glichen, nur etwas faltiger waren, und rieb sie ein wenig, damit sie warm wurden. An dem Blick, der sich entweder hinter dem Horizont verlor oder in den Windungen des eigenen Gehirns, änderte das nichts.

»Mach's gut, Vater. Bis demnächst.«

Fünf Stunden später stieg er aus Maras Bett und begann, sich anzuziehen.

Nach dem Besuch, der sich wie eine Zeit auf der Zielgeraden zum Tod angefühlt hatte, war ihm sehr nach etwas gewesen, das nach Leben schmeckte, und er hatte sie angerufen.

Ihre Affäre lag Jahre zurück und war längst beendet. Aber immer noch waren sie auf diese problemlose Art verbunden, die genügend Freundschaft für ein gemeinsames Essen und Leidenschaft für solche Treffen besaß, aber ohne jegliche Ansprüche aneinander auskam.

»Wie gesagt, du kannst gern bleiben«, sagte sie, »mein Mann ist auf einem anderen Kontinent, also alles safe.«

Er suchte seine Strümpfe zusammen.

»Ah, man weiß nie. Nachher kommt er überraschend, weil die Sehnsucht nach seiner wunderschönen Frau ihn quält, und ich muss doch in den Kleiderschrank. Und über die Situation gibt es so viele schlechte Witze.«

»Spinner.«

Sie lag auf der Seite, stützte ihren Kopf mit der Hand ab und lächelte.

»Ich mach dir morgen früh auch ein schönes Frühstück. Allerdings erst nach dem Sex.«

»Schon wieder?« Er versuchte, sie mit einem panischen Gesicht anzusehen. »Bei so viel Leistungsdruck fahre ich lieber.«

Er ging noch einmal zu ihr, küsste sie und verließ das Haus so unauffällig wie möglich.

Als er mit einem Bier vor dem Fenster seiner Küche stand und auf die Stadt blickte, fiel ihm auf, dass in den letzten Stunden seine Gedanken hin und wieder nicht um Skender Mataj und die Frage gekreist waren, wer ihn getötet hatte. In dieser Phase einer Mordkommission war das selten. Aber es fühlte sich an, als sei dadurch die Enttäuschung vom Nachmittag verblasst. Und es fühlte sich gut an.

Lisa

Es war der Morgen des vierten Tages ihres Experiments. Sie saß vor dem Schreibtisch des Netteren der beiden und fragte sich, ob ihr nichts Besseres hätte einfallen können, etwas, womit sie um die Unterzeichnung eines Arbeitsvertrags nach so kurzer Zeit herumgekommen wäre, denn was das juristisch für sie bedeutete, war ihr nicht vollkommen klar. Aber wer sollte das ahnen, und wenn sie ehrlich war, hatte sie sich darüber vorher keinerlei Gedanken gemacht.

Während der letzten beiden Tage hatte man ihr wesentlich komplexere Aufgaben zugeteilt, die allerdings ebenso wenig eine Anforderung darstellten wie am ersten Arbeitstag und die immer noch nichts darüber aussagten, ob das, was die Firma betrieb, illegal war oder nicht.

In der Redaktion wusste niemand von ihrer Aktion, natürlich auch Alex nicht, weil er ihr das Ganze mit Sicherheit ausgeredet hätte. Lediglich ihrer Freundin Laura hatte sie davon erzählt.

Die Gespräche, die sie hier in der Zeit mitbekommen hatte, waren nur bedingt hilfreich bei dem Ziel, das sie verfolgte. Es ging oft um Microtargeting und die Beschaffung von Daten, es ging um alle möglichen IT-Instrumente und um Vorgänge, die sie psychometrische Modellierung oder psychografische Ausgestaltung nannten. All das war ihr auch aus anderen Zusammenhängen bekannt, sie hatte davon gelesen oder gehört, aber es waren Instrumente wie eine Axt. Man konnte damit Kleinholz herstellen, damit man es warm hatte, man konnte damit viele sinnvolle Arbeiten verrichten, man konnte damit aber auch einem Menschen den Schädel spalten.

Lediglich der Ex-Mitarbeiter, dessen Platz sie einnehmen sollte, schien ihnen Sorgen zu machen, denn sie schnappte das Thema noch zweimal auf. Leider fiel nie der Name des Mannes. Sie hatte auch Jonas so unauffällig wie möglich danach gefragt, aber auch seine eigenartige Reaktion bestärkte sie in der Annahme, dass man damit in dieser Firma nicht entspannt umging.

Patrick Gruber hatte sie zu sich gebeten, dann aber noch kurz etwas Wichtiges am Rechner beenden müssen, und in diesen Minuten wurde ihr klar, dass sie nichts unterschreiben würde und damit ihre Zeit hier heute endete, wenn sie nicht noch eine Bedenkzeit aushandeln konnte.

»So, Lisa, jetzt zu dir«, sagte er mit einer Miene, die lockere Freundlichkeit ausdrücken sollte, »du hast mitbekommen, dass wir eine Lücke schließen müssen in unseren Reihen, und du wärst dafür eine sehr geeignete Person, mehr als das. Du weißt selbst, dass deine Qualifikation außergewöhnlich ist, darum würden wir dir einen ...«

Sein Telefon klingelte, er nahm ab, bestätigte zweimal kurz irgendetwas und ging dann zum Fenster.

»Entschuldige mich einen Augenblick, ich muss kurz zu meinem Wagen.«

Damit verließ er das Büro.

Nach einiger Zeit stand sie auf und sah zwei Etagen unter ihr ihren Gesprächspartner zu seinem SUV gehen, wo er von jemandem erwartet wurde. Beide Männer gingen in die Knie und betrachteten eine Stelle am Wagen in einer Weise, als sei er beschädigt worden.

Mit schnellen Schritten ging sie hinter seinen Schreibtisch und bewegte seine Maus, aber der Bildschirm war schon geschützt. Sie sah sich um und wunderte sich darüber, dass der Chef eines Unternehmens aus der IT-Branche eine Schreibtischunterlage aus

Papier hatte, die dazu noch aussah wie die Tische im Physikraum ihrer Schule. Es war ein irres Durcheinander von Notizen, Zahlen und E-Mail-Adressen, einige Namen waren umkreist und mit einem Datum versehen. Sie bereute, ihr Handy an ihrem Platz gelassen zu haben, aber es jetzt zu holen, wäre zu riskant gewesen.

Sie lief wieder zum Fenster, aber beide Männer standen immer noch neben dem Auto und sprachen gestikulierend miteinander.

Wieder hinter dem Schreibtisch, durchsuchte sie die Papiere und Hefter neben der Schreibtischunterlage, ohne genau zu wissen, wonach sie überhaupt suchte. All die Zahlen und Schreiben sagten ihr auf den ersten Blick nichts und hätten auch in jeder anderen Firma Sinn ergeben. Etwas, das wie Personalunterlagen aussah, suchte sie vergeblich.

Nach einem weiteren eiligen Kontrollgang zum Fenster, bei dem sie Patrick Gruber immer noch im Gespräch sah, zog sie die Schubladen des Rollcontainers auf, der unter der großen Glasplatte stand.

In der ersten Schublade war ein Durcheinander von Büromaterial, in der zweiten ein bunter Zettelsalat, in der dritten lag ein grauer Ordner. Auf dem Sideboard hinter dem Schreibtisch standen weitere Ordner, und sie fragte sich, warum dieser in einer abschließbaren Schublade lag.

Sie nahm ihn mit feuchten Händen heraus, blickte auf den unbeschrifteten Rücken und begann, hektisch zu blättern.

Mit dem Ordner lief sie noch einmal zum Fenster und bekam gerade noch mit, wie unter ihr Gruber aus dem Blickfeld verschwand.

Auf dem Rückweg zum Schreibtisch klappte sie den Deckel zu.

»Sieh an. Lag Jonas tatsächlich richtig.«

Sie blickte auf und sah Marcel Fischer in der Tür stehen, der auf seinem Handy tippte und es sich ans Ohr hielt.

Deniz

Seit zwei Tagen hatten sie in der Mordkommission Ruhr Spuren abgearbeitet, die bei der Existenz eines dringenderen Hinweises zunächst nach hinten geschoben worden wären. Auch wenn es immer wieder vorkam, dass die aussichtsloseste Spur die Entscheidung brachte, mussten Prioritäten gesetzt werden.

Der Umstand, dass Ivo Horvat sich bei der Informationslage, die auf dem Tisch gelegen hatte, mit schlankem Fuß, wie Dieter Bartels gesagt hätte, aus dem Kreis der möglichen Täter hatte verabschieden können, war ein kleiner Stimmungsdämpfer gewesen. Allerdings nur für einen Tag.

Sie hatten danach begonnen, Matajs Kontakte vor dem Mord zu ermitteln, hatten Leute aus seinem Umfeld vernommen, sofern die mit ihnen reden wollten. Sie hatten in früheren Ermittlungsverfahren gegen den Mann gestöbert, ob die etwas hergaben, und auch der Kreis der Bewohner, die um den Fundort wohnten und befragt wurden, war ausgedehnt worden.

Die Spur, in die nicht nur Deniz jetzt die größte Hoffnung setzte, war die zweite Fremd-DNA an der Leiche. Täter-DNA zu haben, war immer ein Hauptgewinn, weil damit nicht nur die Chance existierte, den Täter noch in den zeitnahen Ermittlungen ohne jeden Zweifel zu identifizieren, sondern es bedeutete dazu die Möglichkeit, die Tat auch noch in der ferneren Zukunft aufklären zu können. DNA zu haben, hieß: Die Hoffnung endet nie.

Deniz hatte den Morgen mit Schreibarbeiten und Anrufen verbracht. Es war sogar Zeit gewesen, sich nebenher einen Çay zuzubereiten. Am Anfang seiner Zeit im KK 11 hatte es dafür reichlich flapsige Sprüche gegeben, es waren auch ein paar bösere Kommentare dabei gewesen, wenn er ehrlich war, türkisches Café und so. Mittlerweile fragten einige aus seiner Truppe sogar danach.

Anja nahm schon den zweiten, wie immer mit einem Löffel Zucker extra.

Er öffnete sein E-Mail-Postfach und löschte zunächst all das unwichtige Zeug, das schon an normalen Tagen viel Zeit raubte, in einer Mordkommission aber erst recht.

Die Mail des Kollegen Neumüller aus Köln gehörte ganz sicher nicht dazu.

Hallo, Deniz,

noch ein paar Infos zu eurem Tötungsdelikt z. N. Mataj.

Sorry, aber die habe ich letztens völlig verpennt, wahrscheinlich weil man diese Leute als Opfer gar nicht auf dem Schirm hat.

Was für euch eventuell nicht uninteressant sein könnte: Sulas Leute hatten in der Vergangenheit durchaus schon mal Stress im Milieu.

Es gab hier u. a. seit Jahren eine Fehde mit einer Familie, die wohl aus derselben Gegend in Albanien stammt wie Sula, der allerdings ein paar Jahre früher hier war. Das ist die Sippe um Ervin Shehu, 07.04.72 in Tropoja/Alb.

Shehu saß zuletzt ein wegen gef. KV und ist seit ein paar Monaten wieder draußen nach einer anderthalbjährigen Haftstrafe.

Es gibt das Gerücht, dass es da vor Ewigkeiten noch im Ursprungsland sogar zu einem Tötungsdelikt gekommen sein soll, das ist aber keine gesicherte Info.

Gesichert kann ich sagen, dass es hier über die Jahre gegenseitig zu einigen Straftaten gekommen ist, meist Gewaltdelikte bis hin zum Verlust eines Auges, also schwerer KV, sowie vermutlich auch zu mindestens einem Sexualdelikt.

Meistens ging es um Drogen und um Marktanteile, hinterher hatte das oft mit Vergeltung zu tun. Das regeln die aber alles nach bekannter Manier untereinander.

Gehört haben wir davon meist über unseren ET, der wohl einen Informanten mit etwas Einblick an der Hand hat. Verfahren sind daraus nie entstanden, weil weder Täter noch Opfer mit der Polizei sprechen. Aber das kennt man ja.

Shehu ist übrigens noch hier in Köln gemeldet, wohnt aber mittlerweile tatsächlich in eurem Bereich. Adresse habe ich angefügt.

Das ist auch der Grund, warum es in der Beziehung in den letzten zwei, drei Jahren ruhiger geworden ist. Die Leute um Shehu haben den Kölner Bereich verlassen und machen ihre Geschäfte jetzt mehr in eurer Gegend.

Ich habe dir unten mal ein paar Namen seiner Mitstreiter notiert. Die Aufstellung erhebt aber weder den Anspruch auf Vollständigkeit noch auf Aktualität.

Wenn noch Fragen sind, jederzeit.
Gruß
Bernd

Er leitete die Mail umgehend an Anja weiter und hörte, wie auf ihrer Seite das Glöckchen den Eingang anzeigte.

»Lies mal. Klingt interessant.«

»Jetzt sofort?«

»Ist nicht so lang.«

Ein paar Augenblicke war jenseits der Bildschirme nur gelegentliches Schlürfen zu hören.

»Na ja«, sagte sie, »klingt erst mal nicht schlecht, oder? Einer der Namen unten ist mir letztens untergekommen, aber nicht so, dass man daraus 'ne Spur hätte machen können.«

Er goss sich ebenfalls noch einen zweiten Çay ein und nahm sich das Eingangskörbchen vor.

Spur 112
Frau
Emilie Langer, 03.01.43 in Breslau,
wh. hier, Goethestr. 17,

teilte telefonisch mit, dass sie zwei Tage nach der Tatnacht, also am 28.01., wie jeden Nachmittag mit ihrem Hund an der Stelle entlanggegangen sei, wo am Vortag die Polizisten das Gelände abgesucht hätten.
 Dabei sei ihr aufgefallen, dass ein Auto am Straßenrand stand, dessen Fahrer offensichtlich in dem Bereich neben der Straße etwas suchte.
 Frau Langer wurde aufgesucht und eingehend befragt.
 Sie konnte keine näheren Angaben zu dem Fahrzeug machen, sie kenne sich da nicht aus. Nach Vorlage verschiedener Fotos handelte es sich bei dem beobachteten Auto nicht um einen SUV, sondern wahrscheinlich um eine dunkle Limousine.
 Auf das Kennzeichen habe sie nicht geachtet.
 Der Mann sei unauffällig gewesen, weder besonders groß noch auffallend klein. Er habe etwas Dunkles getragen, zum Alter konnte die Hinweisgeberin keine näheren Angaben machen.
 Auf ihrem Rückweg habe sie das Fahrzeug nicht mehr dort gesehen.
 Die Spur ist erledigt.
 Mohning, KHK

Was für eine Traumaussage, dachte Deniz, schüttelte den Kopf und fragte sich, warum ein Mensch das Kennzeichen nicht notierte, wenn ihm zwei Tage nach einem Mord an der Fundstelle der Leiche ein Fahrzeug so auffallend erschien, dass er es der Polizei meldete? Aber vielleicht hatte sie es ihrem Mann oder der Nachbarin erzählt, und die hatten sie erst darauf gebracht, dass das wichtig sein könnte.

Nächste.

Spur 43
Vermerk
Am heutigen Tag erschien Herr
Gilbert Gress, 29.09.69 in Bordeaux,
Personalien bekannt,

auf telefonische Vorladung auf der Dienststelle, um seine fernmündlichen Angaben vom 28.01. zu ergänzen.

Wie seinerzeit dokumentiert, war Herr Gress in der wahrscheinlichen Tatnacht nach einem Besuch im Restaurant des Golfclubs gegen 01:15 Uhr die Laupendahler Landstraße Richtung Werden gefahren (siehe Vermerk vom 28.01.).

Zu der Situation: Das in Rede stehende Fahrzeug sei entweder ca. zwei- bis dreihundert Meter vor ihm vom Straßenrand losgefahren oder es habe gewendet, das könne er nicht mit Bestimmtheit sagen. Er habe irgendwie eine ungewöhnliche Bewegung der Scheinwerfer wahrgenommen.

Jedenfalls sei es zu dem Zeitpunkt der Begegnung auf gleicher Höhe mit sehr hoher Geschwindigkeit gefahren, sowohl vom optischen Eindruck als auch vom Motorengeräusch her. Er habe noch in den Rückspiegel gesehen, aber der Wagen sei sehr schnell aus dem Blickfeld verschwunden.

Zum Fahrzeug: Das Fabrikat habe er nicht erkannt. Er könne lediglich sagen, dass es sich ganz sicher um einen SUV gehandelt hat. Zum einen habe er das im Rückspiegel wahr-

genommen, und auch bei der seitlichen Vorbeifahrt sei das sein Eindruck gewesen. Weiterhin sei das Motorengeräusch auffallend gewesen. Ein tiefes Grollen, was sowohl auf einen großvolumigen Motor hindeute, möglicherweise sogar auf ein Tuning der Auspuffanlage.

Bei der angegebenen Zeit könne er sich gegenüber dem ersten Telefonat etwas genauer festlegen in der Weise, dass das alles gegen 01:20 stattgefunden haben müsse. Denn um 01:15 sei bei ihm ein Telefongespräch mit seiner Frau aufgeführt, und das habe er unmittelbar vor dem Losfahren schon auf dem Parkplatz geführt.

Weitere sachdienliche Angaben könne er nicht machen.
Böker, KHK

»Das könnte tatsächlich unser Tatfahrzeug gewesen sein, oder?« Er wedelte mit der Spur.

Anja reckte ihren Kopf, um über die Bildschirme schauen zu können.

»Der SUV meinst du? Ja, das könnte schon sein. Aber mittlerweile fahren von den Dingern so viele durch die Gegend. Das können auch ein paar Jugendliche mit Papas Auto gewesen sein, die da nachts mal richtig auf den Pinn getreten haben. Geht an der Stelle ja ganz gut.«

»Klar, es kann immer auch anders sein. Aber er sagt ja, dass die vielleicht vom Straßenrand angefahren sind. Hat man auch nicht umsonst, so einen Eindruck.«

Sie machte eine Kopfbewegung, als sei sie nicht vollends überzeugt, und widmete sich wieder ihrem Bildschirm.

Sascha kam herein, hatte etwas Zusammengerolltes in der Hand. Er versuchte, es auf den Körbchen für die Ein- und Ausgänge auszubreiten, obwohl es etwas zu groß dafür war.

»Schaut euch das mal an. Ist erst mal nur ein Anfang, werde ich noch erweitern oder ergänzen, aber für den Anfang ist das ein Schaubild der augenblicklich relevanten Erkenntnisse aus den Telefondaten. Denn wir haben die retrograden Daten von ein paar Anschlüssen, wir haben die Funkzellendaten und die TÜ-Daten, alles mit mehreren Tabellen, da ist kaum was zu erkennen. Hier«, er zeigt auf einen dicken vertikalen roten Strich in der Mitte des Plakats, »das ist der angenommene Tatzeitpunkt, etwa ein Uhr, die Zeitleiste ist hier ganz oben. Die dünneren horizontalen Linien sind Anschlüsse der Leute, die bis jetzt für uns relevant sind. Bei denen, wo wir ein Bild haben, habe ich es hier links klein auf die Linie gesetzt, z. B. Horvat.«

»Und was zeigt uns das?«, fragte Anja.

»Das Ganze umfasst erst mal den Zeitraum von vier Stunden vor und vier Stunden nach der Tat. Da, wo die dünneren horizontalen Linien der Anschlussinhaber vertikal miteinander durch eine Linie verbunden sind, haben sie miteinander Kontakt gehabt, Dauer und genauer Zeitpunkt stehen dabei. Da, wo der Kontakt mit jemandem stattgefunden hat, der nicht auf der Liste steht, habe ich Nummer und Anschlussinhaber auf der horizontalen Linie notiert.«

Deniz hatte mit Sascha schon ein paarmal in Mordkommissionen gearbeitet, so etwas sah er zum ersten Mal.

»Das ist total super, Sascha, seit wann machst du das so?«

»Bin ich irgendwann letztens draufgekommen. Hab ich eigentlich erst mal für mich gemacht, weil die Datenlisten so tierisch unübersichtlich sind.«

»Das heißt«, Anja verfolgte eine horizontale Linie mit dem Zeigefinger, »Emina Bajrami hat um 22:43 Uhr noch ein Gespräch mit dieser Nummer geführt, die zu einer Anja Golombek gehört?«

»Genau.«

»Und die beiden haben siebzehn Minuten und dreiundzwanzig Sekunden miteinander gesprochen?«

»Richtig.« Sacha nickte. »Und wenn ich die Vernehmung der Bajrami richtig im Kopf habe, passt das zu ihrer Aussage, dass Mataj gegen halb elf von ihr weggefahren ist, mit der Jacke ihres Mannes.«

»Dann hat sie danach ihre Bekannte angerufen. Oder ist angerufen worden«, sagte Anja.

»Nein, sie hat angerufen«, Sascha zeigt auf den Strich, »das sieht man an dem kleinen Pfeil in die Richtung.« Er zog die Stirn kraus. »Kann ich auch noch etwas größer machen, den Pfeil.«

Deniz schüttelte den Kopf.

»Das ist großartig, Sascha. Aber auf den ersten Blick checke ich das gar nicht so schnell, da brauche ich echt ein bisschen Zeit.«

»Ja klar, sind halt gebündelt sehr viele Informationen«, sagte Sascha. »Eins noch. Ich habe etliche Nummern aus der Funkzelle mal durch andere Systeme laufen lassen, u. a. durch Case. Diese Nummer hier«, er zeigte auf einen Strich, »taucht in einem Verfahren von vor zwei Jahren wegen BtM-Handel und unerlaubtem Waffenbesitz auf. Das Verfahren wurde damals in Köln geführt. Die Inhaberpersonalien sind fake, aber die Nummer wurde damals von den Ermittlern einem der Beschuldigten zugeordnet.«

»Und was ist mit dieser Nummer?«, fragte Deniz.

»Die ist, wie man sieht, zur Tatzeit in unserer Funkzelle und hat vorher und nachher mit zwei anderen Nummern Kontakt gehabt, die ebenfalls für die Tatzeit in der Funkzelle waren. Während der zwei Stunden vor und nach der Tat hatten die allerdings keinen Kontakt miteinander.«

Eine kleine Pause entstand.

»Weil sie vielleicht nicht nur zusammen in der Funkzelle waren«, sagte Deniz, »sondern in einem Auto.«

»Wäre eine Möglichkeit. Und so was wird auf so einem Schaubild eben deutlicher.«

»Gegen wen war das Verfahren vor zwei Jahren?«, fragte Deniz.

»Das war 'ne Kölner Geschichte«, Sascha zuckte mit den Schultern, »müsste ich nachsehen. War kein deutscher Name. Cela glaub ich, Serkan Cela oder so.«

Deniz rieselte es wie warmer Sand in den Nacken. Er ging zu seinem Rechner, öffnete sein Postfach und die Mail des Kollegen aus Köln.

»Bekim Cela?«

»Ja, genau.«

»Wie kommst du darauf?«, fragte Anja.

»Hat mir der Kollege aus Köln geschickt. Der gehört zu einer Familie, mit der Lorik Sula und seine Bagage früher öfter im Clinch lagen.«

Saschas Blick wanderte von einem zum anderen.

»Dann sollten wir uns von den beiden anderen Anschlüssen schnellstens die retrograden Daten besorgen. Die müssten jetzt noch vorhanden sein. Aber nicht mehr lange.«

Deniz hatte Camillas Nummer schon gewählt.

Lisa

Als beide Männer mit kalten und grimmigen Gesichtern vor ihr standen, stellte sie fest, wie wenig es ihr half, zu wissen, dass ihr Körper mit diesem Zittern versuchte, den Stressreflex zu kompensieren, der durch ihre irrsinnige Angst ausgelöst wurde. Sie versuchte, es zu verhindern, was kaum gelang.

Zu keiner Zeit hatte sie sich Situationen vorgestellt, in denen etwas hätte schiefgehen können, und wenn doch, hatte sie es wie alle IT-Probleme gelöst. Aber dies hier war kein IT-Problem.

»Wer bist du?«, fragte Gruber.

»Vor allem, was willst du hier?«, fragte Fischer, noch eine Spur zorniger. »Bist du ein Bulle?«

»Glaub ich nicht.«

Jonas kam herein und hatte ihren Rucksack in der Hand, dessen Inhalt er auf dem kleinen Tisch, der neben ihrem Stuhl stand, ausschüttete. Er griff sich ihre kleine lederne Mappe und breitete die paar Plastikkarten neben Autoschlüssel, Handy, Taschentüchern und dem Rest aus. Dann nahm er ihren Ausweis.

»Lisa Weiß, wenigstens der Name scheint richtig zu sein«, sagte er mit einem Gesicht, in dem nichts mehr von der freundlichen Kollegialität war, mit der er sie seit drei Tagen in allem unterstützt hatte. Fischers Spruch bei ihrer Entdeckung deutete sogar darauf hin, dass sie in eine Falle gelaufen war, an der ihr kollegialer Mentor entscheidend beteiligt war. Wahrscheinlich hatte sie sich mit den Fragen nach ihrem Vorgänger verdächtig gemacht.

Gruber nahm sich nacheinander ihren Führerschein, die Bankkarte und den Studentenausweis, sah es sich an und reichte es weiter.

»Ich will gehen, jetzt sofort. Ihr könnt mich hier nicht festhalten.«

»Arschlecken!« Fischer machte einen Schritt auf sie zu mit einer Körpersprache, als wolle er ihr eine scheuern. »Wir können hier so einiges mit dir machen. Wir können dich aus dem Fenster schmeißen und sagen, wir hätten dich überrascht und du wolltest abhauen.«

Es war weniger der Inhalt seiner Worte, der ihr einen gefühlt kokosnussgroßen Kloß im Hals wachsen ließ, sondern die Art und Weise, wie er sie sagte.

Die beiden anderen schwiegen und beobachteten nur mit unangenehm berechnender Aufmerksamkeit ihre Reaktion.

»Das werdet ihr nie tun. Ihr macht mir keine Angst.«

Fischer lachte kurz und ein wenig hysterisch.

»Keine Angst?« Er trat an ihren Stuhl, legte die Hände links und rechts auf ihre Lehne, und sein Gesicht war direkt vor ihrem. »Du pinkelst dir doch gleich vor Angst in die Hosen, und weißt du was? Vollkommen zu Recht. Denn wir können alles mit dir machen.«

Sie roch etwas Parfümähnliches, wahrscheinlich sein Rasierwasser, und wusste, dass sie diesen Geruch nie wieder vergessen würde.

»Alles, verstehst du? Wir können dir ein wenig Rauschgift in deinen Rucksack tun und sagen, wir hätten dich erwischt. Oder wir sagen, du hättest gestohlen. Macht sich in deinem Lebenslauf später bestimmt gut, so ein kleiner Eintrag. Wir können es dir sogar zu dritt hier auf dem Schreibtisch besorgen und sagen, du wärst einverstanden gewesen.«

Er richtete sich wieder auf.

»Sag schon!«, ging Gruber dazwischen, leiser, aber nicht weniger aggressiv. »Warum hast du hier rumspioniert?«

»Einfach so. Es dauerte so lange, bis du wieder da warst, da hab ich mich einfach etwas umgesehen.«

»Umgesehen?« Wieder Fischer. »In den Schubladen eines fremden Schreibtischs? Willst du uns verarschen?« Beim Sprechen flog Spucke aus seinem Mund und traf sie irgendwo auf der Kleidung.

Er kam ihr wieder so nah, dass sie zurückwich.

Sie ärgerte sich, den Satz gesagt und sich damit auf eine sachliche Auseinandersetzung eingelassen zu haben.

»Ich will, dass ihr mich sofort gehen lasst. Das ist Freiheitsberaubung, was ihr macht.«

»Du hast es nicht begriffen. Du bist hier kein bisschen in der Position, eine große Fresse zu haben. Weil wir zu dritt sind.«

»Das ist mir scheißegal! Ich will jetzt gehen, sofort!«

Gruber sah sich zu seinem Schreibtisch um.

»Was hatte sie in der Hand? Den grauen Ordner?«

»Ja.« Fischer richtete sich auf, und beide machten ein paar Schritte in die Richtung.

»Was soll sie schon gesehen haben?«, sagte er leiser. »Ich glaub nicht, dass sie das für irgendwen macht.«

Jonas trat zu den beiden.

»Könnte das mit Naveen zu tun haben?« Er sagte es so leise, dass es kaum zu verstehen war.

»Nein«, sagte Gruber und schüttelte etwas unwillig den Kopf. »Was sollte das sein? Und nicht hier.«

Sie kamen zu ihrem Tisch zurück.

»Pack deine Sachen und verpiss dich«, sagte Gruber und warf ihren Ausweis zu den anderen Sachen auf dem Tisch.

Bevor sie aufstehen konnte, griff Fischer noch einmal beide Lehnen und beugte sich auf Rasierwassernähe zu ihr.

»Und denk daran. Sollten wir noch irgendetwas von dir hören, dann reißen wir dir nicht nur juristisch dermaßen deinen kleinen Zuckerarsch auf, dass er in keines deiner Höschen mehr passt.«

Er blieb noch einen Wirkungsmoment in dieser Position, dann richtete er sich auf und ließ sie ihre Sachen einpacken.

Dass sie ihre Wasserflasche an ihrem Arbeitsplatz vergessen hatte, fiel ihr erst auf, als sie ihren Wagen aufschloss, und sie hoffte, dass es das Einzige war.

Nachdem sie hinter dem Lenkrad Platz genommen hatte, suchte sie im Handschuhfach nach Papier und Kugelschreiber, fand aber nur einen alten Flyer, auf dem einige freie Flächen waren. Zum Glück war sie mit einem sehr guten visuellen Gedächtnis gesegnet, und so notierte sie eine ganze Reihe von Namen und Daten, die sie auf der Schreibtischunterlage von Patrick Gruber gesehen hatte. Viel war es nicht, aber vielleicht konnte Alex damit etwas anfangen.

Sie legte Stift und Papier beiseite und fuhr los. Die Bilder der letzten halben Stunde überschlugen sich in ihrem Kopf. Dass die Leute zu keinem Augenblick die Polizei erwähnt hatten, zeigte, dass da einiges im Argen lag.

Noch mal gut gegangen, dachte sie.

Nachdem sie den Parkplatz verlassen hatte, konnte sie trotzdem nicht vermeiden, dass ihr Tränen über die Wangen liefen.

Camilla

Die Verhandlung hatte noch länger gedauert, als ohnehin schon angenommen, und Camilla hastete vom Gericht zur Staatsanwaltschaft. Als sie vor ihrer Tür vergeblich nach ihrem Schlüssel tastete, erschrak sie für eine Sekunde, dann fiel ihr der Techniker wieder ein. Sie öffnete ihr Büro und erschrak ein zweites Mal.

»Ah, Herr Walter, Sie sind noch da. Meine Güte, hat das so lange gedauert?«

Wenigstens war ihr sein Name wieder eingefallen.

»Ja. Bin jetzt fertig. War ein Softwareproblem. Musste zwischendurch ein Notebook holen wegen der richtigen Wartungssoftware.«

Schon am Telefon war ihr die seltsam leblose Stimme des Mannes aufgefallen, aber sie entsprach dem Rest der Figur. Für einen Moment hatte sie das Bild eines Nerds vor Augen, der seine Freizeit in einem dunklen Raum vor zwei Bildschirmen verbrachte mit dem obligatorischen Pizzakarton auf den Knien. Im nächsten Augenblick musste sie über ihr eigenes Klischeedenken schmunzeln.

Er klappte seinen Rechner zu, verstaute ihn in einer Tasche und stand auf.

»Müsste jetzt wieder mit normaler Geschwindigkeit laufen.«
»Vielen Dank.«
Er verließ ihr Büro ohne weiteren Gruß.

Weil sie damit gerechnet hatte, dass keine Zeit mehr sein würde, nach Hause zu fahren, hatte sie alles für einen Kleiderwechsel im Büro dabei. Sie wechselte vom Arbeitslook, der unter der Robe angenehm zu tragen war, in ein Kleid, das nicht zu elegant war, aber für einen Konzertbesuch ganz passend. Dasselbe galt für die Schuhe. Dennoch war es ungewohnt, sich in dieser Kleidung vor den Rechner zu setzen, denn sie hatte sich entschlossen, die Zeit bis zum Treffen mit Christian Herrmann mit Arbeit zu überbrücken.

Im E-Mail-Fach löschte sie die üblichen Unwichtigkeiten und klickte schließlich eine Nachricht von Deniz an, der sie über den Stand der Ermittlungen in der MK informierte, nicht ohne seine üblichen Einschübe, die fast immer witzig waren, und sie überlegte, ob freundschaftlich-vertraut die richtige Bezeichnung dafür wäre, wenn sie den ein oder anderen Scherz hätte beschreiben sollen.

Warum sie in diesem Moment darüber nachdachte, wann der letzte Kontakt zu Alex stattgefunden hatte, konnte sie selbst nicht erklären. Es war so lange her, dass sie sich gar nicht mehr genau an die Gelegenheit erinnern konnte, wahrscheinlich ein Feierabendbier oder ein Kaffee zwischendurch.

Es klopfte, und als nach dem »Ja bitte« Christian Herrmann in einer Aufmachung erschien, die zwar ebenfalls anders aussah als bei ihren bisherigen Treffen im Berufsalltag, aber keineswegs zu schick wirkte, war sie beruhigt.

»Hallo, ich hoffe, Sie haben nicht zu lange gewartet.«

»Nein, nein«, sagte sie, »meine Verhandlung hat auch länger gedauert.«

»Wollen wir gleich fahren? Nach Düsseldorf weiß man um die Zeit nie, wie lange es dauert. Und wenn wir zu früh sind, trinken wir noch irgendwo etwas.«

Sie nahm ihren Mantel, schloss ab und folgte ihm.

Das Konzert war großartig. Sie musste die meiste Zeit an ihre

Eltern denken und stellte sich deren Gesichter vor, insbesondere bei den Stücken, von denen sie wusste, dass es Lieblingsstücke waren. Die Musik aus *Private Ryan*, die ihr selbst zu pathetisch war, das wunderbare Klavierthema aus *Jurassic Park*, das ihre Mutter sehr mochte, obwohl sie den Film für aufwendig gemachtes Kinderfernsehen hielt, wie sie immer sagte, und natürlich die Klagemusik zu *Schindlers Liste*.

Sie selbst bekam bei diesem Stück wie immer feuchte Augen, und sie wusste mittlerweile nicht mehr, ob es an der traurig-schönen Melodie lag oder an den Bildern des Films, der zu den wenigen Streifen in ihrem Leben gehörte, den sie sich nicht hatte zu Ende ansehen können.

Beim Sekt in der Pause machte Christian den Vorschlag, das »Sie« beiseitezulegen, und sie beschlossen, nach dem Konzert noch auf ein Alt im Uerige vorbeizuschauen.

»Das ist eine der wenigen Kneipen in der Altstadt, in der man auch Düsseldorfer findet«, sagte er, »das hat mir ein Freund erzählt, der aus Düsseldorf kommt.«

Sie hatte ebenfalls so etwas gelesen, vermutlich in irgendeinem Reiseführer.

Als sie mit dem ersten Alt anstießen, hätte sie nicht sagen können, wer Einheimischer und wer Tourist war, aber sie mochte die Stimmung, die der in anderen Brauhäusern glich. An einen der Sitzplätze war in dieser Rushhour nicht zu denken, so tranken sie ihr Bier mit den meisten anderen im Stehen.

»Diese Begeisterung für Filmmusik habe ich tatsächlich mit deinen Eltern gemeinsam«, sagte er und musste dafür nah an ihrem Ohr sprechen, weil der Geräuschpegel kaum etwas anderes zuließ. »Und John Williams ist natürlich der Großmeister, oder einer der Großmeister.«

»Ich weiß, der Plattenschrank bei uns zu Hause beinhaltet

auch noch jede Menge anderer, ich kenne mich da nicht so aus. Namen, die mir noch einfallen, sind Morricone, weil der die Musik zu *Spiel mir das Lied vom Tod* geschrieben hat, und«, sie musste überlegen, »Maldini oder so? Ich meine den, der ›Moon River‹ komponiert hat. Die wunderschöne Audrey Hepburn mit Gitarre im Fenster ...«

»Mancini«, sagte er und bestellte nebenher noch zwei Bier. »Und Morricone ist in der Tat ebenfalls großartig, einen Abend mit seiner Musik würde ich auch sofort besuchen. Wenn man dessen Stücke hört, ist man überrascht, dass das alles von ihm ist.«

Sie betrachtete seine sehr gepflegten Hände und überlegte dabei, ob man mit zwei Bieren noch fahren sollte, sagte aber noch nichts.

»Eine unbedeutende kleine Sache, nicht der Rede wert«, sagte er, zog den Ärmel des Jacketts ein Stück zurück und legte einen schmalen Verband ums Handgelenk frei. »Weil du so schaust.«

Sie fühlte sich ein wenig ertappt, auch wenn ihre Aufmerksamkeit etwas anderem gegolten hatte.

»Das habe ich gar nicht gesehen, aber sorry, ich wollte nicht unhöflich sein. Ich habe nur bemerkt, dass du unterschiedlich lange Fingernägel hast, ohne dass ich anmaßend sein möchte.«

Er lachte amüsiert.

»Nein, das ist nicht anmaßend. Ich rede nicht darüber, weil ich so ein grausamer Dilettant bin, aber ich spiele klassische Gitarre, ich versuche es zumindest.«

»Und da braucht man unterschiedliche Fingernägel.«

»Genau.« Er spreizte die Finger der freien Hand. »An der Greifhand sind sie günstigerweise kurz, mit der anderen zupft man die Saiten, darum sind sie da lang. Profis betreiben da einen unglaublichen Aufwand.«

»Interessant«, sagte sie und verschwieg, dass sie sich diese

Hände gut beim Gitarrespielen vorstellen konnte, weil sie sehr schlank waren.

Der Kellner brachte die Biere.

Zwei Stunden später trank sie auf ihrem Balkon einen letzten Schluck eines Biers, das noch im Kühlschrank war, und ging dann rein, weil es zu kalt wurde.

Es war ohne Zweifel ein schöner Abend gewesen, und Christian Herrmann hatte ihn perfekt gestaltet. Er war witzig, klug, und obwohl sein Interesse an ihr unübersehbar war, hatte er ein sicheres Gespür für die Balance, das zu zeigen, ohne auch nur eine Nuance zu aufdringlich zu sein, selbst bei der Verabschiedung. Er hatte es bei einem Händedruck belassen, allerdings mit beiden Händen.

War es diese eigenartige Perfektion, die etwas in ihr anschlug, was nicht positiv klang? Sie kam nicht darauf, legte sich aufs Bett und dachte an die Melodie aus *Jurassic Park*, dachte an die Szene, in der die Flugsaurier neben dem Hubschrauber aus dem Film fliegen, und sie dachte an das lächelnde Gesicht ihrer Mutter.

Alexander

Camilla lächelte, aber er empfand etwas an diesem Lächeln, was anders war als sonst. Es war kein allgemeines freundliches Lächeln für alle, es war exklusiver, es meinte mehr ihn, ja, wenn er alle üblichen Zweifel über Bord warf, meinte dieses Lächeln nur ihn. Und noch etwas war anders daran, es war weniger freundschaftlich, es war … er erlaubte sich kaum, diese Empfindung zuzulassen, es war erotischer. Camilla lächelte für ihn ein erotisches, fast begehrendes Lächeln. Und sie tat das auch noch in ihrer Wohnung, die er noch nie mit diesen Augen gesehen hatte, ein fast unwirklich lichtdurchfluteter, großer Raum mit weißen Möbeln. Er war verwirrt, weil die Situation so neu war für ihn. Und er fragte sich, warum ihm erst jetzt ihre Kleidung auffiel.

Er kannte sie so, ungezählte Male hatte er sie so im Dienst gesehen, in schwarzer, langer Robe, mit ernstem Gesicht und einer verbalen Bestimmtheit, der man anmerkte, dass sie nicht aufgesetzt war, sondern aus einer Überzeugung geboren wurde, das Richtige zu sagen und zu tun.

Aber jetzt saß sie ihm hier in ihrer Wohnung gegenüber, auf ihrer weißen Couch, ein Bein angezogen, entspannt zurückgelehnt und mit diesem Lächeln. Ebenfalls erst jetzt fiel ihm auf, aus welch dünnem Stoff diese Robe bestand aus, so dünn, dass sie im Gegenlicht sogar ein wenig durchscheinend war. Durch das angezogene Bein konnte er erkennen, dass ihre Beine darunter bis zum Knie nackt waren. Weil sie keine Schuhe trug, leuchtete der weiße Nagellack auf ihren braunen Füßen, als glömme hinter jedem Zehennagel ein kleines LED-Licht.

Für einen kurzen Moment kam ihm der Gedanke, dass er irgendetwas an dieser Situation vollkommen falsch interpretierte, sich in grausamer Weise irrte in dem, was er zu sehen glaubte, als Camilla aufstand. Ohne den Blick von ihm zu lassen, begann sie, die Robe aufzuknöpfen. Er wunderte sich, dass das so einfach ging und er sich zeit seines Lebens nie gefragt hatte, wie man dieses unpraktische Kleidungsstück an- und auszog. Jetzt wusste er es. Sie war bei der endlosen Knopfreihe bereits bei der Hälfte angekommen, ihre Brüste waren zu sehen, als es an der Tür klingelte. Ausgerechnet in dieser Situation. Immer wieder völlig penetrant klingelte es, und es war ein Ton, der gar nicht zu einer Türklingel passte, es war …

Alexander erwachte.

Auf dem kleinen Tisch neben seinem Bett brummte und vibrierte sein Handy. Er rieb sich durchs Gesicht und versuchte, durch einen Strudel aus Verwirrtheit, Erregung und Verlegenheit hindurch in der Wirklichkeit aufzutauchen. Dann gab der Mensch am Telefon auf.

In diesem Moment voll angenehmer Stille, als ihm klar wurde, dass der Traum ihn endgültig rausgeworfen hatte, dessen Empfindungen aber noch in ihm nachklangen, blieb er still liegen und konnte nur wehmütig wahrnehmen, wie nach und nach auch alles andere Traumhafte von ihm abfiel, bis nur noch die Verlegenheit übrig war, die hartnäckig blieb. Noch nie hatte er Camilla so gesehen wie in diesem Traum, und er konnte sich nur schwer von dem Bild lösen.

Er sah auf dem Display seines Handys, dass Lisa angerufen hatte, und rief sofort zurück.

»Morgen, Lisa, sorry, ich war nicht schnell genug.«

»'tschuldigung, ich habe dich geweckt, ja?«

»Nein, nein, ich war schon wach.« Er hörte seine eigene rostige Stimme und wusste, dass sie seine Lüge erkennen würde.

»Was gibt es?«

Sie machte eine Pause, als müsse sie den nächsten Satz anschieben.

»Können wir reden?«

»Jetzt sofort?«

»Wenn es geht, ja.«

Er setzte sich aufrecht hin.

»Na klar. Wie klingt das denn, Lisa? Aber am Telefon ist das blöd. Wollen wir uns in der Redaktion treffen.«

»Ich würde es erst lieber mit dir allein besprechen.«

»Okay, dann komm doch einfach zu mir, ich koche uns einen Kaffee. Wie lange brauchst du?«

Er nannte ihr seine Adresse.

»Zwanzig Minuten, denke ich.«

»Okay, bis gleich.«

Er tippte auf den Button und blieb noch für einen Augenblick im Bett sitzen.

So kannte er Lisa nicht, und in der Suche nach dem Grund dafür verflog auch der letzte Rest der Peinlichkeit und Verlegenheit aus dem Traum. Aber die Bilder sah er noch vor sich.

»Ich hoffe sehr, du schimpfst nicht mit mir«, sagte sie und umfasste ihre Tasse mit beiden Händen, nachdem sie ihm ausführlich den Grund ihres Treffens erzählt hatte. »Es war blöd, aber ich habe es mir nicht so vorgestellt.«

»Bist du von allen guten Geistern verlassen, Mädchen? Das hätte auch vollkommen schiefgehen können. Wie kommst du auf so eine Wahnsinnsaktion?«

Obwohl in seinem Kopf einiges durcheinanderging, kannte er die Antwort auf diese Frage, schob sie aber beiseite. »Sollen wir zur Polizei gehen? Ich hab da sehr gute Verbindungen.«

»Nein. Die haben mir ja nicht wirklich was getan.«

»Wir können doch einfach mal fragen, ob da was zu machen ist.«

»Nein. Außerdem waren die zu dritt. Die würden werweißwas erzählen. Vielleicht kriegen wir sie auch noch anders.«

»Weißt du, am liebsten würde ich das Projekt völlig abblasen, um diesen Stunt nicht noch nachträglich zu goutieren.«

»Ich kann dir auch gar nicht viel dazu sagen, weil ich nur wenig Kontakt zu dem Team hatte. Ich habe nur einiges gehört.«

Er war innerlich zerrissen zwischen pädagogischer Ablehnung dieser Aktion, mit der sie sich in Gefahr gebracht hatte, und wertschätzender Anerkennung ihres Einsatzes.

»Tun die denn was Ungesetzliches?«

»Ich weiß nicht genau, aber moralisch ist das auf jeden Fall nicht, was die machen. Ich kenne mich mit IT wirklich einigermaßen aus, wie du weißt, aber dazu wollte ich sie nie nutzen. Ich will sie zum Wohle der Menschen einsetzen.«

»Kannst du mir erklären, was die tun, sodass ich es auch verstehe?«

»Ich weiß gar nicht, wo ich anfangen soll. Also, diese Anlagegeschichte, die kann ich nicht beurteilen, dafür haben die eine ganze Reihe von Finanzspezies, die primär wohl in Luxemburg sitzen, und davon habe ich keinen Schimmer. Hier bei uns findet zum Großteil die Rekrutierung der Kunden statt, das machen die primär mit IT-Werkzeugen, das heißt auch mit dem, was man Microtargeting nennt, und die benutzen dazu auch Dark Ads oder Dark Posts und all das, was da möglich ist. Das ist alles nichts Neues, und viele Firmen machen heute so Werbung, aber eben nicht für ein Produkt, das zumindest nicht komplett seriös ist.«

»Erklär mir das mit diesem Microtargeting bitte noch mal.«

»Sie bewirkt das, was dein Typ mit der Firma so beschrieben hat, dass er irgendwann Werbung und Filmchen und Bewertungen und Spielchen bekam, die absolut für ihn passend waren, ohne dass er wusste, warum, geschweige denn, woher die kamen.«

»Kannst du mir ganz kurz erklären, wie das geht, ohne dass ich Informatik studiert haben muss?«

Sie nahm einen Schluck Tee und holte tief Luft.

»Das ist jetzt aber eine Mischung aus dem Wenigen, was ich erlebt habe, und dem, was ich eh davon weiß. Also erst mal brauchst du Daten, es geht um die Big-Data-Analyse. Es geht nicht nur um Likes bei Facebook und Instagram. Menschen produzieren mit allem Daten. Nehmen wir zum Beispiel Siri, wenn du die benutzt, dann protokolliert die alles, was sie hört, bei welchem Film du lachst, wann du welche Musik hörst sowieso, wann du dabei was trinkst, was du in Gesellschaft hörst, was alleine und so weiter. Das nennen die Verhaltensdaten. Die zeichnen wirklich alles auf. Auch wenn du etwa einen mit dem Netz verbundenen Kühlschrank oder eine Kaffeemaschine hast, dann speichern sie, was in deinem Kühlschrank ist, wie stark du deinen Kaffee trinkst. Und wenn du das tust, während du ein Buch im E-Reader liest, wird aufgezeichnet, wie lange du für eine Seite brauchst, an welchen Stellen du aufhörst und zum Kühlschrank gehst oder dir einen Kaffee machst und wann du wie viel Zucker da reintust. Wenn du noch einen IT-gesteuerten Saugroboter hast, zeichnet der vorher den Zuschnitt deiner Wohnung auf und auf welchem Stuhl du liest oder Kaffee trinkst, oder wann du aufs Klo gehst. Und diese Daten sind eben extrem brauchbar.«

»Und damit stellen die Werbung her, die individuell angepasst ist, mit so einem Scheiß?«

»Soweit ich das aus den Gesprächen mitgekommen habe, machen die es andersrum. Die legen zuerst fest, welche Leute sie ansprechen wollen, welche Zielgruppen. Meinetwegen Selbstständige, die Geld übrig haben, Leute, die Schwarzgeld unterbringen wollen, Leute, für die das alles mehr ein Spiel ist und die gern zocken, aber auf der anderen Seite auch Menschen, die sich mit ihrem Ersparten einen Traum erfüllen wollen, es dafür aber noch nicht ganz reicht, oder eben solche Menschen, denen es finanziell schlecht geht und die das als Rettung, vielleicht auch letzte Rettung sehen könnten. Es ist logisch, dass du diese Kunden völlig unterschiedlich ansprechen musst.«

»Die legen tatsächlich erst fest, wen sie übers Ohr hauen wollen?«

»So hörte es sich an. Sehen, wer für sie als Kunde infrage kommt. Und dann beginnt das, was sie psychometrische Modellierung oder psychografische Ausgestaltung nennen. Denn Anleger, die Geld übrig haben, brauchen natürlich eine ganz andere Ansprache als diejenigen, denen es schlecht geht, die also mit der Anlage eine finanzielle Notsituation bereinigen wollen, für die das vielleicht sogar der letzte Strohhalm ist. Was rauszuhören war: Die sind teilweise sehr viel unvorsichtiger als die anderen, sollte man gar nicht meinen. Wahrscheinlich, weil sie verzweifelt sind, und so besorgen die sich dann irgendwo Geld, weil sie denken, in zwei Monaten komme ich da mit den Renditen günstig raus. Und auch das sind bei N. J. Örd Kriterien, die sie bei ihren Analysen herausfiltern und dann beim psychografischen Targeting beachten, nämlich wie risikobereit jemand ist, und auch der Grad seiner Verzweiflung, den kann man nämlich feststellen. Und spätestens da hätte es für mich eh aufgehört.«

Sie zog ein Gesicht, das Mitleid in ihm auslöste.

»Und dann bekommen diese Verzweifelten eben Anzeigen, die auf der einen Seite eine leichte Lösung versprechen und auf der anderen mitfühlend sind und die Vorsicht dieser Leute zwar loben, aber langfristig für unnötig erklären und zielgerichtet untergraben?«

»So ungefähr.«

Er rief sich die Schilderungen von Hannes Petersen in Erinnerung.

»Genau so ist es bei dem Mann gelaufen, den ich im Gericht getroffen habe.«

Er sah, dass sie keinen Kaffee mehr hatte, stand auf und goss ihr noch eine Tasse ein.

»Dass so etwas so leicht möglich ist.«

»Na ja«, sagte sie, »die betreiben durchaus einigen Aufwand. Die haben für alles Fachleute. Researcher, Psychologen, Analysten, Web-Designer, Typen von der Sorte, die den ganzen Tag nichts anderes machen, als sich darüber den Kopf zu zerbrechen. Solche Datenunternehmen setzen zum Beispiel analytische Tools ein, mit denen sie teilweise mehrere hundert Datenpunkte über einen einzelnen User erhalten, mit denen sie dann ein clickorientiertes, ganz persönlich zugeschnittenes Microtargeting entwickeln, also Anzeigen, mit denen sie sich komplett auf den Einzelnen einstellen können. Einer von denen hat es mir in der Kaffeeküche so erklärt, dass hinterher jeder die Geschichte zu lesen bekommt, die er lesen möchte.«

»Und da warst du auch dabei?«

»Nicht wirklich, nur mal am Rande, die sind da ziemlich abgeschottet. Ich bekam das primär durch die Erzählungen der anderen mit, und Jonas, das war mein persönlicher Betreuer, der mich hinterher ans Messer geliefert hat, das Arschloch … sorry. Jedenfalls hat er mir vorher eben auch einiges erzählt. Was ich vorgestern wirklich selbst erlebt habe, war eine Präsentation, bei der ich im Nebenraum war. Da haben vier Leute, irgendwie Psychologen und ITler, ein Spielprogramm vorgestellt, bei dem die User geködert werden, ihre Daten preiszugeben. Die hatten da so ein lustiges Tier, ein Muli, erfunden, und die nannten es MusikMuli, das dir Musikfragen gestellt hat, wirklich witzig, und dir hinterher deine«, sie streckte einen Zeigefinger mit Lehrerinnenmiene und hob ihre Stimme, »musikalische Identität gesagt hat. Natürlich ging es dabei nur um das Sammeln von Daten, um sonst nichts. Aber die kaufen wahrscheinlich auch irrsinnig viele Daten, weil du die selbst gar nicht alle erheben kannst.«

Er dachte daran, dass er auch hin und wieder irgendwelche blödsinnigen Fragen beantwortete, obwohl er durchschaute, was dahintersteckte, aber trotzdem dabeiblieb. Weil es unterhaltsam oder bestätigend oder was auch immer war.

»Die packen die Leute damit natürlich an verschiedenen Stellen«, sagte er. »Zum Beispiel bei ihrer Eitelkeit.«

»Ja, oder einfach bei ihrem Bedürfnis nach Zerstreuung zwischendurch. Du kennst doch diese kleinen Quizspielchen, haben wir auch auf unseren *WtW*-Sciten. ›Neun von zehn Deutschen scheitern bei diesem Deutschtest‹ oder so. Das ist unterhaltsam und am Ende sogar noch bestätigend, weil du natürlich nicht scheiterst, nicht mal als Hardcore-Legastheniker. Solche Dinge entwickeln die, deren einziger Zweck es ist, an bestimmte Daten zu kommen. Denn für das, was die machen, brauchst du in erster Linie Daten, Daten, Daten, das ist das Wichtigste, kannst du überall lesen.«

Sie lehnte sich zurück, und er konnte spüren, dass sie für einen Augenblick wieder von der Situation eingeholt wurde, als man sie bedroht hatte.

»Willst du über die Situation mal mit einem Profi für so was sprechen, Lisa?«

»Nein, alles gut. So schlimm war es nicht.«

»Ehrlich?«

»Ja, ehrlich. Du hast mir schon sehr geholfen. Wenn ich darüber quatschen will, kann ich dich ja anrufen.«

Sie sah ihn mit einer Miene an, die keine Ablehnung erlaubte.

»Klar, Lisa, jederzeit. Ich habe sowieso ein schlechtes Gewissen.«

Sie lächelte erleichtert.

»Musst du kein bisschen. Und ich habe auch noch was für dich.« Sie zog einen Zettel aus der Tasche. »Stichwort Daten. Der Typ, dessen Stelle ich einnehmen sollte, war wohl für die Datenbeschaffung zuständig, unter anderem. Es war in mehreren Gesprächen rauszuhören, dass er aus moralischen Gründen gegangen ist, also nicht mehr mit dem klarkam, was die machten. Ich konnte leider den Namen nicht erfahren, es könnte aber sein, dass er mit Vornamen Nawen oder Nafen heißt. Ich habe dir hier mal einiges notiert, was ich auf der Schreibtischunterlage gelesen hatte und woran ich mich im Auto noch erinnern konnte. Vielleicht kannst du damit was anfangen, denn ich hatte das Gefühl, dass die vor dem fast Angst hatten, irgendwas ist da schiefgelaufen. Vielleicht kann der dir mehr sagen.«

Er nahm den Zettel, auf dem Ziffern und verschiedene Namen standen.

»Danke.«

»Okay.« Sie hob mit einem Multi-Feeling-Gesicht die Hand. »Dann sehen wir uns morgen wieder an alter Stelle, oder?«

»Ja, ich freu mich«, sagte er und versuchte sein dankbarstes Lächeln. »Und Lisa: Trotzdem danke für alles.«

Sie ging Richtung Tür, blieb noch einmal stehen.

»Und den anderen musst du davon ja nichts erzählen, vor allem der Chefin nicht.«

»Wenn du es nicht willst, schweige ich wie ein Toter.«

Sie machte eine ungelenke Geste.

Er schloss die Tür hinter ihr.

Deniz

Nach der kleinen Stimmungsdelle, die der Abflug Ivo Horvats aus dem Kreis der möglichen Täter bedeutete, hatte sich die Truppe schon am nächsten Tag wieder gefangen. Spätestens nachdem Deniz in der Abendbesprechung die Erkenntnisse aus Saschas Skizze erläutert hatte, war diese einzigartige Aufgeregtheit wieder da, die sich in solchen Phasen einer MK wie eine Unterwasserströmung anfühlte und selbst solche Haudegen wie den dicken Mohning erfasste, auch wenn der sonst oft so wirkte, als verdiene er seinen Lebensunterhalt mit Launeverderben.

Sie hatten die morgendliche Besprechung zwei Stunden nach hinten verlegt, weil noch ein paar Ermittlungen angestoßen werden mussten und sie einige Ermittlungen zu erledigen hatten, die besser frühmorgens abgehakt wurden. Die eine oder der andere nutzte die Gelegenheit für ein zweites Frühstück.

Sascha hatte seine Tapete ans Whiteboard geklebt. Deniz fiel auf, dass es schon nicht mehr die Skizze vom Vorabend war, sondern ein paar Linien und Bilder dazugekommen waren.

Er bat um Aufmerksamkeit und übergab das Wort an Sascha.

»Okay. Ich weiß nicht, ob ihr dieses Schema gestern schon alle gesehen habt. Ich kann es ja noch mal für alle kurz erklären.«

Sascha zog einen kleinen Stift aus der Tasche, der sich als Laserpointer entpuppte, und erklärte mithilfe des tanzenden grünen Lichtpunkts der Truppe das, was Deniz und Anja gestern exklusiv zu hören bekommen hatten. Deniz war beeindruckt und stellte sich die Frage, ob das schon mit dem Alter zu tun hatte, wenn man in Polizeikreisen bei so einer Gelegenheit statt eines abgegriffenen

Lineals vom nächsten Schreibtisch einen Laserpointer benutzte. Er hatte sich in seinen Dienststellen immer als einer der Jüngeren gefühlt, aber vielleicht ging diese Phase langsam zu Ende, denn er musste feststellen, dass Sascha fast zehn Jahre jünger war.

»Wir gehen also von diesem Handy aus, das wir über Case der Lebensgefährtin eines Bekim Cela zuordnen konnten, der ist 81 geboren. Benutzt wird das aber sehr offensichtlich von ihm. Alle drei Telefone sind seit eben aufgeklemmt, und die ersten Gespräche bestätigen diese Annahme.

Auch die beiden anderen Telefone sind auf Fake-Personalien angemeldet, dieses hier«, er umkreiste eine der Nummern, »ist aber mit ziemlicher Sicherheit das Telefon von Ivica Pavlović, 79 geboren. Auch ein Mitglied der Gruppe um Shehu, und so wie es nach Aktenlage aussieht, ein echtes Arschloch. Der hat einiges an Gewaltdelikten in der Akte und muss eine ziemlich kurze Zündschnur haben.«

»Blöderweise ist immer versäumt worden«, ging Deniz dazwischen, »von dem wie auch von den anderen DNA zu nehmen, sonst wären wir jetzt vielleicht schon weiter. Pavlović ist übrigens wie Ivo Horvat kein Albaner, sondern Kroate, aber da besteht bekanntermaßen eine gegenseitige Sympathie.«

Er nickte wieder Sascha zu.

»Beim dritten Handy«, wieder tanzte der grüne Punkt Ringelreihen um eine der Nummern, »sind wir uns noch am unsichersten, aber das könnte der Chef, also Ervin Shehu …«, er stockte und warf Deniz einen Blick zu, »… sein. Ist doch so, oder?«

»Ja, laut der Information, die ich von den Kölnern habe, ist das der Chef der Truppe. Ist auch der Älteste. Eigene Erfahrungen habe ich mit dem nicht.«

»Jedenfalls könnte das dessen Handy sein oder eben eines seiner Handys, wenn wir nach den Standortdaten gehen, die haben wir ja seit eben. Wenn das so ist, kriegen wir das aber bald definitiv raus, sobald da Gespräche geführt werden. Wobei dieses letztgenannte Gerät seit dem Tag nach der Tat nicht mehr benutzt worden ist. Wie gesagt, alle drei sind aufgeklemmt, da kommt sicher noch was. Jetzt aber zu dem eigentlich Spannenden: Da wir seit eben auch die retrograden Daten dieser Anschlüsse haben, wissen wir, dass diese drei Handys am Tattag mehrfach miteinander kommuniziert haben, aber nur bis zum späten Nachmittag, ab da nicht mehr. Ab dieser Zeit haben sie aber identische Standortdaten, und zwar zur Tatzeit auch in unserer Funkzelle. Allerdings nicht lange, für eine halbe Stunde etwa. Unmittelbar danach sind ihre Standorte im Bereich Mühlheim und Duisburg, und da trennen die sich wieder.«

Sofort setzte Gemurmel ein.

»Ich weiß, ich weiß«, wieder ging Deniz dazwischen, »das ist auffallend, wirklich auffallend, aber es gibt dafür auch andere Erklärungen, das muss ich keinem von euch sagen.«

»Welche denn?«, fragte Timo, und Deniz wusste nicht, ob das, was da mitklang, Trotz war oder Unverständnis. »Mir fällt jedenfalls auf die Schnelle nichts anderes ein.«

Die Tür ging auf, und Nila kam herein, in der Hand einige Papiere. Deniz fiel erst jetzt auf, dass er ihr Fehlen übersehen hatte, als er die Besprechung startete.

»Was noch hinzukommt«, sagte er, »und das wird dich bestätigen, Timo, sind Informationen von den Kölner Kollegen, dass es zwischen der Shehu-Sippe und den Leuten um Sula, zu denen auch Mataj gehörte, seit Jahren Reibereien gegeben hat, zuletzt etwas weniger, aber davor schon. Da ist es hin und wieder wohl wirklich zur Sache gegangen, ohne dass die Polizei davon aber Wind bekam.«

»Was war das«, fragte Böker, »irgendwelche Rachegeschichten? Wird bei denen ja gern genommen.«

»Wohl schon. Aber auch Verteilungskämpfe, weil beide Gruppen auch im Drogenbereich tätig sind«, sagte Deniz. »Jedenfalls werden wir da verstärkt rangehen die nächsten Tage. Wir schauen mal, was die TÜs bringen, aber auch daneben werden wir intensiv um diese Gruppe ermitteln.«

»Gibt es denn ein aktuelles Motiv«, fragte Mohning, »irgendwas, womit man das erklären könnte? Ist da irgendwas passiert? Ich meine, jemanden zu perforieren und dann stumpf im Straßengraben zu entsorgen, das macht man ja nicht, weil mir einer den Stinkefinger gezeigt hat.«

Deniz setzte an, als Nila sich vordrängte.

»Vielleicht kann ich was dazu sagen.« Sie hob kurz ihren Zettelsalat in die Höhe. »Du hattest uns ja heute Morgen die ersten Spuren aus dem Komplex gegeben«, sie warf Anja einen kurzen Blick zu, »und ich habe vorhin mit den Kölnern gesprochen. Das Letzte zuerst: Eine aktuelle Erklärung für eine mögliche Tatbeteiligung haben die nicht. Sie meinten, dass es in der Beziehung ruhiger geworden wäre, seit die Familie um Shehu nicht mehr in Köln wohnt. Das dazu. Außerdem habe ich da mal wegen der Fahrzeuge ermittelt, erst mal nur bei den dreien, die Sascha anhand der Telefone identifizieren konnte. Shehu selbst hat schon seit Jahren keinen Führerschein mehr, weil er mehrfach besoffen gefahren ist und dabei auch ein Auto zerlegt hat. Die beiden anderen fahren aber wohl beide einen SUV. Pavlović einen X7 und Cela einen Range Rover. Keines der Fahrzeuge ist allerdings auf sie angemeldet, sondern einmal wohl auf die Mutter von Cela und einmal auf die Lebensgefährtin von Pavlović.«

»Das Übliche«, Mohning dazwischen, »nicht dass einem nachher noch die Stütze gestrichen wird.«

Ein paar Lacher in der Runde.

Deniz fühlte einen warmen Schauer, weil diese Information auch für ihn neu war.

»Dann sollten wir uns als Erstes diese Autos genau ansehen. Ich informiere gleich mal Camilla. Sollte unsere Reifenmarke dabei sein, wäre das schon super.«

»Wobei wir im Hinterkopf behalten sollten«, sagte Anja, »dass das der meistgekaufte Winterreifen für SUVs ist, von dem die Spur stammt.«

»Schon klar. Aber vor dem Hintergrund der Telefongeschichte wäre es schon eine wichtige Info.«

»Und ich bin auch erst am Anfang«, sagte Sascha. »Wie schon gesagt, die retrograden Daten der drei Anschlüsse habe ich mir noch gar nicht so genau anschauen können. Und mal sehen, was die so erzählen.«

»Dazu eine kleine Einschränkung.« Kalla hob die Hand. Er betreute die aktuelle Telefonüberwachung. »Die reden viel am Telefon, aber kaum Deutsch miteinander, und wir haben heute nur eine Dolmetscherin, das kann also ein bisschen dauern, bis wir die Inhalte auf dem Tisch haben.«

»Dann können wir es nicht ändern.« Anja war schon aufgestanden und schob ihre Zettel auf dem Tisch zusammen. »Ich kann mir keinen zweiten Dolmetscher backen. Irgendwann werden wir es schon erfahren.«

Deniz beendete die Besprechung, die meisten standen auf.

Stefanie

Sie ließ die Hand mit dem Handy sinken.
Ein paar Sekunden geschah nichts, da, wo sonst ihre Gedanken waren, breitete sich neblige Lichtlosigkeit aus.

Dann, wie die Eruption in einem Geysir, stieg sie in ihr auf, eine glühende, zischende Blase, die stiebend explodierte. Stefanie schleuderte das Telefon mit Wucht in den Raum, es traf die Rückenlehne des Sessels, begann, im Flug zu trudeln, und landete mit einem dumpfen Geräusch auf dem Teppich an einem Tischbein.

Sie begann zu schreien, kniend vor dem Couchtisch schrie sie, ohne zu wissen, warum, sie schrie und schrie, so laut, so überschlagend, dass ihr schon nach kurzer Zeit der Hals wehtat, aber sie hörte nicht auf. Sie begann, auf die Sitzfläche der Couch einzuschlagen, was unbefriedigend war, weil es keinen Widerstand gab und ihre Arme schmerzend zurückfederten, stand auf, riss die Vase vom Tisch und schleuderte sie gegen die Wand neben der Vitrine, woraufhin sich Wasser und Blumen und Scherben auf dem Parkett nach links und rechts verteilten. Schreiend und am ganzen Körper bebend, ging sie weiter, trat gegen die Sessel, einer stürzte um, trat gegen einen der Stühle um den Esstisch, rannte zum Kamin. Mit dem Schürhaken schlug sie zwei tiefe Kerben in die Wand, traf, nur noch mit gurgelnden Lauten, mit dem dritten Schlag ein Bild, dessen Glas sich im Wohnzimmer verteilte, als sei es explodiert. Schließlich fiel sie wieder auf die Knie, weil die Kraft sie verließ, weil alles in ihr schmerzte, weil diese entsetzliche, erdrückende Hilflosigkeit durch all das nicht verschwand, weil die Angst noch dieselbe war wie vorher und weil sie sich fühlte wie eine Gefangene, die in einem Verlies saß. Dabei war sie nur in ihrer Wohnung, einem Ort, den sie einmal geliebt hatte.

Sie ließ sich auf die Seite fallen, roch den Staub des Teppichs und hätte gern geweint, aber es kamen keine Tränen.

Du musst es dir ansehen, ich will das. Es wird dich daran erinnern, dass wir eine Abmachung haben.

Das waren seine Worte gewesen bei seinem einzigen Anruf, der eine Ewigkeit entfernt zu sein schien. Wie schon an dem entsetzlichen Abend hatte er es gesagt, als erkläre er die Programmierung einer Waschmaschine, ohne irgendeine Emotion, mit kalter Sachlichkeit, beiläufig.

Du musst es dir ansehen ...

Warum sollte sie das tun? Es war doch immer dasselbe, sie kannte es mittlerweile. Dennoch gab sie irgendwann ihren Widerstand auf, weil die Angst stärker war, die Angst vor seinen Drohungen, die Angst, dass er sie wahrmachen könnte, die Angst davor, dass er wiederkam, auch das hatte er gesagt.

Sie kroch zum Tisch. Das Telefon hatte den Flug durchs Wohnzimmer überlebt. Zwei Minuten und dreizehn Sekunden. So lang war der Film. In etwa so lang wie die bisherigen. An das Tischbein gelehnt, drückte sie kraftlos auf den »Play«-Button.

Natürlich hatte sie früher solche Art Filme gekannt aus ihrem Leben, aber sie hatten ihr nie etwas gegeben. Sie nahm an, dass die meisten Männer sich das ansahen, sicher auch Uwe, wenn er allein war oder mit Freunden an feuchtfröhlichen Abenden, sie wusste es nicht. Sie hatte solche Filme immer seltsam mechanisch empfunden und belanglos.

Aber die Bilder, die dieser Mann schickte, lösten in ihr eine Abscheu aus, die ihren ganzen Körper zu etwas werden ließ, das man sofort wegwarf, wenn man es in der Hand hatte, wegwarf, wie eine übel riechende schleimige Masse, deren Reste an den Fingern kleben blieben.

Vor Wochen, nachdem er ihr den dritten kurzen Film geschickt hatte, geschah etwas Eigenartiges mit ihr. Für Sekunden löste sie sich völlig von der Figur in den Bildern und betrachtete die Szene, als sei das nicht sie selbst, als sei das eine andere Frau. Und als wenn in diesen wenigen Sekunden ihre Fähigkeit, klar zu denken, zurückkam, fragte sie sich, wie das alles möglich war.

Hatte es mit dem zu tun, was sie hatte trinken müssen? Oder war es möglich, solche Filme herzustellen, ohne dass es passiert war? Gab es da nicht Möglichkeiten, wenn man sich mit Computern auskannte? War nicht ein solcher Film mit einem amerikanischen Superstar im Netz aufgetaucht?

Oder hatte sie sich, ohne den leisen Hauch einer Erinnerung zu haben, so verhalten? Hatte sie wirklich diese Bewegungen gemacht? Hatte sie in diesem Zustand tatsächlich diese Laute von sich gegeben, die keineswegs die Laute und die Bewegungen einer Bewusstlosen waren?

Einen Moment überlegte sie, es wie bei Taylor Swift als ein künstliches Produkt darzustellen, das von jemandem, der damit Menschen quälen wollte, gemacht worden war. Aber die Frau in den Filmen hatte unverkennbar ihren Körper, und wie sollte sie erklären, dass das alles in ihrem Schlafzimmer stattfand?

Nein, niemand, der diese Bilder sähe, käme darauf, denn er sah eine Frau, die zwar verhalten und still, aber voller Hingabe Sex hatte. Und die Momente, in denen diese Erkenntnis in ihr hochstieg wie bitterer Speichel, waren das Ekelhafteste an diesen Bildern, sie waren grausamer als alles andere, weil sie dann erkannte, wie andere Menschen darauf schauen würden, bekämen sie diese Bilder zu sehen, wie ihr Mann darauf schauen würde. Es gab keinen Zweifel.

Die Frau in diesem Film war sie, und sie hatte Sex mit einem fremden Mann.

Deniz

Anja kam ins Büro, rieb sich die Hände, nach ein paar Sekunden wehte der Duft ihrer Creme über den Schreibtisch.

»Frühlingswiese?«, fragte er.

»Granatapfel. Gut, dass du kein Parfümeur geworden bist.«

»Parfümeur? Heißen die so?«

»Ja, die heißen so. Wir haben einen in der erweiterten Verwandtschaft. Der arbeitet irgendwo in der Schweiz bei einem Kosmetikunternehmen.«

»Und hat 'ne besonders große Nase.«

Sie lächelte müde.

»Und? Ist das seine ... sagt man da auch Kreation?«

»Ne, die ist aus'm Drogeriemarkt.«

Er genoss den Duft und nahm sich wieder die Einträge der gesammelten Werke vor, die ihm die Kriminalaktenhaltung der Kölner übermittelt hatte.

Merkblatt vom 17.09.2014
Tatzeit: 15.09.2014, gegen 22:30 Uhr
Tatort: Diskothek Lovers Lane, Kreuzstraße
Sachverhalt:

Der Beschuldigte **Pavlović** *war gemeinsam mit dem ebenfalls beschuldigten*
        Marco **Engelmann***, 01.08.75 in Berlin,*
      weitere Pers. bekannt,
Gast in dem o. g. Lokal.

Bereits dort gab es im Toilettenbereich eine verbale Auseinandersetzung mit den Geschädigten

    *Gojko **Filipović**, 02.04.81 in Teutschenthal,*
    weitere Pers. bekannt,

und

    *Arno **Lüßkamp**, 31.07.77 in Karlsruhe,*
    weitere Pers. bekannt,

welche etwa eine Stunde später auf dem Parkplatz der Disko mit körperlichen Mitteln fortgesetzt wurde. Dabei schlugen die beiden Beschuldigten unvermittelt auf die Geschädigten ein. Der Besch. Engelmann benutzte dabei einen Teleskop-Schlagstock, der Besch. Pavlović trug sog. Sandhandschuhe.

    Beide Gesch. trugen Gesichtsfrakturen davon.

    In den polizeilichen Vernehmungen machten die Besch. keine Angaben zur Sache und verhielten sich extrem unkooperativ.

    Detert, KOK

Deniz überflog die weiteren Merkblätter aus der Akte von Ivica Pavlović, die den Weg eines Menschen zeigten, der schon immer mit großer Rücksichtslosigkeit vorgegangen war, wenn es darum ging, seine Interessen durchzusetzen. Sascha hatte von kurzer Zündschnur gesprochen, was passte, vor allem, wenn man sich vor Augen führte, dass ein Großteil der Knochen, die Pavlović in seiner Karriere gebrochen hatte, nicht den Weg in diese ohnehin schon beachtliche Aufstellung gefunden hatten.

Als Nächstes rief er sich die Akte von Ervin Shehu auf.

Merkblatt vom 03.03.2008
Tatzeit: 29.01.2008, gegen 23:10 Uhr
Tatort: Mülheim/Ruhr, Mendener Straße Nähe Florabrücke

Sachverhalt:
Einer Streifenwagenbesatzung fiel bei der Vorbeifahrt in der Reihe der auf dem Parkstreifen geparkten Fahrzeuge ein schwarzer Daimler mit laufendem Motor auf, dessen Insassen sich offensichtlich wegduckten.

Bei der anschließenden Überprüfung nach einem Wendemanöver des Streifenwagens konnten als Insassen der Fahrzeughalter

> *Ervin* **Shehu**, *07.04.72 in Tropoja/Alb.,*
> *weitere Pers. bekannt,*

sowie der

> *Bekim* **Cela**, *06.12.1975 in Rijeka/KR,*
> *weitere Pers. bekannt,*

im Fahrzeug angetroffen werden.
Eine weitere Person, der

> *Jakob* **Hoffmann**, *27.04.1987 in Gelsenkirchen,*
> *weitere Pers. bekannt,*

befand sich in unmittelbarer Nähe des Fahrzeugs und war mit an Sicherheit grenzender Wahrscheinlichkeit vorher ebenfalls im Pkw.

Den Beamten fiel auf, dass aus dem Wageninneren Cannabisgeruch drang.

Die Durchsuchung des Fahrzeugs mit hinzugezogenen Kräften der Wache und der Kriminalwache erbrachte, dass sich unter dem Beifahrersitz eine Tüte mit Marihuana befand (spätere Wägung 150 g), außerdem konnte im Gestrüch oberhalb eines Mauersimses direkt neben dem Pkw eine Tüte mit weißem, pulvrigem Inhalt sichergestellt werden, die nach späterer Analyse und Wägung 9,67 g Kokain enthielt. Shehu und Cela hatten 2150,00 Euro Bargeld in dealertypischer Stückelung dabei.

Keine der Personen machte Angaben zur Sache. Die Besch. Shehu und Cela waren extrem unkooperativ und während der gesamten Maßnahme aggressiv.
Bei der anschließenden Wohnungsdurchsuchung konnte in der Wohnung Cela eine leere Schachtel für 9-mm-Munition gefunden werden, die dazugehörige Waffe jedoch nicht.
Huss, KHK

Schon ungewöhnlich, dachte Deniz, dass die selbst mit Drogen gehandelt hatten. Eigentlich hatten diese Leute dafür ihre Muschkoten, um genau das zu vermeiden, was er soeben gelesen hatte. Denn für zehn Gramm Kokain bekam man bei den Vorstrafen bei Gericht schon ordentlich eingeschenkt.

Nächste.

Merkblatt vom 23.07.2010 ...

Kalla und Gerlind kamen herein, beide noch in Jacken, beide mit Tüten in der Hand, die nach essbarem Inhalt aussahen.

»Da seid ihr ja. Meine Güte, hat das lange gedauert«, sagte Anja. »Und wieso meldet ihr euch nicht? Wart ihr am Fahrzeug?«

»War gar nicht so einfach«, sagte Kalla und zog sich die Jacke aus. »Wir waren am Haus von Cela, mindestens drei Stunden, haben vorher die Gegend abgesucht, die Karre war nirgends zu finden. Wir haben dann angenommen, dass der Wagen in der Garage steht. Dann haben wir Sascha angerufen, ob der uns was über die Standortdaten sagen könnte. Und tatsächlich, ausgerechnet als wir unterwegs waren um den Block, hat Cela sich auf den Weg gemacht, aber nicht im Rover, sondern seine Frau hat ihn gebracht, mit dem Zweitwagen. Und wo war er? In einer Rover-Werkstatt. Da stand die Karre, und er ist dann damit weggefahren.«

»Warum habt ihr euch nicht mehr gemeldet?«, fragte Anja. »Wir sitzen hier auf heißen Kohlen.«

»Wir hatten ja noch nichts. Und war auch gar nicht so einfach, da ranzukommen. Er ist dann was essen gefahren, hat die Karre aber direkt vorm Lokal geparkt, da ging nichts.«

»Und es war anzunehmen, dass er zu Hause den Wagen in die Garage fährt, und da wäre für uns Schicht gewesen«, Gerlind dazwischen.

»Genau, war ja mehr als wahrscheinlich. Wir haben dann über die Leitstelle einen Streifenwagen angefragt, die waren sehr fix und kooperativ und haben ihn dann angehalten, 'ne Verkehrskontrolle simuliert und sehr clever ein Foto von den Reifen gemacht.«

»Und? Was ist nun, meine Güte, soll ich einen Antrag stellen, Kalla?«, Anja mit Vorwurf.

Kalla griente breit.

»Erstens. Der Wagen hat eine Auspuffanlage, die hörst du in fünf Kilometern Entfernung, wenn der aufmacht. Und das hat der Zeuge ja auch gesagt, also der aus dem Golfclub.« Er biss von seinem Brötchen ab.

»Und zweitens?«

»Es ist die Reifenmarke vom Fundort.« Mit vollem Mund.

Deniz hatte ein Gefühl, als stellten sich seine Nackenhaare auf. Anja sah ihn mit spitzen Lippen über die Bildschirme hinweg an.

Sascha kam herein, blickte in die Runde mit abwartender Miene.

»Stör ich, oder habt ihr ein offenes Ohr?«

»Für gute Nachrichten ist der Zeitpunkt wirklich günstig«, sagte Deniz.

»Okay«, er lächelte. »Erstens: Skender Mataj und Bekim Cela haben wahrscheinlich gegen 19:00 Uhr am Abend vor der Tat miteinander telefoniert.«

Er machte eine Wirkungspause und sah in die Runde.

»Sagt mal, bin ich hier am Theater, oder was?« Anjas Geduld war am Ende. »Und weiter, Sascha? Los jetzt! Zweitens?«

»Erst mal noch zu dem Gespräch. Das aus Emina Bajramis Kontakten bekannte Handy von unserem Opfer lag ja zu Hause am Ladegerät, darum haben wir da nichts. Wir haben mit sehr hoher Wahrscheinlichkeit aber ein zweites Handy von Mataj identifiziert, und mit dem hat es ein etwa zweiminütiges Gespräch gegeben, und zwar von Cela an Mataj.«

»Die haben vorher tatsächlich miteinander gesprochen?«

»Ja, und zwar direkt vor der Tat. Aber das ist noch nicht alles. Kommt mal mit.«

Deniz und Anja folgten Sascha in den TÜ-Raum, wo Nila und die Dolmetscherin mit Kopfhörern konzentriert ihre Bildschirme im Blick hatten.

Die Dolmetscherin nahm ihre ab und sah Sascha an.

»Lass es uns mal hören, Rovina.«

»Muss ich schnell suchen.«

Sie rief auf ihrem Bildschirm verschiedene Seiten auf, klickte schließlich auf den »Play«-Button, zog dann den Stecker ihrer Kopfhörer aus der Buchse am Rechner.

Aus den kleinen Boxen war eine männliche Stimme zu hören, die offensichtlich Albanisch sprach.

»Jetzt gleich«, sagte Rovina.

Die Stimme unterbrach ihren Redefluss kurz, weil im Hintergrund eine Frauenstimme etwas sagte, was nur schwer zu verstehen war, worauf die männliche Stimme deutlich gereizt reagierte. Rovina zog mit der Maus den Schieberegler zurück und ließ die Stelle noch einmal abspielen.

»Das ist Ervin Shehu«, sagte sie, »und im Hintergrund fragt die Frau irgendetwas mit einem Video, das ist schwer zu verstehen.

Irgendwie ›Was ist mit dem Video?‹ oder ›Wo ist das Video?‹, so ähnlich. Auffallend ist nur seine Reaktion, die sehr ungehalten ist. Er flucht kurz und sagt, sie soll still sein. Aber es geht noch weiter.«

Wieder zog sie mit der Maus am Schieberegler, drückte dann erneut auf den »Play«-Button. Die männliche Stimme klang etwas anders, aus dem Hintergrund wieder die Frau, undeutlich, verwaschen. Sofort wurde die Stimme des Mannes sehr erregt, und er beendete das Gespräch.

»Kriegt man das nicht deutlicher?«, fragte Anja.

Rovina schüttelte den Kopf.

»Nein, aber ist auch so ganz gut zu verstehen, wenn man Kopfhörer aufhat. Ich glaube auch, dass die Frau was getrunken hat, so klingt es jedenfalls. Sie sagt in etwa: ›Was habt ihr mit ihm gemacht? Ist er ...?‹ Das letzte Wort versteht man nicht, weil er reinredet. Ich habe es schon mit 'nem Filter probiert, ist auch nicht viel besser, aber es könnte ›tot‹ lauten. Und auch hier ist die Reaktion von Ervin das Wichtigste. Er sagt nämlich so was wie ›Halt verdammt noch mal das Maul, bist du verrückt, wenn ich telefoniere?‹, und dann beendet er das Gespräch.«

Einen endlosen Moment lang sprach niemand, nur Nilas Tastengeklapper war zu hören, die ihre Kopfhörer nicht abgenommen hatte.

Deniz ging auf die Schnelle im Kopf nacheinander alle Informationen durch, die sie hatten, vor allem jene, die ganz neu waren.

»Das reicht«, sagte er. »Ich rufe Camilla an.«

Camilla

Die Besprechung der Abteilung hatte fast den gesamten Morgen gedauert, und es war vor dem Treffen bei Deniz gerade noch Zeit für ein schnelles Fischbrötchen im Gehen gewesen. Camilla hoffte, ein Pfefferminz gegen den Zwiebelgeruch würde reichen.

Weil es zwar enger war als am langen Tisch im Besprechungsraum, aber auch ungestörter zuging, hatten Deniz und Anja ihr Büro ausgewählt und ein paar Stühle dazugestellt. Alle waren mit Kaffee versorgt, neben Deniz und Anja noch zwei Kollegen der Spezialeinheiten, die Deniz als Lutz und Dominik vorstellte, sowie Sascha, der Herr der Auswertungen.

Auch der Inspektionsleiter hatte sich angekündigt, weil er bei dem Einsatz den Polizeiführer gab, wie Deniz mit etwas saurer Miene mitgeteilt hatte, aber noch ließ er auf sich warten.

»Wir fangen mal an«, sagte Deniz, »es ist bis morgen früh noch einiges zu tun, und so viel Zeit haben wir nicht.«

Er gab vor allem für die SE-Kollegen einen kurzen Abriss dessen, was sie gesichert über die Tat wussten, über die Ermittlungsergebnisse und warum gegen diese drei Leute ein dringender Tatverdacht existierte.

»Es gab schon fundiertere Fälle von dringendem Tatverdacht«, sagte Camilla in eine Atempause von Deniz hinein, »aber es spricht schon einiges dafür, und der Richter hat uns ja auch zugestimmt. Nur wäre es natürlich notwendig, dass wir morgen ein paar eindeutige Sachbeweise sichern können.«

»Ich bin hundertprozentig sicher, dass das unsere Täter sind«, sagte Anja, »die sind zusammen zur Tatzeit in der Funkzelle, verschwinden zusammen daraus. Wir haben jetzt ein Gespräch zwischen dem Opfer und Cela vor der Tat, wir haben das Auto, und wir haben die Telefongespräche von Shehu, wo die Frau diese eigenartigen Sachen sagt und er so übel reagiert.«

Camilla wiegte den Kopf.

»Ja, das ist schon alles richtig, aber das Letzte mit diesem Video muss nicht zwingend etwas mit unserer Tat zu tun haben, wer weiß, was die Frau meinte? Denn das ist erst mal völlig unverständlich. Vor allem heißt das, dass sie da auch irgendwie mit drinstecken könnte.«

»Haben wir gestern schon gesagt, wenn wir da jetzt so drangehen«, sagte Deniz, »dann hat das was von *All in*, wie wir Pokerspieler sagen würden. Aber der Zeitpunkt jetzt ist richtig, denn alles andere ist ziemlich ausermittelt, da ist erst mal nichts Neues zu erwarten. Am Telefon wird sich keiner von denen verquatschen. Darum würde ich da auch mit großem Besteck auffahren. Wie nehmen die fest, durchsuchen die Wohnungen, stellen den Wagen sicher und hoffen, dass wir Spuren finden, nach Möglichkeit DNA. Sonst sind die zwei Tage später wieder frei.«

»Und hab ich noch vergessen …«, Anja noch mal. »Wir haben seit eben noch ein Gutachten vom LKA, dass an der Jacke des Opfers Faserspuren sind, die auf einen Stoff hindeuten, der auch von der Firma Rover für ihre Sitze verwendet wird.«

»Schon richtig, das ist noch ein weiterer Punkt. Aber noch mal: DNA oder eine Leitspur morgen, das würde uns schon sehr weiterbringen.«

»Und ihr braucht uns«, sagte der, den Deniz als Lutz vorgestellt hatte und der ein wenig den Chef gab. »Und das an allen drei Objekten?«

»Richtig. Die Adressen und die Erkenntnisse der Leute habe ich euch schon geschickt. Wenn ihr es schon gelesen habt, wisst ihr: Bei allen dreien ist nicht auszuschließen, dass da Waffen sind. Zwei der Leute hatten schon Verfahren wegen illegalen Waffenbesitzes, einmal, bei Pavlović, ging es um eine Schusswaffe.«

Lutz nickte und schrieb nebenbei mit.

Camilla hatte schon einige dieser Besprechungen mitgemacht und war jedes Mal aufs Neue beeindruckt, welch gelassene Professionalität diese Männer schon in solchen Besprechungssituationen ausstrahlten, und sie wusste, dass das morgen vor Ort nicht anders sein würde. Denn das alles hieß für sie nichts anderes, als dass sie morgen vor den Ermittlungskräften einen Ort betraten, den sie nicht kannten und auch nicht wussten, auf wen sie dort wie treffen würden. Sie erinnerte sich an ein Gespräch auf einem Empfang mit einem Gruppenführer, der es mit Vertrauen begründete, Vertrauen in die eigenen Fähigkeiten und Vertrauen in die Kollegen. Sie fand das nachvollziehbar, auch wenn es auffallend war, dass er zu keinem Zeitpunkt von Mut gesprochen hatte.

»Und wir gehen um sechs Uhr rein.« Lutz sah einen nach dem anderen an. »Wir werden reichlich vorher da sein, aber reicht es euch, wenn wir uns 'ne halbe Stunde vorher treffen?«

»Uns reicht das auf jeden Fall. Die drei Durchsuchungsorte habe ich hier auf einer Karte markiert.« Deniz breitete auf dem vollen Schreibtisch eine Karte aus, so gut es eben ging. »Und hier sind jeweils die Orte, wo die Durchsuchungskräfte warten, bis ihr Rauchzeichen gebt. Sind einmal der Parkplatz einer Schule und zwei Parkplätze von Supermärkten.«

Die beiden nickten.

»Ich brauchte noch die Handynummern eurer Ansprechpartner vor Ort«, sagte Anja, »für den Kommunikationsplan, den kriegt ihr, sobald ich ihn heute fertig habe.«

»Schicke ich dir gleich«, sagte Dominik.

Sie besprachen noch eine Reihe von Kleinigkeiten, die bei so einem Einsatz eine Rolle spielten.

»Wir haben an jedem Ort ein Team aus der Mordkommission als Ansprechpartner«, sagte Deniz, »dazu noch zwei weitere Teams aus den Kommissariaten, mindestens eine Streifenwagenbesatzung und jeweils ein Team von der KTU. Da wir drei Festnahmen haben, ist eines der Teams an jedem Ort relativ schnell wieder weg. Wenn die ihren Festgenommenen abgearbeitet haben, kommen die zurück, aber eine Zeit wird das dauern.«

»Eine Frage habe ich noch«, sagte Lutz, »nur aus Interesse. Wenn die so eine Akte haben, also so erfahrene Drecksäcke sind, wieso bringen die einen so dilettantisch um, hinterlassen DNA am Tatort und legen die Leiche so bescheuert ab? Dass man schon dabei erwischt werden kann, wenn man Pech hat.«

»Keine Ahnung«, sagte Deniz. »Haben wir letztens auch diskutiert. Vielleicht hat er angefangen, sich im Auto zu wehren. Vielleicht hatten sie das ganz anders vor, und die Sache ist aus dem Ruder gelaufen. Mataj, also das Opfer, war nicht ohne und körperlich gut drauf. Der soll auch mal Kickboxen gemacht haben. Von daher wäre das eine Möglichkeit.«

»Vielleicht waren die aber auch so in Rage, dass sie unvorsichtig geworden sind«, sagte Anja. »Die Aktenlage gibt das durchaus her, dass die schon mal ausrasten, und das sind bekanntlich nicht die planvollsten Augenblicke im Leben.«

»Okay, alles klar, war nur so 'n Gedanke. Wir sind dann wieder weg«, sagte Lutz und trank den Rest seiner Tasse aus. »Und wenn noch was sein sollte ...«, er hielt sich die Hand mit abgespreiztem Daumen und kleinem Finger ans Ohr, packte seine Zettel zusammen, und beide gingen.

In der Tür prallten sie fast mit Inspektionsleiter Damjanoff zusammen, den Camilla erst einmal bei einer Besprechung gesehen hatte.

»Oh, bin ich zu spät?«

»Kann man so sagen«, sagte Dominik, ohne seinen Gang zu unterbrechen.

»Tut mir leid, ich hatte noch Termine.« Damjanoff kam herein und reichte allen die Hand. Relativ schlaffer Händedruck, dachte sie, aber das passte zu seiner Erscheinung.

»Kein Problem«, sagte Anja, »ich setze Sie gleich ins Bild. Ist schon klar, wann wir uns morgen treffen?« Sie blickte einen nach dem anderen an.

»Ich hatte gedacht, dass wir hier spätestens um halb fünf vom Hof fahren, das müsste zu den Durchsuchungsorten auf jeden Fall zu machen sein. Es sollten also alle gegen vier Uhr hier sein.«

Sie war mit Deniz' Vorschlag einverstanden.

»Ach, Herr Müller«, sagte Damjanoff, »bevor ich's vergesse: Kann ich Sie noch in einer anderen Angelegenheit sprechen? Nach Möglichkeit unter vier Augen.«

Deniz machte eine ahnungslose Miene.

»Sicher, wenn das nötig ist. Reicht ein leeres Büro?«

Sie verließen den Raum, auch Sascha verabschiedete sich.

»Kann das länger dauern?«, fragte Camilla Anja.

Die zögerte einen Moment, machte dann ein wissendes Gesicht.

»Ich denke, es hat mit der Beurteilung zu tun, die stehen nämlich demnächst an.«

Camilla erinnerte sich, dass Deniz mal davon gesprochen hatte.

»Noch 'n Kaffee?« Anja hielt die Tasse hoch.

Wollte sie.

Alexander

Nachdem er von Lisa den Zettel erhalten hatte, war fast ein ganzer Tag vergangen, bevor er aus einer Notiz ermittelt zu haben glaubte, wer der ehemalige Mitarbeiter der N. J. Örd GmbH war. Unter einem aktuellen Datum hatte »Dr. Breuer wg. N. Rath« gestanden. Er kannte eine Rechtsanwaltskanzlei »Dr. Breuer«, und wenn das »N« für den Namen Naveen oder Nawen stand, den Lisa gehört hatte, war er auf dem richtigen Weg.

Einen weiteren Tag hatte es gebraucht, immer wieder über die günstigste Art und Weise der Kontaktaufnahme nachzudenken, um den Mann an der richtigen Stelle zu packen und etwas erfahren zu können. Schließlich war er zu dem Schluss gekommen, es sei das Beste, alle Taktik fahren zu lassen und ihn einfach und direkt anzusprechen.

Über eine gute Informantin bei der Stadtverwaltung, von der auch Deniz und Camilla nichts wussten, war es nicht schwer, die Adresse ausfindig zu machen. Rath wohnte in einem fünfstöckigen Mietshaus in Bochum.

Alex schellte und beugte sich zum Lautsprecher der Gegensprechanlage herunter, als schon der Summer ertönte. Im dritten Stock war eine Tür einen Spalt geöffnet, zur Sicherheit las er den Namen »Rath« über dem Klingelknopf und klopfte laut, blieb aber im Treppenhaus stehen.

»Herr Rath?«

Wen er bei dem Namen erwartete, hätte Alex gar nicht sagen können, aber keinen Mann, der aussah wie der Star aus indischen Bollywood-Filmen, dessen Haare fast blau schimmerten.

»Sorry, ich dachte, es wäre jemand anderes«, er lächelte, »sonst bin ich nicht so einladend.«

Alex ertappte sich dabei, dass ihm bei so einem Aussehen akzentfreies Deutsch immer noch für ein, zwei Sekunden auffiel, und er fragte sich, ob das je aufhören würde.

»Kein Problem. Mein Name ist Alexander Rahn.«

»Worum geht es? Übrigens Rahn wie der Fußballspieler?«

Alex holte etwas tiefer Luft.

»Ja, wie der. Ich habe wahrscheinlich eine etwas ungewöhnliche Bitte. Ich bin Journalist und schreibe für *Watching the West*, das Online-Portal, ich weiß nicht, ob Sie das kennen.«

Er nickte, aber nicht ohne einen Anflug von Skepsis.

»Schon mal davon gehört, auch mal gelesen.«

Alex holte tief Luft.

»Ich recherchiere derzeit für einen Artikel, vielleicht eine Reihe, die sich mit den Gefahren im Internet beschäftigen soll. Über einen Informanten, oder besser einen Geschädigten, bin ich auf die N. J. Örd GmbH gekommen ...«

Er hob den Kopf.

»... und ich glaube, dass Sie dort bis vor kurzer Zeit gearbeitet haben.«

Über seine Züge floss ein leiser Schauer Misstrauen.

»Wie kommen Sie an die Info?«

Ehrlich währt am längsten, dachte Alex, wenigstens manchmal.

»Ich will mit ganz offenen Karten spielen, Herr Rath. Eine in IT-Sachen sehr beschlagene junge Mitarbeiterin hat sich auf eine Stellenanzeige der Firma gemeldet, um, ja, um ein paar Eindrücke über die Arbeitsweise zu bekommen, sie hat aber nach wenigen Tagen aus moralischen Gründen den Job geschmissen.«

Er schnaufte einen Lacher.

»Und ihr hat man dort meinen Namen gesagt? Das wundert mich.«

»Nein. Ihren Namen habe ich ermittelt, war mir aber nicht sicher, ob ich richtigliege.«

Alex erklärte ihm, wie er zu der Adresse kam.

»Und was wollen Sie von mir?«

»Informationen, was wollen Journalisten sonst? Wie N. J. Örd arbeitet, davon habe ich schon einen kleinen Eindruck bekommen durch unsere Maulwürfin. Aber vielleicht können Sie mir noch einiges erzählen, zum Beispiel, wie die Firma an Daten kommt.«

»Halten Sie mich für einen Whistleblower? Das bin ich nämlich nicht.«

Alex zuckte mit den Schultern.

»Keine Ahnung, wofür ich Sie halte. Erst mal frage ich Sie einfach nach ein paar Informationen, die anderen Leuten helfen könnten, sich nicht in verzweifelten finanziellen Situationen komplett ruinieren zu lassen, mehr nicht. So ist es nämlich meinem Informanten ergangen.«

Er erinnerte sich an Lisas Info, dass der Mann möglicherweise aus ethischen Gründen gegangen war, und hoffte, dass dieses Argument das richtige war. Die kurze Nachdenkphase schien dafür zu sprechen, dass es zumindest nicht das falsche war.

Der Bollywood-Star sah auf die Uhr.

»Ich habe jetzt einen Termin, habe auch jemand anderes erwartet, darum war die Tür offen. In anderthalb Stunden habe ich Zeit. Ich überlege mir bis dahin, was ich mache. Kommt ein bisschen überraschend.«

Nachdem Naveen Rath ihm zwei Stunden später einen sehr guten Cappuccino gemacht hatte, obwohl er eher duftenden Ingwer- oder Kurkumatee oder etwas in der Art erwartet hatte, fragte Alex sich ein zweites Mal an diesem Tag, ob sein Denken noch nicht im Deutschland der Gegenwart angekommen war. Sie saßen in seiner Küche, die durch das Glas der Balkontür vom weißen Licht der Februarsonne überflutet wurde.

»Okay, am Anfang zwei Dinge: Können wir uns duzen? Ist mir lieber. Und zweitens, ganz wichtig: Mein Name darf nirgendwo erscheinen, das ist absolute Voraussetzung, es darf auch keine Möglichkeit geben, dass das auf mich zurückgeführt werden kann. Gruber und Fischer haben gedroht, mir nicht nur juristisch den Schädel zu spalten, und ich traue denen das echt zu, das sind Arschlöcher. Außerdem ist es mit diesem Gesicht ohnehin schwieriger bei der Jobsuche, als wenn man ein Blondie ist, und ich habe zwar ein Gewissen, aber ich bin nicht altruistisch und schon gar kein Whistleblower, das sagte ich schon.«

»Okay. Alexander. Und die Vertraulichkeit kann ich garantieren.«

Er nickte.

»Nur aus Interesse«, sagte Alex. »Woher kommt der deutsche Name Rath?«

»Das ist nicht deutsch. Ich heiße in Wahrheit Naveen Rathnayake, ich bin Tamile. Meine Eltern sind geflohen, als ich drei war. Irgendwann war ich das ständige Buchstabieren leid.« Er lächelte entschuldigend.

»Ich muss vorweg sagen, dass ich eigentlich für dieses Thema ziemlich ungeeignet bin, weil ich keineswegs das bin, was man IT-affin nennt. Ich habe durch diesen früheren Informanten nur sehr schmerzlich erfahren, wohin es führen kann, wenn man im Internet auf die falschen Leute trifft.«

»Von denen gibt es im Netz mehr als von den richtigen Leuten. Was hat dir deine Mitarbeiterin denn alles erzählt?«

Alex bemühte sich, all das, was er von Lisa erfahren hatte, in der Art und Weise wiederzugeben, die ihn trotz seiner Warnung nicht als vollkommen Ahnungslosen dastehen ließ. Wenn ihm das misslang, ließ Naveen Rath es ihn zumindest nicht spüren, sondern ergänzte an der ein oder anderen Stelle oder korrigierte auf angenehme Art, wenn etwas nicht passte.

»Und woher bekommen Firmen wie N. J. Örd ihre Daten? Ich hab natürlich schon einiges gelesen und weiß, dass unglaublich viele Daten im Angebot sind.«

»Genau, du kannst schon ganz legal alle möglichen Daten kaufen, Daten darüber, wie und womit und wofür Leute bezahlen, was sie lesen, welche Elektronikgeräte sie sich wann und wo kaufen, was sie damit machen, wohin sie in Urlaub fahren. Man nimmt zum Beispiel an, dass aktuell mindestens eine Milliarde Facebook-Daten auf dem Markt sind.«

»War doch auch bei Cambridge Analytica so, dass die mit Facebook-Daten gearbeitet haben.«

»Richtig, und die haben damals in Facebook auch kleine Programme eingesetzt, um legal an die Daten der User und aller Kontakte der User zu kommen. Oder es gab andere Fälle, wo jemand zu wissenschaftlichen Zwecken mit einer App unter Social-Media-Nutzern Persönlichkeitstests durchgeführt hat, bei denen die Probanden zum Schluss mit einer geschickt gestellten Frage den Zugriff auf ihre Profile und die Profile all ihrer Kontakte erlaubten. So kamen diese Leute an die Daten von mehreren Millionen Usern. Und das läuft völlig legal auf vielfältige Weise. Du kannst Bots ...« Er sah Alex' Grimasse. »... das sind kleine selbstständige Programme, die kannst du als Webcrawler einsetzen, die sammeln dir alles, was du willst, E-Mail-Adressen, Namen, Informationen und und und, und das sind nur die guten. Es gibt auch Spambots, die systematisch nach Softwarelücken von Servern suchen, damit du sie ausspionieren kannst, ist aber ein anderes Thema. Oder nimm Cookies. Cookies könnte man auch eine legitime Form von Spyware nennen, weil jeder zustimmt, dass Cookies angelegt werden. Hand aufs Herz: Wenn du bei einer Seite gefragt wirst, ob du Cookies akzeptieren, ablehnen oder individuell einstellen sollst, was klickst du an?«

Alex zuckte lächelnd mit den Schultern.

»Siehst du. Alle drücken auf ›Akzeptieren‹ und ›Weiter‹, auch wenn ein ganz kleines schlechtes Gefühl bleibt. Und weißt du, was du wirklich erlaubst, wenn du mit einem besseren Gefühl ›nur essentielle Cookies‹ anklickst? Und Cookies tracken wirklich alles, was du mit deinem Handy oder deinem Rechner machst. Das kannst du selbst überprüfen, wenn du willst. Es gibt Add-ons, mit denen kann man kontrollieren, wer alles deine Aktivitäten im Netz verfolgt, vieles ist also gar kein Geheimnis.«

Mit fragendem Blick zeigte er auf Alex' Tasse.

»Ja, gern, einen noch. Und das mit den Add-ons zur Kontrolle hat mir Lisa schon erzählt.«

Er wartete, bis das Röcheln der Kaffeemaschine aufhörte, kam zurück und stellte Alex den Cappuccino hin.

»Ich habe das vor Jahren mal mit meiner Mutter gemacht, nur um ihr zu zeigen, was sie alles auslöst, wenn sie nur ihre Seiten besucht. Ich habe das Add-on installiert und habe mit ihrem Notebook nur drei Websites besucht, und zwar solche, auf denen sie sich immer tummelte, Kochseiten, Kundenportale, so etwas. Und innerhalb dieser drei Minuten sind ihre Daten an etwa zweihundert andere Websites weitergeleitet worden, mit denen sie nicht das Geringste zu tun hatte.«

»Zweihundert? Unglaublich. Und was machen die damit?«

»Was sollen die damit machen? Die verkaufen sie an Data-Aggregatoren, und letztlich werden daraus auch immer präzisere Algorithmen für intelligente Werbung erstellt. Und alle, alle verdienen einen Haufen Kohle damit. Und das ist legal. Ich könnte dir sofort einen ganze Reihe Firmen nennen, die das legal betreiben und enorme Gewinne damit machen. Und auch bei solchen Datenbrokern hat N. J. Örd Daten gekauft und tut es noch.«

»Wie ist das möglich, dass die Leute so leichtgläubig sind? Man hört diese Warnungen doch immer wieder.«

Rath stand auf und ließ sich ebenfalls noch einen Kaffee ein.

»Weil der breiten Masse der Leute das scheißegal ist, allerdings auch deshalb, weil man sie nicht in der Weise informiert, wie es sein müsste. Die User werden zu Einwilligungen bewegt, die man gar nicht so nennen kann. So macht es N. J. Örd wie viele andere mit den AGBs. Niemand liest sich das durch, und hinterher werden sie dir unter die Nase gerieben.«

Der Kopf einer Frau erschien in der Tür, deren Haare ebenfalls für Alex den Anschein hatten, als glänzten sie mit einem zarten Blaustich, und er fragte sich, ob er schon einmal mit zwei Bollywood-Stars in einem Raum gewesen war. Naveen machte sie beide bekannt, die Frau lächelte freundlich und ging wieder.

»Du sagst die ganze Zeit, dass das alles legal ist oder zumindest in einer Grauzone, wo man die Leute kaum packen kann. Ich lese so viel über das Darknet. Habt ihr da nie Daten gekauft?«

»Klar, im Darknet kannst du auch Daten kaufen, auch welche, die wirklich gestohlen sind, ohne dass die Inhaber der Daten das wissen.«

»Was sind das für Daten?«

»Zum Beispiel E-Mail-Adressen von Menschen, die an Diabetes Typ 2 leiden. Was glaubst du, was du für zwanzigtausend Adressen von solchen Leuten bekommst? Weil das natürlich sehr spezielle Kunden sind.«

»Wie kommt man an so was?«

»Durch Hacking. Möglicherweise aber auch durch Leute, die

Zugriff haben. Vielleicht der Systembetreuer oder Programmierer in einer Krankenversicherung, so jemand kann es sein. Und so viel verdient man da nicht.«

»Kann ich mir vorstellen. Merkt das denn keiner?«

»Jedenfalls nicht immer. Denn das ist ja das Besondere an Daten. Wenn du ein Auto klaust, ist es weg. Klaust du Daten, sind sie noch da. Darum nennt der Gesetzgeber es auch nicht mehr Datendiebstahl, sondern Ausspähen von Daten.«

Alex blätterte in seinem Notizheft zurück und hoffte, dass er bei alldem, was er aufgeschrieben hatte, noch wusste, was es zu bedeuten hatte, wenn er es wieder las. Aber es gab ja noch Lisa.

»Oder letztens bot einer im Darknet Daten aus Sicherheitssystemen an, z. B. die Mail-Adressen von Leuten, bei denen eingebrochen worden ist. Was glaubst du, wenn du tausend von denen eine Alarmanlage oder Überwachungskamera anbietest, dazu mit der richtigen Werbung, wie viele da zugreifen? Fünfhundert? Sechshundert?«

Alex stutzte.

»Leute, bei denen eingebrochen wurde? Wie kommt man denn daran?«

»Haben wir uns auch gefragt. Der muss schon bei den Sicherheitsbehörden sitzen, Polizei vermutlich. Und anhand der Struktur der Daten konnte man erkennen, dass es sehr wahrscheinlich aus Nordrhein-Westfalen kam.«

Er blickte in seine Tasse, mit der seine Hände spielten.

»Wenn ich ganz ehrlich bin, war das letztlich der Stein, der noch fehlte«, sagte er mit einer Miene, die vorsorglich um Entschuldigung bat.

»Wir, also die, die für die Datenbeschaffung zuständig waren, haben das nur mal in die Runde geworfen, und da entstand bei denen, die die psychometrische Segmentierung basteln, schnell die Fantasie, man könnte sich da zum Beispiel die E-Mail-Adressen von Opfern von Betrügereien besorgen, die wären für so was extrem interessant. Erstens weiß man, dass sie leichtgläubig sind, weil sie sich schon mal haben bescheißen lassen, und zweitens haben sie Geld verloren, sind also möglicherweise in finanziellen Nöten. Wenn du die richtig typisierst und mit den richtigen Adds beregnest, ist da einiges möglich.«

»Was heißt typisieren?«

»Das machen die Psychologen bei Njörd.« Er sprach es stets als ein Wort. »Das ist nichts anderes als eine Einteilung in Kategorien. Dort läuft das mit ›MBTI‹, aber es gibt auch andere Typisierungen. Beim Brexit damals haben sie es, glaub ich, mit dem ›Ocean‹-Modell gemacht. Es geht darum, dir die Werbung zu schicken, die für dich passt.«

»Was ist daraus geworden?«

»Ich weiß es nicht. Zwei Tage später bin ich gegangen. Wenn der Grad der Verzweiflung anderer zu einem Kriterium für eigenen Gewinn wird, dann bin ich raus. Nicht ohne dass man mich sehr nachhaltig, also mit Drohungen, auf meine arbeitsvertragliche Verschwiegenheitspflicht hingewiesen hat.«

»Wäre das nicht strafrechtlich relevant?«

Er zuckte mit den Schultern.

»Vielleicht, ist nicht mein Gebiet. Sie müssen es der Firma ja nachweisen, wie soll das gehen? Ich glaube, es gab schon mal Klagen gegen Njörd.«

»Und an den, der diese Daten verkauft, kommt man nicht ran?«

»Im Darknet? Im Normalfall nicht.«

Noch einmal blätterte Alex vor und zurück.

»Mir raucht echt der Schädel.« Er sah Naveen Rath an. »Danke. Ich schaue mal, was ich daraus mache, muss das erst mal alles sortieren. Darf ich noch mal anrufen, wenn ich noch 'ne Frage habe?«

»Unter folgenden Bedingungen: Ich sagte es schon, mein Name erscheint nirgendwo, auch keine Angaben, die Rückschlüsse zulassen, nirgends. Und ich bekomme den Artikel vor Druck noch einmal zu lesen.«

»Ich kann dir mein Wort geben. Ich hoffe, das reicht, auch wenn wir uns keine fünf Stunden kennen.«

Alex stand auf und packte seine Sachen zusammen. An der Tür stoppte er noch einmal seinen Schritt.

»Und der Typ im Darknet. Das muss jemand von der Polizei in Nordrhein-Westfalen sein?«

»Wahrscheinlich. Oder jemand, der Zugriff auf solche Daten hat. Ich kann es mir nicht anders erklären.«

Sie verabschiedeten sich.

Im Auto versuchte er, sich aus dieser Lawine aus Informationen ein wenig freizustrampeln und einzuordnen, was in den letzten beiden Stunden alles neu für ihn gewesen war.

Dann wählte er Deniz' Nummer.

Deniz

Es war so kalt, dass alle aussahen wie Raucher, weil ihr Atem kleine weiße Wölkchen machte. Dabei rauchten nur Daniela und Tarek aus dem KK 24, die zur Verstärkung dabei waren.

Wieder so ein Moment, in dem eine Zigarette gutgetan hätte, dachte Deniz, und in dem er früher häufiger wieder schwach geworden war. Jetzt blieb er hart.

Sie hatten sich auf dem Parkplatz des Supermarkts den Bereich hinter dem Marktgebäude ausgesucht, weil der noch etwas versteckter und von der Straße nicht einsehbar war, dabei aber übersehen, dass um diese Zeit die meisten Märkte beliefert wurden. So mussten ein paar der Autos wieder umgeparkt werden.

Deniz sah auf die Uhr, sie zeigte 05:54 Uhr.

Camilla war wie alle anderen in der leicht angespannten Stimmung gefangen, sagte nichts und trat von einem Bein auf das andere. Sie hatte mit Steppmantel und weißer Pudelmütze wieder ihre YouTube-Video-Pop-Balladen-Klamotten an, fand Deniz und fragte sich, ob sie damals in der Schule auch schon so attraktiv gewesen war.

In der Dienststelle war nur Zeit für zwei schnelle Milchkaffees gewesen, nicht nur deshalb fühlte sich sein Bauch an, als befände sich darin etwas, das einen Unterdruck erzeugte.

Der Hundeführer öffnete die Klappe seines Wagens und ließ den Hund an der Leine einmal am Rand in die Büsche pinkeln.

Beim letzten Telefonat vor einer Stunde hatte Lutz angedeutet, dass sie mit großem Gerät auffahren würden, weil der Eingang von Shehus Haus das erforderte. Deniz wusste nicht genau, was damit gemeint war, fragte aber nicht weiter.

05:58 Uhr.

»Gleich geht's los«, sagte er zu Camilla, die nur still und verfroren nickte.

Die Entfernung zum Objekt war nicht allzu weit, außerdem bewegte sich an diesem Morgen kein Hauch, die Atemwölkchen stiegen nach oben, kaum dass sie Mund oder Nase verlassen hatten.

06:00 Uhr.

Aus der Richtung von Shehus Wohnung war leise, aber deutlich erst ein Krachen und danach ein Splittern zu hören, als knicke jemand einen Baum um. Dann knallte es zweimal hintereinander, was die anschließende Stille noch kälter und intensiver erscheinen ließ.

Ein Sprinterfahrer, der einen bepackten Rollwagen aus seinem Fahrzeug auf die Rampe des Markts schob, hielt kurz inne, lächelte wissend in sich hinein und verschwand dann durch eine Folientür im Inneren des Markts.

»Besetzt schon mal die Fahrzeuge«, sagte Deniz, »ich fahre vor. Die melden sich garantiert sofort.«

Alle stiegen ein. Er startete den Wagen, und Camilla drückte sofort den Knopf der Sitzheizung.

»Das hättest du schon die ganze Zeit haben können«, sagte er.

Sie zuckte nur mit den Schultern. »Ich brauchte Bewegung.«

Die Sekunden vergingen, als habe jemand ein Gewicht an den Zeiger gehängt. Sein Telefon vibrierte endlich und zeigte Lutz' Nummer.

»Deniz.«

»Alles klar. Das Gebäude ist sicher. Wir haben drei Personen angetroffen. Der Tatverdächtige ist dabei.«

Sehr schön, dachte Deniz bedankte sich und drückte das Gespräch weg.

»Alles okay«, sagte er zu Camilla und startete den Wagen, »sie haben Shehu angetroffen.«

»Schon mal gut.« Ihr war anzuhören, dass ihre Lippen ein wenig zitterten, was wohl an der Kälte lag.

Als sie sich dem Haus näherten, bekam Deniz schlagartig eine Ahnung davon, was Lutz mit »schwerem Gerät« gemeint hatte. Vor dem Haus auf dem Rasen stand ein gepanzertes Fahrzeug mit drei Achsen, wie er es zuletzt bei irgendwelchen Demos gesehen hatten. Der Zaun, der das Grundstück vom Bürgersteig trennte, war platt gefahren, über den Rasen und durch die Blumenbeete zogen sich bis zur Eingangstür zwei Reifenspuren, als sei ein Leopard 2 darüber gerollt. Die Tür selbst lag samt Zarge auf dem weißen Marmorabsatz, über den man sonst das Haus betrat. Die Szene erinnerte ihn an Fernsehbilder aus Kriegsgebieten, wenn durch Bomben zerstörte Häuser gezeigt wurden.

Deniz parkte den Wagen, stieg über zersplittertes Holz, unter den Schuhen knirschte Glas.

Lutz stand mit zwei anderen SElern in der Tür und war nur an den Augen unter dem Helm und der Stimme zu erkennen. Deniz kannte sich damit nicht besonders aus, aber die Kollegen erinnerten ihn in Einsatzmontur immer an Figuren, die er mal in Computerspielen gesehen hatte, und er stellte sich bei diesen Gelegenheiten immer wieder vor, wie es war, von so einer Gestalt geweckt zu werden.

»Shehu haben wir in die Küche gebracht, seine Frau ist noch im Schlafzimmer. Hier unten im Gästezimmer ist noch eine männliche Person, wahrscheinlich der Bruder der Frau, sagte er jedenfalls.«

Auf dem Boden des Flurs waren die Rückstände der Blendgranate zu erkennen, in zwei der abgehenden Türen stand jeweils ein Kollege vom SE, auch aus der ersten Etage waren Stimmen zu hören.

Ervin Shehu saß in Unterhose und T-Shirt vornübergebeugt auf einem Küchenstuhl, weil die mit Einmalfesseln auf dem Rücken fixierten Hände verhinderten, dass er sich anlehnen konnte. Unterhalb eines der Nasenlöcher war ebenso etwas Blut zu sehen wie am Ohrläppchen.

Deniz sah Lutz an.

»Er war beim Aufstehen etwas sperrig.«

Für einen Moment dachte Deniz, es sei sarkastisch gemeint, aber Lutz' Reaktion, als er ihn ansah, zeigte, dass es kein Scherz war.

»Herr Shehu? Sie sind Ervin Shehu?«

Der Mann hatte nur einen verächtlichen Blick für ihn übrig.

»Mein Name ist Deniz Müller von der Essener Polizei. Das ist Staatsanwältin Lopez. Sie sind vorläufig festgenommen, Herr Shehu, wegen des Verdachts des gemeinschaftlichen Mordes. Den Haftbefehl übergebe ich Ihnen gleich. Ebenso den Durchsuchungsbeschluss für dieses Anwesen. Was ich Ihnen auch noch sagen muss: Sie haben das Recht, die Aussage zu verweigern, wenn Sie sich selbst oder einen nahen Angehörigen belasten, und …«

»Ich will meinen Anwalt sprechen.«

»Genau darauf wäre ich jetzt gekommen. Sie können jederzeit einen Anwalt hinzuziehen und können Beweisanträge stellen«, sagte Deniz. »So weit alles klar? Wenn Sie sich angezogen haben und uns die Nummer sagen, lassen wir Sie anrufen.«

Zwei Leute aus seinem Team begleiteten den Mann nach oben.

Als er nach drei Minuten in einem Jogginganzug und mit Flipflops wieder in der Küche saß, hatten die Kollegen die Einmalfesseln gegen Handschellen eingetauscht und ihm die Hände vor dem Körper gefesselt. Der Mann machte weniger einen geschockten als vielmehr einen zornigen Eindruck, fand Deniz, aber es wunderte ihn nicht.

Sie hatten die Küche wie oft bei solchen Gelegenheiten als zentrale Anlaufstelle bestimmt, weil große Küchentische beim Ausfüllen der Protokolle und Asservatenlisten meist praktischer waren als ein niedriger Couchtisch.

Es lagen bereits vier Mobiltelefone und zwei Notebooks auf dem Tisch.

»Was ist mit meinem Anwalt?«

»Können wir machen«, sagte Deniz. »Welches ist Ihr Telefon?«

Er zeigte mit beiden Händen auf eines der Geräte, Deniz nahm es.

»Es läuft folgendermaßen. Damit Sie nicht irgendwen anrufen, wähle ich – okay? – und spreche zuerst mit ihm. Wenn er es ist, bekommen Sie das Gerät.«

Er brummte eine mürrische Zustimmung, entsperrte das Gerät und nannte Deniz den Namen Hofer.

Er fand den Eintrag und wählte. Nach dem zehnten Signal sagte eine verschlafene Stimme den Vornamen Shehus.

»Müller, von der Polizei in Essen. Herr Hofer. Wir sind hier bei Herrn Ervin Shehu, er sitzt vor mir. Können Sie mir sagen, in welcher Beziehung Sie zu Herrn Shehu stehen?«

»Ich bin sein Anwalt.«

»Okay.« Deniz reichte das Gerät weiter an Shehu, der dem Anwalt in kurzen Sätzen die Situation erklärte.

»Ich möchte auch noch einmal mit dem Anwalt sprechen«, sagte Deniz und nahm das Gerät wieder entgegen, als Shehu fertig war.

»Alles klar, Herr Hofer. Kommen Sie noch hierher?«

»Ja, ich brauche aber eine Stunde.«

»Dann sind wir sicher noch hier.«

Er drückte das Gespräch weg und reichte das Telefon sofort an Sascha weiter, der umgehend die Timeout-Funktion auf das Maximum stellte, damit das Gerät eingeschaltet blieb.

Nach etwa einer Stunde hatten sie noch zwei weitere Mobiltelefone gefunden, die allerdings offensichtlich seit längerer Zeit nicht mehr benutzt worden waren, eines hatte ein gerissenes Display.

Sina kam in die Küche.

»Unten im Keller ist ein Stahlschrank, Herr Shehu«, sagte sie. »Was ist da drin, und wo ist der Schlüssel dafür?«

»Ihr könnt mich mal, den mach ich nicht auf.«

»Herr Shehu«, sagte Deniz, »lief doch bis jetzt alles ganz entspannt ab ...«

»Entspannt? Seid ihr noch ganz dicht?« Ihm flog beim Sprechen etwas Rotz von der Lippe.

»Wenn Sie uns den Schlüssel nicht geben, machen wir den anders auf, dann geht er kaputt. Geöffnet wird er auf jeden Fall. Sie entscheiden jetzt, wie das passiert.«

Er atmete einmal tief durch.

»Der Schlüssel ist in meinem Schreibtisch. Da ist eine Langwaffe drin. Ich habe mal gejagt.«

»Aber den Jagdschein haben Sie schon lange nicht mehr.«

»Ach ja? Sonst noch irgendwelche Neuigkeiten?« Mit schneidender Häme.

Sina hatte den Schlüssel geholt, Deniz folgte ihr in den Kellerraum. Vor dem grünen Schrank standen Tarek und der Hundeführer.

»Der Hund hat am Schrank angezeigt.«

»Er sagt, da wäre eine Jagdwaffe drin, er hatte mal einen Jagdschein.«

»Der hatte einen Jagdschein? Unfassbar.« Tarek schüttelte den Kopf.

Sina schloss den Schrank auf und klappte beide Flügel zur Seite. In der Mitte in einer Halterung stand eine doppelläufige Jagdflinte, außerdem hingen ein größeres und ein kleines Jagdmesser in ihren Lederetuis an einem Haken.

Wieder wurde der Hund unruhig und zeigte beim größeren der beiden Messer an.

»Mach wieder zu«, sagte Deniz, »wir nehmen alles mit, ich sag den KTUlern Bescheid. Die sollen sehr vorsichtig sein.«

Als er wieder in der Küche ankam, war mittlerweile der Anwalt angekommen. Nach der Stimme am Telefon hatte Deniz ihn sich jünger vorgestellt.

Der Mann las Beschluss und Haftbefehl, sprach noch kurz mit seinem Mandanten, dann nahmen zwei Kollegen Shehu am Arm und führten ihn hinaus.

Deniz und Camilla stiegen die Treppe nach oben, wo Shehus Frau immer noch im Schlafzimmer saß, mittlerweile war auch sie angezogen. Die Frau machte einen Eindruck, als sei sie sehr viel mitgenommener als ihr Mann und völlig durch den Wind, fand Deniz.

Er sah Camilla an, weil er das Gefühl hatte, dass hier weibliche Ansprache geeigneter sein könnte, um Kontakt zu bekommen. Sie hatten aus der Küche den Ausweis der Frau mitgenommen, sie hieß Marigona Marku und hatte ihren Namen behalten.

»Frau Marku, mein Name ist Lopez, ich bin Staatsanwältin. Ich nehme an, die Kollegin von der Polizei hat Sie schon belehrt, dass Sie als Ehefrau gegen Ihren Mann nicht aussagen müssen.« Die Kollegin nickte wortlos. »Wir würden uns dennoch gern mit Ihnen unterhalten, ist das möglich? Das muss nicht jetzt sein, es geht auch morgen oder übermorgen.«

Sie zuckte mit den Schultern und machte nicht den Eindruck, dass ein weiteres Gespräch noch einen Sinn hatte. Deniz überlegte, ob es an der beeindruckenden Art und Weise lag, mit der sie vor anderthalb Stunden aus dem Schlaf in den Tag katapultiert worden war, oder ob die Frau schon vorher so verwirrt war.

Nach einer weiteren halben Stunde hatten sie sämtliche Beweismittel verpackt, und alle stiegen in ihre Autos. Er wartete, bis Camilla sich angeschnallt hatte, und sah sie an.

»Und? Was sagt dein Gefühl?«

Sie lächelte in einer Weise, die ihn nichts Ernsthaftes erwarten ließ.

»Dass ich Hunger habe.«

»Wir sind dabei, ein Tötungsdelikt zu klären, und du denkst an Essen?«

»Um die Zeit, als ich aufgestanden bin, frühstückt doch keiner.«

Er fuhr los.

»Erst kommt das Fressen, dann die Moral. Wer hat das noch mal gesagt?«

»Brecht. Als noch in der DDR Geborene weiß ich so was natürlich.«

»Okay, dann fahre ich mal den nächsten Bäcker an. Du bist schließlich die Herrin des Verfahrens.«

Sie streckte den Daumen nach oben.

Deniz

»Wenn du meinst, du musst es so machen …«

Anjas Lächeln war weniger skeptisch, als ihre Worte klangen, fand Deniz. Es waren noch keine achtundvierzig Stunden seit der Durchsuchung vergangen, und schon hielt er die ersten Ergebnisse in Händen.

»Ein bisschen Weihnachtsmann spielen ist doch ganz nett, kann ich verstehen. Es ist eh nur ein Team draußen. Der Rest sitzt vorm Bildschirm, wertet aus oder schreibt was. Und Nila und Timo kommen gleich auch wieder rein, die hatten nur eine kurze Befragung.«

»Du kannst es ihnen auch sagen, wenn du willst.«

Sie schüttelte den Kopf.

»Ne, ne, du bist der Chef.«

Er wusste, dass Camilla keine Sitzung hatte, rief sie an, verschwieg aber auch ihr gegenüber den wahren Grund. Ob sie Lust auf einen Kaffee habe, es seien ein paar Infos unter die Leute zu bringen.

Eine knappe Stunde später waren alle im Besprechungsraum versammelt, und die Ruhe zeigte Deniz, dass noch nichts durchgesickert war, obwohl sich einige keinen Reim darauf machen konnten und gefragt hatten, warum zu dieser Zeit vollkommen aus der Reihe ein Treffen stattfand.

»Ich mache es ganz kurz«, sagte Deniz. »Vor einer Stunde habe ich einen Anruf von Frau Dr. Kürfel vom LKA bekommen.«

Es entstand eine erste kleine Unruhe.

»Die zweite Fremd-DNA an der Leiche von Skender Mataj lässt sich Ivica Pavlović zuordnen.«

So war es früher, dachte Deniz und musste lachen, wenn die Lehrerin ihrer Klasse sagte, dass die folgenden drei Stunden ausfallen würden.

Camilla bekam den Mund nicht zu und warf ihm den Blick einer Frau zu, die ihrem Mann sagen will »Komm du mir nach Haus«.

»Das ist noch nicht alles.« Er hob eine Hand. »An einem der Messer, die wir in Shehus Waffenschrank sichergestellt haben, war Blut unseres Opfers und somit auch seine DNA.«

Die zweite Nachricht war nach Deniz' Einschätzung eigentlich noch sensationeller, aber Sensationen nutzten sich halt schnell ab, so war die Reaktion schwächer, trotzdem redeten alle durcheinander.

»Wie kann man denn so blöd sein, dass man das Tatmesser im eigenen Haus und nicht irgendwo im Baldeneysee versenkt hat?«, fragte der dicke Mohning in das Geraune hinein.

»Keine Ahnung«, sagte Deniz. »Vielleicht weil es ein sehr teures Teil war und wohl auch ziemlich intensiv gereinigt worden ist. Aber die haben im LKA wie üblich die Griffschalen des Messers abgeflext und dann in den Holzfasern einer der Bohrungen für die Nieten eine winzige DNA-Spur gesichert, die aber gereicht hat.«

»Dann ist die Sache doch rund«, sagte Nila.

»Nicht ganz.« Deniz hob wieder die Hand, um die allgemeine Unruhe zu beenden. »Ich habe heute Morgen mit Mustafa gesprochen, denn der Wagen von Cela steht ja noch hier unten in der Garage. Die haben den zwar intensiv abgeklebt, die Ergebnisse kriegen wir erst in ein paar Tagen, aber die waren auch mit Luminol dran, und da haben sie bis jetzt nichts gefunden.«

Kalla meldete sich.

»Habt ihr dran gedacht, dass die Karre in der Werkstatt war?

Wir haben da nicht nachgefragt, weil wir noch keine Pferde scheu machen wollten zu dem Zeitpunkt, aber vielleicht ist er dort gereinigt worden.«

Deniz fühlte sich ertappt, denn die Werkstatt war sowohl ihm als auch Anja durchgegangen.

»Danke, Kalla. Guter Hinweis, müssen wir noch nachfragen.«

Aber vielleicht wären sie auch von selbst noch draufgekommen, dachte er.

»Von meiner Seite aus war es das«, sagte er, »und natürlich sind das super Nachrichten, die man ein bisschen feiern könnte, wäre jetzt 'ne gute Gelegenheit. Aber es sind noch eine ganze Reihe Ermittlungen zu Ende zu bringen, darum schlage ich vor, wir verschieben den Umtrunk noch ein paar Tage, oder?«

Es kam zwar keine deutliche Zustimmung, aber auch keine Ablehnung.

»Von mir wäre es das erst mal. Treffen wir uns heute Abend wieder.«

Alle standen auf.

»Du bist echt ein Komiker. Lässt mich hier vollkommen dumm sterben«, sagte Camilla, aber ihre Miene machte den Vorwurf zunichte.

»War doch eine nette Überraschung, oder?«

Gerlind stand neben ihnen, als warte sie auf das Ende des Gesprächs.

»Was gibt's, Gerlind?«

»Hast du oder habt ihr mal 'nen Augenblick Zeit? Ich bin mir nicht ganz sicher, ob es was ist, aber es ist mir aufgefallen. Kommt mal mit.«

Beide folgten ihr in eines der Büros, wo sie an einem Rechner mit der Auswertung beschäftigt war. Sie setzte sich und legte die Hand über die Maus.

»Ich habe hier die Daten von Shehus Handy.« Sie wanderte durch die Verzeichnisse und öffnete eine Videodatei. »Nicht erschrecken.«

Auf dem Bildschirm startete ein Film, den Deniz auf den ersten Blick für einen normalen Pornofilm gehalten hatte, bis ihm auffiel, dass es sich bei der Frau um Marigona Marku handelte, der Ehefrau von Ervin Shehu, lediglich die Haare waren kürzer.

»Auch nicht schlecht«, sagte Deniz, »was ist das? Ein kleiner Stimmungsaufheller für einsame Stunden unterwegs, wenn er mal auf Reisen ist?«

Erst jetzt wurde ihm bewusst, dass Camilla dicht neben ihm stand, und er wurde augenblicklich unsicher. Es hatte bisher nicht zu ihren gemeinsamen Beschäftigungen gehört, sich Pornofilme anzusehen, auch wenn es im dienstlichen Interesse war.

»Kann schon sein«, sagte Gerlind. »Allerdings ist der Mann in diesem Video mit großer Wahrscheinlichkeit nicht Ervin Shehu.«

Als sie es sagte, fiel Deniz auf, dass von dem Mann nie das Gesicht zu sehen war, sondern nur Hände, Teile der Beine und des Bauches und das Organ der Ausführung.

»Wie kommst du darauf?«

»Ich habe mir die ED-Behandlung von Shehu angesehen, die Ganzkörperfotos, und er hat nicht diesen dunklen Fleck am Handgelenk, ist auch nicht als Merkmal schriftlich dokumentiert, nur ein paar Tattoos. Und er hat auch andere Hände.«

»Das heißt«, sagte Camilla, »der Mann hat ein Pornovideo auf seinem Handy, das seine Frau mit einem anderen Mann zeigt?« Die Fassungslosigkeit war ihr anzuhören.

»Manche macht das vielleicht geil«, sagte Gerlind.

Aus den Tiefen seiner Erinnerung erschien Deniz ein Bild.

»Geh mal auf unser MK-Laufwerk«, sagte er, »und ruf die Obduktionsfotos von Skender Mataj auf.«

»Alles schon passiert«, sagte Gerlind, »mir ist das nämlich auch aufgefallen.«

Sie klickte ein paar Buttons an, auf dem Bildschirm erschienen die Fotos der nackten Leiche auf dem Obduktionstisch, und sie wählte zielsicher das mit den Händen des Opfers aus, auf dem ein großer Leberfleck am Handgelenk zu sehen war. »Das meinst du doch, oder?«

»Genau. Mataj hat also auch so was, sieht nur etwas anders aus.«

»Richtig.« Gerlind ließ das Bild verschwinden. »Aber das ist noch nicht alles. Das wäre mir gar nicht aufgefallen, wenn ich so ein Video nicht schon mal gesehen hätte vor einiger Zeit.«

Camilla sah ihn mit demselben Fragezeichen im Gesicht an, das er in seinem vermutete.

»Wir hatten vor anderthalb Jahren bei uns ein dickes Verfahren wegen des Diebstahls von Klein-Lkws. Da fand der Aufschlag an acht verschiedenen Objekten statt, unter anderem bei einem der sechs Tatverdächtigen, Conrad Böttcher, der zu dem Zeitpunkt allerdings wegen einer anderen Sache schon ein halbes Jahr in Haft saß. Trotzdem haben wir auch bei seiner Frau Handys und Notebooks sichergestellt, war auch noch einiges drauf, was wir gebrauchen konnten. Ich habe mir die Sicherung von damals heute Morgen schon von den 25ern rübergeholt, und auf dem Handy dieser Frau war dieses Video.«

Nach einer Reihe von Klicks startete auf dem Bildschirm ein Film, der dem vorigen sehr ähnlich war mit dem Unterschied, dass dort eine andere Frau Sex hatte, und das Paar sich in einem anderen Raum befand. Was aber sofort ins Auge sprang, war der dunkle Fleck am Handgelenk des Mannes, von dem wieder nur Hände, Bauch, Beine und Geschlechtsteil zu sehen waren.

»Scheiße«, sagte Deniz. »Was ist das denn für ein gequirlter Bullshit?«

»Hab ich mich vorhin auch gefragt«, sagte Gerlind. »Darum wollte ich es euch zeigen.«

»Wir haben bei zwei Frauen von Straftätern Sexvideos mit demselben Mann? Man erlebt ja viel bei der Bullerei«, sagte Deniz, »aber kann mir das mal jemand erklären? Ist die Frau damals vernommen worden?«

»Klar, aber nicht dazu. Dass Leute privat gemachte Sexvideos auf ihrem Rechner oder Handy haben, ist ja wahrlich nichts Besonderes, das siehst du doch bei den Auswertungen immer wieder. Darum habe ich da damals auch nichts weiter drauf gegeben. Die E-Mails mit Tatbezug waren viel wichtiger. Aber jetzt ist es mir eben aufgefallen.«

»Wir müssen diese Frau befragen, auf jeden Fall«, sagte Deniz.

Camillas Blick war immer noch auf den Bildschirm gerichtet, auf dem der Film weiterlief. Sie hob kurz die Hand und zeigte darauf.

»Irgendwie verhält die Frau sich eigenartig, oder?«

»Wie meinst du das?«

»Sieh dir an, wie die sich bewegt. Eben ... Lass doch noch mal zurückspielen, wo sie ihm ans Geschlechtsteil greift.«

Gerlind hielt bei einer Szene an, bei der die Frau den Mann oral befriedigte und ihn dabei anfasste.

Deniz versuchte, sich auf den ermittlungsrelevanten Teil der Situation zu konzentrieren, was ihm nur mit Mühe gelang, denn immer wieder schob sich die Erkenntnis in sein Bewusstsein, dass er sich hier mit zwei Frauen einen Pornofilm ansah und besprach, was daran möglicherweise außergewöhnlich war.

»Die Bewegung ist doch eigenartig, oder?«, sagte Camilla. »Und die hat auch die meiste Zeit die Augen geschlossen. Auf mich wirkt die ... einfach eigenartig.«

Einen Augenblick überlegte Deniz, ob er sagen sollte, dass

Frauen sehr unterschiedlich beim Sex aussahen und reagierten, manche eben etwas zurückhaltender, und dass er in dieser Diskussionsrunde in Bezug auf das individuelle Spektrum weiblicher Reaktionen beim Sex möglicherweise einen Wissensvorsprung hatte, aber er ließ es.

»Sitzt der Mann dieser Frau immer noch?«

»Ja«, Gerlind nickte, »der hat damals noch einen satten Nachschlag bekommen.«

»Wo wohnt die?«

»Mittlerweile in Dortmund-Aplerbeck, hab ich schon nachgesehen.«

»Ich meine, das hat nichts mit unserem Tötungsdelikt zu tun, aber sprechen müssen wir mit der, oder?«

Er sah Camilla an. Die nickte heftig.

Deniz

Die Nachricht von den übereinstimmenden DNA-Spuren hatte sich schneller in der Behörde verbreitet als ein Tsunami im Meer. Vor allem die Leiter der Kommissariate, deren Leute in der Mordkommission ermittelten, standen sofort auf der Matte, um ihr Personal zurückzuholen.

Die Chefin hatte das für die nächsten beiden Tage verhindern können, schließlich war noch etliches auszuwerten und zu Ende zu führen, was nicht auf die lange Bank geschoben werden konnte. Nur Benjamin Böker und Timo kehrten sofort zu ihren Dienststellen zurück.

Das war auch der Grund, warum Deniz die Ermittlung bei der Werkstatt selbst übernahm, obwohl auch auf seinem Schreibtisch ein Stapel lag, der besser heute als morgen abgearbeitet werden musste.

Weil er Camillas Vorliebe für aktive Ermittlungsarbeit kannte, sie schon mal da war und es lediglich um eine unspektakuläre Befragung ging, hatte er die überflüssige Frage gestellt, ob sie Lust habe.

Die Werkstatt war in einem ehemaligen Tankstellengebäude in Duisburg-Marxloh untergebracht und erfüllte alle Kriterien, um als Klitsche bezeichnet zu werden, fand Deniz. Er wunderte sich darüber, dass Bekim Cela einen Wagen, für den er einen sechsstelligen Betrag hingeblättert haben musste, hier warten ließ.

Sie fuhren auf den Hof. Der ehemalige verglaste Kassen- und Verkaufsraum machte den Eindruck, als sei dort so etwas wie das versiffte Büro untergebracht, es war aber niemand da.

Sie folgten den Geräuschen aus der Werkstatt, die größer war, als es von außen den Eindruck gemacht hatte und den typischen Geruch von Öl, Benzin und alten Bremsbelägen ausströmte.

Auf den ersten Blick sah Deniz vier Männer in Arbeitskleidung, die unter Autos auf Hebebühnen standen oder in einem Motorraum hantierten.

»Guten Tag«, sagte Deniz etwas lauter als gewöhnlich.

Keiner der vier zeigte mehr Reaktion als einen flüchtigen Blick; auf einer Treppe, die aus dem Keller führte, kam ein Mann um die fünfzig auf sie zu.

»Was kann ich für Sie tun?«

Deniz zückte seinen Ausweis.

»Müller, Polizei Essen, Herr Pahmeier?«

Der Mann stutzte einen Moment.

»Ja.«

Deniz überlegte, ob schon eine Belehrung nötig war, ließ es aber zunächst.

»Herr Pahmeier, das ist Staatsanwältin Lopez, ebenfalls aus Essen, wir ermitteln in einem Mordfall und hätten ein paar Fragen an Sie.«

Er zog die Stirn kraus.

»Mordfall? Brauche ich einen Anwalt?«

Eigenartige Frage, dachte Deniz, ein reines Gewissen spricht anders.

Er ging vor in Richtung Büroraum, der noch versiffter war, als von außen zu vermuten. Sie folgten ihm. Deniz entschloss sich, auf die Frage nach dem Ausweis zu verzichten, weil der Mann seinen Fotos der ED-Behandlung noch ähnlich sah.

»Nein, nein, keine Angst. Sie sind eventuell Zeuge, und als solcher müssen Sie die Wahrheit sagen, und Sie brauchen sich nicht selbst zu belasten, wenn Sie müssten, das war's aber auch schon.«

Er nickte wortlos.

»Herr Pahmeier, Herr Bekim Cela ist einer Ihrer Kunden, ist das richtig?«

Sein Blick wanderte ständig zwischen ihnen beiden hin und her.

»Ja, das ist richtig.«

»Gut. Er hat letztens seinen Wagen hier bei Ihnen gehabt, auch richtig?«

»Ja.«

Er brauchte etwas zu lange für die Antwort. Aber vielleicht war das die normale Bullenallergie bei Leuten wie ihm. Deniz hatte nachgesehen, dass der Mann vor Jahren wegen Betrugs und verschiedener Kfz-Delikte verurteilt worden war.

»Was haben Sie an dem Wagen gemacht?«

Wieder brauchte er lange für die Antwort. Zu lange.

»Es war was mit einem Reifen, ein Geräusch.«

»Also nichts Gravierendes?«

Dieser ständige Blickwechsel macht mich nervös, dachte Deniz.

»Nein.«

»Können Sie denn solche Autos hier reparieren? Ich meine, Sie sind ja keine Fachwerkstatt und wegen der Garantie …«

»Solange es nichts mit der Elektronik zu tun hat, die Programme haben wir natürlich nicht. Aber so etwas geht.«

»Der Reifen eben. Sonst haben Sie nichts gemacht?«

»Nein. Es war nur eine Unwucht, konnte so behoben werden.«

Deniz breitete die Hände aus und versuchte zu lächeln.

»Gut, das war es schon, Herr Pahmeier.«

Sie verabschiedeten sich und stiegen in ihren Wagen.

Wortlos fuhr Deniz vom Hof, bog die nächste Straße rechts ab und wiederholte das bei der nächsten noch einmal. Er parkte und sah Camilla an.

»Na, was sagt Frau Dr. Freud?«
»Ich glaube, er lügt.«
»Das glaube ich auch. Ich lasse dich eine Minute allein.«
»Was hast du vor?«

Sie standen an der Rückseite des Tankstellengeländes, das von einem etwa mannshohen, blickdichten Zaun umgeben war. Deniz stieg aus, stemmte sich mit etwas Schwung in den Stütz und warf einen Blick in den Hof, der vollgestellt war mit alten Autos, zum Teil ausgeschlachtet. Zum Werkstattraum existierte zum Glück kein Fenster. Er schwang sich über den Zaun und fand die Mulde für den Schrott in einer Ecke, wo sie von einem Lkw erreicht und abgestellt werden konnte. Je näher er kam, desto mehr verließ ihn die Hoffnung, noch etwas zu finden. Die Mulde war bis auf zwei alte Bremsscheiben vollkommen leer. Schon wieder auf dem Rückweg, ging er noch einmal zurück und fotografierte das Firmenlogo, das zwar verkratzt, aber an der Seite der Mulde noch lesbar war.

Beim nochmaligen Übersteigen des Zauns übersah er eine scharfe Kante und riss sich das Hosenbein ein Stück auf.

»Scheiße.«

Als er sich wieder hinters Steuer setzte, sah Camilla ihn an.

»Kannst du mir die Aktion mal erklären?«

Er reichte ihr das Handy mit dem Foto.

»Ich dachte, wenn er gelogen hat und irgendwas aus dem Auto beseitigen sollte, finden wir vielleicht noch was. Solche Läden haben meistens irgendeinen Container, weil ständig Müll anfällt.«

Er startete den Wagen.

»Die Mulde hier ist so leer, die muss vor ganz kurzer Zeit abtransportiert worden sein. Such mal die Adresse von Triple-X-Mulden. Vielleicht haben wir Glück.«

Der Schrott- und Altmetallhändler Triple-X residierte in

Rheinhausen, und in der Empfangsbaracke roch es ähnlich wie in der Klitsche zuvor.

Der Mann hinter dem Tresen blieb an seinem Rechner sitzen, als sie eintraten, sah sie aber zumindest an.

»Wat kann ich für euch tun?«

Deniz zeigte seinen Ausweis.

»Müller, Kripo Essen, das ist Staatsanwältin Lopez. Sie sind …?«

Sichtlich beeindruckt stand der Mann sofort auf und nahm fast Haltung an.

»Tiemann. Ich heiße Manfred Tiemann.«

»Herr Tiemann, wir ermitteln in einem Mordfall und hätten ein paar Fragen an Sie.«

Für einen Moment fehlten Manfred Tiemann die Worte.

»Mordfall? Wat denn für Fragen?«

»Die Autowerkstatt Pahmeier aus Marxloh, gehört die zu Ihren Kunden?«

»Ja«, mit bestätigendem Nicken.

»Wann haben Sie dort zuletzt eine Mulde abgestellt oder abgeholt?«

»Muss ich gar nicht nachsehen, dat war gestern.«

Ein Mann mit Basecap blickte von draußen um die Ecke, ohne reinzukommen.

»Jetzt nicht, Kurt. Machen wir nachher«, sagte Tiemann, und der Mann verschwand wieder.

»Gestern? Was passiert mit dem Müll von denen?«

»Mit denen haben wir eine kleine Sonderregelung. Weil dat meiste so viel hochwertiges Metall ist bei denen, dürfen die auch schon mal 'nen Reifen oder Luftfilter dazutun, wir sortieren dat hier dann auseinander. Dann brauchen die nur eine Mulde. Ist für uns immer noch 'n gutes Geschäft.«

»Was ist mit der Mulde von gestern passiert?«

»Die steht, glaub ich, noch hinten. Die müsste noch sortiert werden.«

Deniz warf Camilla einen Blick zu.

»Die möchten wir uns auf jeden Fall ansehen.«

Tiemann brummte so etwas wie Zustimmung, verließ durch eine Schwingtür seinen Bereich und ging vor.

Schon von Weitem sah Deniz die Mulde und versuchte, seinen Puls einzufangen, es konnte alles noch eine Täuschung sein. Aber mit jedem Meter, den sie näher kamen, wurde die Gewissheit größer.

»Dat ist sie«, sagte Tiemann und zeigte auf eine Mulde, auf der unter Zierleisten und zerbeulten Kotflügeln und Plastikzeugs ein Autositz lag, dem man auch mitten im Müll ansah, dass er fast neu war.

Weil er sichergehen wollte und den Wagen Celas nur einmal kurz gesehen hatte, rief er Anja an und ließ sich die Fotos von der Spurensicherung im Innenraum des SUV schicken.

»Jetzt schaun wir mal«, sagte Deniz, als sein Handy den Eingang einer Nachricht anzeigte. Er öffnete das Foto, begann zu lächeln und zeigte es Camilla.

Tiemanns Blicke waren mehr als verständnislos, aber offensichtlich war der Mann zu beeindruckt, um noch Fragen zu stellen.

Deniz wählte Mustafas Nummer und hatte ihn sofort am Apparat.

»Was gibt's?«

»Musti, ich bin hier auf einem Schrottplatz in Rheinhausen. Und es wäre schön und notwendig, wenn einer von euch kommen könnte. Denn ich bin sicher, ich habe hier einen Autositz, der vor nicht allzu langer Zeit in dem SUV war, der bei uns in der Garage steht.«

»Nach Rheinhausen? Über die vierzig? Um die Zeit?«

»Nöl nicht. Dafür kannst du dir alle weitere Arbeit am Auto sparen, da bin ich sicher.«

»Schon gut. Wird 'ne Stunde dauern.«

Er drückte das Gespräch weg.

»Sie können wieder Ihrer Arbeit nachgehen, Herr Tiemann«, sagte er zu dem Mann. »Wir warten hier auf unsere Kollegen. Vielleicht können Sie uns in der Zwischenzeit noch Ihren Ausweis zeigen.«

Er stiefelte durch die Pfützen zurück Richtung Büro.

Deniz sah Camilla an. Sie lächelte amüsiert zurück.

»Nun sag schon.«

»Ich möchte, dass du mich ab heute Sherlock nennst.«

Sie kicherte so laut, dass Tiemann kurz stehen blieb und sich umdrehte.

»Wenn wir tatsächlich Spuren an dem Ding finden, haben wir alle drei Tatverdächtigen an der Tat«, sagte sie, als sie sich wieder beruhigt hatte. »Bleibt nur noch dieses eigenartige Video.«

Das Video hatte er vollkommen vergessen.

Völlig spooky, die Sache.

Stefanie

Noch bevor sie die Tür öffnete, begann es.
Manchmal sogar dann schon, wenn sie mit dem Auto in ihre Straße einbog, ganz sicher aber in dem Moment, wenn sie durch das kleine eiserne Gartentor ging, das man mit dem Knie öffnete und das immer quietschte, so oft man es auch ölte. An den Rosen vorbei, deren Pracht jetzt, im Februar, so verborgen war, und in die sie sich schon bei der ersten Besichtigung dieses Hauses verliebt hatte. Dieses Hauses, das von Anfang an IHR Ort gewesen war. Alles hatte sich so angefühlt, wie sie es sich immer erträumt hatte, schon als Kind, oder erst recht als Kind, als ihre Familie ständig umgezogen war, kaum dass sie sich heimisch fühlen konnte.

Hier hatte sie alles sofort geliebt. Die Blicke aus dem Fenster, die Geräusche, wenn sie die Treppe nach oben ging, ja sogar den Geruch, selbst den hatte sie schon beim ersten Betreten gemocht wie etwas, das sie schon ganz lange kannte. Und es hatte keinen Ort der Angst in diesem Haus gegeben, nicht der staubige Boden, selbst der fensterlose Raum am Ende des Kellergangs, in dessen Ecken immer wieder unerklärlicherweise Spinnweben waren, obwohl nirgendwo eine Spinne zu finden war, auch dieser Raum hatte ihr keine Angst gemacht, nicht einmal, wenn sie bei Dunkelheit nach unten gegangen war.

Vorbei, das alles. Vorbei.

Jetzt fühlte sie, wie der eisblaue, frostige Klumpen in ihren Eingeweiden auszustrahlen begann, sobald sie diese Schwelle überschritt.

Sie schloss die Tür hinter sich, ließ den Mantel von den Schultern gleiten und ging zum Wohnzimmerfenster. Mit dem Blick in ihren Garten konnte sie ihr Inneres am ehesten wieder in einen Zustand bringen, der es ihr ermöglichte, die Stunden in diesen Wänden nicht wie einen endlosen grausamen Traum zu empfinden.

Obwohl sie nur noch selten Hunger empfand seit dieser Nacht, machte sie sich schließlich etwas zu essen. Sie schmierte sich ein Brot, erhitzte in einem Kocher Wasser, goss sich einen Tee auf.

Nach dem Essen schaltete sie den Fernseher ein, weil das Geräusch angenehm war. Sie setzte sich in den Sessel ihres Mannes und betrachtete die Bewegungen auf dem Bildschirm, hörte auf die Stimmen, die Musik.

In den Tagen, den Wochen danach war sie kaum imstande gewesen, mehr als die nächsten paar Minuten zu bedenken, die vor ihr lagen.

An einem Morgen jedoch war das anders gewesen. Sie hatte ein wenig länger geschlafen als sonst, und zum ersten Mal seit dieser Nacht war sie nicht nur hilflos, verletzt, voller Angst und einsam gewesen, sondern wütend. Wütend auf sich selbst, nichts getan zu haben, feige gewesen zu sein, sich nicht gewehrt zu haben. Und wütend auf diesen Menschen, der ihr geliebtes Leben in etwas verwandelt hatte, was ihr jetzt zuwider war, in jeder Sekunde.

Danach hatte sie zum ersten Mal Gedanken fassen können, die sich nicht wie ein erschöpfender Tanz an einem Abgrund anfühlten, einem Abgrund, aus dessen Finsternis übelster Gestank emporstieg.

In diesem Moment war sie durch das Haus gegangen und hatte versucht, herauszufinden, wie der Mann in die Wohnung gekommen sein könnte, denn das war ihr bis jetzt ein Rätsel. Aber sie fand nichts, keine Beschädigungen, keine Spuren. Alle Schlüssel, die existierten, waren in ihrem Besitz, bis auf jenen, den Uwe mitgenommen hatte und der in einem Schließfach lag, das sich in einem Gebäude befand, in dem nicht nur Schlüssel, sondern auch Menschen eingeschlossen wurden.

Dass sie eine Tür oder ein Fenster offen gelassen hatte, war fast ausgeschlossen, aber vielleicht war es ihr doch passiert, aus einer Unachtsamkeit, die man sich nur dann leistete, wenn man sich absolut sicher fühlte. Mit der Zeit war das für sie die einzige Möglichkeit, die für sie blieb.

Als sie die Terrassentür öffnete, um auf dem Metallgitter eines der noch polsterlosen Stühle die Februarsonne zu genießen, die seit Tagen zum ersten Mal durch eine seltene Wolkenlücke fiel, zeigte der Ton ihres Handys den Eingang einer Nachricht. Wie immer es ihr ging und wo immer sie mit ihren Gedanken auch war, dieses Geräusch war mittlerweile etwas, das sie wie ein stählerner Arm an der Kehle fasste und mit strampelnden Beinen über den Rand des schwarzen Abgrunds in den giftigen Dunst hielt.

Sie starrte das Gerät an. Die Nummer war ihr fremd, und es hing eine Datei daran, was bedeutete, dass er es war. Er benutzte immer andere Nummern.

Wenn du meine Nachrichten nicht annimmst, Liebste, ist das nicht gut. Auch dann werde ich kommen, und ich werde unsere Liebe allen zeigen, allen ...

Das hatte er bei seinem einzigen Anruf gesagt. Eine seiner grausamen Drohungen, die er ihr mit kühler Sachlichkeit mitgeteilt hatte.

Damit du nicht vergisst, was unsere Vereinbarung ist, werde ich dir hin und wieder wunderbare Erinnerungen schicken. Denn alles, was zwischen uns passiert ist, soll doch unser Geheimnis bleiben, ja? Du willst doch nicht, dass alle Welt und vor allem dein Mann davon erfährt. Menschen missverstehen so etwas immer, auch das, was zwischen uns passiert ist.

All seine Texte danach, mit denen er die Filme sandte, waren Worte eines Liebenden. Erst spät hatte sie den Grund dafür erkannt, warum er nicht mehr anrief.

Sie berührte den grünen Button und öffnete die Nachricht, an der eine Datei hing.

Dann legte sie das Gerät beiseite, denn auch diese Nachricht enthielt den Text, mit dem er seit einiger Zeit die Filme sandte.

Wie schön es bei dir ist, Liebste. Home sweet Home.

Die Filme öffnete sie nicht mehr, weil sie wusste, was sie enthielten, und weil es nicht nötig war, diese Bilder zu sehen, um sie für die nächsten Stunden in fünfundsechzig Kilogramm lebloses Fleisch zu verwandeln.

Als sie spürte, dass ihre Beine auf dem harten Rahmen des Gartenstuhls ganz taub geworden waren, schien die milchige Sonne schon durch die Zweige der blattlosen Sträucher und hatte den Horizont fast erreicht.

Aber daran lag es nicht, dass sie entsetzlich fror.

Camilla

Das Ding war geklärt, dachte Camilla, und sie musste lächeln, weil sie sich dabei ertappte, es in Gedanken so zu formulieren, wie Deniz es tun würde.

Seit vierundzwanzig Stunden wussten sie, dass jemand versucht hatte, die Blutflecken auf dem Sitz von Bekim Celas SUV mit einem scharfen Reinigungsmittel zu beseitigen, was doppelt schiefgelaufen war. Einmal hatte die Aktion den Sitz nicht sauberer, sondern unbrauchbar gemacht, weil das Mittel zweitens zwar einen Teil der Farbe, nicht aber alles Blut von Skender Mataj beseitigt hatte, sodass seine DNA noch gesichert werden konnte. Wieder einmal stellte sich heraus, dass trotz aller fortschreitenden DNA-Analysefähigkeit in allen anderen Bereichen blutende Taten für die Täter sehr viel gefährlicher waren, als wenn das Opfer unverletzt blieb.

Warum der Mann umgebracht worden war, warum auf diese Weise, warum so überstürzt abgelegt, all das wussten sie nicht, denn natürlich sprach keiner der Festgenommenen mit ihnen. Ebenso wenig konnten sie sich bisher einen wirklichen Reim auf dieses Video machen, weder, ob es etwas mit der Tat zu tun hatte, noch, ob es im mitgehörten Telefonat um ebendieses Video ging.

Sie hatten sich an den Anwalt der Familie Shehu gewandt und die Ehefrau des Beschuldigten zur zeugenschaftlichen Vernehmung durch die Staatsanwaltschaft vorgeladen, weshalb sie keine Wahl hatte und erscheinen musste. Dennoch fand der Termin in den Räumen der Polizei statt, weil sie in der Staatsanwaltschaft nicht über die nötige Technik verfügten, die für das Gespräch nötig war, denn sie hatten sich für die Schockvariante entschieden.

Deniz holte beide von der Pforte ab und führte sie in eines der leeren Büros neben dem Besprechungsraum. Marigona Marku war für den Termin eine Spur zu nachlässig gekleidet, fand Camilla, was aber zu dem passte, was sie ausstrahlte. Ihr Anwalt hatte sich für die Jackett-Jeans-Chelsea-Boots-Variante entschieden. Sie hatte den Mann vorher noch nie gesehen.

Deniz bot ihnen erst einen Platz und dann einen Kaffee an, den Kaffee lehnten beide ab.

»Ehrlich gesagt weiß ich nicht, was wir hier sollen«, begann ihr Anwalt. »Natürlich macht meine Mandantin von ihrem Aussageverweigerungsrecht Gebrauch, wie Sie wissen, von daher ist dies vertane Zeit. Außerdem möchte ich vermerkt wissen, dass ich die Kopie der Akte erst seit gestern habe, was kaum ausreichend war, um mich auf diesen Termin vorzubereiten.«

»Ich nehme das zur Kenntnis, Herr Waldschmidt«, sagte Camilla, »dennoch möchte ich Frau Marku noch einmal eingehend belehren, dass sie als Zeugin keine Aussage machen muss, mit der …«

»Bei allem Respekt, Frau Lopez, ich denke, das ist in meiner Gegenwart überflüssig«, mit leicht genervtem Unterton.

Weil die Frau immer noch einen äußerst mitgenommenen Eindruck machte, kamen Camilla Zweifel, ob sie es so machen sollten wie abgesprochen, nämlich der Frau das Video ohne Vorwarnung zu zeigen, somit auch in der Gegenwart ihres Anwalts. Sie sah noch einmal die Frau an und entschied sich anders.

»Gut, dann möchte ich, dass Sie sich Folgendes gut überlegen, Frau Marku. Ich nehme Bezug auf den Vermerk von Kriminalhauptkommissarin Dreher auf Seite 119 der Akte, wo in einem mitgehörten Telefonat Ihres Mannes aus dem Hintergrund von Ihnen, Frau Marku, von einem Video gesprochen wird.«

Bei dem Wort »Video« zuckte Marigona Marku zusammen und starrte Camilla mit großen Augen an, als habe man ihr mit biblischem Ungemach gedroht.

»Wir möchten Ihnen das jetzt zeigen. Soll Ihr Anwalt dabeibleiben?«

»Nein, ich will das nicht sehen«, sagte sie gehetzt und schüttelte heftig den Kopf.

Der Anwalt blickte mit verwirrter Miene von einem zum anderen.

»Worum geht es da, in diesem Video?«

»Nein, ich will das nicht sehen.« Es war deutlich erkennbar, dass die Frau den Raum am liebsten verlassen hätte und den Fluchtreflex nur mit Mühe unterdrückte.

»Was ist das für ein Video?« Waldschmidt verlieh seiner Stimme etwas mehr Nachdruck.

»Gut, das Anschauen kann ich Ihnen ersparen, Frau Marku, die folgenden Fragen allerdings nicht.«

Camilla wandte sich dem Anwalt zu.

»Zu Ihrer Kenntnis. Es handelt sich um die Aufnahme eines Geschlechtsaktes zwischen Frau Marku und einem Mann, der offensichtlich nicht ihr Ehemann ist, dessen sind wir ziemlich sicher, obwohl das Gesicht der Person in dem Film nicht zu erkennen ist.«

Für einen so erfahrenen Anwalt entgleisten Waldschmidt die Gesichtszüge relativ heftig, dachte Camilla. Der Mann brauchte ein paar Sekunden.

»Äh, wie? Ein privater ... Porno? Verstehe ich das richtig? Und was hat das mit der Tat zu tun?«

»Das wissen wir noch nicht. Aber weiterhin zu Ihrer Kenntnis. In einem Telefonat ihres Mannes mit dem Tatverdächtigen Pavlović ein paar Tage nach der Tat ist im Hintergrund von Frau Marku von einem Video gesprochen worden, worauf der Beschuldigte, also ihr Mann, mehr als unwirsch reagiert hat. Weiterhin …« Sie überlegte einen Moment, ob sie die Info weitergeben könnte, sah Deniz an, der ihr zunickte. »… weiterhin, und darum ist dies hier auch eine zeugenschaftliche Vernehmung, existiert ein ähnliches Video aus der Vergangenheit, das in einem anderen Verfahren aufgetaucht ist, natürlich mit einer anderen Frau, beim männlichen Part in diesen Filmen könnte es sich allerdings um dieselbe Person handeln.«

Der Anwalt sah nach unten, und es war erkennbar, dass er für einen Moment bei der Bewältigung dieser Informationen überfordert war.

»Noch mal zum Mitschreiben. Es gibt ein privates Sexvideo mit meiner Mandantin, und Sie sind der Meinung, dieser Film könnte etwas mit der Tat zu tun haben? Ist denn außer Frau Marku irgendein Tatbeteiligter darauf zu sehen?«

»Vermutlich nicht, aber wie gesagt, das wissen wir nicht genau.«

Er sah seine Mandantin an, die am ganzen Leib zitterte und einen Punkt vor ihren Füßen fixierte. Dann wandte er sich wieder Camilla zu.

»Ich denke, es ist mehr als verständlich, wenn ich das mit meiner Mandantin besprechen muss, und zwar eingehend. Wir werden hier und jetzt darum selbstverständlich nichts dazu sagen. Ich melde mich bei Ihnen.«

Wieder warf sie Deniz einen Blick zu, der sich wie verabredet zurückgehalten hatte und jetzt mit aufeinandergepressten Lippen den Kopf wiegte.

»Kann ich Sie noch einen Moment allein sprechen, Herr Waldschmidt?«, fragte Camilla den Anwalt, der schon aufgestanden war. »Dauert nur eine Minute.«

Marigona Marku machte eine wirre zustimmende Geste und verließ das Büro.

»Eines noch vorweg, Frau Lopez: Dass ich von diesem Video hier auf diese Weise erfahre, ist nicht die feine englische Art, zurückhaltend formuliert. Das war schon ein Überfall.« Sein Ärger schien echt. »Und ich kann Ihnen noch nicht sagen, wie ich damit umgehe.«

»Vielleicht kann ich Ihnen dann noch Folgendes mit auf den Weg geben, Herr Waldschmidt. Erstens: Wir wissen von diesem Video seit gestern, darum konnten Sie noch nicht informiert werden. Zweitens sollten Sie bei Ihrer Entscheidung bedenken, dass Ihr Mandant so sicher wie das Amen in allen Kirchen dieser Welt für diese Tat verurteilt wird und, weil die DNA des Opfers an seinem Messer ist, sehr wahrscheinlich sogar als Haupttäter, auch wenn das Motiv noch nicht ganz klar ist. Bei seinen Vorstrafen heißt das, dass er mindestens für die nächsten fünfzehn Jahre von der Bildfläche verschwunden ist, vielleicht auch länger, denn die Sicherungsverwahrung ist bei dieser Tat und dem Vorleben keineswegs vom Tisch.«

»Was wird das, Frau Staatsanwältin, ein Einschüchterungsversuch?«

»Nein, ganz im Gegenteil. Möglicherweise ein Vorschlag zur Güte. Denn wenn dieses Video etwas mit der Tat zu tun hat, wovon wir ausgehen, dann sollten Sie gut überlegen, ob eine Aussage der Frau Ihrem Mandanten nicht sogar helfen könnte. Am Telefon hat der Beschuldigte sehr unwirsch reagiert, er ist regelrecht ausgerastet, als sie von einem Video sprach. Ich weiß daher nicht, ob dieses Filmchen ein Kriterium für ein affektiv induziertes Motiv sein könnte.«

Er hatte das Kinn gehoben, und ihm war anzusehen, dass er nachdachte.

»Wie soll das vor sich gehen, wenn der Mann auf dem Video nicht das Opfer ist?«

»Ich will mit offenen Karten spielen, Herr Waldschmidt: Wir wissen das nicht, noch nicht. Aber es deutet vieles darauf hin, dass es einen Zusammenhang gibt. Wir sind, was das zweite Video angeht, noch ganz am Anfang der Ermittlungen. Mein Angebot ist vollkommen ehrlich, ich möchte, wie schon gesagt, Ihnen gegenüber mit offenen Karten spielen. Natürlich würde uns eine Aussage helfen. Aber Ihnen vielleicht auch, zumindest wird sie Ihrem Mandanten nicht schaden.«

Er begann, sachte zu nicken.

»Kann ich das Video mal sehen?«

Sie suchte Deniz' Blickkontakt.

»Mit Verlaub. Ich möchte Ihnen das zum jetzigen Zeitpunkt nicht zeigen, ohne dass Frau Marku ausdrücklich zustimmt. Wir können sie fragen, ob sie einverstanden ist. Oder wie fänden Sie es, wenn wir uns ungefragt einen Film ansähen, wenn Sie mit Ihrer Frau ...?«

»Wir pflegen uns nicht dabei zu filmen.« Er lachte die kleine Peinlichkeit weg, wurde wieder ernst. »Nein, nein, ist schon gut. Können wir jetzt drauf verzichten. Sie hören von mir.«

Als er die Tür geschlossen hatte, setzte sie sich auf die Kante eines der beiden Schreibtische.

»Und? Was meinst du?«

»Schwer zu sagen. Eigentlich sagen diese Leute nichts, wie du weißt. Aber dein kluges Plädoyer zeigt vielleicht Wirkung. Mal sehen, was unsere zweite Laiendarstellerin heute Nachmittag zu ihrem Streifen sagt.«

Sie hatte nicht gefrühstückt und sich den gesamten Morgen

Gedanken über dieses Gespräch gemacht. Jetzt spürte sie ihren leeren Magen.

»Gehen wir einen Happen essen?«, fragte sie.

»Yep, und zwar zu dritt. Alex hat versucht, mich anzurufen, hat dann eine Nachricht geschickt. Er hat was für mich.«

Alex, wie schön, dachte sie.

Alexander

Nachdem er den Wagen geparkt hatte und auf dem Weg zum Treffen war, führte er sich noch einmal die Bilder aus dem Traum vor Augen und fragte sich, ob er Camilla gleich ohne Kloß im Hals würde gegenübersitzen können.

Auf dem Weg hierher hatte er noch einmal Lisa angerufen, weil er bei der Sache doch eine größere Verantwortung empfand.

Als er das Bistro betrat, saßen Camilla und Deniz schon an einem Tisch in der Ecke.

»Wie im richtigen Leben«, Deniz mit bewusst desinteressierter Miene. »Die Leute von *Watching the West* sind immer überall zu spät. So werdet ihr nie die Nummer eins im Pott, geschweige denn im Rest der Republik.«

»Du kennst das nicht, aber bei uns ist Gründlichkeit ein unverzichtbares Element unserer Arbeit, darum müssen wir, wenn zwei Dinge in Konflikt treten, oft ein Wichtigkeitsranking vornehmen, tut mir leid.«

»Dann können wir ja wieder gehen, wenn wir so unwichtig sind.«

»Ob ich bei deiner Karrieregeilheit auf solche Informationen verzichten könnte, würde ich mir zweimal überlegen.«

Camilla schüttelte sacht den Kopf.

»Ihr habt ja beide meine Handynummer, ja? Ich geh kurz eine Runde shoppen, ruft mich doch an, wenn ihr so weit seid.«

»Ist doch alles nur ein Zeichen von Zuneigung, Cami.«

Die Bedienung kam, er bestellte einen Milchkaffee, sah auf die Bestellung der beiden anderen und ließ sich von Camillas Quiche inspirieren.

»Na, was macht dein Anlagebetrüger? Konnte Tanja dir weiterhelfen?«

»Ja, hat mir echt geholfen, jedenfalls hat sie mir einen kleinen Einblick in die Szene gegeben.«

»Und? Wird es ein Verfahren gegen die Firma geben, die deinen Informanten da übern Tisch gezogen hat.«

Alex gab in einigen Sätzen zuerst das wieder, was ihm die Chefin der Wirtschaftskriminalität in den anderthalb Stunden erzählt hatte, dann berichtete er von Lisas Aktion.

»Auch dabei ist nicht direkt etwas rausgekommen, womit ich sofort zu deiner Kollegin rennen würde«, sagte Alex und aß zwischendurch einen Bissen der Quiche, »aber Lisa hat mir den Kontakt zu einem der IT-Leute vermittelt, und zwar zu einem, der dort ebenfalls gegangen ist, weil ihm das alles nicht mehr gepasst hat, wenn man so will, also auch aus ethischen Gründen.«

»Ich bin erst mal beruhigt, dass das Mädel da so unbeschadet rausgekommen ist«, sagte Camilla.

»Ja, ich auch«, sagte Alex. »Ich habe dann mit diesem ehemaligen Mitarbeiter gesprochen, und das Unbefriedigende ist, dass diese Firma moralisch extrem verwerflich handelt, denen das aber nur schwer rechtlich vorgeworfen werden kann, weil die sich so geschickt absichern. Eine Sache hat er aber erzählt, die ich wirklich heftig fand. Ich meine, vielleicht schätze ich das auch falsch ein, und es ist halb so wild, aber er erzählte, im Darknet würden alle möglichen illegalen Daten angeboten, aber eben auch welche aus Datenbeständen deutscher Sicherheitsbehörden. Das ist auch der Grund, warum ich dich oder euch sehen wollte.«

Camilla und Deniz sahen sich an, waren dann wieder bei ihm.

»Wie kommt der darauf, dass das solche Daten sind?«, fragte Deniz.

»Zu seinen Aufgaben gehörte wohl die Beschaffung von Daten, was in der Firma ein ziemlich wichtiger Faktor des gesamten Konzepts ist, ohne das jetzt groß erklären zu können. Und er sagte, es seien zum Beispiel Daten angeboten worden von Leuten, die durch einen Betrug geschädigt wurden. Ich meine, ihr kennt euch da besser aus, vielleicht habt ihr noch eine andere Idee, woher solche Namen und Adressen kommen können, ich jedenfalls nicht. Und auch dieser Informant, der ziemlich beschlagen wirkte, konnte sich nichts anderes vorstellen als Polizei oder so was in der Art.«

»Und da kommt man nicht dran«, fragte Deniz, »ich meine jetzt nicht die Daten, sondern an die Leute, die so was anbieten?«

»So wie er es erklärt hat, im Darknet wohl nicht. Er hat es mir mal beschrieben, alles läuft über unzählige Server, die benutzen VPN-Tunnel, und bezahlt wird eben nur in Kryptowährung und so weiter.«

»Und den Namen deines Informanten willst du nicht preisgeben.«

»Ich habe es ihm hoch und heilig versprochen, und daran werde ich mich halten. Er sagte, er habe ein schlechtes Gewissen und wolle auch, dass das zumindest weniger wird, aber er sei kein Altruist und wolle in Zukunft noch einen Job bekommen. Es wäre ohnehin schon schwierig für Leute wie ihn.«

Camilla machte ein fragendes Gesicht.

»Er ist der Sohn tamilischer Flüchtlinge.«

Ihre Mimik wechselte zu Verständnis, aber es war auch noch etwas anderes erkennbar.

»Keine Ahnung, ob ihr was damit anfangen könnt, ob man da überhaupt was machen kann, mir schien es nur wichtig, und ich wollte es euch sagen.«

Deniz schob die Unterlippe vor, und man sah ihm an, dass er überlegte.

»Ich telefoniere nachher mal ein wenig rum. Das ist auf jeden Fall wichtig. Wer weiß, welche Daten da sonst noch in Umlauf kommen.«

Der Kellner fragte nach, ob alles in Ordnung sei.

»Und? Könnt ihr euch ein wenig revanchieren? Was macht eure MK mit dem Toten von der Ruhr?«

»Wenn du es für dich behältst«, sagte Camilla, »die ist geklärt.«

»Oha, das ist echt noch nicht nach draußen gedrungen.«

»Wir gehen vielleicht übermorgen damit an die Presse, sagen dir vorher aber sicherlich Bescheid.«

»Warum erst so spät?«

Camilla und Deniz sahen sich an und nickten einander zu, was wie Einverständnis aussah. Dann schilderten sie ihm eine skurrile Geschichte mit Sexfilmen, und dass sie erst dann mit der Info über die Klärung des Falles an die Öffentlichkeit gehen wollten, wenn klar war, welche Rolle diese Aufnahmen bei der Mordtat spielten.

»Und es gibt tatsächlich zwei davon? Und wahrscheinlich vom selben Urheber? Wie kommt ihr darauf?«

»Weil die Machart total gleich ist. Er muss es mit so was wie einer Bodycam aufgenommen haben, und die Perspektive ist absolut dieselbe, auch das, was die Frauen machen. Und das, was man vom männlichen Part in den Filmen sieht, ist in beiden Filmen absolut identisch.«

»Gibt es da …«, Alex räusperte sich theatralisch, »… bestimmte Merkmale?«

Beide lachten.

»Gibt es tatsächlich.« Camilla war sofort wieder völlig ernst. »Der Mann hat eine Hautveränderung am Handgelenk, daher können wir relativ sicher sein, dass es derselbe ist.«

Deniz hob die Hand, sah Camilla an.

»Und er hat auffällige Hände.«

»Ja, genau, die Nägel waren eigenartig. Fast ein bisschen wie bei einer Transe.«

Alex ließ die Informationen einen Moment auf sich wirken und versuchte, ad hoc einen möglichen Ansatz zu finden, aber er hatte keine brauchbare Idee.

»Wahnsinnsgeschichte«, sagte er. »Aber ihr haltet mich auf dem Laufenden, okay? Könnte nämlich eine ziemlich abgefahrene Story werden.«

Deniz sah auf die Uhr und winkte der Bedienung.

»Wir müssen«, sagte er. »Die Frau wohnt in Aplerbeck, und wir haben uns nicht angemeldet, könnte also sein, dass wir ein paar Versuche brauchen.«

Vor dem Bistro verabschiedeten sie sich. Alex fiel ein guter Spruch ein, und einen Moment überlegte er, Deniz den noch mit auf den Weg zu geben, ließ es aber sein.

Camilla

Auf der Fahrt nach Dortmund-Aplerbeck schwiegen sie eine Weile, ohne dass Camilla einen Grund dafür hätte erkennen können.

Sie versuchte, sich zu erinnern, wie Deniz und Alex früher miteinander umgegangen waren. Diese spielerischen Kabbeleien zwischen den beiden kannte sie längst, es war fast schon ein Ritual, aber ihr fiel nicht mehr ein, ob das früher auch schon so gewesen war.

Natürlich hatten sich beide verändert seit der Schulzeit, aber jeder war eigentlich nur seinen Weg weitergegangen, war zwar ein anderer geworden, aber jemand, in dem sie diesen Menschen von früher immer noch wiedererkennen konnte. Keiner war irgendwo abgebogen oder hatte die Richtung gewechselt.

Sie dachte daran, dass sie als Kind furchtbar gern geklettert war, und bei ihren Lieblingsbäumen war es ähnlich gewesen. Sie waren mit den Jahren größer und breiter geworden, hatten stärkere Äste bekommen und auch ein paar neue, aber sie hatte sich immer in ihnen ausgekannt. Es sei denn, jemand hatte drin herumgeschnitten.

Deniz und Alex als Bäume. Sie musste in sich hineinlächeln, weil sie die Bilder der sprechenden Baumgestalten aus dem Film *Herr der Ringe* vor sich sah.

Schon häufiger hatte sie sich gefragt, ob die beiden anders miteinander umgingen, wenn sie nicht dabei war.

Die Frau war laut Auskunft aus den Einwohnermeldedaten seit der Sicherstellung ihres Handys zweimal umgezogen, und die aktuelle Wohnung lag in einem gediegenen Mehrparteienhaus, in dem laut der edlen Klingelplatte aus Edelstahl sechs Parteien wohnten.

»Sieht so aus, als wenn damals einige Vermögenswerte vor der Sicherstellung gerettet werden konnten«, sagte Deniz mit bewusst cooler Betonung.

Er drückte auf den Knopf neben »Böttcher«.

»Dilan Böttcher«, sagte er. »Möglicherweise haben sie und ich eine ähnliche Familiengeschichte.«

»Ja bitte?«, kam es aus dem Lautsprecher.

»Frau Böttcher, Müller ist mein Name, ich bin von der Polizei Essen. Ich würde Sie gern kurz sprechen.«

Camilla wusste nicht, was sie erwartet hatte, aber es verging eine auffallend lange Zeit, bis der Summer ertönte. In der dritten Etage nahm sie eine Frau, die Türkin hätte sein können, mit skeptischem Blick in Empfang.

Deniz überraschte sie damit, dass er die Frau auf Türkisch begrüßte, was Camilla klug fand, allerdings offensichtlich wirkungslos blieb, denn ihre Mimik änderte sich nicht.

»Polizei?«, sagte sie. »Ist was mit Conrad?«

»Nein«, er zeigte seinen Ausweis. »Das ist Staatsanwältin Lopez, ebenfalls aus Essen. Sie sind Frau Dilan Böttcher?«

»Nein, das ist meine Schwester. Mein Name ist Didem Kaya.«

»Ist Ihre Schwester zu sprechen, Frau Kaya? Wir würden ihr gern ein paar Fragen stellen.«

Sie sah von einem zur anderen.

»Ihr geht es nicht so gut, ich glaube, das ist schwierig. Geht es um Conrad?«

»Nein, das sagte Herr Müller schon«, drängte Camilla sich dazwischen. »Wir würden ihr und Ihnen den Grund unseres Besuchs ungern hier auf dem Flur erklären, aus gutem Grund, glauben Sie uns. Können wir einen Moment reinkommen?«

Zögernd trat sie einen Schritt zur Seite und schloss die Tür hinter ihnen. Sie ging vor ins Wohnzimmer, wo eine Frau am Fenster stand und sie beim Reinkommen mit einem Blick empfing, als erwarte sie den Priester vor dem Gang zum Scharfrichter.

»Das ist meine Schwester Dilan.«

Die Frau von Conrad Böttcher nickte unmerklich.

»Die Leute sind von der Polizei, Dilan, sie haben eine Frage.«

Sie verließ ihren Platz, ging zu einem der Sessel und setzte sich auf die vorderen zehn Zentimeter der Sitzfläche.

»Ja, worum geht es?«

Deniz sah Camilla an, und sie verstand die Aufforderung.

»Frau Böttcher, mein Name ist Lopez, ich bin Staatsanwältin. Ich gehe mal davon aus, dass Ihre Schwester eine absolute Vertrauensperson ist und unser Gespräch mithören darf?«

Mit flackerndem Blick wechselte sie von einer zur anderen und nickte dann fahrig.

»Gut, es ist nämlich ein wenig pikant, sogar ein wenig mehr.«

Camilla belehrte die Frau, und die Art, wie sie das über sich ergehen ließ, zeigte, dass das nicht die erste zeugenschaftliche Belehrung in ihrem Leben war.

»Wir ermitteln seit einiger Zeit in einem Mordfall in Essen, Frau Böttcher. Im Rahmen dieser Ermittlungen haben wir eine …«, sie suchte nach dem richtigen Wort, »… Filmdatei auf einem Telefon der Frau eines Beteiligten aus dem Essener Fall gefunden …« Camilla unterbrach sich wieder, weil bei den letzten Worten eine deutliche Veränderung mit Dilan Böttcher vor sich ging. »Eine Filmdatei, die diese Frau – ich sagte, es ist pikant – beim Sex mit einem Mann zeigt.«

Camilla fragte sich, ob sie weiterreden sollte, denn die Frau war aufgestanden und starrte sie an.

»Um es kurz zu machen, Frau Böttcher. Vor etwa anderthalb

Jahren ist im Rahmen des Verfahrens gegen Ihren Mann bei Ihnen ein Handy sichergestellt worden, auf dem sich ein fast identischer Film befindet, allerdings …«

Ohne eine Vorwarnung setzte sich die Angesprochene in Bewegung, lief ein paarmal auf engstem Raum hin und her, ließ dabei einen kaum wahrnehmbaren wimmernden Ton hören, ignorierte auch die Beruhigungsversuche ihrer Schwester und rannte dann aus dem Zimmer.

Ihre Schwester wollte ihr folgen, stoppte dann ihren Schritt.

»Darf ich Sie bitten, jetzt zu gehen. Sie haben gesehen, dass es ihr nicht gut geht. Wenn ich gewusst hätte, dass es um dieses Thema geht, hätte ich Sie nicht zu ihr gelassen. Ich …«

»Frau Kaya«, Camilla ging energisch dazwischen und hielt die Frau am Arm zurück, »es tut mir aufrichtig leid, dass es Ihrer Schwester so geht, aber mir scheint es umso wichtiger, dass wir mit ihr sprechen. Denn das ist offensichtlich auch für Sie und Ihre Schwester ein Thema. Uns geht es möglicherweise um die Aufklärung eines oder sogar mehrerer schwerer Verbrechen. Darum …«

»Aber Sie haben doch gesehen, was das mit ihr macht.« Ihre Stimme konnte sich nicht zwischen Ärger, Sorge und Hilflosigkeit entscheiden.

»Ja, und noch mal: Vielleicht ist es darum umso wichtiger, dass wir etwas über diesen Film erfahren. Wahrscheinlich helfen Sie uns damit, ein Verbrechen aufzuklären. Reden Sie doch noch mal mit Ihrer Schwester. Und ich wiederhole mich: Ich habe nach der Reaktion den Eindruck, dass es auch für Sie und Ihre Schwester ein ziemlich wichtiges Thema zu sein scheint.«

Sie überlegte einen Moment.

»Jetzt würde ich Sie allerdings bitten zu gehen.«

»Machen wir«, sagte Deniz. »Hier ist meine Karte, rufen Sie

mich auf jeden Fall an. Vielleicht können wir erst mal nur miteinander reden. Die Informationen sind sehr wichtig für uns.«

Didem Kaya nahm die Karte, ohne noch einmal darauf zu sehen, und folgte ihrer Schwester.

Sie verließen die Wohnung, zogen die Tür hinter sich zu und schwiegen, bis sie im Auto saßen.

»Die Reaktion war noch heftiger als bei der Frau von Shehu«, sagte Deniz, als sie schon eine ganze Weile Platz genommen hatten.

»Ja«, sagte sie, »obwohl es noch länger zurückliegt. Irgendetwas ist mit diesen Filmen, was wir noch nicht wissen. Ich habe keine Ahnung, was da passiert. Diese Frauen werden irgendwie unter Druck gesetzt, aber wie geht das vor sich?«

Er startete den Wagen, und Camilla sah auf die Uhr. Vielleicht war die A40 um die Zeit noch frei.

Deniz

»Sauermilch.«

Die Stimme am anderen Ende der Leitung kam Deniz nicht mehr bekannt vor, aber diesen Namen konnte es bei der Polizei des Landes Nordrhein-Westfalen kein zweites Mal geben.

»Müller, KK 11 in Essen. Sven Sauermilch?«

Sie waren früh genug zurück gewesen, um die Infos von Alex noch dort unterzubringen, wo sie hingehörten, was allerdings nicht so einfach war, wie er sich das vorgestellt hatte. Letztlich war er nach etlichen Nachfragen bei einer Dienststelle im Landeskriminalamt gelandet, die sich mit solchen IT-Dingen auskennen sollte.

»Richtig, Sven Sauermilch. Kennen wir uns?«

»Ich glaub schon«, sagte er. »Hier ist Deniz Müller. Kann es sein, dass wir vor langer Zeit gemeinsam die Fachhochschule besucht haben?«

»Ja, das kann sein«, das Lachen war seiner Stimme anzuhören. »Deniz, ich grüße dich. Wie geht es dir, wo bist du gelandet? In Essen?«

Er erzählte ihm die Kurzfassung der letzten zehn Jahre und bekam eine solche zurück. Dunkel erinnerte sich Deniz, dass der Mann schon damals ziemlich IT-affin gewesen war, deshalb wunderte es ihn nicht, als er von einem parallelen IT-Studium neben der Polizei erzählte. Wenn er sich richtig erinnerte, war Sven damals ein hilfsbereiter Typ gewesen.

»Was kann ich für dich tun?«

Anonymität von Hinweisgebern war bei Ermittlern keine gern

gesehene Sache, außerdem brachte es rechtliche Probleme mit sich, darum hatte Deniz sich überlegt, die Hinweise in die Geschichte mit den noch rätselhaften Videofilmen einzubetten. Er schilderte all das, was sie bisher ermittelt hatten, und gab als Quelle einen Zeugen an, der sich auf jemanden berief, den er nicht kannte, was nur ein wenig gelogen war, fand er.

»Und es sind ganz sicher Daten aus dem Bestand von Sicherheitsbehörden, die angeboten werden?«

»So hat es der Hinweisgeber erzählt oder soll es erzählt haben.«

»Okay, Deniz, klingt wirklich interessant für uns. Schön wäre es, wenn ich was Schriftliches hätte. Kannst du es uns aufschreiben, möglichst dezidert, auch wie ihr in eurem Fall darauf gekommen seid? Das wäre hilfreich. Ich werde es mal streuen, auch international, vielleicht kommen wir da weiter. Aber im Darknet wird vieles angeboten, auch solche Daten sind schon mal dabei, allerdings nicht aus den Bundesländern, und es ist meist schwierig, daran zu kommen.«

»Okay, dann ist das nichts Neues für euch.«

»Was ist das mit diesen Sexvideos?«

»Wenn ich ehrlich bin, kann ich dir noch nichts Konkretes dazu sagen. Die Filme sind ziemlich gleich von der Machart, es sind zwei verschiedene Frauen darin zu sehen, die nichts miteinander zu tun haben und die beide nicht mit uns sprechen. Eine haben wir heute besucht, sie ist völlig durch den Wind, die zweite ist die Frau eines der Täter in unserer MK.«

»Wurden die damit erpresst?«

»Ich kann es dir nicht sagen, wir hoffen sehr, dass wir zumindest an eine der beiden rankommen.«

»Schon mal an KI und Deepfakes gedacht? Ist zurzeit völlig en vogue.«

»Ich kenne mich da nicht so aus. Erst mal sehen die sehr echt aus, aber das ist bei solchen Fälschungen wahrscheinlich immer so. Kann man das feststellen?«

»Es gibt einige Kriterien, daran kann man das erkennen. Wenn du willst, können wir sie uns mal anschauen.«

»Super. Ich schicke dir beide Filme. Wäre schon mal eine wichtige Info zu wissen, ob es ein Fake sein könnte. Aber so wie die Frauen reagiert haben, ist es eher unwahrscheinlich.«

Sie tauschten noch ein paar Erinnerungen aus, dann stand die Chefin in der Bürotür und gab ihm ein Zeichen, dass er zu ihr kommen solle. Deniz suchte sich die dienstliche E-Mail-Adresse des Kollegen, stellte fest, dass es diesen Namen in der Tat nur einmal im Lande gab, und schickte ihm die beiden Filme.

»Erstens: Ab morgen habt ihr, also du und Anja, noch Sascha und Gerlind für die Auswertung«, sagte die Chefin, als er fünf Minuten später in ihrem Büro stand. »Der Rest geht wieder in die Dienststellen, mehr war nicht zu machen.«

Sie breitete die Arme zu einer entschuldigenden Geste aus.

»Zweitens: Die Sache mit den Filmen bleibt bei uns. Der Inspektionsleiter sagt, es könnte zwar ein sexueller Hintergrund sein und wäre damit eigentlich nicht mehr unsere Baustelle, aber ihr wärt da jetzt im Thema und es bestünde auch ein Zusammenhang. Außerdem sei nicht klar, ob überhaupt was daraus würde und man das Ganze nicht bald zu den Akten legen könnte.«

Er hatte gehofft, die MK noch ein paar Tage länger zusammenhalten zu können, aber wie sagte Stubenkamel Dieter immer: Wunschzettel sind was für Weihnachten, nicht fürs Leben.

Ob Camilla als Kap-Dezernentin dann auch noch dabei war, wenn es nur noch um die Filme ging, stand in den Sternen und hing wahrscheinlich von ihrem Abteilungsleiter ab. Er hoffte es, denn dass beide Fälle zusammenhingen, darauf würde er einiges verwetten.

»Die dritte Sache ist vertraulich, mach mal zu.«
Er schloss die Tür von innen.
»Wir haben doch letztens darüber gesprochen, dass der Inspektionsleiter dich so unheimlich pushen will, du erinnerst dich?«
Er nickte.
»Und ich hab mich gefragt, warum, denn du bist in der Tat ein Topermittler, wie man auch jetzt wieder gesehen hat, aber du bist vom Alter einfach noch nicht dran. Ich habe eine befreundete Kollegin, mit der ich ein paar Jahre auf der Wache Dienst gemacht habe und die dann den Aufstieg in den höheren Dienst geschafft hat. Sie ist derzeit Direktorin im Innenministerium. Wir telefonieren gelegentlich miteinander, und einmal im Jahr schaffen wir es, gemeinsam essen zu gehen. Das war vorgestern.«
»Mach's nicht so spannend«, sagte er.
»Muss unter uns bleiben, Deniz, okay?«
Er signalisierte selbstverständliche Zustimmung.
»Es gibt im Ministerium eine inoffizielle Übereinkunft, Kollegen mit Migrationshintergrund – die nennen die da MH-Kollegen – besonders zu fördern, und es würde dort zurzeit äußerst positiv bewertet, wenn Führungskräfte in der Lage sind, das in ihren Behörden umzusetzen, Führungskräfte des höheren Dienstes wohlgemerkt.«
Er brauchte ein paar Sekunden, um eins und eins zusammenzuzählen.
»Du meinst, unserem Inspektionsleiter geht es weniger um mich als darum, im Ministerium gut dazustehen?«
»Ich finde sein Engagement mehr als auffallend, und es ist allgemein bekannt, dass Damjanoff ziemlich geil darauf ist, noch A16 zu werden. Kommen ja heute längst nicht mehr alle im höheren Dienst in den Genuss. Und Doris, das ist die Kollegin, kennt Damjanoff lange und weiß, was über ihn erzählt wird.«

Er musste lächeln, weil er sich nicht getäuscht hatte. Von dem Mann war von Anfang an etwas ausgegangen, das selten zu dem passte, was er sagte.

»Danke für die Info.«

»Hab ich dir letztens schon gesagt, Deniz. Du weißt, was ich von dir halte, nicht nur dienstlich, sondern auch persönlich, darum möchte ich, dass dir eins klar ist: Ich habe dir das weniger deshalb erzählt, um was über dich auszusagen als über ihn.«

Er verließ ihr Büro, nahm sich einen Kaffee, stellte sich ans Fenster und sah auf die verregnete Zweigertstraße, wo die Schirmlosen mit schnellen Schritten irgendwo Schutz suchten und die anderen ihre Schirme gegen den Wind stemmten.

Es hatte in seiner Zeit bei der Polizei ein paar Leute gegeben, für die der türkische Anteil seiner Gene Anlass gewesen war, ihn anders zu behandeln als die blauäugigen Blondies. Jetzt wollte dieser Mann ihn nicht deshalb fördern, weil er seinen Kram ziemlich gut auf die Reihe bekam, sondern weil er eine türkische Mutter hatte und es im polizeilichen Olymp gut ankam, solche Leute anzuschieben. Er fragte sich, was die schlimmere Diskriminierung für ihn war.

Das Telefon.

»Müller, KK 11.«

»Hier ist Didem Kaya. Sie haben mir heute Ihre Karte gegeben.«

Alexander

Er war auf dem Rückweg von einem Gerichtstermin. Fünf Mitglieder einer Rockerbande hatten den Angehörigen einer Gruppe mit vergleichbarer Lebenseinstellung, fast identischer Kleiderwahl und sehr ähnlichem Rechts- und Demokratieverständnis, allerdings mit anderem Namen, entführt und ihm mit Baseballschlägern und verwandten Werkzeugen klarmachen wollen, dass man in Fragen der lokalen Aufteilung von Einflussbereichen unterschiedlicher Meinung war.

Es erinnerte Alex an seine Kindheit, wenn sie mit Freunden und Nachbarskindern, nachdem im Fernsehen Westernfilme gelaufen waren, diese nachgespielt hatten. Die Beweggründe für den Kampf zwischen der Kavallerie und den Ureinwohnern waren dieselben gewesen, auch die Bemalungen, nur die Blessuren hatten anders ausgesehen.

Der Malträtierte heute im Gericht hatte im Rollstuhl an der Verhandlung teilgenommen.

Vielleicht war diese Erinnerung die Ursache dafür, dass ihm erst ein paar hundert Meter später auffiel, am Firmensitz von Petersen-Bau vorbeigefahren zu sein.

Er wendete den Wagen und parkte direkt vor dem großen Rolltor, das zu seiner Verwunderung einen Spalt geöffnet war, der zum Durchgehen ausreichte.

Vielleicht war es ganz okay, mal nach Hannes Petersen zu schauen, von dem er seit der Beerdigung seines Vaters nichts mehr gehört hatte.

Halb auf dem Weg zum Wohnhaus stoppte er, weil auch die Tür zu einer der großen Lagerhallen für Baumaterial offen stand.

Er sah hindurch. Die Halle war vollkommen leer geräumt, nur in der Mitte stand ein einsamer Stuhl, auf dem Petersen mit ausgestreckten Beinen saß. In der rechten Hand, die er auf dem Oberschenkel abgelegt hatte, hielt er eine Flasche Bier. Die Szene hatte etwas von einem Edward-Hopper-Gemälde, fand Alex.

Nach einem Augenblick des Abwägens entschied er sich einzutreten.

»Aus dem Hintergrund müsste Rahn schießen«, sagte Hannes Petersen mit einem Lächeln, als er ihn kommen sah.

Alex blieb vor ihm stehen.

»Störe ich?«

»Nein. Ich bin nur dabei, Abschied zu nehmen.« Trauriges Lächeln. »Leider kann ich Ihnen keinen Platz anbieten.«

»Ich will auch nicht lange stören. Geht es Ihnen etwas besser, als es aussieht?«

»Es geht schon. Die Insolvenz ist durch. Bald müssen wir hier raus.«

»Auch aus dem Wohnhaus?«

»Auch das, ja.«

»Darum der Abschied?«

»Genau.« Er nahm einen Schluck. »Aber ansonsten ... könnte es schlechter sein, ehrlich. Die Leute, von denen die Knochenbrecher kamen, konnte ich bezahlen. Sagte ich ja schon, nicht ganz legal, aber die bin ich los. Und auch sonst haben die Dinge durchaus eine andere Färbung bekommen.«

Einen Moment überlegte Alex, ob es indiskret wäre, ihn danach zu fragen.

»Ich will Sie nicht mit Familienangelegenheiten belästigen, aber ich hatte ein Gespräch mit meiner Mutter. Ein Gespräch, wie wir es noch nie miteinander geführt haben.«

»Deshalb die andere Färbung?«

Er nickte mit abgewandtem Blick.

»Sie empfindet das alles jetzt als Befreiung. Fast grotesk, oder? Sie hat es ihr Leben lang gehasst, dass der Betrieb immer an erster Stelle stand, immer, wie sie sagte. Sie hat immer verzichtet, auf Geld, auf Zeit, auf Aufmerksamkeit, vor allem auf ihren Mann. Und sie hat auf Lebensfreude verzichtet. All die Jahre.« Er dachte einen Augenblick nach. »Habe ich nicht mitgekriegt.«

»Befreiung? Tatsächlich?«

»So hat sie es genannt. Und ich habe gestern nach vierundzwanzig Jahren zum ersten Mal wieder mit meinem Bruder gesprochen.«

»Ich wusste nicht, dass Sie einen Bruder haben.«

»Er ist zwei Jahre jünger und hat vor Jahren erst mit meinem Vater, dann mit der Familie gebrochen. Auch da ging es um die Firma. Was ich nicht wusste, war der wirkliche Grund, und dass meine Mutter gegen den Willen ihres Mannes immer Kontakt zu ihm gehalten hat. Auch davon hatte ich keine Ahnung.«

»Klingt nach ganz großem Kino.«

»Ja. Und vielleicht hilft es dabei, mich irgendwann nicht mehr als der größte Versager des Universums zu fühlen.«

Alex hätte gern etwas darauf gesagt, aber ihm fiel in der Situation nichts ein, was nicht wie eine wohlfeile Plattitüde geklungen hätte.

»Alles Gute, Herr Petersen«, sagte er schließlich, hob die Hand und ging.

Petersen nickte wortlos.

»Ach ja«, sagte er, als Alex den Durchgang nach draußen fast erreicht hatte, »und danke, dass Sie mir wegen dem hier nie moralisch gekommen sind.« Er hob abermals die Flasche. »Das kriege ich auch noch in den Griff, aber eins nach dem anderen.«

»Viel Glück«, sagte Alex und ging zum Wagen.

Als er die Räume von *WtW* betrat, war Lisa die erste Person, die er sah.

»Lisa, welch Labsal für meine entzündeten Augen.«

Ihre Reaktion auf den Scherz war verhalten. Sie war ein paar Tage nicht in der Redaktion gewesen, und er hatte sich vorgenommen nachzufragen, wenn sie morgen nicht gekommen wäre.

Er blieb vor ihrem Schreibtisch stehen.

Ihm fiel auf, dass etwas anderes von ihr ausging, etwas anderes als sonst und erst recht etwas anderes als in dem Augenblick, als sie zuletzt seine Wohnung verlassen hatte.

»Alles gut?«

Sie sah sich um, und obwohl außer einem der Bildredakteure niemand im Raum war, stand sie auf und ging mit einem »Komm mal mit!« in den Besprechungsraum vor. Sie schloss die Tür hinter ihm.

»Ist es so geheim? Das kenne ich ja gar nicht von dir.«

»Ich weiß nicht, ob es so geheim sein muss, aber ich wollte erst mal deine Einschätzung.« Sie machte eine kurze Pause, und ihre Haltung entspannte sich ein wenig. »Als ich nach Hause kam von unserem letzten Treffen, hatte ich einen Tag und eine Nacht so viel Angst, dass ich kaum geschlafen habe. Danach hat sich diese Angst immer mehr in eine tierische Wut verwandelt. Erst war ich wütend auf mich selbst, dass ich wegen so einem Scheiß so viel Angst habe und nicht schlafe. Und dann immer mehr auf die drei. Wie haben mich diese Arschlöcher eigentlich behandelt?«

Weder das Vokabular noch die Körpersprache hatte Alex je bei ihr wahrgenommen. Sie wirkte so, als sei in kurzer Zeit etwas Gravierendes mit ihr passiert.

»Und ich möchte, dass die dafür büßen.«

»Willst du zur Polizei gehen?«

»Am liebsten würde ich das tun, aber die waren zu dritt. Ich bin sicher, die würden das Blaue vom Himmel lügen, und ich hätte null Chance. Ich habe mir was anderes überlegt. Du lobst ja immer meine IT-Kenntnisse, und ja, das ist schon meins, klar. Und ich weiß, zumindest ein wenig, welche Systeme sie nutzen ... Man könnte da einiges machen.«

»Hast du keine Angst, dass sie dahinterkommen, von wem das ausgeht?«

»Glaub mir, wenn es einen Ort gibt, an dem du verschleiern kannst, wer du bist, dann ist es das Netz. Und ich bin sicher, die haben so viele Feinde, da bin ich niemals die erste Wahl.«

»Und was willst du anstellen?«

Sie dachte einen Moment nach.

»Es gibt zwei Möglichkeiten.«

In den nächsten Minuten erklärte sie ihm in einer Weise, dass er es halbwegs verstand, wie man diese Firma entweder einfach nur schädigen und ihre Geschäfte für eine Zeit lahmlegen könnte oder wie man etwas initiierte, was die Möglichkeit einer strafrechtlichen Verfolgung erleichterte oder erst möglich machte.

Als sie fertig war, sah sie ihn erwartungsvoll an.

»Was wäre dir lieber?«

»Diese Leute kaufen illegale Daten und legen andere mit übelsten Mitteln aufs Kreuz. Wäre schon schön, wenn sie dafür bezahlen würden. Du hast doch da deine Verbindungen.«

»Okay«, sagte Alex, »ich muss dafür allerdings ein paar Gespräche führen. Aber ich halte dich auf dem Laufenden.«

»Danke.« Das anschließende Lächeln war wieder so wie früher.

Nachdem sie den Raum verlassen hatte, rief er Deniz' Kontakt auf, hielt aber inne, als er den Button drücken wollte. Dann wählte er die Nummer von Tanja Hüttler, der Leiterin der Wirtschaftskriminalität, und fragte, ob sie Zeit für ihn hätte.

Camilla

Sie hatte am Vormittag einen dienstlichen Termin verschieben müssen, aber Deniz war es wichtig gewesen, dass sie dabei war, und wahrscheinlich lag er damit richtig.

Um ihr die Fahrt nach Essen zu ersparen, hatten sie Didem Kaya zum Polizeipräsidium nach Dortmund bestellt, wo Deniz über das dortige KK 11 einen Raum reserviert hatte, was kein Problem war, weil er zwei Kolleginnen persönlich kannte, die eine in der Vergangenheit noch etwas persönlicher, wie ihre Begrüßung verriet, dachte Camilla.

So saßen sie, versorgt mit sehr gutem Kaffee, der Frau gegenüber, der schon beim Eintreten anzusehen war, dass sie einen Teil ihrer gestrigen Feindseligkeit zu Hause gelassen hatte.

»Eines müssen Sie mir vorweg versprechen«, sagte Didem Kaya, nachdem Deniz ihre Personalien aufgenommen hatte, »meine Schwester darf nicht erfahren, dass ich mit Ihnen gesprochen habe, und Conrad auch nicht.« Sie winkte ab. »Aber der ist ja noch zwei Jahre …«

Camilla hatte so etwas befürchtet.

»Das wird schwierig, Frau Kaya. Ich muss Ihnen dazu Folgendes erklären. Herr Müller und ich sind in unseren Funktionen dem Gesetz verpflichtet. Und in Deutschland ist es Gesetz, dass Menschen wie wir beide, wenn wir von einer Straftat erfahren, nicht untätig bleiben können. Darum muss ich Sie in zweifacher Weise belehren. Einmal müssen Sie keine Angaben machen, mit denen Sie sich selbst oder einen Angehörigen rechtlich belasten, haben Sie das verstanden?«

Sie nickte mit konzentriertem Gesicht.

»Sie müssen als Zeugin außerdem die Wahrheit sagen, auch das wissen Sie. Und zweitens müssen Sie realisieren, bevor wir anfangen, dass sowohl Herr Müller als auch ich, sollte das, was Sie uns erzählen, von einer Straftat handeln, ganz offiziell mit unserer Arbeit anfangen müssen.« Das letzte Wort betonte sie deutlich. »Wir können das nicht ignorieren. Sie sollten sich also ganz genau überlegen, was Sie uns sagen wollen.«

Wieder nickte sie, und es war ihr anzusehen, dass in ihr eine große Abwägung stattfand.

»Aber vielleicht kann ich Ihnen dabei helfen. Denn Sie sind doch hierhergekommen, weil Sie Ihrer Schwester helfen wollen, oder? Damit es ihr besser geht. Und die hat, wenn Sie mir die Anmerkung erlauben, ohne anmaßend wirken zu wollen, Hilfe bitter nötig, wenn ich an unseren gestrigen Besuch denke.«

Augenblicklich lief der Frau eine Träne über die linke Wange.

Lass ihr noch etwas Zeit, dachte Camilla.

»Warum ist Ihre Schwester in so einem bemitleidenswerten Zustand, Frau Kaya? Es hat mit dem Video zu tun, oder?«

Sie brauchte noch einen Moment, wohl um ein paar Einwände zur Seite zu schieben.

»Ich habe den Anfang gar nicht mitbekommen«, begann sie mit plötzlich belegter Stimme. »Es ist jetzt gut anderthalb Jahre her, als es Dilan immer schlechter ging, psychisch, so schlecht, dass ich es gemerkt habe. Sie hatte in kurzer Zeit extrem abgenommen und war nicht mehr der Mensch, der sie immer gewesen war. Also, nicht dass sie vorher ein Clown gewesen wäre, aber man konnte Freude und Spaß mit ihr haben. Erst dachte ich, es hätte damit zu tun, dass Conrad verurteilt worden war, und zwar zu so einer langen Haftstrafe, die dann nach dem zweiten Prozess noch einmal verlängert wurde, nachdem bei ihr durchsucht worden war. Aber es war schließlich nicht das erste Mal, dass er Scheiß gebaut hatte mit seinen Autos, und Dilan hat das zwar oft geärgert, aber ihr war es deswegen nie so schlecht gegangen.«

Sie machte eine Pause.

»Irgendwann fing es an, dass ich es bemerkte. Ich habe sie dann angesprochen, aber sie hat immer alles abgestritten, es wäre nichts und so weiter. Dann war dieser Abend. Wir hatten zusammen gekocht, ich dachte, lass uns mal was Schönes von früher kochen, etwas, was sie schon als Kind mochte, vielleicht bringt sie das auf andere Gedanken. Aber dann bekam sie an diesem Abend eine WhatsApp-Nachricht, als wir in der Küche standen, und schon als sie aufs Handy sah, konnte man ihr anmerken, dass irgendwas nicht stimmte. Ich dachte erst, es wäre was passiert mit jemandem aus der Familie, und wollte nachsehen, aber sie hat mich das Handy nicht nehmen lassen. Sonst war sie damit nie so eigen gewesen, und das kam mir derartig komisch vor, weil es das vorher noch nie gegeben hatte, dass ich wohl auch ein bisschen blöd reagiert habe. Es ist dann regelrecht zu einem kleinen Kampf gekommen, und irgendwann hatte ich dann das Handy in der Hand, und weil es entsperrt war, habe ich die Datei geöffnet, die an der Nachricht hing.«

Sie hielt inne und reiste mit abwesendem Blick zurück in die Situation.

»Sie können sich nicht vorstellen, wie geschockt ich war. Nicht wegen eines solchen Films, jeder hat schon Pornos gesehen im Internet, auf den Schulhöfen läuft oft nichts anderes, aber da war meine Schwester auf diesen Bildern, meine Schwester, die Sex mit irgendeinem Typen hatte.«

»Wie hat Dilan reagiert?«

»Nachdem sie erst gekämpft hatte wie eine Löwin, war sie danach völlig kraftlos und hat nur geheult.«

»Sie hat still geweint?«

»Ja. Natürlich habe ich sie gefragt, habe sie angefleht, dass sie mir erzählt, wie es zu diesem Film gekommen ist, weil mir doch klar war, dass ihr Zustand damit zu tun hatte. Aber sie hat immer nur erzählt, sie könnte mir das nicht sagen, und ich meine, sie hätte auch damals schon gesagt, dass sie das nicht dürfe. Es würde sonst etwas Schlimmes passieren.«

»Etwas Schlimmes würde passieren?«

»Ja, den Ausdruck hat sie benutzt.«

»Was hätte das sein können?«

»Erst am nächsten Tag hat sie davon gesprochen. Ich habe den Abend bei ihr geschlafen, was schon mal vorgekommen ist, wenn wir uns beim Wein verquatscht hatten und ich nicht mehr fahren konnte. Sie hat abends noch Schlaftabletten genommen, was sie damals schon eine ganze Zeit angefangen hatte, und erst morgens beim Kaffee konnte ich sie überreden, mehr zu erzählen.«

Camilla sah rüber zu Deniz und war froh, dass er die Sensibilität aufbrachte, ihr diese Phasen zu lassen.

»Es hat damit angefangen«, wieder unterbrach sie sich und schüttelte bei ihren inneren Bildern den Kopf, »dass sie einen Abend geduscht hatte, und als sie aus der Dusche kam, ein Mann vor ihr stand, einfach so, in ihrer Wohnung. Sie sagt, der hatte einen langen, spitzen Gegenstand in der Hand und hat ihr den an den Hals gehalten, dass es wehtat, und hat gesagt, wenn sie tut, was er will, passiert ihr nichts. Das hat er ein paarmal wiederholt, auch dass er ihr sonst sehr wehtun würde. Sie musste dann ins Schlafzimmer ... Ach ja, vorher hat er ihr Handy mitgenommen, sie musste es entsperren, und dann hat er mit ihrem Handy wo angerufen.«

»Er hat von ihrem aus Handy angerufen?«, fragte Camilla.

»Ja, aber ohne etwas zu sagen. Einfach nur ganz kurz eine Verbindung hergestellt.«

»Wahrscheinlich bei sich, um den Kontakt ihrer Schwester zu bekommen«, Deniz dazwischen.

»Ja, wahrscheinlich deshalb.«

»Sie war mit ihm im Schlafzimmer?«

»Dann wurde es ziemlich heftig. Dilan konnte kaum davon erzählen.«

Camilla versuchte, im Kopf die Möglichkeiten durchzugehen, die jetzt kommen konnten, gab aber auf.

»Er hat ihr eine kleine Flasche hingehalten und gesagt, sie solle das trinken. Aber sie konnte nicht. Sie sagt, sie hätte sich kaum bewegen können vor Angst. Dann hat der Mann ihr nach einer Zeit etwas mit einer Spritze in den Oberschenkel gespritzt.«

»Mit einer Spritze?«

»Ja, eine normale Spritze, wie beim Arzt. Die war wohl nicht groß, die hat er ihr ins Bein, in den Oberschenkel, gespritzt.«

Sie holte tief Luft.

»Ach ja, hab ich fast vergessen: Vorher hat er ihr noch gedroht, sollte sie irgendwem davon erzählen, würde er wiederkommen, und ihr würde es dann sehr schlecht gehen, irgendwie so hat er gedroht. Auch wenn sie zur Polizei ginge, käme er wieder.« Sie machte eine Pause. »Kann ich vielleicht ein Glas Wasser haben, bitte?«

Deniz ging raus und stellte es ihr wenig später hin.

Sie trank einen Schluck, mit den Blicken meist irgendwo auf dem Boden.

»Was geschah weiter, Frau Kaya?«

»Sie ist dann sehr bald ohnmächtig geworden und erst am nächsten Morgen wieder aufgewacht, mit einem furchtbaren Kater, wie sie sagte. Sie bekam dann eine Nachricht, an der eine Datei hing, und in der Nachricht stand, sie solle die öffnen, es wäre etwas sehr Schönes darauf, so ganz blöd hat er das wohl geschrieben. Und das war dann ein Porno mit ihr, und es sah so aus, als wenn sie dabei mitgemacht hätte.«

»Sehr bald danach bekam sie einen Anruf, und es war dieser Mann dran. Er hat ihr noch einmal ganz heftig gedroht. Wenn sie ihn sperren würde oder den Kontakt abbrechen oder zur Polizei ginge, dass er die Filme dann öffentlich ins Internet stellt und alle ihre Freunde und Verwandten und ihr Mann die sehen könnten und dass er zu ihr zurückkäme und ihr wehtun würde, denn sie wäre schließlich allein.«

»Er hat noch mal angerufen?«

»Ja, und da hat er wohl gar nicht so nett gesprochen wie in den Nachrichten. Er hat ihr unglaubliche Angst gemacht.«

»Er hat gedroht, wenn sie zur Polizei gingen, käme er wieder?«

»Ja, er hat gesagt, er würde das erfahren.«

»Hat er noch öfter angerufen?«

»Nein, Dilan sagt, das war der einzige Anruf, aber er hat noch einige von den Filmen geschickt, alle etwas anders, aber immer sah es so aus, als wenn sie einfach nur Sex mit dem Mann gehabt hätte. Und bei dem einen Film, den ich gesehen hatte, war das auch tatsächlich so, das sah wirklich so aus. Furchtbar.«

»War ihre Schwester verletzt?«

»Nein, bis auf den Einstich am Bein war sie unverletzt.«

»Wie viele Filmchen waren das, die sie bekommen hat?«

»Ich weiß es nicht genau, sieben oder acht müssten es gewesen sein, immer mit ein paar Tagen dazwischen und wohl auch immer abends spät. Und die Texte, die er dazu geschrieben hat, die waren immer so ganz blöd, als wären die beiden ein Liebespaar und hätten was miteinander.«

Sie fing Deniz' Blick auf, er nickte bestätigend.

»Was passierte weiter?«

»Nach ein paar Wochen, vielleicht drei Monate, hörte das

mit den Filmen auf, aber Dilan ging es genauso dreckig wie vorher. Sogar Conrad hat das gemerkt, wenn sie ihn im Gefängnis besucht hat. Sie kriegte in der Wohnung voll Panik, vor allem, wenn es dunkel wurde. Ich habe in der Zeit fast jede Nacht bei ihr geschlafen, aber nach einem halben Jahr hat sie eine andere Wohnung genommen. Eine Kollegin von mir zog aus ihrer Wohnung aus, das passte, aber als sie eingezogen war, kam noch mal ein Film, und das hat sie wieder völlig umgehauen. Wir haben dann die Umzugskartons gar nicht alle ausgepackt und sind in die Wohnung gezogen, in der sie jetzt wohnt.«

»Wieso sind Sie nie zur Polizei gegangen?«

Sie zog eine verständnislose Miene.

»Das ging gar nicht, weil er damit doch sofort gedroht hat. Sobald ich damit anfing, bekam sie Panik, und mit der Zeit habe ich auch aufgehört, davon zu sprechen. Sie hatte einfach unglaubliche Angst, sah hinter jedem Baum den Täter, und Anrufe gingen lange gar nicht mehr.«

»Aber Ihrer Schwester geht es doch immer noch sehr schlecht, wenn ich an gestern denke«, sagte Deniz.

»Da hätten Sie sie mal damals sehen sollen. Es ist immer noch nicht toll, aber sie bleibt jetzt wenigstens schon mal wieder allein in dieser Wohnung. Dass sie gestern so reagiert hat, lag wahrscheinlich daran, dass sie nach langer Zeit wieder darauf angesprochen wurde.«

»Und seitdem hat sich der Mann nicht mehr gemeldet?«

»Nein, kann er jetzt auch nicht mehr, denn sie hat schon länger eine andere Nummer, vielleicht liegt es daran. Aber das hat echt gedauert, dass sie sich eine andere Nummer zugelegt hat, weil sie unglaubliche Angst hatte, dass der wiederkommt, wenn er sie nicht mehr erreicht, denn damit hat er auch gedroht. Sie hat aber irgendwann auch alle Filme gelöscht. Der Film, den Sie haben, der war auf einem alten Handy, darum gab es den noch. Den muss sie vergessen haben.«

Camilla verzichtete darauf, am Bildschirm noch einmal durchzulesen, was Deniz notiert hatte, und überlegte, ob sie noch etwas brauchten.

»Könnte Ihre Schwester den Mann wiedererkennen, Frau Kaya, denn sie hat ihn ja länger gesehen?«

Sie legte die Hand gegen die Stirn.

»Hab ich völlig vergessen: Dilan sagt, der hätte ganz eigenartig ausgesehen. Erst mal hat er die ganze Zeit eine Brille und ein Käppi getragen. Aber der hätte ein ganz eigenartiges Gesicht gehabt, sie meinte, der hätte auch eine Maske getragen haben können.«

»Eine Maske?«

»Ja, obwohl man das wirklich schlecht hätte erkennen können, weil es irgendwie so echt aussah. Sie meinte, so wie in manchen Filmen, da machen die das doch auch so professionell, dass man den Schauspieler gar nicht erkennt. Wie bei *Mission Impossible*, ich weiß nicht, ob Sie die Filme kennen. Da hat Tom Cruise doch auch immer das Gesicht von anderen, dass er sich dann runterzieht.«

Ihr Blick wechselte von einem zum anderen, als entschuldige sie sich für so eine Story.

»Wir schreiben das auf«, sagte Camilla. »Ich denke, fürs Erste reicht das. Ich sagte Ihnen ja anfangs, dass wir tätig werden müssen, wenn wir von einer Straftat erfahren, und das, was Sie geschildert haben, ist eine sehr schwere Straftat und eine perfide dazu. Und wenn so ein Täter noch frei rumläuft, ist es sehr, sehr wichtig, dass wir tätig werden, finden Sie nicht auch?«

»Das heißt, dass Sie es nicht für sich behalten, ja?«

»Ja, das heißt es.«

»Ich habe es befürchtet. Aber ich musste etwas tun. Bisher sind

Sie, ich, Dilan und der Kerl auf dem Video die Einzigen, die von diesen Filmen wissen.«

Camilla ersparte sich die Korrektur, dass in der Mordkommission alle diese Filme gesehen hatten und es deshalb noch ein paar Menschen mehr waren.

»Dabei wird es nicht bleiben, Frau Kaya, aber wir werden sehr verantwortungsvoll und sehr diskret damit umgehen, das verspreche ich Ihnen. Nur werden wir nicht umhinkommen, irgendwann auch mit Ihrer Schwester zu reden. Vielleicht können Sie sie darauf vorbereiten. Und vielleicht hilft es Ihnen dabei, wenn Sie ihr sagen, dass sie nicht das einzige Opfer ist. Es gibt solche Filme auch mit anderen Frauen. Sie würde mit ihrer Aussage also auch diesen Frauen sehr helfen.«

Die kleine plurale Übertreibung hatte Camilla sich aus taktischen Gründen gestattet.

Dilan Kaya trank den letzten Rest Wasser und ließ die Hand mit dem Glas mit abwesendem Blick auf den Oberschenkel sinken.

»Ja, ich versuche es«, sagte sie nach einer Weile. »Vielleicht hilft ihr das tatsächlich. Alles ist besser als das jetzt.«

»Und bitte, sollte der Mann sich doch noch einmal melden, dann informieren Sie uns sofort. Hier ist auch meine Karte, die von Herrn Müller haben Sie ja bereits. Und wenn wir nicht erreichbar sind, rufen Sie die 110, wenn es akut werden sollte.«

»Auch wenn Sie in Ihrem bisherigen Leben der Polizei eher nicht als Freund und Helfer begegnet sind«, Deniz aus dem Hintergrund.

Er druckte alles aus, sie unterschrieb, ohne es noch mal zu lesen, und er brachte sie zum Ausgang.

Er kam zurück, ließ sich auf den Stuhl sinken und sah sie wortlos an.

»So 'ne Nummer hatten wir noch nicht«, sagte er schließlich. »Der bricht bei Frauen ein, flößt ihnen was ein oder spritzt ihnen irgendein Zeug und dreht dann Pornos, mit denen er sie erpresst. Aber ohne Kohle zu verlangen.«

Sie hatte dieselben Gedanken gehabt und, seit die Zeugin gegangen war, zu verstehen versucht, was diesen Täter antrieb.

»Geld verlangt er nicht«, sagte sie. »Er verlangt Gehorsam.«

Deniz schüttelte den Kopf.

»Nenn mir einen Job, in dem du mit so vielen Verstrahlten zu tun hast wie bei uns. Das gibt es kein zweites Mal.«

»Vielleicht Arzt im Irrenhaus.«

»Ja, okay. Dann hört es aber schon auf.«

Sie packten ihre Sachen ein und bedankten sich für den Kaffee, wobei Camilla noch einmal auffiel, dass Deniz mit einer der beiden Kolleginnen, die er von früher kannte, anders umging als mit den restlichen Kollegen, und sie mit ihm.

Vielleicht würde sie ihn auf der Rückfahrt ein wenig damit aufziehen.

Deniz

Gerlind und Sascha als die kläglichen Überreste der Mordkommission hatten sich mit ihm, Anja und Camilla in ihrem Büro getroffen, weil der große Besprechungsraum für die nächste Mordkommission frei gemacht werden musste.

Eine allein lebende Rentnerin war in ihrer Wohnung mit dem Schürhaken aus ihrem Kaminbesteck erschlagen und ausgeraubt worden, und vom Täter, der über die Terrassentür gekommen sein musste, fehlte jede Spur.

Er hatte am Morgen mit dem Fall der beiden kaschierten und gefilmten Vergewaltigungen offiziell ein Verfahren eröffnet, es mit knappen Worten zur Staatsanwaltschaft geschickt, damit sie vorsorglich für eventuelle Beschlüsse ein Aktenzeichen bekamen.

Wesentlich ausführlicher war die Beschreibung der Tatumstände in einer anschließenden Mail gewesen, die jetzt zu allen anderen Behörden unterwegs war. Wenn der Mann das bei zwei Frauen getan hatte, waren weitere Taten nicht unwahrscheinlich, und vielleicht war da was zu holen.

Saschas Skizze hing an der Wand, sie war noch weiter angewachsen, und Deniz fand, dass sie sich optisch immer mehr dem Stadtplan der Stadt Essen anglich, was ihre Komplexität betraf.

»Wir haben also zwei solcher Filme«, sagte Gerlind, als alle beisammen waren, »die sich ziemlich ähnlich sehen und im Abstand von etwa einem Jahr entstanden sind, und das Einzige, was der Typ von den Frauen will, ist, dass sie nichts sagen?«

»So in etwa.«

»Gibt es Gemeinsamkeiten?«

»Ein paar schon, nach allem, was wir wissen«, sagte Camilla. »Er kommt in die Wohnung und …«

»Wie?«, unterbrach Gerlind.

»Dazu gibt es keine Info«, sagte Deniz. »Von Marigona Marku haben wir noch keine Aussage, und von Dilan Böttcher wissen wir es nicht, weil wir nur mit der Schwester gesprochen haben.«

»Und vorerst nur nach Aussage dieser Schwester zwingt er die Frauen«, machte Camilla weiter, »etwas zu trinken, oder er spritzt ihnen irgendeine Droge, hat dann mit ihnen in deren Wohnung Sex, den er filmt, als sei es einvernehmlich, und erpresst die Frauen damit, dass er erstens diese Filme ihren Männern und Familien zugänglich macht, sie zweitens ins Internet stellt und drittens wiederkommt, um den Frauen Gewalt anzutun.«

»Wie schickt er die Filme?«

»Er lässt sich in der Situation das Handy der Frau geben, stellt eine Verbindung zu seinem Handy wo auch immer her und schickt darüber anschließend die Filme. Ach ja«, sie hob kurz einen Finger, »er ruft einmal nach der Tat an, wo er verbal heftig mit allem droht, aber dann schickt er nur noch Nachrichten mit Textpassagen, die Einvernehmlichkeit suggerieren sollen.«

»Mehr noch«, sagte Deniz. »Die Nachrichten, mit denen die Filme kommen, klingen so, als wäre was zwischen den beiden. Wir haben gestern auf der Rückfahrt schon fantasiert, was das für einen Zweck hat, und das kann nur damit zu tun haben, dass er nicht auffliegen will. Denn wenn man es mal zu Ende denkt, wenn er häufiger anrufen und dabei weiter drohen würde, könnte man so ein Telefongespräch ja mal aufzeichnen, womit dann sein Erpressungsszenario zusammenfallen würde. Denn mit so einem Drohanruf könnte man zumindest den Ehemann überzeugen, dass das kein einvernehmlicher Sex gewesen ist.«

»Cleveres Kerlchen.« Gerlind legte den Kopf in den Nacken und bekam beim Denken kleine Augen. »Trotzdem: dass das so funktioniert bei den Frauen …«

»Du hättest die beiden sehen müssen, die waren ziemlich durch den Wind«, sagte Deniz. »Vielleicht auch, weil sie allein waren, denn es ist natürlich auch auffallend, dass es bisher zwei Frauen waren, deren Männer in Haft saßen.«

»Und dass bisher beide Frauen nicht nur Migrationshintergrund hatten, sondern das auch optisch deutlich wurde, oder?« Camilla sah Deniz an. »Ich fand sogar, dass die für eine Türkin und eine Albanerin recht dunkel waren.«

Obwohl sie sich seit Urzeiten kannten und einander vertrauten, hätte er diesen Punkt nicht so selbstverständlich in den Raum geworfen wie sie, und war erleichtert, dass es so gelaufen war.

»Ja, auch das ist eine Gemeinsamkeit.«

»Was wissen wir vom Täter?« Sascha hatte bis jetzt nur zugehört.

»Er muss relativ groß sein«, sagte Deniz, »weil er mit so was wie einer Halterung am Kopf oder Oberkörper filmen muss, anders geht es nicht. Dann hat er, wie du weißt, eine Hautveränderung am rechten Handgelenk, und er hat für einen Mann, tja, eigenartige Fingernägel, obwohl die sich in den beiden Filmen ein wenig unterscheiden.«

»Und was noch ganz wichtig ist«, Camilla dazwischen, »Dilan Böttcher, unser Dortmunder Opfer, glaubt, dass der Mann eine Maske getragen hat, allerdings eine Maske, der man das kaum ansieht, die also sehr professionell gemacht ist.«

»Wie Tom Cruise in *Mission Impossible*«, sagte Gerlind.

Deniz schüttelte den Kopf.

»Unglaublich. Genau dasselbe hat die Schwester gestern auch gesagt.«

»Alles schön und gut«, sagte Sascha, »aber bei unserem Fall hier hat das offensichtlich nicht funktioniert mit dem Verschweigen.«

»Nein«, sagte Camilla, »und vielleicht kommen wir darüber sogar unserem Motiv näher, denn wir haben zwar drei Täter warm und sicher einsitzen, aber ein Motiv für den Mord nicht mal ansatzweise.«

»Du meinst, Ervin Shehus Frau hat nicht nur nicht geschwiegen, sondern hat ihrem Mann gepetzt, was passiert ist, hat ihm sogar die Filme gezeigt, und der hat dann mit seinen Spezis …«, Sascha breitete die Arme aus, machte eine Pause, »… ja was? Mataj umgebracht, weil sie glaubten, der ist der Täter?«

Deniz fiel auf, dass Sascha und Camilla mittlerweile auch beim »Du« angekommen waren und er den Startschuss dafür nicht mitbekommen hatte.

»Ist nicht viel, was wir wissen, aber bis jetzt würde alles dazu passen«, sagte Anja und hob beide Hände zum Abzählen. »Die beiden Gruppen hatten in der Vergangenheit erheblichen Stress miteinander, dieses Video ist gegenüber uns nicht zur Sprache gekommen, es gab diese komische Situation bei dem mitgehörten Telefongespräch, und der Mann hat eine dunkle Hautveränderung da, wo sie der Täter in den Videos auch hat.« Sie hielt vier Finger hoch, rief dann am Bildschirm die Obduktionsfotos auf. »Dann hat Mataj zwar nicht so lange, aber auch keine kurzen Fingernägel, und vielleicht hat er sie sich in der Zwischenzeit einfach gefeilt.« Sie lehnte sich wieder zurück und blickte in die Runde.

»Schon möglich, aber eindeutig ist das alles nicht«, sagte Deniz. »Vielleicht haben sie ihn auch wegen einer Sache umgebracht, an der wir noch nicht die Nase haben. Irgendein Mist von früher. Und bei der Spurenlage ist das Motiv vielleicht nicht scheißegal, aber fast.«

»Wie sicher können wir denn überhaupt beweisen, dass Mataj

es nicht war«, sagte Anja mit deutlicher Betonung. »Hat sich darüber schon mal jemand Gedanken gemacht?«

Eine ziemlich lange Weile schwiegen alle, bis Gerlind wieder mit der Maus hantierte und die Hände aus dem Film und von den Obduktionsfotos nebeneinander auf dem Monitor präsentierte. Alle sahen auf den Bildschirm.

»Also, die sind schon ähnlich, die Hände, Mataj hatte etwas mehr Haare«, sie fuhr mit dem Cursor um den Handrücken, »aber so sehr unterschiedlich sind sie nicht. Beide eher schlank, Klavierspielerhände, und wenn man den Vergleich nicht so vor sich hat wie wir hier jetzt …«

»Okay, das kann man sicher eindeutig vermessen, dann wissen wir es«, sagte Sascha, »aber einen weiteren wirklichen Beweis, der Mataj als Täter ausschließt, haben wir nicht, oder?« Er blickte in die Runde. »Denn es könnte doch sein, dass die mehr wussten als wir und er doch in der Videosache mit drinsteckte. Und wenn er es nicht war, dann haben wir doch wohl einen neuen Fall, weil noch ein Täter frei rumläuft, der Frauen vergewaltigt und sie erpresst, oder?«

»Schade, dass es nur erkennungsdienstliche Fotos vom Gesicht gibt. Sonst wären wir in diesem Fall schon ein ganzes Stück weiter.« Anja mit bewusst ahnungsloser Betonung.

Nach einer Weile hatten es außer Camilla alle begriffen und grinsten unterschiedlich intensiv. Camilla mit Verspätung.

»Wenn das eingeführt würde, wären das dann aber erkennungsdienstliche Behandlungen der ganz anderen Art«, sagte Gerlind. »Auch bei der körperlichen Beschreibung. Besondere Kennzeichen: lange Nase, rote Nasenspitze mit Grübchen und faltige Hängebacken.«

Satter Ausschlag des Lachometers.

»Da kann man nur froh sein«, Anja mit gespielter Erleichterung, »dass man das nicht bei jeder ED-Behandlung durchziehen muss. Stell euch das mal vor, du hast am Tag drei Kerle und immer diese Bilder, die wird man doch nie wieder los.«

»Dann doch lieber drei Leichen«, sagte Camilla, »die riechen manchmal wahrscheinlich sogar besser.«

Deniz' Lache erstarb in Verwunderung, wie eine Gasflamme, der man den Hahn zugedreht hatte. Er wusste, dass sich Camilla in Polizeikreisen wohlfühlte, obwohl hier sehr viel anders geredet wurde als in ihrer Staatsanwaltsclique. Auch die etwas robusteren Scherze, die häufig vorkamen, störten sie nicht, dass sie sich aber daran beteiligte, zumindest ein wenig, war neu für ihn.

»Warte mal, vielleicht kann man …« Sascha nahm die Maus in die Hand und jagte durch Verzeichnisse.

»Lass uns nicht dumm sterben«, sagte Anja.

»Keine Angst«, sagte er, klickte noch eine Weile, dann hatte er so etwas wie eine Tabelle auf dem Monitor. »Das sind die Metadaten des Videos vom Handy Ervin Shehu. Und wenn der Täter da nichts manipuliert hat, ist der Film etwa vor dreizehn Monaten aufgenommen worden, genau am 12. Januar 2023, um 01:12 Uhr.«

»Die Uhrzeit würde passen«, sagte Gerlind, »und jetzt?«

Anja stand auf. »Ich weiß, was du meinst, komme gleich wieder«, und verließ den Raum.

Alle sahen Sascha an.

»Ich glaube …«

Anja kam zurück, in der Hand einen geöffneten Ordner.

»Der Kollege Böker hat versucht, die letzten Monate von Skender Mataj zu eruieren. Da sind eine Menge weißer Flecken auf dem Kalender geblieben. Aber vom 4. Januar bis zum 1. Februar 2023 war Skender Mataj in der Türkei in einer Klinik und hat sich liften lassen.«

»Ist das ganz sicher?«

»Es würde hier nicht stehen, wenn er es nicht geprüft hätte.«

»Das ist dann allerdings die definitive Bestätigung«, sagte Gerlind, »dass er raus ist«, sie machte eine kleine Pause, »und damit vielleicht umsonst gestorben ist.«

»So einer wie der stirbt nie umsonst.« Anja klappte den Ordner mit Vehemenz zu. »Der hat in seinem Leben mit Sicherheit genug Scheiße gebaut.«

Das Telefon klingelte, und Deniz sah im Display, dass sein Apparat angerufen wurde. Er nahm ab.

»Müller, KK 11.«

»Justizvollzugsanstalt Verl, Jostmann. Herr Müller, Sie führen ein Verfahren unter anderem gegen Ervin Shehu wegen des Verdachts des Mordes, ist das richtig?«

»Das ist richtig.«

»Dann will ich Sie unterrichten, dass Herr Shehu heute ins Justizkrankenhaus Fröndenberg eingeliefert worden ist. Er liegt auf der Intensivstation, ist sediert und nicht ansprechbar.«

»Was ist passiert?«

»Er ist heute Abend bei einer Auseinandersetzung unter Gefangenen lebensgefährlich verletzt worden. Wir haben den genauen Tathergang noch nicht ermitteln können. Ich wollte Sie nur vorsorglich informieren. Morgen können wir sicherlich mehr sagen.«

»Irgendetwas zu den Verletzungen?«

»Es sind Kopfverletzungen durch stumpfe Gewalt. Aber wie gesagt, Genaueres wissen wir noch nicht.«

»Gibt es Tatverdächtige?«

»Gibt es, aber das muss erst ermittelt werden, was nicht einfach ist, wie Sie sich vorstellen können.«

»Die Hintergründe der Tat und die Identität des Opfers könnten für eine Vergeltungsaktion sprechen.«

»Das sehen wir auch so. Der frühe Zeitpunkt ist allerdings schon überraschend. So was muss ja organisiert werden.«

»Okay, danke für die Info. Ich melde mich morgen ganz sicher bei Ihnen.«

Er legte auf, alle Blicke bei ihm.

»Ervin Shehu ist heute im Bau der Schädel eingeschlagen worden. Er liegt sediert in Fröndenberg.«

Bei dieser Info hätte er mehr Unruhe erwartet, aber alle schwiegen zunächst.

Camilla fing sich als Erste wieder.

»Dann sollten wir seiner Frau sehr bald einen Besuch abstatten, vielleicht schon morgen. Könnte doch sein, dass sie jetzt mit uns redet, wenn sie erfährt, dass es bald einem zweiten Menschen das Leben gekostet hat, und das für nichts und wieder nichts, wie es aussieht.«

Deniz sah auf die Uhr.

»Gute Idee, aber das läuft uns nicht mehr weg. Morgen geht es weiter.«

Zustimmung in der Runde.

Er überlegte, ob es schon zu spät war, entschloss sich dann aber zu einem Umweg über Kupferdreh.

»Deniz, wie schön, dass du mal wieder reinschaust.«

Onkel Kemal war der Bruder seiner Mutter, und dass er den Mann eher als seinen Vater empfand, lag nicht nur an seinen ersten sechs Lebensjahren, die er bis zu ihrem Tod bei seiner Mutter gelebt hatte und in denen sein Vater kaum, aber Onkel Kemal immer da gewesen war. Es hatte einfach auch mit dem Wesen dieses Mannes zu tun.

Er küsste ihm die Hand und zog seine Schuhe aus.

»Ich habe frischen Tee gemacht, komm rein.«

Immer wieder gab es Situationen, in denen er darüber nachdachte, ob es unfair war, dass er für diesen Menschen, der jetzt wie ein willenloses Stück Fleisch die Tage an sich vorbeiziehen ließ, nie diese Gefühle empfunden hatte. Die Menschen hatten eben verschiedene Talente, beim Fußball, beim Reden, beim Autofahren, sicher auch beim Vatersein. Und die Talente von Johannes Müller lagen nun mal woanders, konnte man das jemandem vorwerfen? Und vielleicht hatte er es eben nicht vorher gewusst, sondern erst im Praxistest rausgefunden.

In ganz schwierigen Momenten fühlte er sogar so etwas wie Schuld, dass seine Eltern sich getrennt hatten, keine drei Monate nachdem er da war. Aber je älter er wurde, desto seltener passierte das. Vielleicht hatte er mit der Zeit besser gelernt, es irgendwo gut zu verstecken.

Immer, wenn er den Onkel verließ, fiel ihm auf, dass er seine Mutter vermisste und mit ihr jene helle und warme und freundliche Welt, in der sie gemeinsam gelebt hatten. Aber vielleicht spielte ihm da die Erinnerung ein paar Streiche. War doch überall zu lesen, dass man alles verklärte, je weiter es zurück lag.

Als er wieder im Wagen saß, dachte er an Marigona Marku und versuchte, sich vorzustellen, wie sie morgen reagieren würde.

Er hatte keinen Schimmer.

Camilla

Es war Nachmittag geworden, weil Marigona Marku verständlicherweise den Morgen mit einem Besuch bei ihrem Mann verbracht hatte.

Nach einem Gespräch mit dem Arzt wusste Deniz, dass Ervin Shehu über den Berg war.

Eine weitere Vorladung seiner Frau zur Polizei wäre möglich gewesen, aber sie hatten es für klüger gehalten, das Treffen gemeinsam mit ihrem Anwalt bei ihr zu Hause stattfinden zu lassen. Darüber hinaus bot der Besuch Mustafa von der KTU die Möglichkeit, mal nachzuschauen, wie der Vergewaltiger ins Haus gekommen war, sofern die Frau mitspielte.

Sie öffnete die Tür und hatte sich offensichtlich ein wenig zurechtgemacht, was vielleicht eher mit dem Besuch im Krankenhaus zusammenhing. Ihre freudlose Deprimiertheit war durch noch so viel Make-up nicht zu verbergen.

Im Wohnzimmer saß Rechtsanwalt Waldschmidt bereits bei einem Kaffee.

»Hatten wir nicht abgemacht, dass wir uns melden sollten, Frau Lopez, falls Frau Marku eine Aussage machen möchte.«

»Ja, aber Sie haben sich nicht gemeldet.«

»Das ist richtig, aber vielleicht gestehen Sie uns die Möglichkeit zu, dass Frau Marku keine Aussage machen will und falls doch, eine gewisse Bedenkzeit benötigt, denn es ist dabei durchaus einiges zu berücksichtigen. Außerdem können Sie sich vielleicht vorstellen«, mit nachdrücklicher Betonung, »dass meine Mandantin seit gestern mit anderen Gedanken beschäftigt ist.«

»Kann ich. Wie geht es Ihrem Mann, Frau Marku?«

Obwohl sie es wussten, stellte Camilla die Frage nicht nur aus taktischen Gründen.

»Sein Zustand ist kritisch, aber er wird es überleben, sagen die Ärzte.«

»Na immerhin«, sagte Camilla, »das ist doch eine gute Nachricht, oder?«

Sie zuckte nur mit den Schultern.

Die Frau war Camilla nicht gänzlich unsympathisch, und den erlebten Horror hatte sie von Anfang an nachempfinden können. Als sie Marigona Marku jetzt in ihrem Leiden vor sich sah, regte sich in ihr ein Mitgefühl, dass sie jedoch bei dem Gedanken an ihr Vorhaben beiseiteschieben musste.

»Ich möchte Ihnen zunächst unser Anliegen am heutigen Tag unterbreiten, bevor ich Informationen für Sie habe, die vielleicht von Bedeutung sind.«

»Da bin ich mal gespannt«, sagte Waldschmidt.

»Stichwort Video.«

Sie schilderte dezidiert das, was sie bisher über den Ablauf des Verbrechens zu wissen glaubten.

»In diesem Verfahren, Frau Marku, sind Sie ein Opfer und somit eine Zeugin, daher haben wir das auch von dem Tötungsdelikt getrennt. Vielleicht ist es Ihnen möglich, sich in dem, was Sie uns sagen, nur auf diese Tat zu beziehen, ohne Ihren Mann oder andere Angehörige zu belasten, denn natürlich haben Sie weiterhin in jeder Weise ein Zeugnisverweigerungsrecht, das wir auch gar nicht trickreich umgehen wollen.«

Sie sah den Anwalt an, der keine Reaktion zeigte.

»Es würde uns bei den Ermittlungen in diesem Fall einfach sehr helfen, wenn Sie mit uns sprechen könnten. Ich mache Ihnen deshalb einen Vorschlag. Ich schildere Ihnen Dinge, von denen wir glauben, dass sie sich so zugetragen haben, und Sie bestätigen mir das oder eben nicht, wenn Sie es anders erlebt haben.«

Sie suchte Blickkontakt mit ihrem Anwalt.

»Ach ja …« Diese Info hatte sie bis jetzt bewusst zurückgehalten. »Das noch zu Ihrer Kenntnis, Frau Marku: Wir ermitteln in diesem Fall weiter, weil wir mittlerweile mit absoluter Sicherheit wissen, dass Skender Mataj, der von Ihrem Mann und seinen Mittätern getötet worden ist, nicht der Täter war, der diesen Film mit Ihnen gemacht hat.«

Ihre Reaktion war zweigeteilt. Zuerst bekam ihr Gesicht einen Ausdruck, als habe man ihr innerlich in die Magengrube geschlagen, dann erst wurde es körperlich. Sie stand auf, fasste sich ans Kinn, ging zum Fenster und rieb sich mit der geöffneten Hand die Wangen. Immer wieder schüttelte sie den Kopf. Dann legte sie die Hände vors Gesicht, beugte sich nach vorn und begann zu schluchzen.

»Er ist so jähzornig«, sagte sie, kaum dass man es verstehen konnte.

»Wer, Frau Marku, Ihr Mann? Ist er jähzornig geworden? Als er den Film sah?«

Aber die Frau konnte nicht mehr sprechen.

Der Anwalt stand auf, ging zu ihr. »Sie entschuldigen uns«, und führte sie aus dem Zimmer.

»Fifty-fifty«, sagte Deniz.

»Ich hätte es später ansprechen sollen«, sagte Camilla, schüttelte den Kopf und machte sich selbst Vorwürfe.

Mustafa hatte sich etwas abseits an den Esstisch gesetzt und bis jetzt alles wortlos beobachtet.

Waldschmidt und Marigona Marku kamen nach einer Weile wieder herein und nahmen ihre alten Plätze ein. Die Frau hatte sich ein wenig gefangen.

Camilla war sich nicht mehr sicher, diesen Punkt eventuell später noch einmal anzusprechen, für den Augenblick schien er seine Wirkung getan zu haben.

»Und? Wie gehen wir weiter vor?«

»Wenn sich die Fragen nur auf diesen Fall beziehen«, übernahm der Anwalt das Wort, »können wir so vorgehen. Sollte ich feststellen, dass es darüber hinausgeht, werde ich eingreifen.«

»Gut. Dann schildere ich Ihnen einmal folgende Aspekte, die wir über das Vorgehen des Täters wissen.«

Sie fragte nacheinander die Dinge ab, die ihnen die Schwester von Dilan Böttcher in ihrer Vernehmung beschrieben hatte. Jedes Mal nickte Marigona Marku wortlos und schien mit jedem Nicken tiefer in den Horrorfilm der damaligen Situation abzutauchen.

»Hat er Sie gezwungen, etwas zu trinken, oder hat er Ihnen etwas gespritzt?«

»Gespritzt? Nein. Ich sollte etwas trinken aus einem Fläschchen, dabei hielt er mir das spitze Ding an den Hals. Ziemlich fest sogar.«

Irgendwann liefen ihr Tränen über die Wangen.

»Sollen wir eine Pause machen?«, fragte Camilla.

Ohne sie anzusehen, schüttelte die Frau den Kopf.

»Gut, wie Sie wollen. Wie oft hat der Mann Sie danach angerufen?«

»Einmal.«

»Und er hat Ihnen in diesem Telefonat noch einmal gedroht?«

»Ja.«

»Aber seine Nachrichten, mit denen er die Filme geschickt hat, die klangen anders, ja? Fast liebevoll.«

Wieder nickte sie, aber ein zittriger Schauer durchfuhr ihren Körper, als müsste sie eine unerträgliche Berührung zulassen.

»Ich sehe, das ist nicht leicht für Sie, Frau Marku, aber ein paar Fragen habe ich noch. Nach unseren technischen Analysen hat das alles in der Nacht zum 12. Januar 23, also Januar letzten Jahres stattgefunden. Ist dieses Datum richtig.«

Sie schloss die Augen und bestätigte auch das, allerdings schob die Nennung dieses Tages ihren Panikregler noch ein wenig höher.

»Der Mann hatte eine Hautveränderung am Handgelenk. Hatte die für Sie in der Zeit nach der Tat eine besondere Bedeutung?«

Sie hatte den Satz noch nicht beendet, als der Anwalt eine Hand hob.

»Das, Frau Staatsanwältin, ist doch wohl der Bereich, den wir ausklammern wollten, oder? Und besonders fair war die Frage auch nicht.«

»Okay«, sagte Camilla, »so war es nicht gemeint, zwei Fragen habe ich noch: Der Mann stand nachts in Ihrer Wohnung. Haben Sie mal festgestellt, wie er reingekommen ist.«

»Nein. Hab ich mich auch gefragt.« Sie hatte sich etwas beruhigt. »Es existieren drei Schlüssel, die alle nachher noch da waren. Und es war auch kein Fenster auf, war ja im Januar.«

Camilla zeigte Richtung Mustafa.

»Der Kollege Karaman ist von der Kriminaltechnischen Untersuchung der Polizei Essen und kennt sich mit so was aus. Gestatten Sie, dass er sich ein wenig im Haus umsieht?«

Nach einer Geste gleichgültiger Zustimmung stand Mustafa auf und verließ den Raum.

»Eine letzte Frage dazu habe ich noch, Frau Marku. Ist Ihnen an dem Mann etwas aufgefallen, ich meine jetzt außer der Hautveränderung?«

Sie saß da, und Camilla konnte ihr nicht ansehen, ob sie die Frage verstanden hatte und darüber nachdachte oder ob sie vielleicht ganz woanders war. Dann begann sie, sacht den Kopf zu schütteln.

»Nein, was soll mir denn aufgefallen sein?«

»Die Frau, die das ebenfalls erlebt hat, sagt, der Mann habe ausgesehen, als trüge er eine Maske, allerdings eine professionelle. Könnte das sein?«

Die Frage flößte ihr offensichtlich ein wenig Lebendigkeit ein.

»Ja«, sie wandte sich Camilla zu, das erste Mal in dieser Befragung, »ja, er hatte ein eigenartiges Gesicht, das ist mir aufgefallen.« Sie zog die Stirn kraus. »Eine Maske. Wie blöd, dass ich darauf nicht gekommen bin.« Kopfschütteln, dann sah sie abrupt Camilla an. »Und ich musste ›Jawohl‹ sagen. Das fällt mir jetzt auch wieder ein.«

Camilla verstand nicht.

»Jawohl?«

»Ja. Wenn er mir etwas sagte, musste ich immer ›Jawohl‹ sagen, bei jedem Satz.«

Deniz' Miene zeigte eine Mischung aus Unverständnis und Überraschung.

Mustafa kam ins Wohnzimmer und blieb mit einer Haltung in der Tür stehen, die die anderen dazu aufforderte, ihn anzusprechen.

»Was gibt es?«, fragte Deniz daraufhin.

»Passt es grad? Ich hätte eine Frage an Frau Marku. Könnten Sie einmal mitkommen?«

Alle folgten ihm und zwängten sich so gut es ging in die offensichtliche Gästetoilette, wo direkt über der Toilette ein kleineres Fenster angebracht war. Er öffnete das Fenster einen Spalt und zeigte auf einen etwas matteren Punkt auf dem weißen Kunststoff des Rahmens. Der Punkt saß direkt unterhalb des Griffs und wurde, wenn das Fenster geschlossen war, davon verdeckt.

»Haben Sie diese Beschädigung vorher schon mal wahrgenommen, Frau Marku?«

Sie verzog den Mund und schüttelte den Kopf.

»Nein, seh ich zum ersten Mal.«

Mit einem kleinen Schraubendreher kratzte Mustafa an der Stelle und puhlte eine kaum erbsengroße weiche Masse aus einem kleinen Loch, das vorher nicht vorhanden war. Er öffnete den Flügel ganz und machte dasselbe an der Außenseite des Rahmens. Dann nahm er aus seinem Koffer einen langen, dünnen Draht und steckte ihn von außen durch die entstandene Öffnung.

»Der gute alte Fensterbohrer«, sagte er. »Uralt, aber wenn kein abschließbarer Griff vorhanden ist, immer noch sehr wirkungsvoll.«

»Kein Zweifel?«, fragte Deniz.

»Eine durchgehende Bohrung unterhalb des Schlosses?« Kopfschütteln. »Nicht der Hauch eines Zweifels. Er hat es sogar mit irgendeiner Kunststoffmasse kaschiert, das sehe ich auch zum ersten Mal.« Er schloss das Fenster.

»Was ist das? Ein Fensterbohrer?«, fragte die Frau.

Mustafa erklärte ihr die Vorgehensweise.

»Was ist hinter diesem Fenster?«, fragte er zum Schluss. »Es führt ja nach hinten raus, kann man von da gut einsteigen?«

Sie zuckte mit den Schultern.

Mustafa winkte ab.

»Ich sehe es mir selber an.«

Sie gingen wieder ins Wohnzimmer, setzten sich aber nicht. Camilla fing Deniz' Blick auf, der eine eindeutige Geste machte.

Einen Moment überlegte Camilla, noch einmal den Jähzorn ihres Mannes anzusprechen, weil er vermutlich der auslösende Faktor für die Tat war, aber der Anwalt würde das nicht zulassen, und sie war nach der Reaktion auch so überzeugt, genug über die Motivation für diesen Mord erfahren zu haben.

»Gut, Frau Marku, das wäre es fürs Erste. Sie haben uns wirklich geholfen, wir müssten das die nächsten Tage bei der Polizei nur noch einmal aufschreiben, und Sie müssten das unterzeichnen, ja?«

Der Anwalt signalisierte wortlos Zustimmung.

»Und ich möchte doch noch einmal darauf zurückkommen«, sagte Camilla. »Sie sollten es sich mit Herrn Waldschmidt überlegen. Wenn dieser Film mit der Tat Ihres Mannes zusammenhängt, dann ist schon jemand dafür gestorben, der nichts damit zu tun hatte, es ist genug Schlimmes passiert. Vielleicht können Sie mit der ganzen Wahrheit verhindern, dass noch mehr passiert.«

»Wir haben das verstanden, Frau Lopez«, ging der Anwalt dazwischen. »Ich denke, für heute hat Frau Marku die Staatsanwaltschaft ausreichend unterstützt.«

Als sie das Haus verließen, kam Mustafa den Weg entlang, der hinter das Haus führte.

»Super Stelle«, sagte er. »Da sieht dich kein Schwein, wenn du einsteigst. Auch kein Bewegungsmelder, kein Licht, nichts. Es ist doch immer wieder erstaunlich, wie viele Leute ihre Fenster nicht abschließen.«

Sie stiegen ein, Mustafa ließ Camilla wie auf der Hinfahrt den Platz vorne. Nach dreißig Sekunden klingelte Deniz' Handy.

»Müller, KK 11.«

»Hier ist Sven Sauermilch, Tag, Deniz. Hast du 'nen Augenblick?«

»Sven, ich grüße dich. Für dich immer.«

»Ich schreibe euch auch noch ausführlicher was dazu, wollte dir aber zeitnah eine kurze Rückmeldung zu den Videos geben.«

»Das ging aber fix.«

»Ja, so viel ist da nicht zu machen. Also, in der Qualität sind die schon ein bisschen unterschiedlich, aber beide sind bearbeitet, zumindest ein wenig. Es sind keine kompletten Fakes, sie sind nur optimiert, vor allem die jüngere der beiden Dateien. Die ist wahrscheinlich auch schon mit KI bearbeitet worden.«

»Mit KI?«

»Ja, ist doch zurzeit auf allen Kanälen in der Diskussion. Denk an den Porno mit Taylor Swift, ist heutzutage alles kein Problem mehr. Du nimmst dir einen üblichen Porno und montierst der Frau ein anderes Gesicht, das von Penelope Cruz, Kate Winslet oder Angela Merkel, je nachdem, worauf man steht.« Es war zu hören, dass er lachte.

Wenn Deniz sich richtig erinnerte, war Sven an der Fachhochschule mehr der stille Nette gewesen, der die anderen abschreiben ließ. Solche Scherze waren nicht seine Sache gewesen.

»Zu deiner Info, Sven, du kommst über die Freisprechanlage. Kollege Karaman und Staatsanwältin Lopez hören mit.«

Er schickte Camilla ein schadenfrohes Grinsen.

»Uuuups ...«, kam nach einer längeren Pause.

»Aber zurück zum Thema«, sagte Deniz. »Könnte das bei diesen Filmen auch der Fall sein, also dass sie komplette Fakes sind? Denn dann hätten die Frauen das als Schutzbehauptung gebrauchen können.«

»Nein, bei den Filmen nicht, denn erstens werden die Männer wohl wissen, wie ihre Frau aussieht, also nackt, meine ich. Und zweitens kennen sie die Umgebung. Das eheliche Schlafzimmer mit identischen Bildern an der Wand und Medikamenten auf dem Nachttisch kriegt auch die KI nicht erfunden. Beim jüngeren Video scheint nur etwas an den Bewegungen der Extremitäten gemacht worden zu sein, weil die für jemanden, der mit einer Droge sediert worden ist, sehr lebendig aussehen. Allerdings brauchst du dafür durchaus fundierte Kenntnisse. Der Mann scheint im IT-Bereich ziemlich firm zu sein.«

»Okay, Sven, danke für die Info.«

»Seid ihr denn schon weitergekommen?«

»Nicht entscheidend.«

»Okay, tschö dann«, sagte er, »und meine Entschuldigung an die Frau Staatsanwältin.«

»Sie sieht noch einigermaßen geschockt aus, aber das wird schon wieder. Tschüs.«

Er drückte das Gespräch weg.

»So wie ihr sonst miteinander redet, hätte es schlimmer für ihn kommen können«, sagte Camilla und musste lächeln.

»Viel schlimmer«, sagte Deniz.

März 2024

Die Eingänge checken, wird wieder Zeit.
    Erste Seite nichts.
    Scrollen.
    Zweite Seite Einbrüche, Diebstahl aus Kfz.
    Scrollen. Stopp.

Aktenzeichen 11 Ujs 365/2o24.
Straftat: Vergewaltigung, Gefährliche Körperverletzung, Erpressung
Geschädigt: 1. Marku, Marigona, 11.09.82 in Tirana/Alb., wh. ...
2. Böttcher, Dilan, geb. Öztürk, 24.02.85 in Bottrop, wh. ...
Tatzeit: 1. Ab dem 12. Januar 2023
2. Ab Juni 2022
Tatverdächtig: Unbekannt.

Fuck! Verflucht! Nicht gehorcht.

Du elende kleine Kröte.
Was hab ich dir gesagt?
Tu, was ich dir sage!
Sag ja!
Soll ich es deinem Vater sagen?

Aber warum nur zwei? Zwei alte?

Kurzsachverhalt:
Im Rahmen der Auswertung von Beweismaterial zum Verfahren wg. Mordes (Az. ...) erhielt die Mordkommission als Zufallsfund Kenntnis davon, dass die unter 1. genannte Ehefrau eines der Beschuldigten zum o. g. Zeitpunkt durch Zwang unter Drogen gesetzt wurde, was der Täter nicht nur nutzte, um sexuelle Handlungen an ihr vorzunehmen, sondern diese auch zu filmen. Anschließend erpresste er ihr Schweigen mit der Drohung, die Filme online publik zu machen.

Ebenfalls als Zufallsfund aus dem Verfahren wg. bandenmäßigen Betrugs mit Kfz und Steuerhinterziehung (Az. ...) wurde eine weitere identische Tat z. N. der unter 2. genannten Geschädigten ermittelt.

(Ausführliche Schilderung siehe angehängten Sachverhalt.)

Das sind nur die alten. Sie wissen nichts von den anderen. Sie kennen sie nicht. Noch nicht.

Zufallsfund. Unfassbar.

Das muss jetzt anders geregelt werden.

Wer führt das Verfahren?

Lopez, StAin.

Das passt ja wunderbar.

War sowieso schon auf der Liste.

Deniz

Zwei Tage lang hatten Deniz und Anja nichts anderes getan, als in der Mordkommission die Dinge so zu Ende zu bringen, dass drei Männer für die Tötung Skender Matajs verurteilt werden konnten und Camilla vor Gericht später keine bösen Überraschungen erlebte.

Diese reinen Bürotage waren in einer Mordkommission unumgänglich, aber er war froh, dass sich das bei diesem Job in Grenzen hielt.

Ab morgen würden sie wieder ihre eigenen Büros in den einzelnen Dienststellen aufsuchen.

Das kleine Signal zeigte den Eingang einer weiteren E-Mail, und ihm fiel auf, dass er seit dem Morgen sein Postfach nicht mehr gecheckt hatte. Von den elf Nachrichten löschte er drei, ohne sie gelesen zu haben, den Absendernamen einer Mail vom Polizeipräsidium Recklinghausen kannte er nicht.

Moin, Kollege Müller,

ich möchte Bezug nehmen auf deine Mail vom Montag wegen der gefilmten sexuellen Nötigungen.

Wir hatten hier im März 2019 einen Fall, der denen, die du geschildert hast, sehr ähnelt. Mit dem Unterschied, dass sich das Opfer zwei Tage nach der Tat entschied, zur Polizei zu gehen und Anzeige zu erstatten. Die Frau hat dabei den Ablauf exakt so geschildert wie bei euch, also dass der Täter sie erst zwingen wollte, etwas zu trinken, sie sich aber wohl vehement geweigert hat. Erst dann hat er ihr etwas gespritzt, wonach sie das Bewusstsein verlor, jedenfalls weitgehend.

Auch sonst passt einiges. Der Mann der Frau saß seit neun Monaten wegen Medikamentenhandels ein. Beide hatten die syrische Staatsangehörigkeit, lebten aber sei zwanzig Jahren in Deutschland, somit passt das mit dem Migrationshintergrund ebenfalls. Sie hat uns zwei Filme, die der Täter ihr an den beiden Tagen nach der Tat geschickt hat, natürlich überlassen.

Die Frau ist drei Tage nach der Anzeigenaufnahme spurlos verschwunden.

Wir haben damals eine Ermittlungskommission eingerichtet, konnten aber keine Hinweise auf ein Tötungsdelikt ermitteln. Ihr Fahrzeug ist Monate später in Amsterdam in der Nähe des Flughafens Schiphol gefunden worden, auch ohne Anhaltspunkte auf ein Gewaltdelikt. Es gab dann Hinweise, dass sie ihren Mann verlassen und zurück in den Nahen Osten wollte, weil es mit der Ehe wohl nicht zum Besten stand. Die Frau ist jedoch bis heute verschwunden, und ausschließen können wir ein Tötungsdelikt bis heute nicht.

Natürlich lief auch das Verfahren wegen der Vergewaltigung weiter, ist aber nach einem Jahr ungeklärt zu den Akten gelegt worden, weil da absolut kein Fleisch dranzukriegen war. Und jetzt wird es ein wenig peinlich.

Die Filme, die sie uns überlassen hat, sind bei der StA nicht mehr auffindbar. Ich erspare mir längere Erklärungen. Und das Handy der Geschädigten ist mit ihr verschwunden.

»Wir haben einen dritten Fall«, sagte er über die Bildschirme zu Anja.

»Was? Erzähl!« Sie reckte den Hals.

»Ich schick's dir gleich, muss noch lesen. Wollte ich nur schon loswerden.«

Aber ich habe auch eine gute Nachricht: Nach der Anzeigenaufnahme ist die KTU noch in ihrer Wohnung gewesen, und am Einstiegsfenster – übrigens durch Fensterbohrer geöffnet – konnten wir Fremd-DNA sichern, die zu 99 Prozent vom Täter stammt. Leider ist bis heute damit in der Datenbank kein Treffer erzielt worden.

Die Frau hieß Hanna Hamoud, ich habe dir die Aktenzeichen angehängt, denn ich nehme an, dass ihr möglicherweise die Verfahren zusammenführen wollt.

Ich habe großes Interesse daran, dass ihr da weiterkommt, und stehe natürlich jederzeit für alles zur Verfügung. Denn wenn wie in euren Fällen die restlichen Opfer bis heute schweigen, weiß ja niemand, wie viele Frauen der vergewaltigt hat.

**Ich wünsche euch viel Erfolg.
Gruß
Sina Golke, KHKin, KK 12**

Er stellte die Mail ins MK-Postfach und gab Anja Bescheid, dass sie lesen könnte.

In der Tür erschien Gerlinds Kopf.

»Ich hole was für Sascha und mich zu essen. Wollt ihr auch was?«

Wollten sie und gaben ihre Bestellung auf.

Wenig später saßen sie zu viert beieinander, und im Büro roch es wie in einer deutsch-türkisch-chinesischen Pommesbude. Deniz informierte die beiden über das dritte Opfer, das in vielfacher Weise in ihr Profil passte.

»Und deren Mann saß ebenfalls im Knast?« Gerlind, zwischen zwei Gabeln Salat. »Was soll das? Ich will nicht blöd rumpsychologisieren, aber will er die Frauen damit auch bestrafen, oder was? Weil sie mitschuldig sind?«

»Erst mal musst du überhaupt wissen, dass die Männer einsitzen, und so was erfährt man nicht aus der Presse«, sagte Sascha. »Wir haben doch schon mal gemutmaßt, dass er vielleicht Zugriff auf solche Daten hat, als Kollege zum Beispiel. Da sehe ich im INPOL in der Haftgruppe nach und weiß wunderbar, wann Clemens Schnittenfittich wo eingefahren ist und wie lange er noch hat.«

»So was muss es schon sein«, sagte Deniz, »'ne andere Idee habe ich auch nicht. Und wir haben diesen Umstand jetzt beim dritten Opfer.«

»Und was noch hinzukommt ...« Anja kaute erst zu Ende. »Ich glaube, die Kaya hat ausgesagt, dass der Täter behauptet hat, er könne feststellen, ob sie zur Polizei gegangen ist, auch dann käme er wieder.«

»Das hat die so gesagt?« Wieder Gerlind. »Die Aussage kenne ich nicht. Dann kann das doch nur ein Kollege sein.«

»Oder jemand, der sonst noch Zugriff auf solche Daten hat«, sagte Sascha, rollte sein Dönerpapier zusammen und wollte es in Anjas Abfalleimer werfen.

»Auf gar keinen Fall. Das entsorgst du entweder bei dir oder auf dem Hof im Container.«

»Drei Fälle bisher ...« Sascha zuckte mit den Schultern und legte das Papier beiseite. »Warum sucht der sich überhaupt immer wieder neue?«

Einen Moment schwiegen alle.

»Vielleicht lässt der Reiz nach einer gewissen Zeit nach, ach Shit!« Gerlind flutete beim Öffnen der Coladose den Tisch.

»Oder es wird mit der Zeit immer gefährlicher, weil die Wirkung bei den Opfern nachlässt und sie vielleicht doch irgendwas veranlassen.«

»Ja, kann sein. Aber dann wissen wir immer noch nicht, warum er das so macht.« Sie beseitigte die braune Pfütze mit ein paar Einmalhandtüchern.

Das Telefon, Deniz kannte die Nummer nicht.

»Müller, KK 11.«

»Droste, Maßregelvollzug, Sie hatten auf meine Mailbox gesprochen, Herr Müller.«

»Herr Professor, ja, vielen Dank für den Rückruf.«

Deniz kannte den Mann aus einer Mordkommission, in der es vor Jahren um einen Sexualtäter ging, über den Droste als forensischer Gutachter vor Gericht urteilen musste. Er hatte seinerzeit nicht nur den Umgang als sehr angenehm empfunden. Auch das Angebot, sich bei Fragen jederzeit bei ihm melden zu können, schien er ehrlich gemeint zu haben.

Nach ein paar freundlichen Begrüßungssätzen schilderte Deniz sein Anliegen und den Fall.

»Sie werden mir nachsehen, Herr Müller, dass ich auf der Grundlage einer solchen Faktenlage nur sehr verhalten und mit aller Vorsicht argumentieren möchte. Dazu sind die Ursachen und Konstellationen hinter solchen Taten einfach zu komplex und zu individuell.«

»Verstehe ich, Herr Professor, es geht mir nur um eine erste fachliche Ansicht, vielleicht bringt uns das etwas weiter, denn wir wissen nicht, wie viele Opfer es möglicherweise noch sind …«

»Auch wenn es aus der Perspektive anderer Disziplinen, etwa aus soziobiologischer Sicht, andere Denkansätze gibt, ist es lange einhellige Meinung, dass es bei sexueller Gewalt primär weniger um das Ausleben von Sexualität geht, sondern um Macht, um Unterwerfung, da erzähle ich Ihnen nichts Neues. Vielleicht ist dieser Umstand in dem von Ihnen geschilderten Fall noch signifikanter, weil die Ausübung der Macht ja nicht auf die unmittelbare Tatsituation beschränkt bleibt, sondern hier nur ihren induzierenden Ursprung hat und darüber hinaus praktiziert wird, sogar für längere Zeit. Dafür spricht auch dieses eingeforderte ›Jawohl‹, also ein Terminus militärischen Gehorsams.«

»Das heißt, der Sex spielt dabei gar keine so große Rolle.«

»Vereinfacht formuliert ist das vielleicht so, allerdings kann man die Sexualität natürlich nicht völlig ausklammern, denn es gäbe für den Täter auch andere Wege, Macht auszuüben, er wählt aber diesen.«

»Was hat es damit auf sich, dass er sich – bei dem, was wir wissen – nur Frauen mit Migrationshintergrund aussucht, deren Männer zum Tatzeitpunkt in Haft sitzen?«

»Beides sind sicherlich markante Parameter und könnten auch in der psychischen Disposition des Täters ihren Ursprung haben. Das aber jetzt auf der Basis dessen, was Sie wissen und mir gesagt haben, feststellen zu wollen, wäre völlig unseriös. Gerade Ersteres besitzt allerdings schon Aspekte, die in der Entwicklung der Täterpersönlichkeit begründet sein können.«

»Dass die Männer inhaftiert sind weniger?«

»Es könnte natürlich für alles immer auch andere Erklärungen geben, Herr Müller, manchmal ganz praktische, auch hierfür. Ich weiß es nicht, aber vielleicht sucht er sich solche Frauen, weil er sichergehen kann, dass sie allein sind, wenn der Mann inhaftiert ist.«

Für einen Moment war Deniz sprachlos, weil daran noch niemand gedacht hatte.

»Da wir nicht wissen, wie viele Opfer überhaupt existieren, dachten wir daran, so etwas wie einen Presseaufruf zu initiieren. Halten Sie das für eine gute Möglichkeit?«

»Für Sie ist das verständlicherweise eine geeignete Vorgehensweise. Für die Opfer kann es jedoch bedeuten, wenn sie vielleicht mittlerweile einen Weg gefunden haben, damit in irgendeiner Weise umzugehen, vielleicht sogar wieder mit dem Partner leben, dass sie durch den Bericht wieder angetriggert werden, was zu erheblichen Problemen führen kann. Darum sollten Sie auch mit äußerster Vorsicht vorgehen, wenn Sie tatsächlich Opfer ermitteln und diese ansprechen sollten.«

Deniz dachte an die beiden Opfer, die sie kannten, und dass er selten zwei Menschen gesehen hatte, die so fertig waren.

Als er wenige Minuten später auflegte, hatten sich die anderen drei schon mit einem Kaffee versorgt.

»Na, was sagt der schlaue Professor?«, fragte Gerlind mit deutlicher Herablassung.

»Viele kluge Sachen.«

»Auch was, das man gebrauchen kann?«

Deniz holte bedeutungsvoll Luft.

»Könnte sein, dass er Frauen vergewaltigt, deren Männer einsitzen, weil es praktischer ist. Sie sind allein.«

Gerlind zog eine Grimasse, die Anerkennung ausdrücken sollte, nahm Deniz an.

»Respekt. Sind wir nicht draufgekommen«, sagte sie. »Doch kein Klugscheißer.«

Sie reckte einen Daumen nach oben.

Camilla

Ausgerechnet an diesem Tag hatte sie es mit einem Anwalt zu tun, der mit allen Mitteln versuchte, Sand ins Getriebe der Verhandlung zu streuen, obwohl er wie alle anderen im Gerichtssaal wusste, dass sein Mandant ein Dr. Jekyll war, den der Alkohol regelmäßig zu Mr Hide machte.

Schon beim ersten Aktenstudium war Camilla dieser Vergleich in den Sinn gekommen, weil der Mann tatsächlich einen solchen Titel besaß und mit Nachnamen Heider hieß.

Dass man damit einen mittleren sechsstelligen Betrag im Jahr verdiente, war keineswegs eine Selbstverständlichkeit, bei ihm hatte es jedoch funktioniert und ihn in die Lage versetzt, mit sich und seiner Familie ein Leben zu führen, das, von außen betrachtet, blinkte und funkelte. Mit dieser Geschenkverpackung verbarg er allerdings, dass dort emotional Verhältnisse herrschten, die man eher im alkoholsatten Dunst stickiger Stadtwohnheime mit zugemüllten Vorgärten vermutete. Dort gab es das auch, keine Frage, nirgends wurde das täglich klarer als in einem Gerichtsgebäude. Allerdings mit dem gravierenden Unterschied, dass diese Menschen sich hinterher keinen Topanwalt leisten konnten, der versuchte, die Taten der gut zahlenden Mandanten mit allen Mitteln zu relativieren, die mal eingeführt worden waren, weil sie in einer rechtsstaatlichen Gerichtsbarkeit sinnvoll erschienen. Jetzt wurden damit so viele Nebelkerzen geworfen, dass man den Überblick verlor und nicht mehr erkannte, worum es ging, nämlich darum, dass Dr. Björn Heider schon in seinem Unternehmen ein Mann war, der jede Art von Widerspruch sanktionierte, was nach regelmäßigem Alkoholgenuss in den eigenen vier Wänden zu Situationen führte, in denen er Teile des teuren Mobiliars einem Stresstest unterzog und seine Frau und seine Kinder schlug.

Camilla sah auf die Uhr und dachte daran, dass sie vor dem Konzertbesuch nach so einem Tag noch duschen musste und dass das Konzert in Köln stattfand.

Deniz verließ den Fahrstuhl, um in den Feierabend zu gehen, und es war seit dem Beginn der MK Ruhr der erste Tag, an dem das zu einer Zeit geschah, in der die Straßenlaternen noch nicht leuchteten.

In der Sache mit den Vergewaltigungen hatte sich in den letzten achtundvierzig Stunden nichts Neues ergeben, obwohl er gehofft hatte, dass vielleicht noch irgendwo eine Frau den Mut gehabt hatte, sich dem Druck der Drohungen des Täters zu entziehen und zur Polizei gegangen war.

Auch beim Abschluss des Tötungsdelikts Skender Mataj waren sie so gut im Fluss, dass er sich diesen Luxus gönnte. Er freute sich darauf, noch eine Runde laufen zu gehen, weil das in Zeiten einer Mordkommission eine der Sachen war, die immer zu kurz kamen. Als er das Gebäude verließ und noch keine zehn Schritte getan hatte, legte sich eine Hand so heftig auf seine Schulter, dass er zusammenfuhr.

»Alex? Mann!« Sein Puls brauchte ein paar Sekunden. »Sei froh, dass ich keine Waffe dabeihabe, du wärst jetzt tot. Was machst du hier?«

»Wie so oft unterstütze ich die Ermittlungsbehörden mit essentiellen Hinweisen dort, wo sie nicht mehr weiterkommen.« Er machte eine kurze Wirkungspause, dann entspannten sich seine Gesichtsmuskeln. »Ich hatte ein Gespräch mit deiner Kollegin Hüttler, weil ich etwas abchecken musste. Lisa, unser Computergenie, hatte eine Idee. Vielleicht machen sie da doch noch was. Sie sagte dabei, du hättest ihr von der Datengeschichte bei der N. J. Örd GmbH erzählt.«

»Stimmt.«

»Na ja, und jetzt müssen sie sehen, ob genug Fakten vorhanden sind, um ein Verfahren zu eröffnen.«

»Schau an. Ist ihr das mit so 'nem anonymen Hinweis nicht zu windig? Ich hatte sie darauf hingewiesen.«

»Es sind nicht nur ein paar Fakten, ich hatte noch ein paar andere Infos. Sie checkt es, sagt sie, und bespricht es mit der Staatsanwaltschaft. Und bei dir? Hat sich in der MK-Sache noch was Neues ergeben?«

»Du warst doch bei der Pressekonferenz. Eigentlich ist die Nummer rund, jetzt müssen wir nur die einzelnen Ermittlungsstränge sorgfältig zu Ende bringen, auch die toten. Das ist manchmal mühsam, aber notwendig.«

Deniz überlegte, ob er das Verfahren mit den Filmen ansprechen sollte, denn um zu erfahren, ob es noch weitere Frauen gab, die davon betroffen waren, hatten sie in der Mordkommission an eine geeignete Veröffentlichung in der Presse gedacht, aber noch war der Entschluss nicht gefallen, auch deshalb nicht, weil sie unsicher waren, ob sie diesen Weg gehen könnten. Weder er noch Camilla hatten nach den Worten des Psychologen eine Idee gehabt, wie ein solcher Artikel klingen sollte. Und wie würde das auf den Täter wirken?

»Bei der Sache mit den Filmen hat sich etwas ergeben«, sagte Deniz, »etwas, das ganz interessant ist und wo wir die Presse eventuell brauchen, das ist allerdings noch nicht beschlossen und auch nicht spruchreif. Aber bevor wir weiterreden: Können wir das heute Abend bei einem Bier besprechen? Fände ich gut. Ich würde nur jetzt gern eine Runde laufen, solange es noch hell ist.«

»Meinetwegen«, sagte Alex. »Ich habe heute nichts anderes vor.«

Sie verabredeten sich bei ihrem bevorzugten Italiener.

Sie nahmen nach dem obligatorischen Pausensekt wieder ihre Plätze ein.

Wenn der zweite Teil des Konzerts das hielt, was der erste versprach, würde für Camilla die Reise in ihre Kindheit und Jugend weitergehen, denn sehr viele dieser Stücke hatte sie sogar noch in der DDR als Kind gehört, wenn ihre Eltern in dem kleinen Zimmer auf dem Ziphona-Plattenspieler diese Musik gespielt hatten.

Und Christian hatte recht behalten, als er ihr sagte, sie würde überrascht sein, wie viele Melodien sie von Ennio Morricone kenne, ohne zu wissen, dass dieser Mann sie komponiert habe.

Ihr fiel auf, dass ihr Begleiter heute anders war, ein wenig stiller, was ihr Gefühl verstärkte, dass von diesem Menschen bei aller Zugewandtheit, Höflichkeit und aufrichtig geschenkter Wertschätzung etwas ausging, was sich in ihrem Inneren rau anfühlte.

Sie erinnerte sich an eine berufliche Fortbildung, in der es um kommunikative Instrumente bei Gericht gegangen war und in welcher der Dozent die These vorstellte, bei jeder Kommunikation sei es immer so, dass einer der beiden Partner im Hochstatus sei, unabhängig von Stellung, Position oder Thema, sondern einzig abhängig von der Persönlichkeit. Solche Exemplare blieben selbst dann im Hochstatus, wenn sie sich für etwas entschuldigten.

Damals hatte sie das fasziniert aufgenommen, weil sie eine Reihe solcher Menschen kannte.

Christian Herrmann gehörte auch zu dieser Spezies, die immer im Hochstatus kommunizierten, versteckt, freundlich und immer respektvoll, aber unübersehbar, selbst in Momenten, wenn er andere um etwas bat oder eigene Fehler beschrieb.

Sie fragte sich, ob das auch etwas mit Macht zu tun hatte, mit Macht und der Art und Weise, wie man diese lebte. Und wie das bei ihm aussehen würde, wenn er seine Gute-Laune-Komfortzone verließ.

Alex war überpünktlich gewesen, weil er auf dem Tablet noch den üblichen Zwischendurch-Check der wichtigen Portale erledigen wollte. Außerdem hatte ein befreundeter und geschätzter Kollege der *WAZ* ihm den Link zu einem Artikel über Betrug im Darknet geschickt, den er sich ansehen wollte.

»Bin ich zu spät? Hatte ich 'ne falsche Zeit im Kopf?«, fragte Deniz, als er ankam.

»Seit wann fällt es dir auf, wenn du zu spät bist?«

Deniz hängte Jacke und Schal auf einen Haken.

»Wollten wir nicht ein Bier trinken?« Beim Hinsetzen zeigte er auf sein Wasser und den Cappuccino.

»Ich fange erst mal so an«, sagte Alex, »war 'n bisschen viel in letzter Zeit. Ich glaube, meine Leber kann etwas Entspannung gebrauchen.«

»Da werde ich heute Abend nicht solidarisch sein.«

Als die Bedienung kam, bestellte er sich ein großes Stauder, und beide nahmen ihre übliche Pizza.

»Wie habt ihr euch das vorgestellt, dass die Presse irgendetwas tun soll bei dieser skurrilen Sache mit den Filmen? Hast du doch vorhin angedeutet.«

»Ja, vielleicht«, sagte er. »Das ist echt ein ganz eigenartiges Ding. Erlebt man selbst bei der Bullerei nicht alle Tage.«

Ausführlicher als beim ersten Mal erzählte er ihm die Geschichte von Vergewaltigungen und Drogen, von Erpressung und der Wahrscheinlichkeit, dass es sich beim Täter möglicherweise um einen Polizisten oder einen anderen Menschen handeln könnte, der Zugriff auf Sicherheitsdaten hatte.

»Und über die Presse wollt ihr feststellen, ob es noch andere Frauen gibt, denen das passiert ist, die aber nicht zur Polizei gegangen sind?«

Deniz wartete mit der Antwort, bis die Bedienung die Pizzas vor sie gestellt und ihnen guten Appetit gewünscht hatte.

»Genau, denn wir haben bisher drei Opfer, von denen zwei absolute Zufallsfunde sind, an die wir im Normalfall nie die Nase bekommen hätten. Ob so ein Artikel allerdings ein geeignetes Mittel ist, da sind wir uns nicht sicher.«

Gut eine Stunde, zwei Stauder und eine Cola später hatten sie alle Chancen und Risiken diskutiert, die damit verbunden waren, wenn man so vorging. Auch die N. J. Örd GmbH war noch einmal Thema gewesen, und warum solche cleveren und im Leben stehenden Menschen wie Hannes Petersen auf so etwas hereinfielen.

Deniz' Handy vibrierte auf dem Tisch.

»Müller«, sagte er und hörte kurz zu.

»Sven, 'n Abend.« Er blickte auf seine Uhr. »Mit dir habe ich jetzt gar nicht gerechnet. Was kann ich zu dieser Zeit für dich tun?«

Er machte ein Kleinjungengesicht, das in den nächsten Sekunden wieder erwachsen wurde.

»Nein, ich bin nicht mehr im Dienst. Es ist tatsächlich der erste Abend seit Wochen, an dem wir früher Feierabend gemacht haben.«

Er sah Alex mit hochgezogener Stirn an, wandte den Blick dann ab.

»Schwierig. Ich habe schon was getrunken, fahren kann ich also nicht mehr.«

»Ich kann dich fahren, wenn das nötig sein sollte«, sagte Alex. Deniz starrte ihn an.

»Warte mal«, sagte er und drückte sich das Handy auf die Brust.

»Ernsthaft jetzt? Da ist der Kollege dran, dem ich die Info eures Computergenies über die Sicherheitsdaten weitergegeben habe. Die sind irgendwo in einer Wohnung, und er sagt, ich solle mir das unbedingt mal ansehen, wenn es möglich wäre. Ich würde ja einen Dienstwagen nehmen, aber ...«

»Wo ist denn das?«, fragte Alex. »Wenn wir nicht bis nach München müssen ...«

Deniz nahm das Telefon wieder ans Ohr und wiederholte die Frage.

»In Recklinghausen«, sagte er nach kurzem Zuhören.

»Kein Problem«, sagte Alex. »Ich kann dich da hinfahren. Hört sich doch ziemlich wichtig an.«

Deniz bestätigte sein Kommen, es würde eine halbe Stunde dauern, hörte dann noch eine Weile mit heftigem Nicken zu.

Sie zahlten so schnell wie möglich und gingen zum Wagen.

»Bevor wir ankommen, muss ich dir noch was erklären. Wir können da nicht so einfach ranfahren«, sagte Deniz.

Dann startete Alex den Wagen.

Camillas Gedanken kehrten in den Konzertsaal zurück, was an der Musik lag, einer eindringlichen, unerschütterlichen Melodie, die sie vollkommen gefangen nahm. Hinter dem Orchester war eine Videowand installiert, auf der Bilder und Szenen des jeweiligen Films zu sehen waren und der Titel des gespielten Stücks angezeigt wurde. »Gabriels Oboe from The Mission« stand dort weiß auf dem Hintergrund einer paradiesisch üppigen Dschungellandschaft, in der behäbige Nebelschwaden aus einer grünen Undurchdringlichkeit stiegen und in ihr das Gefühl hervorriefen, die schwere Schwüle schwappe von der Bühne hinunter in diesen Saal. Fast fühlte sie, wie die Wärme an ihren Beinen hochstieg, sie damit selbst Teil dieses ganz eigenen Kosmos aus wundervoller Musik und Empfindung wurde, und sie fragte sich, warum ihr gerade in diesem Moment fast religiöser Hingabe an einen Genuss zum ersten Mal auffiel, dass ihr Begleiter an einer Hand für einen Mann ungewöhnlich lange Fingernägel hatte und seit ihrem Kennenlernen am Handgelenk einen Verband trug, ohne dass sie wirklich wusste, was sich tatsächlich darunter verbarg.

Deniz hatte Alex erklärt, dass er aus dienstlichen Gründen natürlich nicht mit in die Wohnung kommen könne, sondern irgendwo warten müsse, was ihm klar war.

»Der Kollege sagte, dass sie seit heute Morgen observieren, aber niemand aufgetaucht ist. Heute Abend sind sie mit Schlüsseldienst rein. Jetzt ist ein Team in der Wohnung, und draußen haben sie Leute, die den Eingang im Blick haben.«

Er sah auf die Karte im Display seines Handys.

»Wir sind jetzt drei Straßen entfernt. Lass mich mal raus, passt hier doch ganz gut. Ich melde mich, sobald ich mehr weiß, okay? Es wird sicherlich nicht ewig dauern.«

Alex nickte und suchte sich einen Platz in der nächsten Parkbucht.

Auf dem Weg zur Adresse wählte Deniz Sven Sauermilchs Nummer.

»Hi, ich bin jetzt noch zwei Straßen entfernt.«

»Okay. Die genaue Adresse hatte ich dir geschrieben. Das ist ein relativ großes Haus mit zwanzig Parteien. Ich habe den Kollegen auf der Straße und im Haus Bescheid gegeben, dass du kommst, im Augenblick ist alles sauber. Am besten, du behältst das Handy am Ohr, bis du vor dem Haus stehst, dann drücke ich den Summer.«

»Dauert nicht lang.«

Deniz bog in die Straße ein, glaubte, eines der Obs-Fahrzeuge erkannt zu haben, war sich aber nicht sicher.

»Bin jetzt da«, sagte er, als er vor der Tür stand. Der Summer ertönte.

Das Haus machte keinen völlig heruntergekommenen Eindruck, war aber keineswegs eine Topadresse. Er warf im Vorbeigehen einen Blick auf die Klingelschilder. Im ersten Moment fiel ihm keiner der Namen ins Auge. Er hatte das Handy aus Gründen der Tarnung noch am Ohr. Im Treppenhaus war bis zur dritten Etage niemand zu sehen, obwohl auch im Haus ein Team war, sollte der Mann sich irgendwo in einer anderen Wohnung aufgehalten haben.

Sven Sauermilch erwartete ihn im Rahmen einer der Türen.

»Hallo.«

Sofort nach dem Eintreten schloss er die Tür hinter ihm.

Sie standen in einem kleinen, nackten Flur, von dem vier Räume abgingen. Durch den Spalt der ersten Tür erkannte Deniz, dass der Raum dahinter bis auf ein altes Sofa und einen Tisch leer war, in einem zweiten stand lediglich ein Kühlschrank neben einer billigen weißen Küchenanrichte. Besonders wohnlich sah das nicht aus, fand Deniz, mehr eine Bruchbude.

Sven führte ihn in das Zimmer am Ende des schmalen Gangs, in dem eine junge Kollegin vor einem großen Tisch mit drei Bildschirmen saß und Deniz mit einem freundlichen »Hallo« begrüßte.

»Das ist Tanja, Tanja, das ist Deniz vom PP Essen, der die Mail geschickt hat.«

Auch sonst unterschied sich dieses Zimmer grundlegend von dem Teil der Wohnung, den Deniz gesehen hatte. Neben dem Computertisch standen an zwei Wänden Regale, in denen neben Ordnern verschiedene Kabel, Lampen und Dinge chaotisch untergebracht waren, die alle mit Computern zu tun hatten, jedenfalls war das Deniz' Eindruck. Auf einem Stativ in der Ecke war eine Kamera montiert, die einer Bodycam der Kollegen in Uniform glich, unter dem Tisch standen verschiedene Geräte in einem Kabelgewirr, aus dem rote und grüne Kontrolllämpchen leuchteten.

»Wie seid ihr auf diese Wohnung gekommen?«, fragte Deniz.

»Da sind zwei Dinge zusammengekommen. Glück und Nachlässigkeit. Die Amerikaner und auch ein paar europäische Länder führen Darknet-Monitoring durch, teilweise durch externe Security-Firmen. Die überwachen häufig gezielt bestimmte einzelne Server im Darknet. Auf so einem Server ist dieser Rechner da«, er deutete auf eines der Geräte, »aufgelaufen, und zwar unverschlüsselt.«

»Unverschlüsselt? Wie kommt das?«

»Das meinte ich mit Nachlässigkeit. Wahrscheinlich hat er einfach einen Fehler gemacht, ist einmal nicht über einen VPN-Tunnel ins Netz gegangen, oder wie auch immer er verschlüsselt. Aber von solchen Fehlern leben wir. Einen Teil unserer Taten klären wir dadurch auf.«

»Und wie heißt unser Mann?«

»Das wissen wir noch nicht, denn die Wohnung ist wahrscheinlich auf eine Fake-Personalie angemeldet, und hier wohnt auch niemand, siehst du ja. Und auch die Handys, die wir auf dem Router gefunden haben, geben keinen Namen her.«

»Du sagtest, dass er wahrscheinlich Angehöriger der Staatsanwaltschaft ist. Wie kommt ihr darauf, wenn ihr seine Identität nicht kennt?«

»Wir sind uns nicht hundertprozentig sicher, nur die Struktur der angebotenen Daten lässt das vermuten. Aber ich wollte dir was ganz anderes zeigen.«

Christian Herrmann kannte eine Kneipe aus seiner Studienzeit, ob sie ihm diese kleine Reise in seine Jugend gestatten würde, hatte er sie mit einem Lächeln gefragt, von dem Camilla nicht wusste, ob es heute tatsächlich anders war oder sie es nur anders empfand.

Sie sprach ihn nicht auf seine Verletzung an, obwohl es ihr mittlerweile eigenartig erschien und sie es gern getan hätte. Er trug diesen Verband, seit sie sich kennengelernt hatten, und sie kramte in ihren übersichtlichen medizinischen Kenntnissen, um herauszufinden, was das für eine Verletzung sein könnte. Hatte er sich eine Hautveränderung entfernen lassen?

»Und wie ist die juristische Fakultät hier in Köln?«, fragte sie nach dem ersten Kölsch.

»In Köln habe ich gar kein Jura studiert, hatte ich das nicht erzählt? Ich sah meine Berufung nicht von Anfang an darin, wie sagt Tom Hanks in *Philadelphia*?« Er blickte kurz nach oben. »... dass man hin und wieder, nicht oft, aber doch gelegentlich dazu beitragen darf, dass Gerechtigkeit den Sieg davonträgt.« Er lächelte ihr eine kleine Aufforderung zu, beeindruckt zu sein.

»Das Zitat kenne sogar ich«, sagte sie und erinnerte sich, es in irgendeinem Büro schon einmal gerahmt gesehen zu haben, aber sie wusste nicht mehr, in welchem.

»Kam aber erst später. Computer und alles, was man damit machen konnte, fand ich schon als Kind extrem spannend. Ich konnte ein wenig programmieren, da war ich noch keine zehn. Aber das Studium war nicht meins. Nach drei Semestern habe ich das erkannt.«

Ein Computerspezialist, der Filme mochte, dachte sie und wusste nicht, ob sie ihre Überlegungen albern finden sollte.

»Jura habe ich dann in Bochum studiert und bin anschließend im Pott geblieben, wie man sieht.«

Er stieß mit seinem Kölschglas an ihres, trank aus und bestellte zwei neue.

»Als Frau aus dem Osten habe ich natürlich auch dort studiert«, sagte sie. »Eigentlich auch deshalb, um das wieder ein wenig kennenzulernen, denn wir sind nach der Wende gleich in den Westen gezogen, also tatsächlich in den Westen, da war ich sechs.«

»Und du bist hiergeblieben. Welch glücklicher Plan des Schicksals«, sagte er. »Sonst hätten wir uns nicht kennengelernt.«

Er sagte es eine Spur zu ernst, dachte sie.

Sven griff in seine Tasche und reichte Deniz ein paar blaue Latexhandschuhe, die er sofort anzog. Dann nahm er aus einer Ecke des Zimmers eine größere Papiertüte, wie sie gewöhnlich zur Sicherstellung von Beweismitteln benutzt wird, und zog daraus einen kleinen, länglichen Rucksack. Mit großer Vorsicht öffnete er einen der Reißverschlüsse, holte einen kleinen Handbohrer hervor und einen stabilen Draht, der in einem bestimmten Winkel geknickt war.

Deniz musste einmal tief und zittrig ein- und ausatmen.

»Ein schickes kleines Fensterbohrer-Besteck.«

Beide sahen sich an und wechselten nur einen wissenden Blick.

»Das ist noch nicht alles. Komm mal bitte mit.«

Er fasste Deniz am Arm und führte ihn über den Flur in jenen

Raum, dessen Tür bis jetzt verschlossen gewesen war. Als Sven das Licht anknipste, hatte Deniz nach einer Sekunde der Irritation das Gefühl, er befinde sich in einer Künstlergarderobe, denn nur von dort kannte er diese Art Spiegel, an deren Rändern eine Reihe von Glühbirnen angebracht waren. Auf dem Tisch davor befanden sich unzählige Töpfe mit Farben und Pasten, Pinsel und etwas, das aussah wie kleine Silikonkissen, sowie eine größere Anzahl von Plastikkästen, die künstliche Fingernägel enthielten.

»Ich fasse es nicht«, sagte Deniz. »Wenn das nicht unser Mann ist, dann weiß ich auch nicht.« Er sah Sven an. »Oder?«

»Heute ist Weihnachten, Kollege, denn das ist noch nicht alles«, sagte er und ging wieder vor in den anderen Raum mit den Rechnern. Er nahm die Kamera vom Stativ und sah Deniz an.

»Die Rechner hier und das eine Handy hat er gesichert, da kommen wir hier und heute nicht dran, die müssen wir mitnehmen. Aber die Kamera ist nicht gesichert. Die hat er irgendwann mal laufen lassen, und jetzt sieh mal.«

Er drückte ein paar Knöpfe, und auf dem kleinen Display lief ein Film mit sehr wackeligen Bildern, die den Raum zeigten, in dem sie standen. An einer Stelle stoppte Sven den Film. Deniz wusste nicht, was der Kollege meinte. »Vielleicht bin ich zu blöd, aber ich seh nichts.«

Sven lächelte amüsiert.

»Er muss irgendwas an der Kamera ausprobiert haben und war unvorsichtig. Sieh dir mal den mittleren Monitor an.«

Er hielt den Film an, das Display war klein, aber jetzt erkannte er es auch. Auf dem Bildschirm war das Standbild einer Frau, von der man das Gesicht und die nackten Brüste sah, und auch auf dem kleinen Display war zu erkennen, dass dieses abgewandte Gesicht zu Marigona Marku gehörte.

Wieder hatte Christian Herrmann kein Problem damit, nach einem Sekt in der Pause des Konzerts und drei Kölsch in seiner früheren Studentenkneipe noch Auto zu fahren. Und wieder hatte Camilla überlegt, etwas zu sagen, es aber gelassen, der Mann war schließlich Staatsanwalt.

Der Abend war ein sehr kurzweiliges Vergnügen gewesen, auch wenn der Eindruck geblieben war, dass ihr Begleiter bedrückter wirkte, stiller und nicht so voller dezentem Flirt-Esprit wie sonst.

Auf der Rückfahrt sprachen sie wenig, und im Autoradio lief der übliche Mainstreampop, was nach dem Hörerlebnis der beiden Stunden zuvor wie ein belangloses, fast störendes Geräusch klang.

Ihr Handy zeigte den Eingang einer Nachricht. Sie zog es aus ihrer Manteltasche und sah, dass Deniz geschrieben hatte.

> Bin in der Wohnung unseres Videotäters. Person steht aber noch nicht fest, muss noch identifiziert und festgenommen werden.
> Ist wahrscheinlich Angehöriger der StA.
> Melde mich morgen.
> Hoffe, das Konzert ist nice. Smiley. D.

Sie schloss den Bildschirm und spürte einen leichten Wärmeschauer.

»Was Wichtiges?«

»Nein, kann ich morgen erledigen.«

Wenig später bogen sie in ihre Straße ein, und er fuhr den Wagen in eine der Parkbuchten.

»Könntest du mir noch einen Gefallen tun?«, fragte er und räusperte sich.

Sie war überrascht.

»Wenn es mir möglich ist, jederzeit.«

Er hob die verbundene Hand.

»Ich habe vergessen, meine Pillen zu nehmen, und das merke ich jetzt. Du hättest nicht ein Glas Wasser für mich?«

Sie war auf die Frage nicht vorbereitet, und eine rasende Bilderfolge, wie die Zeitrafferdarstellung in Filmen, flimmerte vor ihrem inneren Auge.

»Äh, doch, ja, natürlich.«

Die Zustimmung kam mechanisch, obwohl etwas in ihr das nicht wollte.

Sie stiegen aus, und er folgte ihr in die erste Etage. Zerrissen zwischen den inneren Stimmen, die sie davon abbringen wollten, weil es ihr unangenehm war, und der Aufforderung, jetzt nicht albern zu sein, schloss sie ihre Wohnung auf.

Sie zog ihren Mantel aus und legte ihn über die Lehne der Couch.

»Kleinen Augenblick«, sagte sie und ging in die Küche. Sie goss Wasser in ein Glas, und als sie damit zurückkam, stand er am Fenster und genoss die Aussicht auf die Lichter der Stadt.

»Wahrscheinlich auch bei Tag ein schöner Blick«, sagte er.

»Ja. Bitte.« Sie reichte ihm das Glas, und er trank einen Schluck, räusperte sich noch einmal kräftig und trank erneut.

»Sagtest du nicht etwas von Tabletten?«, fragte sie und hoffte, nicht zu misstrauisch zu klingen.

»Habe ich grad schon ohne Wasser geschluckt, hätte ich nicht machen sollen.« Er lächelte und sah sie lange wortlos an.

»Kann ich kurz noch die Toilette benutzen? Ich weiß nicht, ob ich es sonst bis nach Hause schaffe nach dem Bier.«

In ihr regte sich ein Gefühl, das sie aus Situationen kannte, wenn sie bei Dunkelheit durch einen Park ging oder nachts in einem einsamen Parkhaus war, aber sie suchte vergeblich nach einer akzeptablen Möglichkeit, ihm diese Bitte abzuschlagen.

»Natürlich. Die Gästetoilette ist im Flur.«

Sie führte ihn bis vor die Tür, wo er seinen Mantel auszog und an die Garderobe hängte, was ihr eigenartig erschien. Weil sie nicht demonstrativ vor der Tür warten wollte, ging sie zurück ins Wohnzimmer. Vielleicht war es nur ihr Eindruck in dieser Situation, aber sie hatte das Gefühl, dass der Mann unglaublich lange brauchte, um ein paar Bier zu entsorgen.

»Okay, ich fahre dann wieder«, sagte Deniz, »ich bin die ganze Nacht erreichbar, falls irgendetwas sein sollte. Und morgen früh sowieso, da werden wir ohnehin Kontakt haben.«

»Wir sind mit acht Leuten hier vor Ort«, sagte Sven, »das heißt, wir haben das vollkommen im Griff. Wenn er heute Nacht kommt, nehmen wir ihn auf jeden Fall fest. Wir haben überall geschaut, ob er irgendwo eine Internetkamera zur Überwachung angebracht hat, aber keine gefunden, hier drin auf jeden Fall nicht.«

»Okay, ich bin spätestens um sieben im Büro.«

Sven lachte.

»Schlaf ein wenig. Du hast nämlich eine ordentliche Fahne, wenn ich das sagen darf.«

»Sorry. Ich hatte ja gesagt, dass ich schon im Feierabend war.«

Sie verabschiedeten sich.

»Pass ein bisschen auf, wenn du das Haus verlässt, falls er in diesem Moment kommen sollte.«

Deniz signalisierte, dass er verstanden hatte, holte, bevor er ins Freie trat, wieder sein Handy hervor und simulierte einen Konfliktanruf bei einer fiktiven Partnerin. Die observierenden Kollegen bemerkte er wieder nicht. Gute Arbeit, dachte er.

Alex stand an der Stelle, wo er ihn verlassen hatte, und aus einem Fensterspalt stieg Rauch in die Nacht.

Deniz hoffte inständig, dass es im Wagen nur nach Nikotin riechen würde.

»Schon mal was von Passivrauchen gehört?«, fragte er beim Einsteigen.

»Mein Boot, mein Pferd, mein Auto«, sagte Alex, warf die Kippe aber doch nach draußen.

»Und in Südkorea oder Singapur oder irgendwo da in der Gegend würdest du jetzt einen Hunni zahlen.«

»Ich fand Recklinghausen schon immer reizvoller. Singapur, ts …« Er startete den Wagen und fuhr los.

»Und? War es so wichtig, dass wir heute Abend noch eine Ruhrgebietstour machen mussten?«

»Es ist der komplette Wahnsinn.«

Deniz erzählte ausführlich, was er in der letzten knappen Stunde erlebt hatte, und weihte Alex darüber hinaus vollkommen in den Fall ein, der jetzt geklärt zu sein schien, auch wenn die Personalien des Täters noch nicht feststanden.

Es kam Camilla vor wie eine halbe Ewigkeit, bis Christian Herrmann wieder im Wohnzimmer erschien, aber vielleicht war ihr Empfinden auch ein wenig aufgestachelt.

»So, vielen Dank«, sagte er. »Hast du gleich zwei Notsituationen auf einmal für mich bereinigt.« Er lächelte und blieb in der Mitte des Raums stehen.

Für einen Moment entstand ein kleines, unangenehmes Schweigen.

»Ich würde dir noch etwas anbieten«, sagte sie, »aber ich habe morgen Sitzungstag, sogar einen ziemlich langen, wie es aussieht, darum versteh bitte …«

Er kam auf sie zu und nahm ihre beiden Hände in seine.

»Natürlich. Danke für den schönen Abend.«

Seinem Blick aus nächster Nähe hielt sie eine Weile stand, löste aber nach einer Weile ihre Hände und trat einen Schritt zurück.

»Ich habe zu danken. Die Musik war wunderbar.«

»Dann schlaf erholsam«, sagte er, drehte sich endlich um und ging Richtung Flur. Dort nahm er seinen Mantel und wandte sich ihr noch einmal zu, während er sich anzog.

»Tschüs.«

Mit einem letzten Blick hob er die Hand, dann ging er.

Camilla schloss die Tür hinter ihm und atmete, die Hand noch auf der Klinke, einmal tief ein und aus, ohne den genauen Grund dafür zu kennen.

Es klopfte, und dieses Geräusch erschreckte sie so sehr, dass sie zusammenzuckte, als habe sie einen Stromschlag erhalten.

Sie öffnete die Tür und erschrak in derselben Sekunde noch einmal, jetzt aber über ihre Unvorsichtigkeit, nicht gefragt zu haben, wer vor ihrer Tür stand.

Es war Christian Herrmann.

»Sorry, mein Autoschlüssel«, sagte er und machte einen Schritt auf sie zu.

Camilla spürte ihr eigenes Zögern, mit dem sie die Tür nur so weit öffnete, dass er sich fast ein wenig durch den Spalt zwängen musste. Er ging, ohne zu zögern, ins Bad, kam mit dem Schlüssel zurück und hielt ihn demonstrativ hoch.

»Was man nicht im Kopf hat. Zum Glück warst du noch nicht im Bett.«

Wie sollte das gehen?, fragte sie sich und dachte darüber nach, was ihn in dieser Situation zu so einem Spruch veranlasst haben könnte, als er sie im Vorbeigehen am Oberarm fasste.

»Gute Nacht«, wiederholte er.

Dann schloss sie endgültig die Tür hinter ihm.

»Das heißt aber«, sagte Alex, als sie fast schon wieder in Essen waren, »dass ihr die weiteren Opfer immer noch nicht kennt, wenn er nichts sagen sollte.«

»Wovon auszugehen ist. Ja, das wäre denkbar.«

»Also könnte diese Presseveröffentlichung trotzdem nötig sein.«

»Eins nach dem anderen. Erst mal müssen wir ihn festnehmen, müssen überhaupt wissen, wer er ist. Und wenn wir ihm das tatsächlich nachweisen können, kannst du ja ganz anders vorgehen.«

Deniz' Handy vibrierte. Es war Sven Sauermilch.

»Hi, Sven. Habt ihr ihn festgenommen? Dann wäre ich doch besser geblieben.«

»Wolltest du ihn mit deiner Fahne betäuben, oder warum?« Er lachte. »Nein. Ich habe eine Frage, hätte ich auch morgen stellen können. Du erinnerst dich an die Aufnahme auf der Kamera.«

»Du meinst die Bodycam?«

»Genau. Wir haben uns den Film jetzt auf unseren Rechner gezogen, ist nur eine ganz kurze Sequenz, und neben dem Bild aus dem Film ist auf dem linken Monitor eine Liste geöffnet, auf der zwölf Namen und Adressen von Frauen stehen. Ich lese es dir mal vor, ob auch das was mit eurem Fall zu tun hat.«

Die ersten beiden Namen sagten Deniz nichts. Der dritte Name, der durchs Handy kam, war Hanna Hamoud.

»Ja, die ist bekannt«, sagte Deniz. »Die steht da auch drauf? Das ist eines der drei Opfer, die wir kennen. Stehen da auch Dilan Kaya und Marigona Marku drauf.«

»Ja, die beiden auch, etwas weiter unten. Und das sind die drei, die euch bekannt sind?«

»Ja, und zwei davon durch absolute Zufälle, sonst würden wir die auch nicht kennen. Das ganze Verfahren ist zufällig in Gang gekommen.«

»Der Name von der Hamoud ist übrigens schwarz unterlegt, das ist nur noch bei einer anderen so.«

Deniz überlegte, ob das mit etwas anderem zu tun haben könnte als mit dem Umstand, dass diese Frau verschwunden war und es keinen wirklichen Beweis gab, der für ihre Lebendigkeit sprach.

»Die Frau ist vermisst, seit sie vor fünf Jahren die Sache angezeigt hat. Schon eigenartig. Welcher Name ist denn noch schwarz unterlegt?«

»Das ist ein bisschen schwierig zu lesen, weil es halb vom Rand des Monitors verschluckt wird und durch die Perspektive ein bisschen verzerrt ist. Aber wenn ich mal die Buchstaben sinnvoll ergänze, müsste das Camilla Lopez oder so heißen, was schließlich auch auf einen Migrationshintergrund deuten könnte.«

Im ersten Augenblick glaubte Deniz, es müsse sich um einen Irrtum handeln, aber das Adrenalin hatte schon den Großteil seiner Nervenzellen erreicht.

»Sag das noch mal!«

»Camilla Lopez. Ist die bekannt?«

»Das ist die ermittelnde Staatsanwältin, verdammt. Ich melde mich später wieder.«

Auf dem Weg ins Wohnzimmer schüttelte sie nur den Kopf über ihre Gedanken und die wilde Fantasie, die sie sich schon das Schlimmste hatte ausmalen lassen, wenn sie ehrlich war.

Als sie sich die Zähne putzte und danach ihr Nachthemd anzog, konnte sie schon wieder darüber lachen, was für grausame Gedanken sie gehabt hatte, und wie froh sie war, dass der arme Christian Herrmann nicht in ihren Kopf hatte schauen können, um zu sehen, was sie dem Mann zugetraut hatte.

Sie legte sich ins Bett und löschte das Licht.

Vielleicht hatte es doch einen Einfluss auf das eigene Denken, Fühlen und Fantasieren, wenn man beruflich fast jeden Tag dorthin gehen musste, wo nichts Gutes existierte, sondern nur Angst, Elend und Schmerz, wo der Teufel, wenn es ihn gab, seinen ersten Wohnsitz hatte.

Sie versuchte, einen schönen Gedanken zu finden, um damit einzuschlafen, und ihr kamen die Bilder von Deniz und Alex in den Sinn, ohne dass sie wusste, warum. Aber sie musste lächeln.

Camilla erwachte.

Obwohl jetzt alles still war und nur das gleichmäßige Summen der Stadt hinter den Fenstern zu hören war, wusste sie, dass es ein Geräusch gegeben hatte. So lautlos wie möglich schlug sie ihre Decke zurück und machte Licht, um im selben Augenblick ihre innere Anspannung zu verurteilen. Was sollte schon sein?

Sie stand auf, ging ins Wohnzimmer, lauschte noch einmal, aber es war nichts zu hören.

Im Flur prüfte sie die Wohnungstür, die nicht abgeschlossen war, was sie wunderte, weil sie immer abschloss. Aber vielleicht hatte sie das in dem kleinen überflüssigen Gedankenchaos um Christian Herrmanns Besuch in ihrer Wohnung vergessen. Ein wenig, um sich ihren Mut zu beweisen, verschloss sie auch jetzt die Tür nicht, löschte alle Lichter und ging zurück ins Bett. Bevor sie auch den Knopf der Nachttischlampe drückte, überprüfte sie noch einmal ihr Handy, aber Deniz hatte sich nicht mehr gemeldet.

Sie schloss die Augen und hoffte, nach dieser kleinen Störung schnell wieder einzuschlafen. Sie dachte an das Konzert, und erst nach einer Zeit bemerkte sie, dass ihre Erinnerung an die Oboenmelodie ganz leise von einem Geräusch gestört wurde, das sie kannte. Es war Vogelgezwitscher. Dafür gab es nur eine

Möglichkeit. Ihre Mutter hatte ihr eine solche Zwitscherbox geschenkt, die auch auf der Toilette ihrer Eltern stand. Das Gerät besaß einen Bewegungsmelder und startete jedes Mal ein zweiminütiges Vogelkonzert, wenn man das Bad betrat oder daran bei offener Tür vorbeiging. Eine ihrer Freundinnen stellte das Ding immer aus, weil sie das Gefühl hasste, im Wald zu pinkeln. Jetzt aber lief es, obwohl sie weder im Bad gewesen noch daran vorbeigegangen war.

Mit einem Ruck und leisem Kribbeln unter der Kopfhaut richtete sie sich auf, drückte wieder auf den Schalter für die kleine Lampe und griff nach ihrem Handy. Sie horchte angestrengt, aber es war außer dem Gezwitscher nichts zu hören. So leise wie möglich stand sie auf, machte Licht im Flur und ging ins Bad, wo die Box mittlerweile verstummt war, jetzt aber wieder ansprang. Konnte das auch von einer Fliege oder Motte ausgelöst werden?, fragte sie sich, schüttelte aber ungläubig den Kopf, löschte das Licht wieder und ging zurück in den Flur. Wie ein riesiger Geist kam die Gestalt aus dem Dunkel ihres Wohnzimmers, packte sie am Hals und schob sie ins Schlafzimmer. Sie stolperten, fielen auf das Bett, und als der Mann über ihr war, versuchte sie, sich zur Seite zu rollen, glitt aber nur gemeinsam mit der Person, die ihr immer riesiger vorkam, von der Matratze. Sie schrie und fühlte, wie ihr der Mund zugehalten werden sollte, wogegen sie sich mit aller Kraft wehrte, die in ihr steckte. Als er ihre Hand gepackt hatte, schob sich sein Ärmel ein Stück nach oben, und ihr Blick fiel auf ihre verschränkten Hände, von denen eine die andere umklammerte. Es war deutlich zu erkennen, dass der Mann eine dunkle Hautveränderung am Handgelenk hatte.

»Christian?«, wollte sie schreien, aber durch die Hand auf ihrem Mund wurde nur ein Gurgeln daraus. In ihrem Kopf fand ein Bilderregen statt, als stünde sie in einem Wolkenbruch, und mit jedem Tropfen prasselte eine andere Grausamkeit auf sie ein. Mitten in diese Empfindungsexplosion hinein spürte sie einen Stich in ihren Oberschenkel, wogegen sie sich nicht wehren konnte, weil der Mann mittlerweile auf ihr saß. Sie schlug, traf aber immer nur seine Brust und Arme, was keinerlei Wirkung zeigte. Es dauerte nur Sekunden, dann nahm sie ganz sanft, aber deutlich wahr, wie etwas in ihrem Kopf geschah, etwas, das sich nicht gut anfühlte und ihrer Panik einen entsetzlichen Schub verlieh, weil ihre Kräfte ebenso deutlich schwanden wie die Fähigkeit, klar zu denken. Sie bewegte heftig den Kopf hin und her, um dagegen anzukämpfen, was nichts half, und das Letzte, was sie sah, war das beleuchtete Display ihres vibrierenden Handys, welches sie in dem Kampf verloren hatte und das so gefallen war, dass es jetzt seltsam aufrecht an einem Fuß ihres Betts lehnte. Als es durch die Vibration umfiel und auf die Bretter des Fußbodens glitt, verschwand das Display aus ihrem Blickfeld, dennoch hatte sie den Namen deutlich gelesen.

Deniz ruft an, dachte sie, dann wurde es schwarz.

»Scheiße, sie geht nicht dran.« Deniz hatte es klingeln lassen, bis Camillas Mailbox ansprang, und versuchte es ein zweites Mal.

»Vielleicht schläft sie längst, es ist spät«, sagte Alex.

»Nein, dass sie nicht dran geht, das kenne ich nicht von ihr. Nicht nur, wenn sie Bereitschaft hat. Ich habe das noch nie erlebt, wenn ich sie erreichen wollte.«

»Aber du bringst das nicht mit dieser Liste von eben in Verbindung, oder?«, sagte Alex und sah ihn von der Seite an. »Denn sie steht da drauf, okay, und hat auch diese Markierung, okay, aber selbst wenn wir das Schlimmste annehmen, wäre es da nicht ein irrsinniger Zufall, wenn heute Abend was passieren sollte? Vielleicht hat sie einfach einen neuen Lover?«

Deniz sah Alex an, als habe er ihn beleidigt. Etwas in ihm wehrte sich heftig gegen diese Vorstellung.

»Sie ist mit 'nem Kollegen der Staatsanwaltschaft in einem Konzert heute Abend, aber das müsste längst vorbei sein. Und wenn sie meine Nummer sieht, geht sie ran. Da stimmt was nicht.«

Einen Moment wog Deniz alle Informationen ab, dann wählte er einen der Tische der Einsatzleitstelle direkt an, ohne über die 110 zu gehen. Den Kollegen kannte er und erklärte ihm in kurzen Sätzen die Situation.

»Ich habe diese Information erst seit heute Abend, und ich weiß, es kann alles Mögliche sein, Gernot, aber wenn ihr einen Wagen frei habt, wäre es schön, wenn ihr kurz mal vorbeischaut. Wir brauchen noch gut zehn Minuten.«

Als sie zwölf Minuten später, wie Deniz mit Blick auf seine Uhr feststellte, das Haus erreichten, kamen sie gemeinsam mit dem Streifenwagen an. Den jungen Kollegen kannte er nicht, von der Kollegin wusste er, dass sie Tabea hieß und von allen Bea genannt wurde.

»Ist einiges los heute Abend«, sagte Bea, »früher ging nicht. Kannst du mir noch einmal kurz erklären, warum wir jetzt hier sind, ich habe nicht ganz gerafft, was die Leitstelle meinte.«

Deniz erklärte es und dazu noch alles andere, dass Alex kein Kollege war, dass er selbst nicht im Dienst war und er schon etwas getrunken hatte.

»Dann gehen Dominik und ich mal vor, nicht nur deshalb«, sagte Bea mit einem wissenden und bestimmten Lächeln. »Wir wollen nicht gleich vom Schlimmsten ausgehen, aber ich würde das trotzdem gern professionell erledigen, falls doch irgendetwas nicht stimmt.«

Deniz stimmte ihr wortlos zu.

»Parterre rechts scheint noch wach zu sein«, sagte sie, klingelte, und nach wenigen Sekunden meldete sich am Lautsprecher Frau Leupold.

»Pracht von der Polizei Essen, Frau Leupold. Wir wollen nicht zu Ihnen, wir müssten nur mal kurz ins Haus.«

Die Frau war mutig oder leichtgläubig, fand Deniz, denn keine Sekunde später ertönte der Summer. Sie war schon im Bademantel und nickte nur, als die kleine Karawane an ihr vorbeizog und vor der Tür zu Camillas Wohnung eine Etage höher stehen blieb.

»Ich ruf noch mal an«, sagte Deniz etwas leiser und wählte ihre Nummer.

Bea trat dichter an die Tür und drückte ihr Ohr auf die weiße Fläche. Sie stellte sich wieder normal hin.

»Ich bin mir nicht sicher, aber es könnte sein, dass ich einen Vibrationsalarm höre, ganz leise. Als wenn das Handy irgendwo draufliegt.«

»Dann klingen wir jetzt.« Deniz machte einen Schritt Richtung Tür.

»Warte!« Bea hob die Hand und horchte wieder.

Er drückte drei Mal auf den Knopf, das schnarrende Geräusch war bis ins Treppenhaus zu hören.

»Es sind eindeutig Geräusche da drin, da ist jemand«, sagte Bea.

»Dann ist es jetzt egal.« Er ging dicht an die Tür, klopfte ein paarmal heftig dagegen.

»Camilla, hier sind Deniz und Alex. Mach mal auf!«

Jetzt war drinnen ein lauteres Geräusch deutlich zu hören, als fiele etwas Metallisches zu Boden, aber nichts tat sich an der Tür.

»Schlüsseldienst«, fragte Bea mit einem Gesicht voller Zweifel.

»Nein«, sagte Deniz, »der kommt in einer Stunde. Das hier nehme ich auf meine Kappe.«

Er machte einen Schritt zurück.

»Stopp!« Die Kollegin hielt ihn an der Schulter fest. »Ich sagte doch, es soll schon professionell vonstattengehen, dass das klar ist. Wenn wir es so machen, gehen Dominik und ich da rein, und dein Freund geht wenigstens eine halbe Treppe runter.«

Deniz nahm einen Schritt Anlauf und trat einmal in Höhe des Schlosses dagegen, was die Tür einen Spalt öffnete. Zum Glück Altbau, dachte er vor dem zweiten Tritt, der sie auffliegen ließ.

»Polizei, wir kommen jetzt rein«, rief Bea und ging mit einer Hand an der Waffe in den Wohnungsflur.

Deniz war dicht genug dahinter, um beim Blick ins Schlafzimmer zu sehen, dass Camilla auf ihrem Bett lag, ihre Nacktheit nur halb von einem Laken verdeckt war und die Schlafzimmertür zum Balkon offen stand.

»Der Balkon!«, rief er und überholte die Kollegin mit drei schnellen Schritten.

»Vorsicht, Mann, pass auf!«, schrie Bea, aber es war zu spät. In dem Augenblick, als er auf den Balkon trat, traf ihn der Tritt in Brusthöhe so heftig, dass er zurück ins Schlafzimmer fiel.

Trotz heftiger Schmerzen rappelte er sich auf, rannte zur Brüstung neben die Kollegin, und beide sahen, wie sich eine dunkle Gestalt am umrankten Stützpfeiler des Balkons, der bis zum Boden reichte, herabließ und im Dunkel des Gartens verschwand.

Deniz schwang sich über die Brüstung, fiel mehr herab, als dass er rutschte, was wegen der dornigen Ranken höllisch an den Händen schmerzte.

»Deniz, lass den Scheiß, Mann«, rief Bea, »wenn der 'ne Waffe hat!«

Er ignorierte die Warnung, hörte von oben ein gezischtes »Scheiße« und rannte in dieselbe Richtung wie der Täter. Als er sich durch die ersten Büsche gekämpft hatte, nahm er am Ende des

Nachbargartens etwas wahr, das sich schemenhaft bewegte. Dann sah er gegen den etwas helleren Himmel, wie sich eine dunklere Gestalt über eine Mauer schwang, die er wenige Sekunden später ebenfalls erreichte. Er hörte von der anderen Seite blechernes Geschepper und einen unterdrückten Schmerzensschrei, sprang ebenfalls in den Stütz und konnte sehen, wie der Mann offensichtlich gestürzt war, aufstand und weiterrannte über einen Hof.

Deniz' Brust schmerzte beim Atmen, und in dieser Stellung spürte er, dass der Strauch auch seine Hände verletzt haben musste.

Er schwang sich hinüber und rannte in die Richtung, in der er den Fliehenden zuletzt gesehen hatte.

Wie ein Blitzlicht schoss das Bild von Camilla in sein Bewusstsein und damit die Erkenntnis, dass er nicht wusste, wie es ihr ging. Aber sie hatte sich noch bewegt, oder?

Weil nirgendwo ein Licht war, überlegte er eine Sekunde, sein Handy aus der Tasche zu ziehen, aber der Zeitverlust wäre zu groß gewesen.

Wieder lag eine freie Fläche vor ihm, die sich unter seinen Füßen wie Rasen anfühlte, und an deren anderem Ende er den Mann rennen sah.

Er überlegte, dass sie sich parallel zur Straße hinter den Häusern bewegen mussten, aber er hatte keinen Schimmer, wo er sich wirklich befand, weil er sich in der Gegend kaum auskannte.

Wieder für einen vorbeiwischenden Moment Camillas Bild und seine Zweifel, ob sie sich noch bewegt hatte. Sie musste leben.

Aus dem Dunkel tauchte vor ihm ein kleines Gebäude auf, und er hörte, wie eine Tür schlug.

Camilla.

Als er den Schuppen erreichte, sah auch er die Tür, riss sie auf und ging vorsichtig hinein.

Der Raum musste fensterlos sein, denn es war so dunkel, dass man die Hand vor Augen nicht sah. Für eine Sekunde blitzte die Erkenntnis in ihm auf, dass er sämtliche Fortbildungen zum Betreten von Wohnungen, zum Durchsuchen von Gebäuden, dass er alles, was er in den Jahren in unzähligen Trainings über Eigensicherung gelernt hatte, in diesem Moment wie ein verdammter Anfänger ignorierte, und er griff zu seinem Handy, um Licht zu machen, als jemand von hinten etwas um seinen Hals legte und ihn zu Boden zog.

Alles war still.

Aber das war nur eine völlig subjektive Empfindung, fiel Alex auf, denn durch die geöffnete Balkontür war der Atem der Nacht zu hören. Trotzdem wirkte die Atmosphäre nach den Minuten zuvor, als habe jemand ein sich schnell drehendes Rad angehalten.

Deniz' Kollegen waren ihm beide gefolgt, nachdem sie die Wohnung in Windeseile durchsucht und Alex gefragt hatten, ob sie ihn mit der Frau allein lassen könnten, bis der alarmierte Krankenwagen einträfe. Er hatte das bejaht, und jetzt saß er am Rand eines Betts, in dem die nackte Camilla lag, die manchmal den Kopf bewegte und Geräusche machte, als wolle sie etwas sagen. Die Polizistin hatte sie mit dem Laken ganz zugedeckt, dennoch ließ ihn diese Situation Scham empfinden, nicht nur wegen ihrer Nacktheit, die jetzt zwar verdeckt war, aber von der er wusste, sondern vielmehr deshalb, weil sie in diesem Zustand so völlig ausgeliefert und schutzlos erschien.

Er erinnerte sich an seinen aufwühlenden und erregenden Traum und welch ein grotesker Einfall des Schicksals es war, sie beide jetzt in dieser kuriosen Situation zusammenzuführen.

Camilla war offensichtlich nicht bei Bewusstsein, dennoch spürte er eigenartigerweise keine Angst um sie, vielleicht weil sie mit ihren Bewegungen und Lauten so lebendig wirkte, als sei sie nicht in Gefahr.

Er hob den Kopf. Ganz leise nahm er ein Martinshorn wahr, dessen anschwellende Lautstärke ihm zeigte, dass es nicht irgendwo in der Stadt ertönte, sondern näher kam. Er trat in den kleinen Flur, öffnete die Wohnungstür, bei der durch das gesplitterte Schloss nicht mehr die Gefahr bestand, dass sie zufallen konnte. Dann ging er nach unten, um zu öffnen, aber auf halber Treppe sah er Frau Leupold, die das schon erledigt hatte.

Es war ein Seil, das um seinen Hals geschlungen war, Deniz fühlte die faserig-stachelige Struktur, denn zum Glück hatte er im letzten Moment seine Finger dazwischen bekommen, allerdings nur von einer Hand, was dazu führte, dass die Finger schon nach kurzer Zeit abzusterben drohten. Er war rückwärts gestürzt, lag auf den Beinen dieser Person, er hörte deren Schnaufen, roch ihren Schweiß und versuchte mit wirren Bewegungen, sich aus der Umklammerung zu lösen. Aber der Druck der Schlinge um seinen Hals und das Gezerre daran ließen kaum eine koordinierte Aktion zu. Ganz allmählich hatte er das Gefühl, dass die mangelnde Blutzufuhr ihre Wirkung tat und er nach und nach das Bewusstsein verlor. Er strampelte und fühlte plötzlich einen Widerstand unter seinen Füßen, trat mit einer letzten Kraftanstrengung dagegen und stieß sich heftig nach oben ab. Am Kopf fühlte er einen dumpfen Stoß und hörte gleichzeitig einen Schmerzensschrei, wonach der Zug der Schlinge für einen kurzen Moment nachließ. Er riss mit der verbliebenen Kraft seiner fast tauben Hand an dem Seil, dass sich nun vollends lockerte. Mit dem Ellbogen des anderen Arms stieß er nach hinten und spürte am Widerstand und am zweiten Schmerzlaut, dass er einen Treffer gesetzt hatte. Obwohl sich sein Auge mittlerweile an die Dunkelheit gewöhnt hatte, war kaum etwas zu erkennen. Er drehte sich dem Angreifer zu und schlug mehr blind in dessen Richtung, traf ihn aber nur mit einem Wischer, trotzdem schrie der Mann auf. Ohne genau zu erkennen, was da vor ihm war, machte er schlagend einen Schritt nach vorn und weil seine Fäuste ins Leere trafen, noch einen, als er so heftig einen Schmerz im Gesicht spürte, dass er durch die Wucht das Gleichgewicht verlor, rückwärts stürzte und im Fallen Geräte mitriss, die laut und blechern schepperten. Es blieb ihm keine Sekunde Zeit, die Erleichterung zu genießen, auf nichts Scharfkantiges gefallen zu sein, als er einen heftigen Stoß auf der Brust fühlte, dessen Druck nicht mehr nachließ, und als sich um seinen Hals zwei Hände schlossen, wusste er, dass der Mann auf ihm kniete. Er schlug in die Richtung, in der er den Kopf vermutete, traf auch etwas, aber der Druck an seinem Hals ließ nicht nach. Nach wenigen Sekunden konnte er nicht mehr atmen, spürte, dass nicht nur seine Kraft nachließ, sondern sich auch ganz langsam über seine Wahrnehmung ein Schleier legte, der immer dichter wurde.

In diesem Moment entstand eine nie gefühlte Kälte in ihm, als griffe eine eisige Hand durch eine klaffende Öffnung in seine Brust und umfasse sein Innerstes, um es herauszunehmen.

Als es plötzlich heller wurde, war er nicht sicher, ob diese Lichtfetzen real waren, aber der Druck an seinem Hals löste sich, und er hörte eine Stimme, die »Polizei« schrie, noch einmal, und dann erkannte er, dass es Beas Stimme war, die er im tanzenden Licht einer Taschenlampe vernahm.

»Leg dich hin, oder ich schieße, sofort. Leg dich hin, und ich will deine Hände sehen. Los!«

Deniz fühlte, wie der Druck von seiner Brust wich und sich durch die Tür zum ersten ein zweites Licht gesellte. Er kroch rückwärts, setzte sich auf und sah jetzt im runden, tanzenden

Lichtkegel den Menschen, der dafür gesorgt hatte, dass er zum ersten Mal in seinem Leben Todesangst gefühlt hatte.

Der junge Kollege hatte dem Mann mit der Acht die Hände auf den Rücken gefesselt, und im Schein zweier Taschenlampen erkannte Deniz, dass sein Gegner nur eine Hose und ein Hemd trug, das zerrissen war, wodurch ein eigenartiger Gurt um seinen nackten Oberkörper sichtbar wurde, dessen Bedeutung er sich im ersten Moment nicht erklären konnte. Außerdem war in seinem Gesicht, das jetzt voller Staub von dem fensterlosen Geräteschuppen war, etwas verschoben und stand ein wenig ab, was ihn an die kleinen Kissen erinnerte, die er keine zwei Stunden zuvor auf einem Schminktisch in Recklinghausen gesehen hatte.

In der Tür erschienen zwei weitere Taschenlampen, die zu anderen Kollegen gehörten. Bea kam zu ihm und kniete sich daneben.

»Das war ja ein echtes Meisterstück«, sagte sie, aber er erkannte im unruhigen Licht der Taschenlampen in ihrem Gesicht mehr Erleichterung als Vorwurf. »Dass wir von der Schutzpolizei euch immer raushauen müssen.« Leichtes Kopfschütteln. »Bist du in Ordnung?«

Er versuchte, den Kopf zu bewegen, und befühlte seinen Hals.

»Scheint noch mal gut gegangen zu sein.«

Sie griff ihm unter die Achseln und half ihm hoch.

Auch seinen Gegner hatten sie mittlerweile in die Senkrechte gebracht. Er war einen halben Kopf größer als Deniz, und mit seinem Gesicht stimmte irgendetwas nicht. Die Zeit, das wahrzunehmen, hatte er noch, dann führten die Kollegen den Mann nach draußen.

Nachdem Camilla mit dem Krankenwagen weggebracht worden war, hatte Alex die Stellung gehalten, weil die Tür so beschädigt war, dass man sie ohne eine zumindest notdürftige Reparatur nicht mehr verschließen konnte. Außerdem wartete er auf Deniz.

Er stand auf dem Balkon, von dem er weit hinten über den Dächern noch pulsierendes blaues Licht sah, aber keine Martinshörner mehr hörte.

Als er Geräusche aus der Wohnung wahrnahm und wieder hineinging, standen Deniz und die Polizistin vor ihm, von der er wusste, dass sie Bea hieß. Deniz hatte Schürfwunden im Gesicht und eine deutlich sichtbare Schwellung über dem linken Jochbein, mit dem zweiten Blick sah er, dass auch seine Hände verletzt waren.

»Der Krankenwagen ist schon weg«, sagte Alex, »die hatten noch einen Platz frei.«

»Geht schon.« Deniz winkte ab.

»Solltest du dir wirklich ansehen lassen, das sieht schon heftiger aus«, sagte Bea.

Ihr junger Kollege kam herein, blieb in der Tür stehen.

»Mal schauen. Für die Hände reichen ein paar Pflaster und für den Kopf eine Ibu 600, dann sehen wir weiter«, meinte Deniz.

»Okay«, sagte Bea, »du musst es wissen. Wartet ihr hier auf die K-Wache, dann sind wir wieder weg, draußen ist einiges los. Die müssten gleich hier sein. Und wir schreiben natürlich was dazu.«

»Alles gut, wir bleiben hier«, sagte Deniz. »Wie hast du mich überhaupt in dem Schuppen gefunden?«

»Ist immer gut, wenn man sich in seinem Wachbereich gut auskennt«, sagte sie, »ihr konntet nur ungefähr den Weg genommen haben. Und irgendwann habe ich euch gehört, zuerst das Klappern und dann die Stimmen.«

»Okay.« Deniz nickte.

Die beiden Uniformierten grüßten und gingen.

»Ach, Bea …«, sagte Deniz, und die Angesprochene wandte

sich in der Tür noch einmal um. »Ich weiß noch nicht, was ich mache, aber ich melde mich noch mal bei dir. Für heute kann ich erst mal nur danke sagen, und ich weiß, dass das wenig ist für das, was du getan hast.«

Sie lächelte.

»Lass gut sein, Deniz, dafür nicht. Kennst doch das alte Pfadfindermotto: Jeden Tag eine gute Tat. So was wie eben gehört zu dem Besten, was wir für einen Kollegen machen können.« Sie hob die Hand. »Lass lieber einen Arzt bei dir draufschauen.«

Dann gingen sie.

»Wir müssen die Tür reparieren, bevor wir gehen«, sagte Alex.

»Nicht mehr unsere Baustelle. Die Kriminalwache kommt gleich, das ist ja ein Tatort hier, dann ist das deren Sache.«

»Und was machen wir so lange?«

»Wir setzen uns ruhig hin, vernichten keine Spuren und warten.« Deniz zog eine Grimasse, die wohl ein Lächeln werden sollte, was grausam misslang, und das lag nicht an der Schwellung, dachte Alex.

Sie nahmen sich zwei Stühle vom Esstisch und setzten sich.

Als sie eine ganze Zeit geschwiegen hatten, sah Alex, wie sich in Deniz' staubigem Gesicht zwei feuchte Bahnen gebildet hatten und an seinem Kinn Tränen hingen.

Noch nie hatte er Deniz weinen sehen, und ihm fiel nichts ein, was er sagen sollte. Aber er hatte das Gefühl, dass Schweigen in diesem Augenblick nicht die schlechteste Wahl war.

Deniz

Der Mann schwieg.

Seit Beas Leute ihn in der Nacht im Polizeigewahrsam eingeliefert hatten, war kein Wort über seine Lippen gekommen, was bedeutete, dass sie immer noch nicht seinen Namen kannten.

Außer einem Autoschlüssel war nichts in seinen Taschen gewesen, und in Camillas Wohnung hatte er lediglich einen kleinen schwarzen Rucksack zurückgelassen, der einen längeren Metallspieß, eine zweite Spritze und zwei Fläschchen mit dem betäubenden Serum enthielt, aber nichts, was auf seine Identität hätte schließen lassen.

Auch in den Räumen in Recklinghausen hatten Sven Sauermilchs Leute in der Nacht keine Hinweise darauf gefunden, wer ihr Täter war. Der Ort diente offensichtlich als Zentrum seiner Taten, war allerdings auf eine Fake-Personalie angemeldet. Deshalb hatte Deniz alle Hoffnung in die erkennungsdienstliche Behandlung gesetzt, zu der es erst am späten Vormittag gekommen war, weil er dabei sein wollte. Aber auch das System kannte den Mann nicht.

Vorher hatten sie beim polizeiärztlichen Dienst Deniz' Hände vom dilettantischen Do-it-yourself-Pflasterchaos befreit und professionell versorgt, womit es jetzt schlimmer aussah, als es tatsächlich war, fand er.

Die Kopfschmerzen waren schon in der Nacht mit der entsprechenden Dosis Schmerzmittel erträglich gewesen, aber das Adrenalin hatte ihn nur wenige Stunden schlafen lassen.

Jetzt saß er an seinem Schreibtisch, außerstande, mit den Händen die Tastatur adäquat zu bedienen, und fühlte sich deshalb fast deplatziert. Sein Büropartner Dieter Bartels hatte eine Leichensache in Haarzopf, und Deniz versuchte, mit Mühe dem Rechner ein paar Informationen zu entlocken.

Es klopfte, und ohne seine Reaktion abzuwarten, stand Sven Sauermilch in der Tür, dem ebenfalls anzusehen war, dass die Nacht sehr kurz gewesen war.

»Morgen. Na, wie geht's?«

»Was macht denn das LKA um diese Zeit in unseren bescheidenen Räumen?«

»Eigeninteresse, was sonst? Wenn der Mann nicht nur für eure Filme verantwortlich ist, sondern auch für den Datenklau, sind wir erst mal mit im Boot. Wer weiß, welchen Umfang das Ganze noch bekommt.«

Er zog sich den Stuhl vom kleinen Beistelltisch zurecht und setzte sich.

»Aber ich habe dich gefragt, wie es dir geht. Deine Chefin hat mir beim Reinkommen einiges erzählt. Klang heftig.«

»Erlebt man nicht alle Tage so was, stimmt schon, aber so wild war es auch nicht. In unserem Job hat man halt weniger mit den Sanftmütigen zu tun.«

»So siehst du auch nicht aus. Wissen wir was über ihn?«

»Nichts. Der hält absolut sein Maul, sagt keinen Piep. Und er liegt nicht ein.«

Sven schüttelte den Kopf.

»Was soll die Kinderei? Glaubt der wirklich, wir erfahren nicht, wer er ist?«

»Sieht so aus. Willst du einen Kaffee?«

Sven wollte.

Bevor Deniz aufstand, erschien der dicke Mohning, blieb in der Tür stehen und lehnte sich mit selbstgefälliger Miene an den Rahmen.

»Moin, Siggi, was gibt es?«

»Ich hab das von heute Nacht mitgekriegt und mich noch mal kurz selbst in die Mordkommission versetzt, weil ich eine Idee hatte. Was ist euch der Name von unserem Produzenten der Ferkelfilmchen wert?«

Kurzer Blickkontakt mit Sven Sauermilch.

»Wäre ein Leberkäsebrötchen okay?«

»Das wollte ich hören. Christoph Walter, 09.11.80 in Wanne-Eickel.«

»Und wie kommst du darauf?«

Er hob die rechte Hand an und klimperte mit ein paar Schlüsseln.

»Guter alter Ermittlerfleiß. Er hatte doch Schlüssel dabei. Mit denen hab ich in immer größeren Kreisen um den Tatort von heute Nacht herum einen Morgenspaziergang gemacht und alle hundert Meter auf den Öffner gedrückt. Machen unsere Autoknacker doch auch so. Hat mit allen Nebenstraßen knapp 'ne Stunde gedauert. Und die Karre ist sogar auf ihn angemeldet.«

»Das ist mir zwei Leberkäsesemmeln wert«, sagte Deniz.

»Vielleicht werden es ja noch drei. Der Mann ist gemeldet in Herne, und die Bochumer Kollegen sind schon mit einem Zivilwagen dahin unterwegs und warten auf Anweisung.«

Deniz griff sofort zum Telefon und hätte beinahe aus einem gewohnten Reflex heraus Camillas Nummer gewählt, bis ihm die Bilder der Nacht dazwischenkamen. Er ließ sich daraufhin mit dem offiziellen Eildezernenten der Staatsanwaltschaft verbinden, der nach kurzer Schilderung der Umstände einen Antrag auf Durchsuchung der Wohnung in Herne stellte.

Umständlich legte er den Hörer auf, hob die Hände und sah Mohning an.

»Kannst du den Antrag kurz schreiben und dem Gericht zumailen?«

Siggi Mohning nickte und verschwand.

»Und wir schauen jetzt mal, wie Herr Walter darauf reagiert, dass wir ihn kennen. Kommst du mit?«

Sven folgte ihm.

Hanjo aus dem Gewahrsam öffnete die Zellentür, und Nobody, wie Anja ihn am Morgen getauft hatte, lag mit offenen Augen und hinter dem Kopf verschränkten Armen auf der dünnen blauen Kunststoffmatratze.

Er hatte ein paar Schwellungen und Kratzer im Gesicht, und an seinen Händen war die Rutschpartie den bewachsenen Pfeiler hinab ebenfalls nicht ohne Folgen geblieben. Aber auch seine Blessuren waren versorgt.

Als die beiden Männer die Zelle betraten, blieb sein Blick weiter zur Decke gerichtet.

»Belehrt worden sind Sie heut Nacht schon«, sagte Deniz, »aber ich wollte Ihnen noch einmal mitteilen, dass wir wegen des Verdachts der schweren sexuellen Nötigung, der gefährlichen Körperverletzung und einiger andere Delikte gegen Sie einen Haftbefehl beantragen, Herr Walter.«

Deniz machte bewusst eine Pause und beobachtete den Liegenden genau, aber außer einem leichten Zucken der Lider war sekundenlang keinerlei Reaktion sichtbar.

»Und wir haben außerdem einen Durchsuchungsbeschluss für Ihre Wohnung in Herne, der in den nächsten Minuten vollstreckt wird.«

Mit einem Ruck setzte er sich auf den Rand der Matratze, ohne jedoch einen der drei Beamten anzusehen.

»Ich will einen Anwalt sprechen.« Seine Stimme war tief und etwas kratzig.

»Sieh an, es kann sprechen«, sagte Hanjo grinsend. Er war in der Tür hinter ihnen stehen geblieben.

»Kein Problem«, sagte Deniz. »Soll es ein bestimmter Anwalt sein? Ansonsten haben wir ein Verzeichnis mit örtlich ansässigen Kanzleien. Brauchen Sie das?«

»Ja.« Immer noch vermied er jeden Blickkontakt.

Begleitet von den drei Männern, suchte er sich im Büro des Polizeigewahrsams aus dem Verzeichnis eine Nummer und informierte den Anwalt mit knappen Worten über die Festnahme und die bevorstehende Vorführung und bat um Begleitung.

Dann brachten sie ihn wieder in seine Zelle.

»Ich nehme an, Herr Walter, das ist alles, was Sie uns dazu sagen wollen«, sagte Deniz auf dem Rückweg zur Zelle.

»Ja.«

Der Mann hatte während der letzten Minuten nicht eine Sekunde Blickkontakt zu einem der Polizisten aufgenommen und blieb dabei, bis sich die Zellentür schloss.

Als Deniz und Sven Deniz' Büro betraten, war Dieter Bartels zurückgekehrt und unterhielt sich mit der Chefin.

»Guten Morgen«, sagte Deniz. »Das ist Brigitte Bellmann, unsere Leiterin, und Dieter Bartels, mein Büropartner. Sven Sauermilch vom LKA. Seine Leute haben letzte Nacht die Wohnung mit dem Rechner identifiziert.«

Alle begrüßten sich mit Handschlag.

»Kannst du uns einen Moment allein lassen«, sagte die Chefin zu Sven, »dauert nicht lange.«

»Natürlich.« Er ging und schloss die Tür hinter sich.

Deniz nahm Platz, und Brigitte stellte sich seitlich an seinen Schreibtisch.

»Ich hatte Beas Bericht aus der Nacht heute Morgen schon gelesen, hatte ihr darauf eine WhatsApp-Nachricht geschickt, dass sie mich anrufen soll, sobald sie wach ist.« Sie machte eine Pause. »Darüber, dass das kein Meisterstück war, hinter dem herzurennen, rede ich jetzt nicht, Deniz.«

»Ist doch alles gut gegangen.«

»Es ist noch nicht raus, ob das alles so gut gegangen ist. Denn Beas Schilderung hört sich etwas anders an als ihr Bericht. Rechtlich ist das alles in trockenen Tüchern, aber wie geht es dir?«

»Na ja, den üblichen morgendlichen Applaus für dich kriege ich im Augenblick nur mit Schwierigkeiten hin.« Er hob die Hände.

»Deniz, laber keinen Scheiß. Wie geht es dir psychisch?«

»Wie soll es schon gehen? Alles in Ordnung.«

Sie sah ihn länger an, auch Dieters Blick war ernst und aufmerksam.

»Das kann sein, Deniz, ich will dir nichts einreden. Aber ich bitte dich eindringlich, achte auf dich, ja? Wenn es dir die nächsten Tage irgendwie mies geht, wenn du jemanden zum Reden brauchst, bin ich jederzeit da, auch Dieter, verstanden? Und beim Landesamt haben wir Leute, die so was professionell machen.«

»Alles gut, ich achte schon drauf.«

Wieder schwieg sie einen Moment.

»Und dienstfähig bist du mit den Händen eigentlich auch nicht, aber ich überlasse es dir. Wenn du dich im Augenblick hier wohler fühlst, bleib meinetwegen.«

»Ich würde gern die Durchsuchung mitmachen. Wir wissen nämlich jetzt, wer unser Mann ist. Und wenn wir seine Fingerabdrücke und DNA in beiden Wohnungen finden, kommt er für beides infrage. Ist zwar eine völlig irrsinnige Mischung: Sexualtäter und Datendieb, aber es scheint so zu sein.«

»Ach, weißt du, ich bin jetzt fünfunddreißig Jahre dabei,

ich habe aufgehört, die verstehen zu wollen. Meinetwegen fahr mit.«

Das Telefon, im Display erschien der Name der Gerichtsmedizinerin.

»Müller, guten Morgen, Frau Köslin-Richter.«

»Guten Morgen. Haben Sie eine Minute, Herr Müller? Ich wollte Ihnen etwas zu den Substanzen sagen, die ein Kurier heute Morgen vorbeigebracht hat. Es hatte den Anschein, dass es eilig ist.«

»Ist es tatsächlich«, sagte er. »Ich stelle Sie mal auf Lautsprecher, Frau Doktor, weil ich derzeit den Hörer schlecht halten kann. Es sind noch eine Kollegin und ein Kollege im Raum, die sind aber im Bilde.«

»Gut. Also, ich habe die Sache an unseren Toxikologen weitergegeben, weil der sich da besser auskennt. Bei der Substanz in dem Fläschchen handelt es sich um Gamma-Hydroxybuttersäure, auch bekannt als ›Liquid Ecstasy‹.«

»Was bewirkt das Zeug?«

»Es besteht bei entsprechender Dosierung eine euphorisierende, anxiolytische und libidosteigernde Wirkung.«

»Anxiolytisch …?«

»Sorry, also angstmindernd.«

»Könnte das auch erklären, warum die Opfer in den Filmen nicht völlig bewusstlos wirken?«

»Durchaus. In Kombination mit alkoholischen Getränken wird GHB oft auch in krimineller Absicht als »K.-o.-Tropfen« benutzt. Stichwort ›Date Rape Drug‹. Außerdem verursachen diese Substanzen auch eine anterograde Amnesie, auch das passt doch bei Ihnen, oder?«

Deniz blickte in die Runde, alle nickten.

»Ja, auch das passt«, sagte er. »Warum dann die Spritzen?«

»Kann ich Ihnen letztlich auch nicht erklären, da kann man nur mutmaßen. Die enthielten eine Substanz, die zu den Benzodiazepinen gehört, also ›Mother's Little Helpers‹.«

»Was bewirken die?«

»Auch diese Stoffe lösen nach entsprechender Dosierung eine anterograde Amnesie aus.«

»Haben Sie eine Idee, Frau Doktor, warum er beides dabeihatte?«

»Ich kenne ja den Tatablauf nicht. Hat er denn beides eingesetzt?«

»Soweit wir wissen, hat er, zumindest bei einigen Taten, zuerst versucht, die Frauen zu zwingen, etwas zu trinken. Das klappte aber nicht immer.«

Einen Moment schien sie zu überlegen.

»Vielleicht ist das der Grund, denn eine Applikation über die Haut oder intramuskulär ist sehr viel unsicherer, die orale Aufnahme wesentlicher effektiver. Aber Sie können letztendlich niemanden zwingen, etwas zu schlucken, wenn der oder die das partout nicht will. Vielleicht war die Spritze dann die Notlösung.«

»Heißt das, er könnte medizinisches Wissen haben?«

»Möglicherweise. Oder er hat bei den ersten Opfern die entsprechenden Erfahrungen gemacht.«

»Okay, vielen Dank, Frau Köslin-Richter. Für heute Morgen reicht mir das erst mal. Ich komme da sicher noch drauf zurück.«

»Schönen Tag in die Runde.«

Er legte auf.

»Klingt doch vielversprechend, oder?«

»Tut es«, sagte die Chefin, hielt dann kurz inne. »Aber um noch mal auf das andere Thema zurückzukommen: Ich möchte nur, dass du auf dich achtest. Ich habe auch Dieter darum gebeten. Das, was da heute Nacht passiert ist, war keine Kleinigkeit, so wie es sich anhört.«

Sie ging.

Dieter sah ihn weiterhin ernst, aber wohlwollend besorgt an.

»Guck nicht so. Alles gut gegangen.«

»Ich bin eine ganze Ecke älter als du, aber du bist selbst erwachsen, Deniz, ich muss dir nicht sagen, was du tun sollst. Unterschätz es nur nicht, das macht man manchmal, gerade wir Kerle. Brigitte hat mir alles geschildert, und das hörte sich ziemlich nach einer Situation an, in der einem der Arsch auf Grundeis gehen kann, und zwar gehörig. Manchmal bleibt das nicht ohne Wirkung.«

Als der Kollege sich schon wieder eine Weile seinen Akten gewidmet hatte, fiel Deniz auf, dass er den ganzen Morgen vermieden hatte, daran zu denken.

Stefanie

Sie stellte den Staubsauger an seinen Platz, rückte die Stühle wieder um den Tisch und setzte sich.

Selbst solche Arbeiten, nach denen früher ein Gefühl von Befriedigung aufgekommen war, weil sie etwas in Ordnung gebracht hatte, weil die Dinge an diesem Ort wieder so hergerichtet waren, wie sie sein sollten und wie sie es liebte, erledigte sie mittlerweile ohne jede Emotion, einfach nur deshalb, weil sie es immer so getan hatte.

Bei ihren letzten Besuchen im Gefängnis hatte sie den Mut nicht aufbringen können, ihrem Mann zu sagen, dass sie aus diesem Haus rausmusste. Ob es ihr woanders besser ging, war auch dann keineswegs sicher, aber hier an diesem Ort wollte und konnte sie nicht bleiben.

Es schellte an der Tür, und obwohl sie schon länger keinen Film mehr zugesandt bekommen hatte, jagten ihr solche Geräusche immer noch einen Adrenalinstoß durch den Körper.

Sie stand auf, ging in den Flur und nahm den Hörer der Gegensprechanlage.

»Ja bitte?«, sagte sie.

»Frau Simon, mein Name ist Müller, ich bin von der Polizei Essen und würde gern mit Ihnen reden.«

Einen Moment überlegte sie, ob es mit ihrem Mann zusammenhängen könne, dann drückte sie auf den Knopf und öffnete die Tür so weit, wie es der kleine Sicherungsbügel zuließ.

Vor der Tür standen ein Mann und eine Frau. Der Mann war jünger, hatte eine gelbe Verfärbung im Gesicht, die offensichtlich von einem älteren Bluterguss stammte, und hielt ihr einen Ausweis hin, auf dem sein Bild war und »Polizei« stand.

»Wir sind von der Kripo, Frau Simon, das ist meine Kollegin, Frau Winter. Wir würden uns gern mit Ihnen unterhalten.«

»Worum geht es?« Als sie es gefragt hatte, fiel ihr ein, dass sie sich nach dem Aufstehen noch gar nicht für den Tag zurechtgemacht hatte, schon gar nicht für Besuch, aber die Zeiten, in denen ihr das unangenehm gewesen wäre, schienen Ewigkeiten zurückzuliegen.

»Wir fänden es besser, wenn wir das nicht in dieser Form mit Ihnen besprechen müssten, sondern reinkommen könnten.«

Sie zögerte einen Moment, warf einen Blick auf die Frau, dann schloss sie die Tür, entriegelte den Sicherheitsbügel und führte beide zum Esstisch.

»Sie sind Frau Stefanie Simon, geborene Jackson, und sind am 01.04.1981 in Bonn geboren?«

»Ja. Mein Vater war amerikanischer Diplomat in Deutschland.«

»Wenn Sie uns einen Ausweis zeigen könnten, nur der Form halber.«

Sie stand auf, ging zu ihrer Handtasche und legte die Plastikkarte auf den Tisch, wo der Mann einen Blick darauf warf.

»Frau Simon, möglicherweise sprechen wir jetzt ein für Sie belastendes Thema an, darauf möchte ich Sie vorher hinweisen.« Beide sahen sich an. »Wir führen bei der Polizei Essen ein Ermittlungsverfahren wegen Mordes, bei dem drei Täter inhaftiert worden sind.«

Bei dem Wort »Mord« spürte sie einen leisen Schauer.

»Im Rahmen dieser Ermittlungen sind wir bei der Frau eines der Tatverdächtigen auf ein weiteres Verbrechen gestoßen, bei dem möglicherweise auch Sie zu den Opfern gehören. Um es noch einmal zu betonen: Es kann sein, dass wir mit diesem Gespräch etwas anrühren, das für Sie belastend ist. Ist das für Sie in Ordnung?«

Sie signalisierte wortlos ihre Zustimmung.

»Gut. Eine der Frauen jener Männer, die des Mordes verdächtigt werden, ist vor etwa anderthalb Jahren von einem Täter in ihrem Haus aufgesucht, dort vergewaltigt und dabei gefilmt worden. Der Täter hat diese Filme aber so bearbeitet, dass es nicht wie eine Vergewaltigung aussah. Nach dieser Tat hat dieser Mann der Frau diese Filme zugesandt, sie bedroht und damit erpresst, die Filme im Internet zu veröffentlichen und sie darüber hinaus ihrem Ehemann zukommen zu lassen.«

Sie fühlte, dass ihre Hände zu zittern begannen, und wollte es verhindern, was ihr nicht gelang. In ihr breitete sich ein Gefühl aus, als machten sich vielfüßige Insekten von einem Punkt in ihrer Brust aus auf den Weg in ihre Arme, Beine und ihren Kopf.

»Dieser Mann, Frau Simon, ist von uns gefasst worden. Er sitzt jetzt im Gefängnis und wird dort auch für lange, lange Zeit nicht mehr rauskommen.«

Wieder machte der Polizist eine Pause und sah seine Kollegin an.

»Wir sind hier bei Ihnen, weil wir Ihren Namen zusammen mit den Namen anderer Frauen auf einer Liste dieses Mannes gefunden haben und damit annehmen, dass möglicherweise auch bei Ihnen so etwas passiert ist. Auch wenn das für Sie jetzt vielleicht schwierig ist, Frau Simon. Liegen wir mit dieser Annahme richtig? Ist Ihnen so etwas auch geschehen?«

Sie stand auf, ging zum Fenster und sah in den Garten. Dass ihr in diesem Augenblick die ersten zarten Knospen am Strauch vor ihrem Fenster auffielen, war so grotesk unpassend, dass sie den Kopf schüttelte, denn in ihrem Inneren ballte sich ein Knäuel aus Angst, Panik, Wut und all dem, was sie in den letzten Wochen in jeder Sekunde ihres zur Folter gewordenen Lebens verflucht hatte, mit dem sie seit jener Nacht aber jeden Abend eingeschlafen und jeden Morgen aufgewacht war.

Die Frau war aufgestanden und zu ihr ans Fenster gekommen.

»Bevor ich unsere Bitte wiederhole, Frau Simon, sollten Sie eines noch einmal für sich realisieren: Der Mann sitzt hinter Gittern, eingeschlossen hinter einer dicken Tür. Es wird keine Filme mehr geben, es wird keine Anrufe mehr geben, es wird keine Nachrichten mehr geben. Sie sind jetzt in Sicherheit.«

Sie hörte diese Worte, und ihr Verstand war in der Lage, deren Bedeutung zu erfassen, aber ihr Körper weigerte sich weiterhin, darauf zu reagieren.

»Natürlich lassen wir Ihnen Zeit für diese Entscheidung, Frau Simon, und Sie können sich selbstverständlich der Unterstützung eines Anwalts oder einer anderen Person Ihres Vertrauens versichern. Zwei Dinge sind für uns jetzt allerdings wichtig. Einmal, dass Sie irgendwann eine Aussage machen, wie Ihnen das alles passiert ist, denn um diesen Mann zu verurteilen, müssen wir möglichst viel über seine Taten wissen. Wir können uns damit aber Zeit lassen. Darum wäre es zweitens für uns erst einmal wichtig, wenn Sie uns zumindest kurz einen Hinweis geben könnten, ob das, was mein Kollege eben geschildert hat, auch Ihnen geschehen ist.«

Ihr Blick verfolgte im Garten auf dem Rasen eine Elster, die mit einem Zweig im Schnabel wegflog. Wahrscheinlich, um sich ein Nest zu bauen, dachte sie. »Home sweet Home« fiel ihr ein, die Worte, mit denen er seine Nachrichten beschloss.

Dann wandte sie den Kopf, blickte der Polizistin in die Augen.

»Ja«, sagte sie, begann zu nicken und konnte nicht verhindern, dass ihr Tränen über die Wangen liefen.

»Danke«, sagte die Frau und reichte ihr ein Papiertaschentuch. Der Polizist war ebenfalls aufgestanden und zu ihr ans Fenster gekommen.

»Das hilft uns sehr, Frau Simon«, sagte er und reichte ihr eine Visitenkarte. »Rufen Sie mich einfach an, wenn Sie sich dazu in der Lage fühlen, mit uns zu sprechen, okay? Natürlich können wir das nicht auf die ganz lange Bank schieben, aber lassen Sie sich erst mal Zeit. Die Modalitäten können wir dann ja besprechen.«

Die Frau sah ihren Kollegen an mit einer dezenten Geste, die das Ende des Gesprächs bedeuten sollte.

»Können wir Sie allein lassen, Frau Simon? Oder möchten Sie jemanden benachrichtigen, um vielleicht Gesellschaft zu haben?«

»Nein, es ist gut so. Kein Problem.«

Sie begleitete beide zur Tür, wo sie sich noch einmal verabschiedeten, dann schloss sie wieder ab.

Draußen schien die Märzsonne durch eine Wolkenlücke und erzeugte hinter der großen Scheibe des Wohnzimmerfensters fast schon eine sommerliche Wärme.

Noch einmal ließ sie das Gesagte der Frau durch ihr Bewusstsein gleiten.

Sie sind jetzt in Sicherheit.

Vielleicht hatte sie vergessen, was das war, weshalb diese Worte keine Stelle in ihr fanden, um anzudocken, um Bedeutung zu erlangen. Vielleicht hatte es auch mit diesem Ort zu tun. Denn dieses Haus hatte seine Unschuld verloren.

Sie würde es verlassen.

Camilla, Deniz, Alexander

Camilla kam mit drei Flaschen Bier zurück auf den Balkon und setzte sich wieder auf den Stuhl in der Mitte. Auf Kommando ließen alle den Bügelverschluss ploppen, aber der Versuch der Gleichzeitigkeit endete kläglich und mit gegenseitigen Schuldzuweisungen.

Camilla hatte nur eine Nacht im Krankenhaus verbringen müssen, war aber nach ein paar Tagen bei ihren Eltern, die sie an der Ostsee verwöhnt hatten, noch nicht wieder im Dienst.

Sie stießen an und tranken. Die Sonne hatte am Himmel genug Platz, an zwei schmalen Kondensstreifen vorbei ihr Bestes zu geben, und es fühlte sich fast ein wenig nach Sommer an.

»Da braucht man fast schon UV-Blocker«, sagte Deniz und legte mit geschlossenen Augen den Kopf in den Nacken. Wieder genossen sie eine ganze Weile wortlos die Wärme.

»Welchen Anwalt hat er?«, brach Camilla das Schweigen.

»Eine Topkanzlei aus Düsseldorf, Namen hab ich vergessen.« Deniz nahm einen Schluck Bier.

»Und wenn wir jetzt schon dabei sind«, sagte Alex, ohne die Augen zu öffnen, »erklärt es mir noch mal: Deinen Schlüssel hat er bekommen, als er in deinem Büro am Computer war? Dass das funktioniert hat, zeitlich, meine ich.«

»Eine andere Möglichkeit gibt es nicht. Er hatte an meinem Rechner was zu tun, und ich hatte Sitzung an dem Morgen. Wenn er fertig war, sollte er im Geschäftszimmer Bescheid geben, dass die danach abschließen, das machen wir schon mal so. Aber er hat einfach in der Zwischenzeit den Schlüssel nachgemacht. Es gibt sogar zwei Schlüsseldienste, die keine zehn Minuten entfernt sind, wenn man sich beeilt.«

»Was nur möglich ist, wenn man den Schlüssel unbeaufsichtigt im Büro lässt.« Deniz mit erhobenem Zeigefinger und unüberhörbarem Vorwurf.

»Ist ja gut, ich weiß es.« Sie klang genervter, als sie es wollte. »Der Mann war bei uns Systemtechniker oder so was, der kümmerte sich um alle Rechner, wenn was war, das war seine Aufgabe. Zugriff auf alle Daten hatte der sowieso, ich habe dem vertraut. Ja, ja, ja, den Schlüssel hätte ich nicht im Büro lassen müssen, aber ich war höllisch zu spät an dem Morgen und hab's einfach vergessen.«

Ein paarmal schon hatte sie überlegt, ob sie mit den beiden ihre wilden, abstrusen Gedanken an dem Abend teilen sollte, mit denen sie Christian Herrmann fast schon zu einem üblen Straftäter gemacht hatte, aber sie tat es auch jetzt nicht. Natürlich waren die Vorwürfe nicht so ernst gemeint, wie sie klangen, und sie wusste, dass daraus mehr Sorge und Erleichterung als alles andere sprach, trotzdem hatte es seine Wirkung.

Aus der Küche hörte sie das elektronisch kalte Piepen der Eieruhr. Sie stand auf und kam mit einem Korb voller kleiner Laugenstangen zurück, die mit Käse und verschiedenen Körnern überbacken waren. Alle griffen zu, und beide Männer ließen beim Abbeißen ein kehliges Gurren hören.

»Und es ist sicher, dass er für alle Taten infrage kommt und dass ihr das auch beweisen könnt?«, fragte Alex nach einer Zeit weiter.

»Ja«, Deniz kaute zu Ende, »wir haben Kontakt zu allen Frauen auf der Liste aufgenommen, und letzter Stand ist, dass vier sagen, bei ihnen sei nichts gewesen, was entweder 'ne Lüge ist, oder der Typ hat die Liste unsauber geführt.«

Es wird eine Lüge sein, dachte Camilla, und es waren gleich

mehrere Stimmen in ihr, die Verständnis für diese Frauen signalisierten, wenn sie diesen Raum in sich nicht noch einmal öffnen wollten.

»Aber fünf von denen werden aussagen«, fuhr Deniz fort. »Und es ist überall fast gleich abgelaufen, wie erste Gespräche zeigen. Zweitens stimmt seine DNA mit jener überein, die am Fenster der vermissten Frau gefunden wurde, und den Fall werden wir mit den Recklinghäusern erneut aufrollen, vielleicht kommt noch mehr dabei raus. Dann haben wir die Liste bei ihm gefunden, haben die Fotos auf der Kamera, und die IT-Abteilung ist sicher, dass sie die Rechner sowieso knacken werden. Ne, da kommt der nicht mehr raus. Auch wenn die Nägel und die Hautveränderung geschminkt waren, alles fake.«

»Aber was wollte er bei Camilla?«

Sie hatte das Gefühl, dass Alex sich zu dieser Frage überwinden musste, die seit diesem Abend auch in ihr brannte, aber ebenso groß war die Scheu vor diesem Thema, weil sie dabei immer wieder in die Situation geführt wurde, die mit erdrückender, einengender Angst verbunden war, wenn sie daran dachte.

»Tja, das wird er uns nicht erzählen«, sagte Deniz und trank sein Bier aus. »Er hatte bei der Festnahme zwar so einen Haltegurt für eine Kamera angelegt, aber wir haben das Teil nicht gefunden, auch nicht mit Hund. Wahrscheinlich hat er es auf der Flucht weggeschleudert, und es liegt in irgendeiner Dachrinne.«

Alex setzte sich aufrecht hin und blickte angestrengt in die Ferne, die hier bei den Dächern und Fassaden der umliegenden Häuser endet.

»Aber wozu hätte er Camilla erpressen wollen?«

»Erst mal muss er mitbekommen haben, dass überhaupt ein Verfahren eröffnet worden ist, er hatte ja Zugriff, und in diesem Fall nicht, weil ein Opfer sich an die Polizei gewandt hat, sondern allgemein Ermittlungen angeschoben worden sind. Und ich habe noch mal mit Droste gesprochen, das ist der Psychologie-Prof aus dem Maßregelvollzug, der ist eigentlich extrem vorsichtig mit so Theorien, ist jedenfalls mein Eindruck. Aber der sagt, wenn der Typ vorher schon diesen Gehorsamsfimmel hatte und die Frauen dazu gezwungen hat, nichts zu sagen und völlig stillzuhalten, und wenn das für ihn der wirkliche Reiz an der Sache war, vielleicht wäre es dann der ultimative Kick gewesen, die ermittelnde Staatsanwältin dazu zu bewegen …«, er hob die Hände, »… was weiß ich, die Anklage irgendwie fallenzulassen oder Beweismittel zu sabotieren, so was in der Art.«

»Der totale Gehorsam, die totale Machtausübung. Wahnsinnstheorie«, sagte Alex und stand auf. »Noch einer ein Bier?«

Deniz wollte noch eins.

»Aber es könnte auch sein«, sagte Camilla, als Alex wieder zurückkam, »dass er mich einfach nur töten wollte.« Sie hatte sich diesen Satz länger zurechtgelegt und nicht gewusst, ob sie ihn aussprechen konnte. Jetzt lag er schwer vor ihnen auf dem Balkon und verhinderte für eine Weile jedes Gespräch.

»Das glaube ich nicht«, sagte Deniz endlich, »dann wäre er anders vorgegangen und hätte nicht diesen ganzen Zirkus veranstaltet.«

»Du weißt doch gar nicht, welchen Zirkus er veranstaltet hat«, sagte sie, »und ich weiß es auch nicht.«

»Du hast keinerlei Erinnerung an die Situation?« Alex nahm sich noch eine der Laugenstangen und sah sie an.

»Nein. Ich erinnere mich an die dunkle Gestalt, an den Stich und an Deniz' Anruf auf dem Display, das war das Letzte. Dann weiß ich wieder, dass ich im Krankenhaus aufgewacht bin.« Sie trank, und die Kühle des Biers vertrieb den Teil der Traurigkeit, der ihr die Tränen in die Augen getrieben hätte.

»Ich weiß also nicht, was mit mir in der Zwischenzeit passiert ist«, sagte sie dann doch. »Und die Kamera ist verschwunden.«

»Wahrscheinlich ist gar nichts passiert«, sagte Deniz, »denn von meinem Anruf bis wir reingegangen sind, waren es nur wenige Minuten.«

So wenige auch wieder nicht, dachte sie, schwieg aber.

Als die Sonne begann, hinter einem der Dachfirste zu verschwinden, wurde es schnell zu kühl, und sie gingen in die Wohnung.

»Ich glaube, ich geh dann auch«, sagte Deniz. »War eine prima Idee, dein Anruf, Cami. Was haben wir eigentlich gefeiert?«

»Na, uns«, sagte Alex, und wie so oft war sie beeindruckt von seiner Fähigkeit, die wenigen richtigen Worte zu finden.

Nachdem sie die Tür hinter beiden geschlossen hatte, blieb sie noch eine Weile mit der Klinke in der Hand stehen und strich mit der anderen über den Teil der Türzarge, den der Hausmeister mit Schrauben, Leim und Farbe wieder hergerichtet hatte. Bis zur endgültigen Erneuerung war die Tür wieder verschließbar, und für die fehlende Sicherheit hatte er ihr auf Augenhöhe ein weiteres Schloss angebracht, das sie jetzt auch abschloss.

Fast ein dialektischer Umstand, dachte sie, der Täter hatte einen Schlüssel, und die Retter mussten einbrechen.

Beim Aufräumen in der Küche aß sie zwei der übrig gebliebenen Laugenhappen, die auch kalt noch schmeckten, aber zur warmen Variante kein Vergleich waren. Sie holte die restlichen Sachen vom Balkon, der jetzt vollends im Schatten lag und von dem zu viel der abendlichen Kühle in den Raum floss, um die Tür weiterhin geöffnet zu lassen.

Mit einem Bier, dem letzten, stellte sie sich hinter die Scheibe und sah drei Flugzeugen dabei zu, wie sie etwas in den Himmel zeichneten, das wie lange Nadeln aussah. Die Polizisten hatten so etwas in der Wohnung von Christoph Walter sichergestellt, in jener Wohnung, die er nicht zum Wohnen, sondern nur für seine Taten genutzt hatte. Mit diesen Nadeln hatte er die Frauen bedroht. Sie fragte sich, warum er bei ihr anders vorgegangen war, aber das war sicherlich eine der Fragen, auf die sie niemals eine Antwort finden würde. Wie auf die Frage, was mit ihr in der Zeit ihrer Bewusstlosigkeit geschehen war. Sie hatte in den vergangenen Tagen auf langen Spaziergängen am Strand der Ostsee oft darüber nachgedacht, ob sie überhaupt eine Antwort darauf haben wollte. Sie wusste es nicht.

Eines aber wusste sie ganz sicher. Sie würde diese Wohnung verlassen.

Deniz war sehr danach, eine Runde zu laufen, aber nach den Bieren wäre das für seine Leber der Knockout gewesen. So entschloss er sich, einfach nur eine Strecke zu gehen, weil er Bewegung brauchte.

Er parkte den Wagen am Rand einer Straße im Schellenberger Wald und ging los, ohne ein Ziel zu haben. Die kühle Luft tat genauso gut wie die Stimmung im Wald, in dem sogar jetzt noch, bei einbrechender Dämmerung, Vögel als Ankündiger des Frühlings zu hören waren.

Ohne dass er es gewollt hatte, fand er sich nach einer Zeit an einem Aussichtspunkt wieder, an dem er bei seinen Läufen hin und wieder für ein paar Dehnungen anhielt. Auch deshalb, weil dieser Platz von oben einen grandiosen Blick auf den See bereithielt, fast so, als befände man sich in den Bergen.

Er stieg auf die breite Brüstung, die wie ein Geländer den natürlichen Balkon zum Hang hin abgrenzte, und genoss still dieses Postkartenmotiv mit einem perfekten Himmel, an dem ein einsamer Abendstern schon seinen Dienst aufgenommen hatte.

Aber nur für einen Moment, dann spürte er sacht, wie es wieder begann, wie seit diesen dunklen Sekunden im Geräteschuppen in solchen Momenten der Ruhe ganz allmählich, verstohlen, aber unmerklich anschwellend, die Kälte zurückkam, wie eine frostige blaue Flamme, erst klein und dann immer ausgreifender züngelnd. Am schlimmsten war es nachts, wenn ihm dabei trotz völliger Untätigkeit der Atem knapp wurde.

Er ging los, so schnell er konnte, und auch jetzt verschwand es wieder mit jedem Schritt, den er tat. Ihm war klar, dass er etwas unternehmen musste. Aber er wusste nicht, was.

Bei ihrem Gespräch am Nachmittag hatte er einen Moment überlegt, es anzusprechen, wenn er es tun würde, dann bei diesen Menschen. Aber heute war Camillas Tag gewesen. Noch niemals vorher hatte er so sehr fühlen können, dass es ihr nicht gut ging, und er wusste nicht, ob das an ihr lag oder an ihm.

Alex hielt auf einem Parkplatz an der Nordseite des Baldeneysees, parkte den Wagen und ging Richtung Uferweg, auf dem man den See umrunden konnte. Um diese Zeit bei einbrechender Dunkelheit war hier ohnehin kaum mehr etwas los, trotzdem ging er, bis die Stelle einsam genug war.

Er griff in seine Tasche und holte das kleine schwarze Teil hervor, das er auf Camillas Balkon zwischen zwei Blumentöpfen gefunden hatte, als alle dem Täter hinterhergestürmt waren. Er kannte sich mit solchem Gerät nicht aus, aber es wäre auch für ihn als Laien leicht möglich, nachzusehen, ob dieser Mann in Camillas Wohnung damit etwas aufgenommen hatte.

Wie schade, dachte er, dass Deniz nie erfahren würde, wie richtig seine Annahme war, der Täter könnte das Gerät auf seiner Flucht verloren oder beseitigt haben. Aber eben nicht in den Gärten oder auf den Dächern, sondern schon auf Camillas Balkon.

An der Rückseite war offensichtlich etwas abgebrochen, was wie eine Halterung aussah, möglicherweise der Grund dafür, dass sie verloren ging.

Dem Hammer aus seinem Werkzeugkasten sah man selbst in diesem Dämmerlicht an, dass mit ihm noch keine hundert Schläge getan worden waren. Ein paar Nägel für Bilder hatte er damit eingeschlagen, das war es auch schon.

Er suchte sich in der Nähe einen Stein, legte die Bodycam darauf und schlug von beiden Seiten so lange auf das Gehäuse ein, bis es splitterte. Dann stellte er sich ans Ufer und warf die Kamera, so weit er konnte, ins Wasser. Sport war nie seine Leidenschaft gewesen, aber beim Werfen hatte er in der Schule immer mit den Cracks mithalten können. Nur kurz unterbrach das glucksende Geräusch die abendliche Stille.

Er sah, wie sich die Ringe von der Eintauchstelle ausbreiteten, setzte sich auf eine nahe Bank und drehte sich eine Zigarette, hier nur mit Tabak, vielleicht würde er zu Hause noch etwas Gras rauchen.

Auf dem Rückweg zum Wagen dachte er an ihr Gespräch vom Nachmittag, und er war danach überzeugter denn je gewesen, in diesem Moment für Camilla das Richtige getan zu haben.

Als ihm, schon wieder im Auto, die Camilla aus seinem Traum erschien, hatte er für einen flüchtigen Moment die Idee, bei der Aktion könnte auch ein ganz klein wenig Egoismus dabei gewesen sein, weil das sonst seine Bilder zerstört hätte.

Aber nur ein wenig. Und der Moment war kurz.

Dank

Beim Schreiben meines Romans habe ich eine allumfassende Beratung und Unterstützung erfahren, nicht zuletzt, was die Lebenserfahrungen meiner Protagonistinnen und Protagonisten betrifft, die sich deutlich von meinen unterscheiden. Deshalb möchte ich einigen Menschen von Herzen danken:

Kenan Zilyas und Alper Yeşilyurt für ihre Erfahrungen als Polizisten mit türkischen Wurzeln.

Kirubagini Kanagarajah für ihre Eindrücke, in diesem Land als Frau mit dunkler Haut zu leben.

Claudia Bosse von der StA Bielefeld, ohne sie wäre Camilla so nicht möglich.

Alexander Scholz für sein kollegiales Urteil, ob bei den Todesermittlungen »alles takko« ist.

Meinen Bielefelder Kollegen Olli Schrader, Ingo Aussieker und Frank Vierke für jederzeit verfügbaren Rat in allen schwierigen Ermittlungsfragen.

Gerichtsmedizinerin Dr. Karin Varchmin-Schultheiß, dieses Mal auch für den Kontakt zu:

Dr. Andreas Garling, der mir in toxikologischen Fragen eine unverzichtbare Hilfe war.

Barbara Heinzius vom Goldmann-Verlag für die zehnte wunderbare Zusammenarbeit.

Meinem Lektor Gerhard Seidl, durch ihn sind meine Texte besser.

Und natürlich meiner Familie, unseren Kindern Julia und Lukas und meiner Frau Elke, für immerwährende Inspiration, für kritische Begleitung, für jede unschätzbare Hilfe, für alles.